全国高职高专教育规划教材

市场营销

Shichang Yingxiao

（第二版）

车慈慧　主编
彭庆环　副主编

高等教育出版社·北京
HIGHER EDUCATION PRESS　BEIJING

内容提要

本书根据高职教育市场营销专业培养目标与教学特点的要求,以能力培养为主旨,突出时代性和先进性,引导学生用科学的市场营销理论对当今社会经济生活中的典型现象加以理解与解释,力求使教材贴近现实生活。全书共13章,包括市场营销导论,企业市场营销环境分析与评价,市场调研,消费者购买行为分析,市场细分,目标市场与市场定位,市场营销组合策略,产品策略,价格策略,分销渠道策略,促进销售策略,市场营销计划、组织、执行与控制和网络营销等内容。在内容和结构上有以下特色:第一,内容丰富,注重实例介绍;第二,注重参考材料的前沿性;第三,突出本土化;第四,有意识地使教材编写体系、练习题型的设计有别于传统教材,与国家职业资格技能鉴定考试相配合。

本书可作为高等职业院校、高等专科院校、成人高校、民办高校及本科院校举办的二级职业技术学院市场营销及相关专业的教学用书,也适用于五年制高职、中职相关专业,并可作为社会从业人士的业务参考书及营销师培训用书。

本书提供数字课程的学习,欢迎读者登录经管理实一体化课程平台,获取相关教学资源,进行自主学习及交流活动。网址:http://hve.hep.com.cn。具体登录使用方法见书后郑重声明。

图书在版编目(CIP)数据

市场营销/车慈慧主编. —2版. —北京:高等教育出版社,2011.7
ISBN 978 - 7 - 04 - 032410 - 5

Ⅰ.①市… Ⅱ.①车… Ⅲ.①市场营销学-高等职业教育-教材
Ⅳ.①F713.50

中国版本图书馆 CIP 数据核字(2011)第 120609 号

| 策划编辑 | 杨世杰 | 责任编辑 | 杨世杰 | 封面设计 | 张雨微 | 版式设计 | 王艳红 |
| 插图绘制 | 尹 莉 | 责任校对 | 刘春萍 | 责任印制 | 韩 刚 | | |

出版发行	高等教育出版社	网 址	http://www.hep.edu.cn
社 址	北京市西城区德外大街 4 号		http://www.hep.com.cn
邮政编码	100120	网上订购	http://www.landraco.com
印 刷	北京鑫丰华彩印有限公司		http://www.landraco.com.cn
开 本	787×1092 1/16		
印 张	21.75	版 次	2007 年 6 月第 1 版
			2011 年 7 月第 2 版
字 数	530 000	印 次	2011 年 7 月第 1 次印刷
购书热线	010 - 58581118	定 价	32.80 元
咨询电话	400 - 810 - 0598		

本书如有缺页、倒页、脱页等质量问题,请到所购图书销售部门联系调换

物料号 32410 - 00

preface
第二版 前言

中国市场是全球市场的重要组成部分。随着中国市场经济体制的建立和逐步完善，市场营销理论本着博采众长，自成一家的原则得到了发展和广泛应用，成为一门实践性极强的应用型经济科学。

目前，国内市场国际化的趋势已经形成，市场环境日益复杂，市场竞争日益激烈，这使得企业必须不断提升竞争的起点。能否用现代营销理论与实际操作技术训练营销人员已经成为企业是否可以与国内外竞争对手一决高下的关键所在，因此，市场营销的理论与实践得到了广泛的社会关注与重视。

高职院校是一线营销人才培养的主力机构，市场营销是经济管理专业的一门专业必修课，是一门实践性和艺术性兼备的应用类学科，根据高职高专教育市场营销专业培养目标与教学特点的要求，本书围绕"以企业营销工作的实际需要为主线，以理论服务于实践为出发点，以必需、实用为原则"进行编写。

本次修订有以下特色：第一，注重案例讨论和实践训练，启发学生对学习要点进行思考、讨论；建立讲课、阅读、研讨、实操一体化模式，使高职高专的教学模式，即教师精讲，学生参与，实训辅助得到更好的体现；第二，注重使用材料的前沿性。引用并努力追随营销策划理论的新概念，压缩纯理论知识；第三，突出本土化。在内容安排上，增加本国企业案例，重视与实践工作紧密相连的理论指导性，增加了本书的实用性与新颖性，在一定程度上，可以引发读者思考与探索中国特色的营销问题。第四，在教材编写体系及案例运用、实际训练等方面，有意识地与营销师国家职业资格鉴定考试以及中国市场营销经理考试相配合。

本书由车慈慧任主编，彭庆环任副主编。本书参考、引用了很多前辈的专著以及企业案例，其中个别资料难以找寻出处，在此一并致谢。

由于编者水平有限，在编写过程中又依照高职高专教育的需要对获取式教学方式进行了尝试，有些问题还需要不断探索与改进，难免有不妥之处，恳请读者批评指正。

编　者

2011 年 6 月

preface

市场营销学产生于 20 世纪初的美国。1912 年，哈佛大学教授 J. E. Hagertg 出版教科书 Marketing，使市场营销学开始成为一门独立学科。该学科反映了市场经济条件下企业营销活动的规律性，是现代企业了解、分析、进入市场，并按照市场发展变化的规律性组织市场营销活动的科学。市场营销学引入我国，是改革开放的产物，是我国企业进入市场、市场竞争加剧的客观要求。随着我国社会主义市场经济体制的建立和逐步完善，我国的市场营销理论本着博采众长、自成一家的原则，也得到了发展和广泛应用，成为一门实践性极强的应用型经济学科。学习市场营销学，对于增强从事经济工作和企业管理工作人员的能力，提高企业经营管理水平，加快我国企业与国际企业的接轨，提高经济效益，促进我国市场经济的发展，具有极其重要的作用。

目前，市场营销理论与实践得到了社会广泛的关注与重视。但由于国内市场国际化趋势的形成，市场环境日益复杂，市场竞争日趋激烈，这使得企业必须要不断提升企业竞争的起点。于是，能否运用现代营销理论与实际操作技术训练企业营销人员已经成为企业是否可以与国内外竞争对手一决高下的关键所在。

市场营销学是一门实践性较强的应用类学科，也是经济管理专业的一门专业必修课。高职高专院校承担着一线营销人才培养的重任。本书根据高职教育市场营销专业培养目标与教学特点的要求，强调以能力培养为主旨，突出时代性和先进性，引导学生用科学的市场营销理论对当今社会经济生活中的典型现象加以理解与解释，力求使教材贴近现实生活。本书在内容和结构上有以下特色：第一，内容丰富，注重实例介绍、案例讨论和实践训练，启发学生对学习要点进行思考、讨论；建立讲课、阅读、研讨、练习一体化教学模式，使高职高专的教学模式，即教师精讲、学生参与、实训辅助，得到更好的体现。第二，注重参考材料的前沿性，引用以及努力追随市场营销理论的新概念，压缩纯理论知识，掌握好理论教学的"度"，注重实训能力的培养。第三，在内容安排上，突出本土化，大篇幅增加本国企业案例，在一定程度上，引发读者思考中国特色的营销探索问题；重视与实践工作紧密相连的理论指导性，增强了本书的实用性与新颖性。第四，有意识地使教材编写体系、练习题型的设计有别于传统教材，与国家职业资格技能鉴定考试相配合。

本书由车慈慧任主编，张涛、彭庆环任副主编，参加编写的还有周宁、薛长青、胡秋华、邱小平、陈宁宁、光莉莉、张燕平等，全书由车慈慧总纂、修改定稿。本书参考、引用了很多前辈的专著以及众多企业案例，其中个别资料难以找寻出处，在此一并致谢。

由于编者水平所限，在编写过程中又依照高职高专教育的需要对获取式教学方式进行了尝试，有些内容还需要不断探索与改进，难免有不妥之处，恳请读者批评指正。

车慈慧

2006 年 11 月

CONTENTS

目录

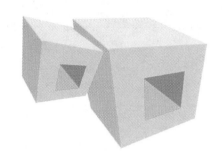

第一章

市场营销导论

SHICHANG

知识目标

掌握市场营销的基本概念及研究的对象与内容

了解市场营销观念的基本特征以及产生和发展的历史背景

认识市场营销理论对于中国经济改革与发展的重要意义

能力目标

认识市场营销活动所涉及的基本要点

能够利用现代营销哲学开展工作

引例

瑞典宜家公司的营销理念

宜家（IKEA）公司是瑞典一家世界著名的拥有 100 多家连锁店的家庭装饰用品零售企业，在北京、上海、广州、深圳等城市，都已经有宜家公司的分店。宜家的秘诀是它"与客户一起创造价值"的经营理念。宜家认为，作为销售商应该为每一个消费者施展能力、创造自身价值搭造一个舞台。宜家不把向顾客提供产品和服务视为一种简单的交易，而是视为一种崭新的劳动分工，即将一些原来由加工者和零售商所做的工作交给顾客去做，公司方面则专心致志地向顾客提供价格低廉而质量优良的产品。

进入宜家的商场，可随意拆卸、拼装的家具一应俱全，其最大的特点就是便于消费者根据自己的爱好进行再创造。比如，消费者可以自己设计家具的颜色，宜家负责提供所需的油漆，同时积极鼓励顾客自己动手装配家具，体会劳动的快乐。在购物中，随手可拿到产品目录、卷尺、铅笔甚至记录纸；商品标签也与众不同，除标有商品的名称、价格外，还有尺寸、材料、颜色以及订货、提货的地点。在一些家具销售商津津乐道于现场定做、送货上门的时候，宜家却独出心裁地向顾客提供了无数个自己创新的条件和机会。作为处于承担了竞争者和消费者的双重压力的现代企业，产品和服务的界限难以界定，宜家理念的聪明之处就在于销售产品的同时更关注销售服务，销售一种尊重顾客、相信顾客能力的理念和文化。

市场营销，是指现代商品经济条件下，在现代市场营销观念的指导下的市场经济活动。美国市场营销协会（AMA）对市场营销的定义是："市场营销是关于构思、产品和劳务的设计、定价、促销和分销的策划与实施过程，即为实现个人和组织目标而进行的交换过程。"此概念本身包含着两重意义：一是指一门研究企业如何以市场为导向，以实现潜在交换为目的，寻求最优化途径、策略和方法以占领市场的学科；二是专指一种社会性实践活动，使企业和个人可以交换商品，换取价值，从而满足双方的欲望和需要。

第一节 市场营销概述

一、市场营销的含义

市场营销在一般意义上是指在现代商品经济条件下的市场经济活动。

中国人从事市场经济活动的历史源远流长，几千年的经商文化博大精深，在漫长的营销活动中逐渐培育出中国经营者们经典的经营谋略。据我国的古典名著《史记·货殖列传》、《汉书》等记载，在中国古代历史上曾经出现过许多成功的商人，在实践中积累了一套成功的营销诀窍。比如，"薄利多销，无敢居贵。"先秦计然认为，贵上极则反贱，贱下极则反贵，主张"贵出如粪土，贱取如珠玉"。司马迁也认为："贪买三元，廉买五元"，即贪图重利的商人只能获利30％，而薄利多销的商人却可获利50％。

　　春秋战国时期的范蠡以及商祖白圭早已总结出了流传至今的经典营销理论，如："知地取胜，择地生财"、"知此而用战者必胜，不知此而用战者必败"，说的是地形对经商之重要，聪明的商家往往会占据有利的地形，最终取得竞争的胜利。作为春秋战国时期大谋略家的范蠡，更是深谙此道。他以战略家的眼光，认为陶地为天下之中，诸侯四通，是理想的货物贸易之地。遂定陶地为营销点，十几年间三获千金，成为富贾，陶朱公的美称也由此而饮誉古今，留名青史。他的经商理财十八要诀，更是被企业经营者们奉为经商理财的宝典。

 相关链接

范蠡经商理财十八诀

　　1. 生意要勤谨，切勿懒惰，懒惰则百事废；2. 价格要定明，切勿含糊，含糊则争执多；
3. 用度要节俭，切勿奢华，奢华则钱财竭；4. 赊款要知人，切勿滥出，滥出则血本亏；
5. 货物要面验，切勿滥入，滥入则自家值价减；6. 出入要谨慎，切勿潦草，潦草则错误多；
7. 用人要方正，切勿歪斜，歪斜则托付难；8. 优劣要细分，切勿混淆，混淆则耗用大；
9. 货物要修整，切勿散漫，散漫则查点难；10. 期限要约定，切勿马虎，马虎则失信用；
11. 买卖要随时，切勿拖延，拖延则失良机；12. 钱财要明慎，切勿糊涂，糊涂则弊窦出；
13. 临事要尽责，切勿妄托，妄托则受害大；14. 账目要稽查，切勿懈怠，懈怠则资本滞；
15. 接纳要谦和，切勿暴躁，暴躁则交易少；16. 主心要安静，切勿妄动，妄动则误事多；
17. 工作要精细，切勿粗糙，粗糙则出劣品；18. 说话要规矩，切勿浮躁，浮躁则失事多。

（译自：《四部精要》）

二、市场营销的核心概念

　　市场营销的核心概念为：需要、欲望、需求、产品与服务、价值、交换与交易、市场、营销。这些形成一个市场营销整体的循环关系：需要→欲望→需求→产品与服务→价值→交换与交易→市场→营销→新的需要。

　　（一）需要（Need）

　　需要是人感觉缺少某种东西的一种状态，因为感觉缺少就会设法去弥补，是人类经济活动的起点。它是市场营销学里最基本的概念。人的需要包括如下内容：基本生存的需要，即满足生存的食物、衣服和安全感的需要；社会需要，即满足归属感、情感的需要；追求知识和自我实现的需要。

（二）欲望（Want）

欲望与需要的概念分不清，是许多营销者经常犯的错误。欲望是指想满足需要的一种心理状态。它与需要不同的是，需要是与生俱来的，生产者和营销者难以参与；欲望则是生产者和营销人员可以参与创造的。例如，当人们不能满足于在地球内旅游时，企业就会开发新的旅游项目，如"太空游"，来满足人们的欲望。

（三）需求（Demand）

需求是指人们有能力并且愿意购买自己需要的产品的要求，是针对某一特定产品而言的。当然，人的欲望是无穷无尽的，可是每个人拥有的资源是有限的，因此只能根据有限的资源权衡轻重来选择商品，以得到最大的满足。比如，一个人想买房，又想买车，可收入有限，因此只能根据轻重缓急，先买房或先买车。

（四）产品与服务（Product & Service）

产品是满足人的需要和欲望的工具。产品的概念不仅仅局限于具体的物质实体物品，任何能够满足需要的东西都可以称之为产品。产品可以分为有形产品和无形产品。有形产品包括所有的实物，如房屋、汽车、家用电器、日常生活必需品等；无形产品包括各种服务、专业意见、价值观与审美观的表现，如音乐会、度假福利、捐助慈善机构等。越能满足消费者需要的产品越是畅销的产品，因此，生产经营者必须了解消费者的需求，经常留意产品带给消费者的利益。

（五）价值（Value）

面对市场上的多种产品的选择，消费者会估计并排列各同类产品对他的价值，然后购买对他而言价值最高的产品，即选择"顾客价值"高的产品。"顾客价值"也就是指购买产品的成本与拥有此产品的价值之间的差距。例如，近几年，在中国的大中城市里，汽车消费已逐渐成为人们消费的热点，但是，人们并不会盲目购买，而是会用自己有限的金钱来选择达到最佳利益的汽车产品。当然，他们并不能准确地计算产品的价值和成本，可是，他们会凭借自己的知觉来判断。必须注意到，产品的效用和消费者付出的代价之间的差距在很大程度上取决于顾客的价值观，如果人们认为得到的产品效用大于或等于付出的代价，才可能实现市场的交换。

（六）交换与交易（Exchange & Transaction）

交换是指通过提供某物作为报酬，从他人那里换取想要的物品或服务的行为。它是消费者获取产品以满足需要的方法之一，是现代社会最常见的贸易方法。交换是市场营销的核心概念。交换的基本条件为：要有两个或两个以上的当事人；交换各方拥有对方感兴趣的东西；各方有交换的欲望并有能力与对方交换；双方都有自由选择的权利。

交易是指交换双方之间的价值交换。交易成功与否至少要包含的条件有：有两件或两个以上的有价值的物品；彼此同意的条件、时间与地点；规范的道德或法律。交换是交易的基础，交易是交换的量度单位。

（七）市场（Market）

市场是商品交换关系的总和，是与商品经济相联系的经济范畴，是商品经济发展的产物。市场的存在与发展，取决于社会分工及商品生产。在商品经济存在的条件下，只有通过市场，商品的生产目的才能得到实现。市场是商品供求变化的晴雨表。市场必须具备三个基本要素：可供交换的商品；愿意购买商品的人；购买商品的能力。特别指出的是，正如菲利普·科特勒所说：市场可以围绕着产品、服务和任何有价值的事物发展。例如，当有人准备提供其劳动力以换取工资或产品时，劳动力市场就形成了，各种机构也应运而生，以协助劳动力市场的运行，如职业介绍所、就业咨询公司等。而在现代市场活动中，关系和网络成为市场交易实现的重要条件。

（八）营销（Marketing）

从市场的概念又可以引申出营销的概念。营销是整体市场营销循环关系的最后一环，同时也是下一个循环的开始，它是人们有意识地进行市场工作来促成以满足人们需要和欲望为目的的交易。在 21 世纪的中国，市场营销已是企业众多功能之一，与企业盈利和客户紧密相连，在企业中占有极其重要的地位。营销的核心活动包括：产品开发、研究、沟通、分销、定价、服务等。市场营销活动可以粗略地划分为宏观市场营销和微观市场营销两类。

宏观市场营销是指一种社会经济活动过程，其目的在于求得社会生产与社会需求之间的平衡，以达到满足社会需求的目标。为了保证宏观市场营销的顺利进行，就需要发挥政府的宏观调控职能，通过政府的计划、指挥、协调、监督和服务工作，对社会生产和社会需求的总量进行宏观调控。

微观市场营销是指某个组织的业务经营活动过程，其目的在于满足目标顾客或委托人的需要，实现组织的目标。企业的市场营销活动是以了解和满足顾客的需要为中心，以顾客为企业活动全过程的起点和终点，它包括与市场有关的一系列企业业务经营活动，如企业的市场营销研究工作、产品和品牌管理工作、新产品计划工作、包装、定价、销售、管理工作、广告业务、公共关系、仓库运输工作等。

由此可见，市场营销活动已经不仅仅是限于流通领域的活动，而是从商品开发之前的市场调查就已开始，直到产品生产出来、销售出去以后，为消费者的使用提供技术服务，以及进行信息反馈等整个过程。因此，市场营销原理已经成为一门包括经济学、社会学、美学、心理学、行为科学在内的综合科学体系。

三、市场营销学的研究对象与研究内容

（一）研究对象

市场营销学的研究对象是在市场经济条件下商品与劳务供求矛盾及其发展规律。具体地说，它是研究如何组织企业的整体活动，把消费者所需要的商品与劳务，通过交换从生产领域转移到消费领域的市场营销规律，包括市场调研、选择目标市场、产品开发、产品定价、渠道选择、产品促销、产品储存和运输、产品销售、提供服务等；研究如何寻求最优化的途径、策略与方法来满足顾客和其他组织对有形商品与无形商品的需求，从而实现企业盈利的目的。

（二）研究内容

市场营销学研究的内容很广泛，可以归纳为宏观和微观两个方面。

1. 宏观方面

从宏观方面看，市场营销学研究的主要内容有：研究市场营销的基本理论问题；分析市场

的构成、类型及企业营销的指导思想；研究市场调查与市场预测的方法，主要是测量市场需求，确定市场规模、顾客的消费动态、市场的变化规律等；研究影响企业市场活动的营销环境因素；分析市场消费影响因素，并研究消费者的购买行为等。这些内容是研究市场营销活动的理论基础。

2. 微观方面

从微观方面看，市场营销学研究的主要内容是市场营销的战略及具体策略分析：市场细分策略、市场营销组合策略、市场进入和发展策略、产品策略、定价策略、分销渠道策略和促进销售策略等。这些内容是市场营销学理论的应用部分。

第二节 市场营销管理哲学的比较

市场营销管理哲学，简称营销哲学，就是指企业在开展市场营销活动的过程中，在处理企业、顾客和社会三者利益方面所持的态度、思想和观念。

一、企业营销思想演变

企业的市场营销活动可以在不同的营销观念指导下进行，即企业用什么样的指导思想去从事营销工作，反映了该企业的一种经营思维方式，并在企业的市场营销实践中反映出来。企业的市场营销观念既由社会生产力和商品经济发展水平所决定，同时又对生产力和商品经济的发展有着巨大的反作用。企业经营观念的正确与否，不仅直接影响着企业经营的成败，而且对社会经济发展速度和效益也有着十分重大的影响。

随着世界经济和市场的发展，市场供求状况也在迅速地变化，由此导致了企业营销思想的相应变革。在过去的半个多世纪里，企业的营销思想的演变大致经历了以下几个阶段：

（一）以生产为中心的营销哲学

1. 生产观念

从工业革命至 1920 年间，西方经济处于卖方市场的形势状态。企业生产的产品，只要质量较好、价格合理，即使花色品种单一，也能够在市场上销售得出去。这时营销的重心在于大量生产，解决供不应求的问题。消费者的需要和欲望并不受重视。于是，在这种生产力状况下产生了生产观念。此观念认为，消费者喜欢那些可以随处买得到而且价格低廉的产品，企业应致力于提高生产效率和分销效率，扩大生产，降低成本以扩展市场。

实例分析

福特汽车公司的生产观念

　　福特汽车公司创办于 1903 年。1908 年初，创办人亨利·福特按照当时消费者（尤其是广大农场主）的需要，做出了明智的战略性决策：致力于生产同一规格、价格低廉、适合当时消费者需要的"T型黑色车"，并且在实施标准化的基础上组织大规模生产。此后十余年，福特车销售量迅速增长，最高一年达到 100 万辆。到 1925 年 10 月，福特汽车公司一天就能造出 9 109 辆"T型车"，平均每 10 秒钟一辆。在 20 年代中期的几年中，福特汽车公司的纯收入高达 5 亿美元，成为当时世界上最大的汽车公司。但是不久，随着美国经济增长，居民收入、生活水平提高，形势又发生了变化：广大消费者开始追求时髦，简陋的"T型车"虽然价廉，但已不能招徕顾客，因此销售量开始下降。可是，当时的亨利·福特脱离市场现实，顽固地坚持"不管顾客需要什么颜色的汽车，我只生产黑色的"观念，不愿意对产品加以改革。而通用汽车公司却时时刻刻注视着消费者需求的动态变化，适应当时的市场需要，不断创新，推出新颜色、新样式的汽车。于是，通用汽车公司的"雪弗兰"车开始排挤福特汽车公司"T型车"。1926 年"T型车"销售量陡降，到 1927 年 5 月，亨利·福特不得不停止生产"T型车"，改产"A型车"。在福特车改产期间，通用汽车公司乘虚而入，占领了福特车市场的大量地盘，成为汽车工业市场上新的领先者。

　　从上述案例看，可以得出如下结论：生产观念是一种重生产、轻市场营销的经营哲学。这种观念的形成有两个来源：一是供不应求，因而消费者更在乎得到产品而不是它的优点；二是成本太高，必须以提高劳动生产率来扩大市场。这是一种典型的"以产定销"的思想。这种观念能够得以存在，是以产品供不应求、不愁销路为条件，以大批量、少品种、低成本的生产更能适应消费需求为前提的。与这种市场环境相适应，企业普遍采用的是"以生产为中心"的管理方法，忽略了消费者的需求差异，从企业本身的意愿和特长出发，实施"我能生产什么，就卖什么"的销售策略。这时，企业主要考虑的是如何增加产量、降低成本，产品的销售还没有成为主要考虑的问题。

　　2. 产品观念

　　我国有一句商业名言："皇帝的女儿不愁嫁。"这是产品观念的真实写照。产品观念是生产观念的延续。在此观念指导下企业认为，消费者最喜欢高质量、多功能和具有某种特色的产品，企业应致力于生产高质产品，并不断加以改进，而对于市场需求是可以忽略的。这种观念也是产生于市场产品供不应求的"卖方市场"下，此时企业最容易出现"市场营销近视"，即不适当地把注意力放在产品上而不是放在市场需要上。

实例分析

上海蜜饯厂为什么走入困境？

上海蜜饯厂是一家创建于清朝道光年间的百年老厂，如今它生产的各类蜜饯的年生产量已从高峰时的 3 000 多吨，下降到 400 多吨，亏损额达到 68 万元；蜜饯承销店家在市内外总共只有 300 多家，而历史上最好的年份，单上海市内就有 3 000 多家。

改革开放前，上海蜜饯厂的经营无忧无虑。当时，该厂所产蜜饯集"京"、"广"、"闽"、"潮"、"苏"五方特色。传统产品奶油话梅、琥珀杏梅、香葡萄等都是部优、市优产品。无花果脯、玫瑰杨梅更是行销国外。市场上没有竞争对手，上海街头巷尾大大小小的南货店、糖果店、蜜饯店摆放的几乎清一色都是上海货。

但前几年，广东蜜饯一马当先进入上海百姓家；随后，浙江、江苏、福建等地的一些蜜饯名品在上海商店也纷纷露脸。遗憾的是，上海蜜饯厂处于市场竞争之中，却没有竞争意识，百年老厂看不起外地乡镇小厂的"原始"工艺，对它们善待商家的种种"攻心"、"公关"技巧，更是嗤之以鼻。外地小厂很善于翻出蜜饯新"花样"，百年老厂的评价却是"花头花脑"；外地小厂生产的蜜饯外包装很漂亮，百年老厂却认为"有啥稀奇"。但就在"不以为意"中，王中王话梅、佳宝九制陈皮等外省市蜜饯品牌，在上海市场上占据了越来越多的份额，有些商店甚至还挂起了泰国、菲律宾等国的"洋牌子"，唯独上海的"土产"蜜饯踪影难觅。上海蜜饯厂产品的市场覆盖率连连下降，企业效益频频滑坡，尽管后来该厂也生产起了小包装蜜饯，但"后发效应"总要大打折扣，难于从根本上摆脱失利的窘境。

此上述案例中，可以看出，致力于追求产品质量的产品观念，虽不是一个错误的观念，但是由于固执地认为"酒好不怕巷子深"，不屑于宣传推广自己的商品，只看到自己的产品质量好，看不到市场需要在变化，最终会致使企业经营陷入困境。

（二）以销售为中心的营销哲学

自 20 世纪 30 年代以来，由于科学技术的进步，加之科学管理和在"生产观念"驱动下的大规模生产，商品产量迅速增加，产品质量不断提高，买方市场开始在西方国家逐渐地形成，表现为即使商品的质量高、价格合理也不一定能卖出去。这就迫使企业开始重视市场销售问题。在激烈的市场竞争中，许多企业开始从生产观念或产品观念转移到了推销观念，转向如何将企业所生产出来的产品卖出去，千方百计实施"企业卖什么，人们就买什么"的销售策略。这些企业认为要想在竞争中取胜，就必须卖掉企业生产的每个产品；要想卖掉企业的产品，就必须引起消费者购买企业产品的兴趣和欲望，要想引起这种兴趣和欲望，企业就必须进行大量的推销活动。因此，企业开始重视运用推销技术和广告技术等各种推销手段，它们认为企业产品的销售量总是和企业所做的促销努力成正比的，以销售保生产、保利润，才能实现企业的市场目标。于是，推销观念开始在当时企业中流行。

推销观念认为，消费者通常表现出一种购买惰性或抗衡心理，如果听其自然的话，消费者一般不会足量购买某一企业的产品，因此，企业必须积极推销和大力促销，以刺激消费者大量购买本企业产品。推销观念在现代市场经济条件下被大量用于那些非渴求物品，即购买者一般不会想到要去购买的产品或服务。许多企业在产品过剩时也常常奉行推销观念。企业往往使用铺天盖地的广告、紧追不舍的人员推销和现场促销、盲目的价格战等促销手段引导消费者，实现企业销售过剩产品的目的。

推销观念虽然提高了销售工作在企业经营管理中的地位，但这种只强调推销不论需求的经营观念依然是从企业的产品出发的，没有超越"以产定销"的观念。

实例分析

认为顾客"无知"的企业其实最无知

推行以销售为中心的企业往往把对产品不专业的顾客看成是"无知"的，认为产品能不能卖出去主要看"引导和劝说"。出于这种思想，他们可能会夸大产品功能，打出人们关心的时尚旗号，比如环保、健康、绿色等，有些则把广告当作吸引消费者的唯一法宝，比如秦池酒厂不顾企业的成本核算花费 3.4 亿元力夺中央电视台广告标王……凡此种种，都不利于企业的长远发展。

市场营销理念的正确与否，关系着企业的生死存亡，因为它是企业营销管理的指导思想，是如何面对企业利益、顾客利益和社会利益，以什么为中心来开展企业的生产经营活动的问题。

（三）以消费者为中心的营销哲学

1. 顾客导向观念

顾客导向观念产生于 20 世纪 50 年代中期，这种观念与推销观念有着极大的不同。美国市场营销学家李维特教授就这两种观念的区别做了简要的说明：推销观念以卖方需求为中心；顾客导向观念以买方需要为中心。顾客导向观念认为，实现企业各项目标的关键，在于正确确定目标市场的需要和欲望，并且比竞争者更有效地传送目标市场所期望的物品或服务，进而比竞争者更有效地满足目标市场的需要和欲望。

第二次世界大战后，西方社会的生产力水平发生了革命性的深刻变革，欧美各国的军工工业很快地转向民用工业，工业品和消费品生产的总量剧增，造成了生产相对过剩。随之导致了产品市场上的激烈竞争，商品供过于求的矛盾更加突出，消费者在市场商品交换中开始居于主导地位。许多企业认识到传统的推销观念已经不再适应市场的发展，因此开始注意消费者的需要和欲望，并研究其购买行为。企业决策所考虑的逻辑顺序已经不是从既有的生产出发，不是以现有的产品去吸引或寻找顾客，而是"以销定产"，强调按照目标市场顾客的需要与欲望去组织生产和销售。企业从以生产者为中心转向以消费者为中心，并通过满足顾客的需要，来不断扩大市场销售，获得长期的利益。

这一观念上的转变是市场营销学理论上的一次重大的变革，从此结束了"以产定销"的局面。市场营销的观念进入现代营销哲学阶段，适应了世界经济形势的发展与变化。顾客导向观念是在根本上区别于前两个阶段的"以产定销"观念的现代企业经营思想，其营销观念的基本特征具体表现为：以消费者的需要为中心；通过营销策略组合来实现企业的目标；企业注重长远的发展。

2. 生态营销观念

生态营销观念又称为"相对优势观念"，是一种把生态学原理运用到市场营销活动中的经营思想。此观念认为，企业如同生物机体一样，要与其生存的环境相适应和相协调，强调"适者生存"原理。

生态营销观念认为：企业应该按照生态原理的要求，在了解市场的同时，还应该结合自己的长处、优势，根据本企业生产技术能力，生产自己擅长的产品，以满足市场某方面的需求。不论大小企业，只要按照自己的资源和能力进入适合自己的目标市场就有可能取得成功。

 实例分析

我国古代的生态营销观念

兵家常说"将三军无奇兵，未可与人争利"，"凡战胜者，以正合，以奇胜"。司马迁《史记·货殖列传》中说"治生之正道也，而富者必用奇胜"。书中还列举了卖油脂的雍伯、卖浆的张氏、卖肉制品的浊氏等商人，他们都是掌握一技之长，经营奇特的商品而致富的。后世的"张小泉剪刀铺"亦然。又如，清代山西太古县一个曹氏商人，有一年看到高粱长得茎高穗大，十分茂盛，但他觉得有些异样，随手折断几根一看，发现茎内皆生害虫。于是，他连夜安排大量收购高粱。当时一般人认为丰收在望，便将陈年高粱大量出手。结果高粱成熟之际多被害虫咬死，高粱歉收。而曹氏商人却因未雨绸缪，奇计获利。这些都是我国古代商家活用生态营销观念的实例。

从上述案例可以看出，我国古人早已熟练地运用了生态营销观念。生态营销要求企业知己知彼，客观分析竞争对手和自己的优势与劣势，扬长避短。企业的优势是时、空上比较中的优势，是相对的。企业必须运用自身实力，在关键的因素上建立自己的相对优势，在满足消费需求时，尽量做到在同一市场上区别于其竞争对手或具有与竞争对手抗衡的能力。

3. 社会营销观念

社会营销观念，又叫社会利益观念，是对现代市场营销观念的修改和补充。20世纪70年代菲利普·科特勒等人最早提出了"社会市场营销"的概念，促使人们将市场营销原理运用于保护环境、计划生育、改善营养、使用安全等具有重大推广意义的社会目标方面。

社会营销观念认为，企业的产品和服务不仅要满足消费者的需要和短期欲望，而且要其符合消费者的长远利益。此观念认为：企业在制定计划、进行市场营销活动时，要全面兼顾企业利润、消费者需求以及社会利益，使三者利益同向运行。

企业的任务就在于确定目标市场的需要与利益，不仅是眼前的需要与利益，而且还要顾及个人及社会的长远利益，然后调整企业的计划组织工作，更有效地使目标市场的顾客满意，同时维护和增进消费者利益和社会福利，承担相应的社会责任。

社会营销观念目前正逐步被企业所接受，因为在市场经济条件下，企业在其经营活动中如果不顾社会利益，给消费者或环境造成损害，消费者就会维护自己和社会的权益，全社会的压力就会影响企业的发展甚至生存。

近年来，国际、国内社会对于环境保护的重视和消费者要求健康消费的社会舆论越来越强烈，使得各级政府对有损于社会利益生产行为的打击力度也越来越严厉，这就使企业认识到，只有树立良好的社会形象来改善自己的生产和经营环境，企业的生产经营活动才有可能持续发展。

4. 大营销观念

在 20 世纪 80 年代后，由于国际市场竞争日趋激烈，许多国家和地区政府干预加强，贸易保护主义盛行。在此形势下，科特勒提出了一种新的市场营销观念：大营销观念。其基本含义是企业在进行营销活动时，不仅要顺从和适应市场环境，而且要影响它。对此，企业营销要从"4P"发展到"6P"，即增加权力（Power）和公共关系（Public Relations）。

大营销观念认为，一个企业或国家，在经济全球化的国际市场营销过程中，不应消极被动地服从外部环境和市场需求，而应借助于政治力量、外交手段、公共关系等，积极主动地改变外部环境和市场需求，以使商品打入目标市场。

5. 概念营销观念

概念营销观念是企业将市场需求趋势转化为产品项目开发的同时，利用说服与促销，提供近期的消费走向及其相应的产品信息，引起消费者关注与认同，并唤起消费者对新产品期待的一种营销观念。这种观念着眼于消费者理性认知与积极情感的结合，通过导入消费新观念来进行产品的促销，目的使用户形成对新产品与企业的深刻印象，建立起鲜明的功用、特色、品牌、形象、服务等概念，增强企业的竞争实力。

典型案例

惠普提出管理新概念

惠普公司近期发布了面向企业级市场的"平衡部署，全面管理"的策略，针对教育、物流、政府、金融、制造业等提出了"管理好办公室里每一张纸"的打印系统外包服务的营销新理念。它首先根据用户的打印环境和具体需要，选择合适的产品组合和摆放位置，从而在提高文印效率的同时尽可能地节省打印成本。惠普还组建了专家团队，除项目经理外，每个团队还包括了技术、服务和业务流程方面的专家，他们了解惠普在满足客户特定需求方面的能力，包括帮助优化客户的基础设施，管理业务环境，以及改善业务流程等。（资料来源：《环球时报》，2006-11-21）

现代营销学者们还在不断地提出新的营销哲学，如服务营销观念、竞争营销观念、风险营销观念、绿色营销观念、基准营销观念等。这些观念各有侧重，互相渗透包容，构成现代营销哲学的全部内容。

二、现代营销哲学和传统营销哲学的区别

上述几种营销哲学可以归并为两大类：一类是传统哲学，包括生产观念和推销观念；另一类是现代营销哲学，包括顾客导向观念、社会营销观念和生态营销观念。这两类营销哲学由于在观念上存在条件的不同，决定了企业在营销策略上所要达到的目标等方面都存在很大的差异。

（一）存在条件不同

以生产观念和推销观念为代表的传统营销哲学，是以卖方市场或个别产品的供过于求为存在条件的；而现代营销哲学是以买方市场为存在条件的。

（二）出发点不同

传统营销哲学是从企业或现有产品出发组织企业活动的；而现代营销哲学是从市场需要出发组织企业活动的。前者侧重内向，后者侧重外向。

（三）重点不同

传统营销哲学强调的是生产规模的扩大、产品质量的提高、产后对存货的推销与宣传；而现代营销哲学强调的是企业的整体营销活动，即不仅重视产后的推销宣传，而且注重产前的市场调查与预测，注重企业各部门以市场活动为中心的互相配合和互相协调。企业生产规模的扩大和产品质量的提高，都是建立在市场需求的基础上的。换言之，即市场的扩大和需求的提高。

（四）终点不同

传统营销哲学实际上是主张企业从销售现有产品中获取利润；而现代营销哲学则主张从满足市场需求中获取利润，市场需求的满足和企业利润的获取是一致的。

表1-1是传统营销哲学与现代营销哲学的对比。

表 1－1　传统营销哲学与现代营销哲学的对比

营销哲学		出发点	中　心	营 销 策 略	营 销 目 标
传统观念	生产与产品观念	企业	产品产量与质量	增加生产或提高产品质量	通过增加产量、降低成本来取得利润
	推销观念	企业	推销产品	提高产品质量或努力促销	通过促销来扩大销量，以达到获利目的
现代观念	顾客导向观念	目标市场	顾客需求	市场营销组合	通过满足市场需求达到长期获利目的
	生态营销观念	满足目标市场某部分需求	企业与环境相适应	建立企业的相对优势	通过适应环境变化，满足市场新的需求，区别于竞争对手，创造利润
	社会营销观念	目标市场	顾客需求和社会公众利益	多层次综合市场营销活动	通过满足市场需求、增进社会利益，达到长期获利目的

三、市场营销职能在企业中地位的变化

（一）市场营销是一种平等的功能

市场营销是一种平等的功能，即指将企业的营销部门看作与其他部门一样，具有同等重要的功能。如图 1－1 所示。

（二）市场营销比其他部门的功能更重要

市场营销比其他部门的功能更重要，即指将企业的营销部门看作比其他部门具有更为重要的功能与作用的组成部分。如图 1－2 所示。

（三）市场营销是企业中的一种核心功能

市场营销是企业中的一种核心功能，即指企业的其他部门都要围绕着企业的营销部门的工作运行。如图 1－3 所示。

图 1－1　市场营销是一种
平等的功能

图 1－2　市场营销比其他
部门的功能更重要

图 1－3　市场营销是企业中
的一种核心功能

（四）顾客是企业各部门共同运作与服务的中心

顾客是企业各部门共同运作与服务的中心，即指包括企业营销部门在内的企业各部门都为顾客服务。如图 1－4 所示。

（五）市场营销是直接为顾客服务的综合功能

市场营销是直接为顾客服务的综合功能，即指顾客是企业各部门服务的中心，企业营销部门是直接为顾客提供综合服务的部门。如图 1-5 所示。

图 1-4　顾客是企业各部门共同
运作与服务的中心

图 1-5　市场营销是直接为
顾客服务的综合功能

市场营销观念的演变过程，对于企业在市场经济条件下端正经营思想有极大的参考价值。但近来有些新的观点认为：完全依照消费者的需求，可能会压抑产品的创新，企业除了顺应市场、发现需求以外，更重要的还在于"创造市场"，以新产品诱导消费。正如索尼公司总裁盛田昭夫提出的一个观点："我们的政策是以新产品去引导消费，而不是先调查消费者喜欢什么产品，然后再投其所好。"因此，强调市场导向的同时也要重视技术进步和产品创新，要重视引导消费，这是决定企业与市场未来发展的重要因素。

本 章 小 结

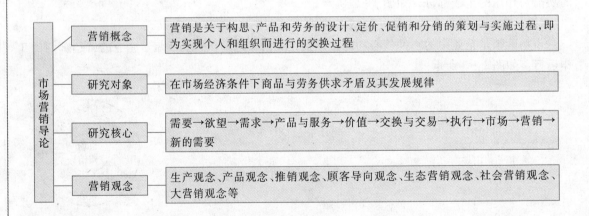

市场营销导论	营销概念	营销是关于构思、产品和劳务的设计、定价、促销和分销的策划与实施过程，即为实现个人和组织而进行的交换过程
	研究对象	在市场经济条件下商品与劳务供求矛盾及其发展规律
	研究核心	需要→欲望→需求→产品与服务→价值→交换与交易→执行→市场→营销→新的需要
	营销观念	生产观念、产品观念、推销观念、顾客导向观念、生态营销观念、社会营销观念、大营销观念等

核 心 概 念

市场营销　需要　需求　产品　价值　市场　生产观念　产品观念　推销观念　社会营销

观念　生态营销观念　大营销观念

同步测试

一、单项选择题

1. 在 20 世纪 30 年代以前，市场营销的研究领域还主要局限于（　　），真正的市场营销观念尚未形成。
   A. 生产领域　　　　B. 流通领域　　　　C. 交换领域　　　　D. 消费领域

2. 从营销理论的角度而言，企业市场营销的最终目标是（　　）。
   A. 满足消费者的需求和欲望　　　　B. 获取利润
   C. 求得生存和发展　　　　　　　　D. 把商品推销给消费者

3. 从市场营销的角度看，市场就是（　　）。
   A. 买卖的场所　　　　　　　　　　B. 商品交换关系的总和
   C. 交换过程本身　　　　　　　　　D. 具有购买欲望和支付能力的消费者

4. 最容易导致企业出现市场营销近视的营销观念是（　　）。
   A. 生产观念　　　B. 产品观念　　　C. 推销观念　　　D. 市场营销观念

5. 许多冰箱生产厂家近年高举"环保"、"健康"旗帜，纷纷推出无氟冰箱，以吸引消费者，它们所奉行的是（　　）。
   A. 市场营销观念　B. 社会营销观念　C. 生态营销观念　D. 概念营销观念

6. 要求市场营销者在制定市场营销政策时，要统筹兼顾三方面的利益，即企业利润、消费者需要的满足和社会利益的营销管理哲学是（　　）。
   A. 推销观念　　　B. 社会营销观念　C. 生产观念　　　D. 市场营销观念

7. 大营销观念的提出，使企业营销从"4P"发展到"6P"，即增加了两个因素是（　　）。
   A. 权力和控制　　　　　　　　　　B. 权力和公共关系
   C. 政府与行业协会　　　　　　　　D. 公共关系与市场环境

8. （　　）要求企业如同生物机体一样，要与其生存环境相适应和相协调，强调"适者生存"。
   A. 社会营销观念　B. 生态营销观念　C. 大营销观念　　D. 概念营销观念

二、多项选择题

1. 市场营销，本身包含两重意义，即（　　）。
   A. 企业的生产活动　　　　　　　　B. 研究企业如何占领市场的学科
   C. 一种社会性市场实践活动　　　　D. 生产者和消费者之间的交换过程

2. 交换的发生，必须具备的条件是（　　）。
   A. 至少有交换双方　　　　　　　　B. 每一方都有对方需要的感兴趣的东西
   C. 每一方都有交换的欲望与能力　　D. 每一方都可以自由地接受或拒绝

3. 从营销的角度看待市场，市场是由（　　）、（　　）和（　　）有机组成的总和。
   A. 供求　　　　　B. 人口　　　　　C. 购买力　　　　D. 购买欲望

4. 国际公认的保护消费者的利益表现为（　　）。
   A. 公平交易　　　　　　　　　　　B. 提供产品与劳务的安全性
   C. 有申诉的权利　　　　　　　　　D. 提供商品和劳务信息的真实性

5. 对消费者权利的维护，由监督机构进行，即（　　）。
   A. 国家监督　　　B. 社会监督　　　C. 行业监督　　　D. 国际监督

三、判断正误题

1. 市场是商品交换的场所。（　　）

2. 市场营销观念坚持以生产者为中心。（　　）

3. 在组成市场的双方中，买方的需求是决定性的。（　　）

4. 市场营销就是推销和广告。（　　）

5. 消费者之所以购买商品，根本目的在于获得并拥有产品本身。（　　）

6. 交换是一个过程。在这个过程中，如果双方达成了一项协议，就称之为发生了交换。（　　）

7. 市场营销的最终目标是企业获取利润。（　　）

8. 除了物资短缺、产品供不应求的情况之外，某种具有良好市场前景的产品，因生产成本很高，必须通过提高生产率、降低成本来扩大市场时，也会导致企业奉行生产观念。（　　）

9. 市场营销观念和社会营销观念的最大区别在于后者强调了社会和消费者的长远利益。（　　）

10. 一般地说，企业的利益方就是顾客、企业员工和股东。（　　）

 **实 训 项 目**

项目一：培养、利用现代营销新观念开展工作的能力

一、实训目标

(1) 掌握新旧营销观念的区别。

(2) 参与营销活动，培养以消费者为中心的营销理念。

二、内容与要求

(1) 填写表 1－2，了解新旧营销观念的区别。

(2) 参观本地优秀的企业，了解其企业市场营销理念。

表 1－2　传统营销哲学与现代营销哲学的对比

营销哲学		出发点	中心	营 销 策 略	营 销 目 标
传统营销观念					
现代营销观念					

项目二：案例分析讨论

法国一家经营强力胶水的商店坐落在一条鲜为人知的街道上，生意很不景气。一天，店主在门口贴了一张广告："明天上午 9 时，本店将用出售的强力胶水把一枚价值 5 000 法郎的金币贴在这面墙上，若有哪位先生或小姐能用手把它揭下来，这金币就属于您！"次日，人们将这里挤得水泄不通，电视台的录像车也来了。店主当众拿出一瓶强力胶水，在一枚金币的背面薄薄地涂上一层，将它贴在墙上。人们一个接一个来碰运气，结果金币纹丝不动。这一切都被电视台拍摄下来。从此，这家商店的强力胶水销量大增，供不应求。

讨论题：结合本章内容的学习讨论案例，以自己对营销观念的理解谈谈自己的观点与感受。

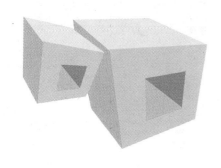

第二章

企业市场营销环境分析与评价

SHICHANG

知识目标

掌握企业市场营销环境的含义和特征

认识市场营销环境对企业营销行为的影响作用

了解企业分析和评价市场营销环境的基本方法

能力目标

培养认识企业面临的市场营销环境因素的能力

学会分析和评价市场营销环境的能力

星巴克神话

美国 2002 年某期《商业周刊》杂志刊登封面文章，对星巴克连锁店的成功进行了分析。文章认为，企业要想谋求发展就必须走全球化扩张经营的道路。

星巴克是市场经济的宠儿之一。1999 年，该公司在海外还只有 281 家连锁店，而如今，这一数目已经增加到了 1 200 家，而且星巴克还准备加大在全球的投入。

事实上，星巴克由一家小型企业成长为一家全球性大公司的故事简直就是一个神话。15 年前，星巴克仅在西雅图建有 17 家咖啡店，现在，星巴克的品牌形象已经在全球得到认同。该公司被评为世界 100 个最知名的品牌之一。自从公司于 10 年前挂牌上市之后，销售额以每年平均 20% 的速度递增，利润额每年的平均增长幅度为 30%。而且，其增长的趋势还在继续。与此同时，在华尔街，星巴克已成为投资者心目中的安全港，过去十年间其股价在经历了四次分拆之后已经攀升了 22 倍，收益之高超过了沃尔玛、通用电气、百事可乐、可口可乐、微软以及 IBM 等大公司股市收益的总和。

星巴克注重对产品及服务的开发以吸引消费者。2001 年 8 月 21 日，星巴克宣布在北美和欧洲的 1 200 家连锁店里推出高速无线上网服务，其合作伙伴包括德国电信和惠普等大公司。顾客可以在店里上网浏览页面、收发电子邮件以及下载信息，在最初几个月里，这一服务是免费提供的。星巴克管理层希望类似的创新服务能够吸引更多的年轻人到店里用餐。

在日本，星巴克自从 1996 年在东京开设了第一家连锁店之后现在已经有了 368 家，尤其是年轻的白领女性对星巴克情有独钟，她们表示价钱贵一些并不要紧，重要的是咖啡的滋味好。

星巴克甚至还在科威特、黎巴嫩、阿曼、卡塔尔以及沙特阿拉伯开设了店面，还与以色列方面进行了接触，但这一举动引起了阿拉伯国家的不满。这一事件说明，商业与政治还是密不可分的，进军全球市场对星巴克而言不仅意味着利润和知名度，而且还有很多潜在的风险。（资料来源：商业周刊，2002 年 9 月）

特定的环境因素是世界上任何事物都离不开的背景因素，市场营销活动也必然受其影响。从根本上看，企业的营销活动就是管理者们力图使企业的内部可控因素与外部不可控因素相适应的过程。因此，认识和分析企业的营销环境是企业经营管理活动必不可少的环节。对营销环境的认识也就是企业不断发现市场机会和防范竞争威胁的过程。企业的营销活动就在于谋求企业内部条件、外部环境和经营目标三者之间的动态平衡。

第一节 市场营销环境概述

一、市场营销环境的含义

市场营销环境包括宏观环境（Macro-environment）和微观环境（Micro-environment）两大类。宏观环境是指影响企业微观环境的社会因素，如政治、法律、人口、经济、社会文化、自然环境、科技等。这些社会因素是企业不可控制的因素。微观环境是由与企业营销有最直接关系的个体组成，如企业本身、供应商、营销中间机构、目标市场、竞争者和公众等。微观环境中所有的因素都会受到宏观环境中各种因素的影响和制约。这两种环境之间不是并列关系，而是包容与从属关系。如图 2-1 所示。

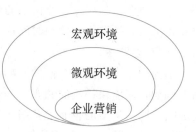

图 2-1 企业营销与环境因素

 实例分析

市场营销环境的影响

2000 年年底，我国禁止含有 PPA 的药品销售，迫使销售量极大的感冒药"康泰克"退出市场，从而导致了全国消费者对非 PPA 感冒药的需求急剧上升。2005 年 6 月 1 日，国际著名胶卷生产企业德国爱克法公司在科隆申请破产，这是因为它不敌数码相机的冲击，在重组企业以后第二次失败。（资料来源：中国就业培训技术指导中心.营销师国家职业资格培训教程.北京：中国广播电视大学出版社，2006）

由上例可见，不论企业的计划在主观上设想多么完善，而计划的执行终究不是在真空中，也就是说，企业的运行过程与其他事物一样，明显地受到周围环境的影响，即受企业所不能控制的各种因素的影响。虽然说，经营管理者往往无法去控制这种环境，但是毕竟可以通过努力去了解、预测和适应它。能否做到这一点，对于企业活动的成效是非常重要的。

二、市场营销环境的特征

（一）客观性

客观性是营销环境因素的主要特征。它的存在是不以企业意志为转移的，因此它表现为难以控制性。企业经营者必须清醒地认识到市场环境的客观存在性，必须认真研究其特征和发展的可能性，否则是很难在市场竞争中取胜的。

（二）动态性

动态性是指营销环境的各项因素不是一成不变的，由于受到多种因素的影响而处于变动之中。例如，对汽车行业来说，研究消费者的工作要随时进行，因为消费者对汽车的兴趣与爱好受到多种因素的影响，如省油、越野、豪华、便宜、外观新潮、外形传统等，这些因素时刻处于变动之中。

（三）有限性

与其他事物一样，企业面临的市场营销环境总是在一定的时间和空间发生的，对企业有影响的各项因素是有地域性和时间性的。

（四）差异性

不同的环境因素对企业的影响是不一样的；同一环境因素的变化，对不同企业的影响也不同。例如，环境保护法的颁布对一家水泥厂可能是灭顶之灾，但对于一家商场来说可能没有多大影响。同一类型的企业受营销环境变化的影响也是有差异的。例如，国家在 1998 年 4 月下达"传销禁令"，全面禁止传销（多层次直销），这对雅芳化妆品直销公司几乎是生死攸关的影响因素，可对于其他品牌化妆品厂商来说几乎没有造成影响。

 相关链接

传 销

关于直销，国际比较通行的看法是：指在固定销售店铺以外的其他场所，独立的销售人员以面对面的方式，通过讲解和示范的方法将产品和服务直接介绍给消费者的销售方式，包括单层次直销和多层次直销。直销典型的操作方式有两种：挨户访问销售（Door-to-door Retailing）和家庭销售会（Home-sales Parties）。我国学界一般把单层次直销称为"直销"，把多层次直销称为"传销"。按照世界直销联盟的定义，多层次直销（传销）是一种使用特殊奖金的制度，通过多层、独立的传销员来销售产品或劳务的销售方式。在我国，单层次直销必须经过批准，多层次直销则被禁止。（资料来源：王文艺. 市场营销实训指导手册. 杭州：浙江大学出版社，2004）

三、市场营销环境的构成因素

企业的市场营销环境可以分成三个层次，如图 2-2 所示。

在图 2-2 中，第一个层次是市场营销者，它可以是企业，也可以是独立的个人，处于市场营销环境的中心位置；第二个层次是微观环境，包括供应商、目标顾客、竞争者、公众、营

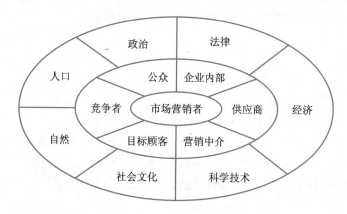

图 2-2　市场营销环境构成图

销中介、企业内部；第三个层次是宏观环境，包括政治、法律、人口、经济、社会文化、自然、科学技术等因素。

第二节　市场营销微观环境

市场营销微观环境是指对企业服务其目标市场的营销能力构成直接影响的各种力量，包括企业内部环境、供应商、营销中介、目标顾客、竞争者和社会公众。

一、企业内部环境

企业内部环境是指内部各部门对营销工作所产生的影响。营销策划的成功与否，不能仅仅注意到目标市场的需求，还要考虑到微观环境里的公司其他部门的影响。

（一）企业各职能部门

市场营销部是企业众多部门之一。企业的运作是建立在企业内部各部门分工协作的基础上的，如生产部门、采购部门、研究与开发部门、财务部门、市场营销部门等，因此，市场营销人员在设计及执行营销计划时，需要兼顾各部门的要求及彼此的合作。企业内其他部门的协作对市场营销部门的运作关系极大。例如，营销计划和策略的具体执行需要财务部门为其寻找财源，因此，必须要让财务部门了解营销计划的内容及资金估算，了解成本、收益率、风险度、销售目标等预算指标，使其心中有数，才能得到财务部门的支持；生产部门直接负责产品的生产，完美的产品是营销理念实现的保证，这当然要生产部门的密切配合才可能完成；市场调研预测以及新产品的设计开发工作都与企业的研究与开发部门密切相关；采购部则保证有足够的原料制造产品。由此可见，市场营销部门必须与其他部门保持紧密沟通与合作。

（二）最高管理层

最高管理层确定企业的使命、目标、一般战略和政策。市场营销目标从属于企业总目标。营销部门在制定计划时必须取得企业最高管理层的支持与配合，营销经理必须在高层管理部门所确定的计划范围内从事营销决策，否则营销策划难以实现。

二、供应商

供应商对企业的营销活动有着重大的影响。供应商决定了产品原料的价格、质量以及供应水平，直接制约着企业产品的成本、利润、销售量及生产进度安排。营销经理应密切关注主要原材料的价格变化趋势，以免因供应原料的提价而使原来预测的销售量减少。同时，也要注意到供应来源的可靠性，这就要一方面与主要的供应商建立长期的信用关系，另一方面又要避免原料来源的单一化，受制于人，因此，营销经理必须经常留意供应商的变化情况。

三、营销中介

营销中介是指协助企业推广、销售产品给最终购买者，融通资金、提供各种营销服务的企业和个人。它包括以下几种：

（一）商人中间商

商人中间商是指帮助企业寻找顾客或完成销售的分销公司，如批发商、零售商。它们购销商品，对其经营的商品拥有所有权；利用本身已经建立的销售机构，向制造商进货再销售给消费者。商人中间商是联系生产者和消费者之间的桥梁与纽带，它们直接与消费者联系，协调生产者与消费者之间存在的时间、地点、数量、品种的差异，它们的工作效率和服务质量直接影响到企业产品的销售状况。

（二）代理中间商

代理中间商是指专门协助企业达成交易，但不拥有产品所有权的中间商，如经纪人、代理商和制造商代表等。它们是买卖双方之间的交易中介，以收取佣金作为收入来源。

（三）物流公司

物流公司是指帮助制造企业存储产品以及运往销售地的专业组织，包括仓储公司和运输公司。企业必须权衡考虑成本、交货期、速度、安全等因素，决定成本和效益均佳的储存与运输方式。

（四）营销服务机构

营销服务机构是指协助企业寻找正确的目标市场并为其促销产品的机构，主要是提供促销服务的各类调研公司、广告公司、传播媒介公司、咨询公司等。企业必须审慎选择这些机构，因为这些机构在创意、价格、服务等方面有很大的差异，应本着优胜劣汰的原则定期检查其表现，以免出现失误。

（五）金融机构

金融机构是指提供信贷和资金融通的各类金融中间机构，如银行、保险公司、信托投资公司等。每一个企业都与它们有一定的联系和业务往来，企业应同这些机构建立稳定、有效的协作关系，因为资金成本的高低与信贷额度都会影响营销的绩效。

四、目标顾客

企业的目标顾客是指企业的服务对象，是企业产品的购买者和使用者。企业的目标顾客主要包括下述市场：

（1）消费者市场。指购买产品和服务供自己消费的个人和家庭所构成的市场。

（2）生产者市场。指为进一步加工或生产过程中使用而购买所需产品和服务的组织所构成的市场。

（3）政府市场。指为提供公共服务而购买产品和劳务的政府机构所构成的市场。

（4）中间商市场。指为谋利而购买商品和服务用于转售的组织机构所构成的市场。

（5）国际市场。指国外购买者所构成的市场，包括上述的几种类型。

企业必须仔细调查和研究不同市场的需求及其特点，以不同的服务方式提供不同的产品或劳务。市场是现代企业经营活动的出发点和归宿点，是企业得以生存和发展的根本，这种力量制约着企业营销决策的制定和服务能力的形成。

五、竞争者

只要存在商品生产和商品交换，就必然存在竞争。在同一产品市场上，企业会面临许多竞争者，企业的营销系统肯定会受到竞争对手的影响。这是企业开展营销活动必须考虑的十分重要的制约力量。

按照现代市场营销观念，如果企业要在竞争中成功，就必须在满足消费者欲望方面比竞争对手强。因此，企业首先要识别各种不同的竞争者，并采取不同的竞争对策。一般说来，企业面临着四种不同层次的竞争者。

（一）欲望竞争者

欲望竞争者是指消费者想要满足的各种欲望之间的可替代性。消费者在同一时刻的欲望是多方面的，但多数很难同时满足，这就出现了不同产品的竞争。例如，"十一"黄金周的实行，使消费者考虑到，究竟利用长假干什么？是全家旅游度假，还是学习充实、还是上街购物？每一种愿望都意味着消费者将在某一行业进行消费。

（二）平行竞争者

平行竞争者是指提供能满足同一种需求的不同竞争者。消费者会在确定目前需求的基础上进一步判定选择，即"采取什么方法能满足这一欲望"。假如上述消费者选择度假旅游，能满足旅游欲望的产品有许多，如张家界、漓江、玉龙雪山、海南岛、出国等，因此，对企业而言，消费者判定选择的过程使这些旅游产品的生产经营者之间形成一种竞争关系，它们也就相互成为各自的平行竞争者。

（三）产品形式竞争者

消费者在满足同一需求的产品中要进一步决定购买其中的某一类产品。如在旅游产品选购过程中，面临同种产品但不同规格的竞争产品。例如，旅游选择的交通工具有火车、飞机、汽车、轮船等不同方式。这类竞争者对企业而言属于产品形式竞争者。

（四）品牌竞争者

消费者在同一类产品品种中会面临品牌的选择，如在广东选择旅行社时，有广之旅、国旅假期、妇女旅行社等。因此，每个企业都应充分了解消费者的购买决策过程，确定目标市场的竞争者，了解其策略，熟悉其产品特征，做到"知己知彼"，扬长避短，以自身的优势去吸引目标市场的顾客，提高市场占有率。

六、社会公众

社会公众，对于企业实现其目标而言，是指具有实际的或潜在的利害关系和影响力的任何团体。在通常情况下，一个企业所面临的社会公众主要有以下七种：

（一）政府公众

政府公众指有关的政府机构，包括行业主管部门及财政、工商、税务、物价、商品检验等部门。企业在制定营销计划时，必须充分考虑政府的行动。

（二）媒体公众

媒体公众主要指能够播放新闻与评论，有广泛影响的大众传播媒体，如报纸、杂志、电台、电视等。他们对企业声誉以及形象的建立有十分重要的作用。

（三）融资公众

融资公众指影响企业获取资金能力的金融机构，其中包括银行、投资公司、保险公司、证券交易所等。

（四）社团公众

社团公众包括消费者组织、环境保护组织及其他有影响力的公众团体。他们可能对企业的营销决策提出质疑，企业应利用自己的公共关系部门协助企业与他们保持密切的关系。

（五）当地公众

当地公众指企业所在地附近的居民群众、社团组织等。随着社会经济的发展，企业在制定营销计划时，应关注当地公众的利益。

（六）一般公众

一般公众指上述各种关系公众之外的公众。一般公众虽然可能是一种松散的、非组织性的公众，他们没有严密的组织形式来关注企业行为，但他们对企业的印象却影响着消费者对该企业及产品的看法。因此，企业必须关注自身的"公众形象"，可以通过赞助慈善事业、设立消费者直接投诉系统等途径来改善和创造良好的微观环境。

（七）内部公众

企业内部的公众包括企业决策层、管理者、普通员工等。营销计划需要他们的理解和支持。企业经常向全体公司员工通报有关情况，是激励内部公众的方式之一。内部公众对企业的态度会影响到企业之外的公众对企业的看法。

以上这些公众可分为现实公众和潜在公众；顺意公众、逆意公众和独立公众；首要公众、次要公众和边缘公众。其中，影响力强的政府官员、社会名流、专家学者、大众传媒、社会团体是社会公众的"意见领导者"。

企业在制定营销计划时，不仅要考虑目标市场，还要考虑对公众利益的影响，考虑到公众会关注、监督、影响和制约企业的营销环境。企业要想得到公众的支持，必须仔细分析应该提供哪些可以得到公众响应的利益。

第三节　市场营销宏观环境

企业及其所处的微观环境都受一个更大的宏观市场环境的制约和影响。宏观环境的影响力既给企业带来机会，也会形成威胁。这种环境力量更是企业无法控制的，企业只能适应。宏观环境的影响力主要来自六个方面，包括政治与法律环境、人口环境、经济环境、社会文化环境、自然环境和科学技术环境。

一、政治与法律环境

政治、法律与经济是不可分割的。政府和法律机构都会为公众的利益制定有关的法律法规，以调节企业的运作。因此，从事市场营销的人员，必须懂得和遵守党和国家的方针政策和法令，要随时了解国内、国际重大的政治事件。因为在任何社会制度下，企业的营销活动都必定要受到政治与法律环境的限制和约束，这对营销决策的影响相当重要。

 典型案例

责　怪　谁？

在英国，曾经有一家著名的瑞士药品生产企业拒绝了英国政府提出的降价建议，不肯把自己公司生产的两种主要药品下调售价。不久，在英国政府向公众发布的安全药品目录中，这两种最赚钱的药品在目录中被删除，致使当年该企业的药品在英国市场占有率下降50%。这就是漠视政治因素带来的巨大损失。

（一）政治环境

政治环境是指国家的政治制度、政治倾向以及政府的方针政策对企业的营销产生直接或间接的影响。国家在不同的阶段和时期，依据不同的经济目标制定和调整方针、政策，这必然影响到各企业的经营方针。政治环境包括国内和国外两个方面。对于国内市场来说，党和国家的方针与政策的变化，会引起人们价值观念、生活方式等的变化，也直接影响到市场消费需求的变化。对于国际市场来说，从事营销工作必须注意目标市场的社会性质以及政治体制。研究它们的性质、体制、政策的目的是为了更好地了解它们所颁布的贸易法令、条例规章，预测出进入这个市场的可能性和前景。同时，营销工作还要考虑到各国的政治事件与政治稳定情况。

 相关链接

　　美国的罗宾逊曾提出一套方法，用以评估产品政策的政治敏感度，其方法是对十二个问题逐一回答是与否，将所评估的产品经过逐项作答，判断产品的政治敏感度。这些问题如下：

　　1. 该产品供应是否必须经过政治上的讨论后才能够确定？2. 是否有其他产品以该产品为原料？3. 该产品是否具有社会及政治的敏感性？4. 该产品对于农业生产是否十分重要？5. 该产品是否对国防产品影响？6. 该产品是否需要利用当地资源才能有效地管理？7. 该产品在近期是否有与之竞争的潜在产业？8. 该产品是否与大众传播媒介有关？9. 该产品是否属于服务业？10. 该产品的使用与设计是否基于某种法律的需要？11. 该产品对于使用者是否具有潜在的危险性？12. 该产品的营销是否会减少当地国的外汇收入？

　　以上问题的肯定性愈强，表示该产品的政治敏感性越高；反之，则表示政治敏感性越低。产品政治敏感性高可能成为营销的问题，也可能成为营销行为的保护伞，这必须与当地经济发展目标结合起来进行分析。

（二）法律环境

　　随着我国经济改革开放的发展和社会主义市场经济建设的逐步完善，法律对企业的影响日益增加。相对于方针政策而言，法律、法令、法规具有相对的稳定性。各项经济法令、法规颁布的目的是多方面的。营销者们比较留意的法例多与消费者权益有关，如版权法例、度量衡条例、商品内容标签条例、售卖货品条例、商标条例、不良医药广告条例等。社会监督团体亦希望通过法例去管制企业的运作，例如促请政府逐步全面禁止香烟广告等。营销者必须切实遵行这些条例的规定。因为某些通过执行的法例，可能会对公司的运作有很大影响。企业研究法律环境，主要的目的应该是一方面要守法经营、合法经营，另一方面是懂得保护自己的合法权益。

 相关链接

禁　烟

　　国际上，不少国家政府颁布法令，禁止在公共场合吸烟。北京市环境保护局早在1985年6月就发布法规禁止在机关办公室、会议室等公共场合吸烟。到21世纪初，办公场所、公共场合禁止吸烟已经得到消费者共识，香烟在上班族中的销量锐减。

从法律环境看，政府机构对企业监控的目的是比较明显的。首先是为了维持公平竞争，进一步保护企业。市场经济就是要使所有的企业有平等的机会参与竞争。政府要保护自由竞争，就必须通过立法限制垄断，不断打击不正当的竞争行为等。其次是为了保护消费者利益。一些企业的产品质量低劣，严重损害了消费者利益，这些都需要政府的监管和法律的严惩。再次是为了保护社会利益。企业如果在有利可图的经济利益诱惑下进行毫无节制的生产经营，不顾社会大众的利益造成环境污染，破坏了生态平衡，政府就应当制定法律、法令来确保企业对其后果承担社会责任。

（三）社会公众利益团体环境

社会公众利益团体的活动，对企业的营销活动会产生一定的压力和影响。比如，对于消费者保护和环境保护团体，企业的营销者既要善于应对消费者保护运动与环境保护运动的挑战，又要善于通过这些活动创造营销机会，这些社会公众利益团体对立法和社会舆论的影响很大。

 相关链接

压力集团

在发达国家，社会公众利益团体被称为"压力集团"，对政府立法、执法和舆论导向有很大的影响力，他们是不可忽视的社会力量。比如，近年来，来自保护消费者和环境方面的团体力量正在迅速壮大。国际环境保护组织的环保运动更是频繁而广泛，也得到了大众的支持与认可。1985年，经国务院批准成立的中国消费者协会，在维护消费者权益方面做了大量的工作，得到广大消费者的信任。

二、人口环境

人口是构成市场的基本要素。企业市场营销活动的最终对象是具有购买欲望和购买力的购买者。在一定的环境条件下，人口的多少直接决定市场的潜在容量。影响企业营销的人口环境因素是多方面的，具体包括人口的数量和增长速度，人口的地理分布，人口的年龄结构、性别、教育程度、家庭、职业等特性。这些因素的变化都会对市场需求产生深刻影响，所以，企业应密切关注影响人口环境的诸因素，以便根据行业优势，选择目标市场并制定相应的市场营销策略。

（一）人口的数量和增长速度

按总人口的多少大致可推算出市场的规模，如中国13亿人口就是一个很大的市场。进入21世纪，全世界人口已超过60亿。其中，80%的人口属于发展中国家。

据联合国公布，目前全世界人口增长率为1.7%，发展中国家高达2.1%。人口的增长必然会给企业乃至整个社会带来深刻的影响：一方面，无限制的人口增长与有限的地球资源的矛盾将日益加深，最终会导致食物供应不足、主要矿产缺乏、人口过度拥挤、污染和生活质量全面下降。另一方面，人口增长地区分布呈现不均衡，世界新增人口中90％将出生在发展中国家。人口高速增长与经济低速增长的矛盾会引发一系列社会经济问题，如哺育、教育、就业、住宅、交通等。再次，人类需要的增长与市场扩大之间也存在着矛盾问题。人口的增长意味着人类需要的增长，但这并不一定意味着市场的扩大。因为除人口因素外，市场的扩大取决于购买力的提高。如果在购买力没有大幅度提高的情况下，市场的容量将受到限制。并且，人口的增长必然加剧食物供应和资源需求的压力，最终导致成本的上升和利润的下降。人口各项指标的变化与企业的营销活动有重大关系，既有威胁，又有新的机会，给市场带来整体性和长远性的影响。

（二）人口的年龄结构

人口的年龄结构影响着市场结构的构成。从事市场营销工作的人，往往根据消费者的不同年龄细分许多不同的消费市场，如婴儿用品市场、青年用品市场、老人用品市场等。各种市场均有不同的需求以及不同的购买动机与习惯。

近几十年来，发达国家的人口死亡率普遍下降，人们的平均寿命延长，这意味着许多国家人口趋于老龄化。

 相关链接

人口老龄化

据美国人口情报资料统计，1983年世界上人口老龄化程度最高的国家有22个（即65岁以上人口占总人口的比例达到11％以上的国家有22个）。按照惯例，60岁以上人口超过总人口的10％的国家可被称为老龄化国家。我国1999年已进入老龄化国家行列。2006年，我国60岁以上的老年人口已经达到了1.44亿，占亚洲60岁以上人口的50％，而且还将以每15年1亿的速度增加，预计到2050年将达4.37亿。（资料来源：http：∥www.sinomarket.com）

人口老龄化对市场营销的影响是深刻的，老年人市场成为一个很有潜力的市场。首先，随着人口老龄化的速度加快，老人用品需求迅速增长；其次，老人市场也将成为旅游、健身等公司的争夺对象。

对于儿童市场而言，随着世界发展中国家计划生育和控制人口增长等一系列政策的实行，儿童在总人口中所占的比例下降。尤其是发达国家，人口出生率下降、儿童减少，必然会对儿童食品、儿童用品、儿童玩具等行业产生深刻的影响。企业不得不针对这一市场人口的变化而调整其市场营销策略。比如在美国，近来有些经营儿童食品和用品的公司，或者到人口出生率较高的国家去寻找市场，或者采取"转移"对策，进行公司重组，拓展其他业务。我国虽然近些年来控制人口增长，儿童在总人口中所占的比例下降，但由于儿童在家庭中的地位上升，并且过去对儿童市场未充分开发，因此，儿童需求对整个市场需求的影响越来越大。儿童市场也已发展成为我国的一个非常重要的市场，并日益引起企业的关注。

（三）人口的地理分布

许多国家的人口地理分布都具有两个主要特点：一方面是人口从农村流向城市。例如，日本人口已有79％以上集中在城市，而英国，加拿大、德国等国80％以上人口集中在城市。这些国家人口变迁的经验表明，人口从农村流向城市，使城市人口集中，这对零售商业结构的影响很大，促使城市市场迅速增长和扩大，造成了在城市中形成了繁华的商业区，出现许多百货商店和专业商店。美国的一些著名大零售公司正是在这一阶段为了适应人口的环境变化而建立和发展起来的。另一方面，由于市区房租昂贵，环境污染日益严重，汽车、高速公路、快速铁路的发展，近些年市中心人口逐渐移向郊区，郊区逐渐与都市连成一片，形成大都会城市，如日本东京，法国巴黎，美国纽约、中国上海、北京、广州等就是如此。这种人口流向的变化，促使郊区出现现代化的购物中心，使城市商业中心区的百货商店经营受到威胁，其市场占有率下降，因此影响到零售商业结构和零售商店的布局。

 相关链接

埃及和加拿大人的人口地理分布

埃及主要人口集中分布于尼罗河沿岸，其他部分为人烟稀少的沙漠，从这个意义上讲埃及是世界上人口最集中的国家之一，虽然其人口密度为106人/平方英里，不算太高。加拿大人主要分布于靠近加美边界的狭长地带。

此外，人口的地理分布与市场消费需求有密切的关系。在同一国家的不同地区，人们的消费需要、购买行为与习惯存在很大的差别。例如，不同地区的居民在服装、饮食上有明显不同的爱好。在我国，就饮食而言，"东甜西辣、南淡北咸"是对中国人饮食差异的形象概括。气候不同所造成消费差异也是显而易见的。比如，在我国，南方亚热带的气候使消费者对保暖服装和供暖设备的需求少，而对空调设备的需求大。营销者必须充分考虑人口地理分布的特征和其动态变化对商品需求及流向的决定性影响。

（四）人口的性别与家庭

妇女就业人数的增长，给市场带来较大的变化：首先是家庭收入增加为市场提供新的购买力；其次，职业妇女对服装、汽车、化妆品、托儿服务、代替家务劳动的家用电器及快餐业等需求增加，这些都给相关行业提供了市场机会。

现代家庭既是社会的细胞，也是商品采购的单位。家庭数量与家庭规模、结构对市场需求的影响很大。家庭数量的多少直接决定了一些家庭用品市场的容量；而家庭规模的大小又决定了家庭需求的品种、规格和档次。目前，世界各国家庭总的变化趋势是"大家庭"的观念在逐渐淡漠。由于家庭规模趋于小型化，使得家庭数量增加，家庭平均人数减少。这使得汽车、房屋、家用电器等家庭用品的市场需求大大增加。

三、经济环境

人的需求只有在具备购买能力才是现实的市场需求，所以，经济环境直接影响顾客的需求。营销者在分析目标市场时，必须留意各种经济趋势。在人口环境既定的情况下，社会购买力与市场需求规模呈正比。购买力是人们的收入、价格、储蓄以及信贷等可能性因素的综合体现。企业不仅应密切关注消费者的收入状况、支出模式及储蓄和信贷情况的变化，还要研究经济的宏观指标（比如，本年度工农业生产的增长、货币流通、就业、资源、能源等问题），适时推出应时的、可以满足不同层次消费者需要的产品。

（一）消费者收入

消费者收入，是指消费者个人从各种来源所得到的货币收入，通常包括个人的工资、奖金、其他劳动收入、退休金等。消费者收入形成了消费资料的购买力，这是社会购买力的重要组成部分。消费者收入的多少不仅决定着消费者市场购买力水平的高低，而且直接影响着消费者的支出行为模式。消费者收入的变化，不仅对生产经营消费资料的企业营销活动有重大影响，而且由于生产资料需求是由消费资料需求引发和派生出来的，因而，对生产经营生产资料的企业营销活动也会产生重大影响。

对营销活动影响最大的消费者收入是个人可支配收入和个人可任意支配收入。

1. 个人可支配收入

个人可支配收入是指个人应得收入减去应由个人负担的直接税及非税性负担（如工会会费、党费团费等）之后的余额。

2. 个人可任意支配收入

在个人可支配收入中，扣除消费者用于购买生活必需品的支出和固定支出（如房租、保险费、分期付款、抵押借款等）后所余下来的即为个人可任意支配收入。

这部分收入是消费者可以任意使用的收入，因而，也是影响消费需求构成最活跃的经济因素。这部分收入与企业推销非生活必需品有很大关系。此收入越多，企业营销的机会也就越多。因此，对大多数企业而言，研究个人可任意支配收入的变化，制定相应的产品营销策略，争取消费者把个人可任意支配收入中更大的部分投入购买本企业所营销的产品是至关重要的。

消费者收入还要受商品价格的影响，因此，还应区分货币收入与实际收入。在消费者的货币收入不变时，如物价下跌，则表明实际收入上升；反之，则表明实际收入下降。还有一种情况是货币收入虽然增加，但通货膨胀率超过货币收入增长率，实际收入也会减少。要清楚认识到，实际收入的变动直接影响着消费者的支出与购买投向。

（二）消费者支出

目标市场的总消费及各类支出是不断变动的。消费意向通常和储蓄意向相反，即储蓄愈多，则消费愈少；当消费者认为前景不明朗时，储蓄便会增多。中国香港回归以后，私人消费支出占香港总生产值接近90％，而主要的消费项目为饮食、服装、租金及财务。

消费者支出的变化受收入因素的影响，对此德国统计学家恩斯特·恩格尔提出了恩格尔定律：

（1）随着家庭收入的增加，用于购买食品支出占家庭收入的比重下降。

（2）随着家庭收入的增加，用于住宅建筑和家务经营的开支占家庭收入的比重大体不变（燃料、水电、冷藏等支出占家庭收入的比重会下降）。

（3）随着家庭收入的增加，用于其他方面（如服装、交通、娱乐、卫生保健、教育等）的支出和储蓄占家庭收入的比重就会上升。

 相关链接

恩格尔系数

恩格尔系数即食物支出所占家庭收入的比例，其计算公式为：食物支出变动的百分比÷收入变动的百分比。此理论表明：一个家庭收入越少，其总支出中用于食物的费用所占比例就越高；一个国家越穷，国民用于购买食物的费用所占收入的比例就越大。恩格尔系数越小，就表明生活越富有；越大，则表明仅能温饱甚至贫困。许多国家调查表明，恩格尔定律基本是正确的。例如，我国在改革开放以后，人民收入增长较快，目前我国城市中食物支出所占比例持续下降。在多数城市中，恩格尔系数已从 1978 年的 57％下降到 40％以下。企业从这个指标可以了解市场的变化趋势以及消费水平。

（三）其他因素

消费者支出模式除了主要受消费者收入影响外，还受家庭生命周期所处阶段及消费者家庭所在地点以及价值观念等多种因素的影响。

在家庭生命周期的不同阶段，其支出模式有很大的不同。比如，在一个没有孩子的新婚家庭，往往把收入用于购买汽车、家用电器、陈设艺术品等耐用消费品；而在一个有孩子的家庭，收入预算会更多地用于孩子的需求上，其中教育等方面的支出可能摆在第一位。而等到孩子自立之后，父母的可自由支配收入增加，其支出的重点又有可能偏重于医疗保健、旅游、购置奢侈品或储蓄等。

消费者家庭所在地点的不同，开支也不会一样。如住在城市中心的消费者和住在市郊的消费者相比，两者在住房、交通、食品等方面的开支是有不同的支出比例。

四、社会文化环境

社会文化环境是指由价值观念、生活方式、宗教信仰、职业与教育程度、相关群体、风俗习惯、社会道德风尚等因素构成的环境。在企业所面对的诸多环境中，社会文化环境是较为复杂的。各国、各地区和各民族的文化背景不同，风俗习惯、教育水平、语言文字、宗教信仰、价值观念等差异均很大。这种社会文化环境不像其他营销环境那样显而易见和易于理解，但对消费者的市场需求和购买行为会产生强烈而持续的影响，进而影响到企业的市场营销活动。企业应自觉采取与目标市场社会文化环境协调一致的营销策略，要投其所好，避其所忌，才能做好市场营销活动。社会文化环境因素在不同地区、不同社会是有所不同的，具体反映在以下几个方面：

（一）风俗习惯

不同国家或不同民族在居住、饮食、服饰、礼仪、婚丧等物质文化生活方面各有特点，形成风俗习惯的差别，这就是"乡规民俗"。企业在营销过程中应"入乡随俗"。

例如，我国人民，每逢春节都要进行大扫除，除旧更新，大量购买各种礼品互赠；而西方人每逢12月24日、25日就大量购买圣诞礼品，欢度圣诞节。掌握民俗，对推销产品是很重要的。

图案与颜色的使用也要注意不同地区、国家的习惯，如带六角形的包装、商标决不能向中东出口，凡猪形图案不能对信仰伊斯兰教的地区营销，而狗和猫头鹰的图案在非洲国家很不受欢迎。在颜色上也应注意。例如，包括我国在内的东方国家，一般都把红色作为生命的象征，吉祥喜悦的象征，礼品和节日用品的包装多采用红色。但是，瑞典、德国的消费者则认为红色是妖魔与死亡的代表，我国出口到瑞典和德国的烟花爆竹曾用红色包装，结果无人问津，后改用灰色包装才打开销路。

（二）语言文字

语言文字是交易双方沟通信息、洽谈生意、签订合同必不可少的工具。对国际通用的语言文字或目标市场的语言文字缺乏准确的了解，不能准确地运用，就有可能导致营销机会的丧失。事实证明，语言文字对营销成败的影响是无法回避的。

 典型案例

命名的力量

福特汽车公司把它的一种卡车命名为Frera，结果不能销往西班牙市场，因为在西班牙语中，Frera意为"丑陋的老妇"。美国另一汽车公司也犯了同样的错误："Maladar"在英文中意为"富有活力"，而把这种汽车投入波多黎各却发现此字的意思为"刽子手"，而恰恰此国的交通死亡率很高，用此牌汽车使人觉得不吉利。

相反，音意俱佳、耐人寻味的文字对打开销路有很好的促进作用，如"Coca-cola"，译成同音中文"可口可乐"，意为好喝、令人满意，很快被人们接受。

（三）宗教

宗教信仰影响人们的生活态度、价值观念、购买动机、消费倾向等。不同的宗教在思想观念、生活方式、宗教活动、禁忌等方面各有其特殊的传统，这将直接影响其消费习惯和消费需求。

欧美许多国家法定假日都与宗教有关，这些假日促进了商品的销售，如每年的圣诞节、复活节等。此外，伊斯兰教徒禁吃猪肉、饮酒，佛教和印度教强调精神价值等，这些都对市场营销产生直接或间接的影响。企业必须对宗教有一定的了解，否则会坐失良机，甚至触犯禁忌，造成失误。

典型案例

宗教的力量

我国某进出口公司曾经向科威特出口 700 箱北京鸭，因不注意该国宗教习惯，又不严肃对待合同规定，未按伊斯兰教的屠宰方法处理宰杀北京鸭，结果整批货物不但被拒绝进口，在政治上还遭受重大损失。

（四）价值观念

价值观念是指人们对于事物的评价标准和崇尚风气，是人们选择行为目的、行为方式的精神标准。从行为科学看，价值观念对行为的影响是客观存在的，它可以反映在不同的方面，如阶层观念、财富观念、创新观念、时间观念等，这些观念方面的差异无疑造成了企业不同的营销环境。比如，对一件新产品，各国消费者的接受态度就明显不同。美国人好奇，以新奇取胜。而德国人保守，法国人不相信新产品广告宣传等。西方国家因生活节奏快，方便食品十分盛行，而许多发展中国家却把享用方便快餐当作变换花样的一种方式。此外，日本重视集体力量，美国人重视个人力量……凡此种种，导致消费者需求各式各样，营销者在开拓市场时必须对此加以注意。

（五）教育水平

教育水平是指消费者受教育的程度。世界各国在教育程度和职业上的差异也会导致消费者生活方式、消费行为与消费者需求的差异。一般说来，受教育越多，对商品的鉴别能力越强，容易接受广告宣传和新产品，购买的理性程度高。因此，教育水平高低明显影响消费结构，影响着企业营销组合策略的选取，特别是销售推广的方式方法。

五、自然环境

自然地理的优劣对市场营销有明显影响。企业在市场营销研究中涉及的自然环境，主要是指企业本身的资源环境，如气候、地形、自然资源等。自然环境对市场经营活动发生直接或间接的影响。不同的地区，一方面向市场提供不同的工农业产品，同时所需生产资料也各不相同。人们的生活方式、生活习惯和物质内容的不同，对市场需求也各有差异。城市的分布状况以及交通状况、交通工具的选择等，对市场营销也有很大影响。假如交通条件与地理条件恶劣，不但影响到商品的运输时间与效率，同时提高了产品的损坏率。

自然资源的差异也影响一个国家或地区的经济与购买力。如盛产石油的科威特和沙特阿拉伯等国，其生活水平、购买力和消费结构等无不受石油生产的影响。有些国家，本身虽无丰富自然资源，但由于所在地理位置和交通状况，可进口原料加工输出，同样可获高度的经济发展，如早年的英国，近年的日本与新加坡等国。

由于公众对保护自然环境的日益关注，促使许多国家政府加强了环境保护工作的力度，企业的营销策略和目标的确定也必然面临生产、消费、资源、生态平衡等各方面的权衡和选择。这虽然在短期内会与经济增长和企业扩大生产发生矛盾，但从社会的长远利益和整体利益来看又是必要的。许多企业已经在其产品成分、设计和包装的决策中考虑环保的准则并研究与开发生态优质产品。如百事可乐公司开发一次性使用并可经固体废物处理程序而自然分解的塑料软饮料瓶；美欧石油公司研究出不含铅和含铅低的汽油等。

对企业营销者来说，要研究和分析自然环境趋势给市场营销带来的威胁与机会，主要涉及以下几个方面：自然资源的日益短缺，资源成本不稳定，环境污染严重，政府对环境保护干预的加强。

六、科学技术环境

科技发展速度快慢对市场经营起着显著的、多方面的影响。可以说，对人类生活最有影响力的是科学技术，人类历史上的每一次技术革命，都会改变社会经济生活。每一种新技术、新成果的出现，也都给企业造成新的市场营销机会。同时，产生的新兴技术与行业，必然给旧技术与行业带来巨大的环境威胁，使其受到冲击，甚至最终被淘汰。正如西方市场学所说，技术是一种"创造性的毁灭力量"。例如，晶体管的研制成功造成真空管业的淘汰。电气化、自动化的设备提高了劳动生产率，减少了劳动时间，改变了人们生活需要的产品和购买行为。所以，企业营销应及时观察到科技环境的发展变化，及时采取新技术、新工艺，由旧行业转入新行业，才能求得生存与发展。同时，产品设计一定要适合当时当地的技术水平。

新技术还造成了一些难以预见的长期效果。目前，人们已在能源制造、交通、通信、生物工程等方面做出了巨大成就，甚至开始期待星际旅行团的产生。抗生素问世以前，死于伤口感染的人不计其数，抗生素的问世大大延长了人的寿命，这使生产该类药品的企业迅速发展。许多发达国家进入"老年国家"行列，这给汽车业、旅游业、养老业等行业创造了市场营销机会。作为营销环境的一部分，技术环境不仅直接影响企业内部的生产与经营，还同时与其他环境因素互相依赖，互相作用。

相关链接

技术革命的发展给市场营销带来的影响

技术革命的发展给市场营销带来的影响主要体现在以下几个方面：

（1）产品生命周期明显缩短。

（2）技术革命极大地促进经济的增长。

（3）流通方式向现代化营销发展，消费模式和生活方式不断变革。如新技术革命的出现对零售商业结构和消费者购物习惯产生了很大影响，出现了"电视购物"和"网络购物"这种方式。

（4）对企业管理水平与人员素质要求不断增高。

（5）廉价劳力的优势在国际市场上逐步消失。

（6）技术贸易比重将不断增大等。

从上述影响因素可知，市场环境错综复杂，变化多端，市场营销者在特定的社会经济环境中，虽然不能控制这些环境，但直接或间接受其影响，因此，必须认识适应市场环境的必要性。一般来说，"适者销，违者滞"。所以，营销者们需要时时注意环境的变动，认真进行调查研究，及时改变营销策略，提高企业的适应性，以迎接环境带来的挑战及机会。正如菲利普·科特勒所说："聪明的营销者不仅要适应营销环境，还要设法对它进行超前引导。"

第四节　市场营销环境的分析与评价

企业的市场营销战略工作是从分析企业的市场环境开始的。现代企业应懂得并且能够根据掌握的市场信息，进行营销机会和环境威胁分析，这是企业制定和调整营销战略和计划时的依据。企业必须建立适当的分析与评价系统，关注市场营销环境的发展变化，制定应变计划，采取适当对策，成为能动的环境适应者。

在国际上，通用的营销环境分析方法为 SWOT 法。SWOT 即优势（Strength）、劣势（Weak）、机会（Opportunity）、威胁（Threat）的简称。所以，市场营销环境分析也称为机会和威胁分析，其任务就是对外部环境各要素进行调查研究，目的在于确认企业的营销机会和不利于企业的环境威胁。要注意的是，营销环境分析不是要列举出市场上所有可能影响企业营销活动的因素，而是要确认那些关键的值得做出反应的变化因素，以明确其现状和变化发展的趋势，并且根据企业自身情况作出相应的对策。

一、环境威胁和市场机会

企业所处的环境基本上有两种发展变化趋势：环境威胁与市场机会。企业进行分析的目的就是要寻找机会，规避威胁。

（一）环境威胁

环境威胁是指环境中不利于企业营销活动，甚至限制企业营销活动发展的因素。这种环境威胁对企业已经形成了挑战，如果置之不理，就会对企业的市场地位造成伤害。

环境威胁主要是以下几方面：一是直接威胁着企业生产经营。如从 2007 年 1 月 1 日起，广州禁止摩托车在市区行驶，这就直接威胁着摩托车生产企业在广州的经营。二是因为企业的目标与任务或企业资源与环境因素相矛盾。例如，国际上规定必须减少飞机的噪声，这一环境变化使所有的飞机制造企业面临威胁；为了保护人类大气环境，国际社会要求各国政府颁布法令，完全禁止生产企业生产用氟利昂制冷的冰箱、空调等产品，这必然给相关企业的生存与发展带来威胁。三是可能来自国际经济形势的变化，如 1997 年爆发的东南亚金融危机，给世界多数国家的经济和贸易带来负面影响，受其威胁的企业不计其数。

（二）市场机会

市场机会即对企业营销有利的各项环境因素的总和。对于企业面临的环境机会，企业应冷静地做出恰当的评价，结合自身的能力以及资源优势，及时将其转化为企业可真正获利的机会。世界上没有任何一家企业可以依赖目前的产品与市场永远生存，正如中国名言"居安思危"所说，企业要不断把握机会，才可能保持持续发展。

由于营销环境的动态性，机会和威胁有可能在一定条件下互相转化，而且，环境因素中往往同时蕴涵着机会与威胁。比如，能源危机本身对汽车生产企业是个环境威胁，但是，由于消费者出于"省油"的动机需要换去原有的耗油高的汽车，这对汽车企业又是个机会。

因此，企业在进行营销环境分析时必须收集大量的环境信息，建立信息系统，研究宏观营销环境和微观营销环境各个方面。在专家小组有组织的调研前提下，将所有可能影响企业经营的环境因素变化的事件逐一评审，从中筛选小组一致认定的对企业经营将有不同程度影响的事件。可以采用"矩阵分析法"对这些事件进行分析，最后确定企业营销环境的市场机会和威胁。矩阵分析法是指根据机会与威胁程度的高低，将营销环境分为四种类型，具体如图 2-3 所示。

图 2-3　机会与威胁分析矩阵图

二、企业对市场机会和威胁的反应

根据图 2-3，企业在进行环境分析的基础上还要针对不同的威胁和机会采取不同的措施，具体来说有以下几个方面：

（一）理想环境

理想环境是威胁程度低、机会程度高的环境，是收益大于风险的经营环境。企业应该牢牢抓住机会，及时制定业务发展计划，把机会付诸实践。

（二）成熟环境

成熟环境是威胁程度低、机会程度高的环境，是发展平稳的环境，可作为企业的常规经营环境。企业应稳妥把握，利用此环境作为企业持续发展的保证。

（三）风险环境

风险环境是威胁程度和机会程度均高的环境，这种环境既可能蕴涵很大的机会，也可能蕴涵很大的威胁，一般高科技产品市场这种环境最多。必须注意的是，企业对这种市场机会要慎重评估。

相关链接

慎重评估的环境

美国市场学家希奥多·莱维特曾用诗一样的语言告诫企业家们要小心把握这种市场机会，他说："这里可能是一种需要，但是没有市场；这里可能是一个市场，但是没有顾客；这里可能是一个顾客，但是没有推销员。"

（四）困难环境

困难环境是威胁程度高和机会程度低的环境。企业应尽量要避免。但如果已经面临，企业有三种可能的对策选择：

1. 反抗

反抗即试图限制或扭转不利因素的发展。

典型案例

中国纺织品出口的不利环境

2005年5月，面对美国和欧盟对中国纺织品出口提出的数量限制，纺织企业遭到美欧贸易保护政策的威胁。中国政府为了对付这一严重的环境威胁，一方面，在舆论上提出严正抗议；另一方面，主动提高纺织品出口关税为原有的五倍，并向有关国际组织提出起诉，要求仲裁。同时中国提出，如果对方不改变贸易保护政策，中国将对美欧产品的进口也采取相应的措施。结果，扭转了不利的环境因素。

2. 减轻

减轻即通过调整市场营销组合等来改善企业环境的适应性，以减轻环境威胁的严重性。

典型案例

可口可乐公司应对百事可乐公司竞争的策略

当可口可乐的年销售量达 300 亿瓶时，在美国的饮料市场上突然杀出了百事可乐。它不仅在广告费用的增长速度上紧跟可口可乐，而且在广告方式上也针锋相对："百事可乐是年轻人的选择，青年人无不喝百事可乐。"可口可乐面对这种环境威胁，及时调整市场营销组合，来减轻环境威胁的严重性：一方面，聘请社会上的名人（如心理学家、精神分析家、应用社会学家、社会人类学家等），对市场购买行为新趋势进行分析，采用更加灵活的宣传方式，向百事可乐展开了宣传攻势；另一方面，花费比百事可乐多 50% 的广告费用，与之展开了一场广告战，力求将广大消费者吸引过来。经过上述努力，收到了一定的效果。（资料来源：http://www.marketing.icxo.com）

3. 转移

转移即企业转移到其他盈利更多的行业或市场。例如，烟草公司可以适当减少香烟业务，增加食品和饮料等业务，实行多元化经营。

三、SWOT 分析法

具体做法是把对企业经营有影响的各种环境因素一一列出，并确认企业当前的优势和劣势，评价环境因素对企业发展带来的机会和威胁水平，采用适当的计算方法，得出企业总体环境状况，然后制定相应的战略。图 2-4 为 SWOT 分析法图示。

内部因素 外部因素	优势（S）	劣势（W）
机遇 （O）	SO 战略 依靠内部优势 利用外部机遇	WO 战略 利用外部机会 克服内部劣势
威胁（T）	ST 战略 利用内部优势 避开外部威胁	WT 战略 减少内部劣势 回避外部威胁

图 2-4 SWOT 分析法

本 章 小 结

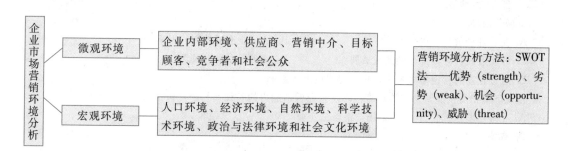

核 心 概 念

　市场营销微观环境和宏观环境　消费者市场　生产者市场　政府市场　个人可支配收入
个人可任意支配收入　恩格尔定律　SWOT分析法

同 步 测 试

一、单项选择题

1. 影响消费需求变化的最活跃的因素是（　　）。

　　A. 人均国内生产总值　　　B. 个人可任意支配收入　　C. 个人收入　　D. 个人可支配收入

2. 恩格尔定律表明，随着消费者收入的提高，恩格尔系数将（　　）。

　　A. 越来越小　　　　　　B. 保持不变　　　　　　C. 越来越大　　　D. 趋近于零

3. （　　）主要指一个国家或地区的民族特征、价值观念、生活方式、风俗习惯、宗教信仰、伦理道德、教育水平、语言文字等的总和。

　　A. 社会文化　　　　　　B. 政治法律　　　　　　C. 科学技术　　　D. 自然资源

4. 对市场机会的分析认为，企业最好的市场机会是（　　）。

　　A. 成功的可能性大

　　B. 潜在的吸引力大

　　C. 成功的可能性和潜在的吸引力都大

　　D. 潜在的吸引力大，但成功的可能性小

5. 威胁水平高而机会水平低的业务是（　　）。

　　A. 理想业务　　　　　　B. 冒险业务　　　　　　C. 成熟业务　　　D. 困难业务

6. 企业的营销活动不可能脱离周围环境而孤立地进行，企业营销活动要主动地去（　　）。

　　A. 控制环境　　　　　　B. 征服环境　　　　　　C. 改造环境　　　D. 适应环境

7. 政府颁布有关禁烟的一些法令，对烟草企业来说是（　　）。

　　A. 威胁　　　　　　　　B. 机遇　　　　　　　　C. 无影响　　　　D. 无法判断

8. 规避市场风险的对策主要有（　　　）。

    A. 撤退   B. 减轻   C. 反抗   D. 顺势

二、多项选择题

1. 市场营销环境（　　　）。

    A. 是企业能够控制的因素   B. 是企业不可控制的因素

    C. 可能形成机会，也可能造成威胁   D. 是可以了解和预测的

    E. 通过企业的营销努力是可以在一定程度上去影响的

2. 微观环境指与企业紧密相连，直接影响企业营销能力的各种参与者，包括（　　　）。

    A. 企业本身   B. 市场营销渠道企业   C. 顾客

    D. 竞争者   E. 社会公众

3. 营销部门在制定和实施营销目标与计划时，要（　　　）。

    A. 注意考虑企业外部环境力量   B. 注意考虑企业内部环境力量

    C. 争取高层管理部门的理解和支持   D. 争取得到政府的支持

    E. 得到其他职能部门的理解和支持

4. 消费者收入中的（　　　）等对市场营销活动影响较大。

    A. 消费者总收入   B. 消费者个人可支配收入

    C. 消费者个人可自由支配收入   D. 消费者货币收入

5. 在社会文化环境中，宗教信仰影响着人们的（　　　）等方方面面。

    A. 生活态度   B. 生活方式   C. 购买动机   D. 消费倾向

三、判断正误题

1. 在一定条件下，企业可以运用自身的资源，积极影响和改变环境因素，创造更有利于企业营销活动的空间。（　　　）

2. 自从我国计划生育政策实施以来，人口出生率下降，新生婴儿和学龄前儿童减少，一方面给儿童食品、童装、玩具等生产经营者带来威胁；另一方面由于家庭小孩数的减少，又给高级益智玩具、儿童食品带来机会。（　　　）

3. 恩格尔系数越小，生活水平越低；反之，恩格尔系数越大，生活水平越高。（　　　）

4. 许多国家政府对自然资源管理的干预有日益加强的趋势，这意味着市场营销活动将受到一定程度的限制。（　　　）.

实 训 项 目

项目一：企业市场营销环境因素调查

一、实训目标

(1) 认识市场营销微观环境和宏观环境及其特征。

(2) 能运用消费者市场、生产者市场、政府市场、中间商市场不同特点分析问题。

二、内容与要求

(1) 全班交流研讨，分析讨论在加美睡衣大战中，造成沃尔玛公司处境困难的原因是什么？

（2）结合案例分析政治环境与法律环境对企业有哪些影响？谈谈自己的看法。

案例：沃尔玛公司引起美加之争

美国和加拿大之间曾经围绕"古巴睡衣"问题发生了一场政治纷争，各大报刊争相报道："古巴问题：沃尔玛公司因睡衣而陷入困境"、"将古巴睡衣从加拿大货架撤下，沃尔玛公司引起纷争"、"睡衣赌局：加拿大与美国赌外交"、"沃尔玛公司将古巴睡衣放回货架"，而夹在两者之间的是著名跨国公司——沃尔玛公司。这一事件是由美国对古巴的禁运引起的。美国曾经订立赫尔姆斯—伯顿法，这一法律禁止美国公司及其在国外的子公司与古巴通商。沃尔玛加拿大分公司采购了一批古巴生产的睡衣，美国总部的官员得知此批睡衣的原产地是古巴后，便以其违反了美赫尔姆斯—伯顿法为由，发出指令要求撤下所有古巴生产的睡衣。而加拿大认为加拿大人有权决定是否购买古巴生产的睡衣，为美国法律对其主权的侵犯而愤怒不已。这样，沃尔玛公司便成了加、美对外政策冲突的牺牲品：公司如果在加拿大继续销售那些睡衣，则会因违反美国法律而被处以 100 万美元的罚款还可能因此而被判刑；但是如果将加拿大商店中的睡衣撤回，按照加拿大法律，会被处以 120 万美元的罚款。

项目二：SWOT 分析能力训练

一、实训目标
能运用 SWOT 分析方法评价企业营销环境。

二、内容与要求
调查本地产品、企业、市场，搜集资料，针对一家产品或企业进行 SWOT 分析和评价。

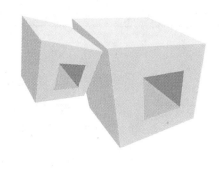

第三章

市场调研

SHICHANG

知识目标

了解市场调研的含义与内容

掌握市场调研的步骤

了解市场调研的方法

能力目标

掌握市场调查问卷设计的方法技巧和注意事项

掌握市场调研基本的预测方法，对市场需求和产品销售做出

合理的预测

引例

把"刮胡刀"推销给女人

男人长胡子，因而要刮胡子；女人不长胡子，自然也就不必刮胡子。然而，美国的吉列公司却把"刮胡刀"推销给女人，居然大获成功。

吉列公司创建于1901年，其产品因使男人刮胡子变得方便、舒适、安全而大受欢迎。进入20世纪70年代，吉列公司的销售额已达20亿美元，成为世界著名的跨国公司。然而吉列公司的领导者并不以此满足，而是想方设法继续拓展市场，争取更多用户。就在1974年，公司提出了面向妇女的专用"刮毛刀"。这一决策看似荒谬，却是建立在坚实可靠的市场调研的基础之上的。

吉列公司先用一年的时间进行了周密的市场调研，发现在美国30岁以上的妇女中，有65％的人为保持美好形象，要定期刮除腿毛和腋毛。这些妇女之中，除使用电动刮胡刀和脱毛剂之外，主要靠购买各种男用刮胡刀来满足此项需要，一年在这方面的花费高达7 500万美元。相比之下，美国妇女一年花在眉笔和眼影上的钱仅有6 300万美元，染发剂5 500万美元。毫无疑问，这是一个极有潜力的市场。

根据市场调研结果，吉列公司精心设计了新产品，它的刀头部分和男用刮胡刀并无两样，也是采用一次性使用的双层刀片，但是刀架则选用了色彩鲜艳的塑料，并将握柄改为弧形以利于妇女使用，握柄上还印压了一朵雏菊图案。这样一来，新产品立即显示了女性的特点。

为了使雏菊刮毛刀迅速占领市场，吉列公司还拟定了几种不同的"定位观念"到消费者之中征求意见。这些定位观念包括：突出刮毛刀的"双刀刮毛"；突出其创造性的"完全适合女性需求"；强调价格的"不到50美分"；以及表明产品使用安全的"不伤玉腿"等等。最后，公司根据多数妇女的意见，选择了"不伤玉腿"作为推销时突出的重点，刊登广告进行刻意宣传。结果，雏菊刮毛刀一炮打响，迅速畅销全球。（资料来源：http://zhidao.baidu.com/）

企业的生存与发展离不开市场环境，企业开展营销工作必须在了解市场营销环境的基础上进行。因此，进行市场调研、开展市场预测是市场营销活动不可或缺的重要组成部分。

第一节　市场调研的含义和内容

一、市场调研的含义

市场调研就是科学地、系统地、客观地辨别、收集、整理和分析有关市场营销活动的各方面的信息，为企业营销管理者制定有效的市场营销决策提供重要的依据。它是对市场营销活动全过程的分析和研究。

这个定义表明：

（1）市场调研是以营销管理为服务对象的有目的的活动，它是为营销决策或市场预测而展开的市场信息收集与研究的过程；

（2）为保证收集资料或数据的准确性，市场调研人员必须从实际情况出发，力求信息的客观有效。

二、市场调研的作用

市场调研是指为做出正确的营销决策或市场预测而进行的以市场为对象的调查研究活动，主要作用是通过信息把营销者和消费者、顾客及公众联系起来，这些信息用来辨别和界定营销机会和问题，产生、改善和估价市场营销方案，监控市场营销行为，改进对市场营销过程的认识，帮助企业营销管理者制定有效的市场营销决策信息。它的作用表现在：

（1）市场调研是了解市场的重要手段。通过调研，企业可以了解有关市场需求的因素，包括人口数量、购买力水平、消费结构、消费特点及趋势；还可以了解产品供应情况及竞争者情况，为企业营销决策提供依据。

（2）市场调研是企业进行正确市场定位的前提和基础。企业只有通过市场调研，对内部环境和外部环境进行正确、全面、深入的分析，了解和掌握市场及其发展趋势，才能进行正确的市场定位，建立适合的营销策略。

（3）市场调研是企业制定营销策略的重要依据。通过市场调研，企业能够收集到比较齐全和准确的市场信息，并对这些信息进行科学的分类、分析和研究，制定出科学的营销策略，从而减少失误，降低风险。

（4）市场调研可以帮助企业评估、监测市场运营状况。企业营销决策方案一旦形成，就需要不断地监控实施效果。企业营销管理者需要通过市场调研，获得市场经营状况的及时反馈，了解某一种营销策略的执行情况，及时进行方案调整，否则可能会带来不必要的资源浪费。

（5）市场调研便于企业发现市场空缺和市场机会。市场竞争环境下的企业必须不断地寻找增长点，因而企业需要不断通过市场调研获得消费者实际需求与理想需求的差距，分析市场空缺，准确把握市场机会。

市场调研是经营决策的前提，只有充分认识市场，了解市场需求，对市场做出科学的分析判断，决策才具有针对性，从而拓展市场，使企业兴旺发达。

三、市场调研的内容

市场调研的内容广泛而复杂。原则上，凡是直接或间接影响市场营销的信息情报都属于收集、整理和研究的范围，在开展市场调研的过程中，要运用多种技术，对行业、市场、企业以及消费者信息进行动态的监控与把握，以期在洞悉市场运行特点与规律的基础上确定调研战略，展开调研活动。具体来讲，有以下内容：

（一）市场营销环境调研

企业经营的市场环境主要是指在较大的范围和较长的时间内，对企业经营活动发生较大影响的宏观因素，以及企业目标市场所在地的各种微观环境因素。企业开展市场营销环境调查的主要目的有：

（1）及时发现市场可能提供的各种机会，以便进一步利用市场机会；

（2）及时发现市场环境对企业可能产生的威胁，以便避免或减轻不利的环境因素对企业造成的影响。包括对政治法律环境、社会经济环境、思想文化环境和竞争环境的调查，以便了解党和国家的方针政策，特别是经济法规政策；了解消费者教育水平、文化层次结构、购买动机及行为；了解竞争企业的市场地位和营销策略，只有做到知己知彼，方可百战不殆。

（二）消费者消费行为调研

消费者调研是指对于产品购买者在购买动机、购买行为模式、购买过程等方面所进行的调查研究活动。消费者需求是产品的基点与起点，成功的产品定位必须建立在对消费者需求的深刻理解与把握上。在产品研发、定位的各个阶段都要深入调研，把握消费者需求特征以及需求的变化，并积极主动地将消费者的意见与建议纳入产品研发之中。

一般来说，对消费者的调研内容包括目标消费群的类别、身份、购买能力、购买欲望、购买动机、购买习惯、心理特征、文化背景等各个层面，比如中国传统的文化价值观中的以"根"为本的文化、中庸文化、和文化等都很大程度上影响着中国消费者的消费行为，因此，谁真正能够了解消费者的需求，并进行准确的市场定位，满足消费者的需求，谁才能赢得市场的主动。

 相关链接

对于"七个O"的调查

企业可以从"七个O"对消费者的购买行为和购买动机进行调查。"七个O"是指第一个字母是"O"的七个英文单词，即 Occupants（购买者）、Objects（购买对象）、Objectsives（购买目的）、Organizations（购买组织）、Operations（购买方式）、Occasions（购买时间）、Outlets（购买地点）。

（三）市场竞争调研

市场竞争调研是通过市场情报采集与分析技术，对竞争环境、竞争对手、竞争态势、竞争目标和竞争策略进行综合信息分析与研究，主要为企业提供市场竞争对手和参与者的概况、能力、优劣与策略等方面的信息，为企业制定竞争策略提供支持。

1. 市场竞争情报调研

竞争情报具体包括世界经济形势、国家发展环境、产品市场概况、企业主要产品及同类产品信息、主要竞争对手信息，从价值链的角度确定的主要合作伙伴、上游的供应商、下游的重要客户信息，另外还有行业协会、研究院所、专业的门户网站和媒体、主要专家等发布的各类信息。竞争情报的使用者主要包括企业决策层、企业产品研发人员和企业营销人员等。竞争情报可通过公开和非公开的信息源来收集。在当今这个信息爆炸的时代，怎样收集、管理和使用情报并做好决策将决定新产品研发的成败。

2. 主要竞争对手信息调研

企业管理者、产品研发人员要随时关注主要竞争对手的动态，只有充分地掌握竞争对手的信息，才能在洞悉竞争对手的竞争战略、竞争策略、营销方式、产品特点的基础上，运用综合的定位技术，与竞争对手进行有效的区隔，从而在消费者心目中建立清晰的品牌形象，准确切入市场。

一般来说，对竞争对手的调研包括以下几方面内容：

（1）产品策略分析。包括竞争对手产品线的长度和宽度、新产品研发的实力、产品结构工艺、产品组合、产品的最主要卖点和优势、产品更新换代周期等。

（2）价格策略分析。包括竞争对手的价格水平，几种主要产品的详细价格，价格变动频率，进货价、零售价与结算价、返利之间的相互关系等。

（3）渠道策略分析。包括竞争对手的渠道数量、渠道的实力、对渠道的管控能力、政策、终端分布、终端管理水平、终端数量等。

（4）促销策略分析。包括竞争对手的促销目的、促销手段、促销频率、促销效果、年度促销方案等。

（5）品牌策略分析。包括竞争对手的品牌定位、竞争对手在终端卖场的陈列与展示、竞争对手在当地居民心目中的品牌形象等。

（四）渠道和终端信息调研

渠道调研又称销售通路调研，是指对产品销售渠道、经销商及产品经销状态进行的调研，对渠道的调查与研究是制定销售渠道策略的重要依据。产品必须与其渠道、终端进行合理的匹配，才能快速切入市场，因此，渠道与终端调研就成为一项关键的工作。渠道与终端调研能够使企业全面掌握营销渠道以及终端的现状，对于寻找准确的产品定位具有重要的意义。一般来说，进行产品定位所需要的渠道与终端信息主要包括渠道与终端结构、类型、分布、质量、管理水平、运作状况、未来发展趋势等。

1. 目标经销商调研

根据经销商的选择，通过实地调查，对拟选择的经销商的经营范围、区域覆盖能力、区域社会经济水平、企业形象、顾客满意度、经营状况、物流配送水平、社会资源关系、管理水平、信誉度等进行分析和评价，以决定经销商的取舍、匹配和营销体系的构建。

2. 渠道效能调研

企业在销售渠道建立起来之后，应就渠道进行监测性的效果评估各类分销渠道、各类经销商的经销表现，如渠道规模、配销成本、区域消费水平、市场覆盖能力、竞争环境、订货规模与水平、销售力量、管理水平等。评估的目的在于调整销售渠道，完善营销渠道策略。

3. 销售渠道策略调研

渠道策略规划，即以目标经销和现有销售渠道效能评估成果为依据，制定成本与风险最低、物流与销售效率最高、成功与收益概率最大的渠道策略，从而保证企业在渠道的构建、进入、运作和监控方面实现预定的市场营销目标。

第二节 市场调研的步骤

市场调研是企业制定营销计划的基础。企业开展市场调研一般采用两种方式，一是委托专业市场调查公司，二是由企业自身来完成。企业可以设立市场研究部门，负责此项工作。要想顺利地完成市场调研任务，必须有计划、有组织地按照以下步骤来进行：

一、明确调研目标与内容

进行市场调研，首先要明确市场调研的目标与内容。根据企业的不同需要，市场调研的目标会有所不同。可根据市场调研的目的确定具体的调查内容，并作为收集资料的依据。企业制定经营战略时，必须调研宏观市场环境的发展变化趋势，尤其要调查所处行业未来的发展状况；企业制定市场营销策略时，要调研市场需求状况、市场竞争状况、消费者购买行为和营销因素情况；当企业在经营中遇到了问题，这时应针对存在的问题和产生的原因进行市场调研。此外，调查内容的确定要全面、具体，条理清晰、简练，避免面面俱到，内容过多，过于烦琐，避免把与调查目的无关的内容列入其中。

二、确定调研方法

从调研的目的出发，确定调研方法，就是确定采取哪种方式进行调研。这也是确定市场调研的信息来源，主要包括一手资料和二手资料的收集。对于一手资料的获得，企业通常是直接访问客户，进行实地问卷调查，其中市场调查问卷就是最常用的工具之一，并采取抽样调查的方法，它是市场调研工作的重点；二手资料也称间接资料，是从各种文献档案中收集的资料，如政府机构、行业协会、各种信息咨询机构、大众传媒、图书馆等渠道的收集的内外部源信息，较为省力。一般的市场调研是两者兼而有之，根据调研内容的不同，侧重点有所不同。

三、选择调研对象

市场调研的对象一般为消费者、零售商、批发商。消费者一般为使用该产品的消费群体，零售商和批发商是经销产品的商家。在以消费者为调研对象时，要注意到有时某一产品的购买者和使用者不一致，如对婴儿食品的调查，其调研对象应为孩子的母亲。此外还应注意到一些产品的消费对象主要针对某一特定消费群体或侧重于某一消费群体，这时调研对象应注意选择产品的主要消费群体，如对于化妆品，调研对象主要选择女性；对于酒类产品，其调研对象主要为男性。

四、确定调研地区范围

调研地区范围应与企业产品销售范围相一致，当在某一城市做市场调研时，调研范围应为整个城市。但由于调研样本数量有限，调研范围不可能遍及城市的每一个地方，一般可根据城市的人口分布情况，主要考虑人口特征中收入状况、文化程度等因素，在城市中划定若干个小范围调研区域，划分原则是使各区域内的综合情况与城市的总体情况分布一致，将总样本按比例分配到各个区域，在各个区域内实施访问调查。这样可相对缩小调研范围，减少实地访问工作量，提高调研工作效率，减少费用。

五、样本的抽取和调查表的设计

调研样本要在调研对象中抽取，由于调研对象分布范围较广，应制定一个抽样方案，以保证抽取的样本能反映总体情况。样本的抽取数量可根据市场调研的准确程度的要求确定，市场调研结果准确度要求愈高，抽取样本数量应愈多，但调研费用也愈高，一般可根据市场调研结果的用途情况确定适宜的样本数量。实际市场调研中，在一个中等以上规模城市进行市场调研的样本数量，按调研项目的要求不同，可选择200～1 000个样本，样本的抽取可采用统计学中的抽样方法。具体抽样时，要注意对抽取样本的人口特征因素的控制，以保证抽取样本的人口特征分布与调研对象总体的人口特征分布相一致。

调查问卷又称调查表，是市场调研的基本工具，调查表的设计质量直接影响到市场调研的质量。设计调查表要注意以下几点：

（1）调查表的设计要与调查主题密切相关，重点突出，避免可有可无的问题；

（2）调查表中的问题要容易让被调查者接受，避免出现被调查者不愿回答或令被调查者难堪的问题；

（3）调查表中的问题次序要条理清楚，顺理成章，符合逻辑顺序，一般应把容易回答的问题放在前面，较难回答的问题放在中间，敏感性问题放在最后；封闭式问题在前，开放式问题在后；

（4）调查表的内容要简明，尽量使用简单、直接、无偏见的词汇，保证被调查者能在较短的时间内完成调查表。

六、组织实地调研与质量监控

市场调研的各项准备工作完成后，开始进行问卷的实地调查工作。组织实地调研要做好三方面工作。

（一）做好实地调研的组织领导工作

实地调研是一项较为复杂烦琐的工作。要按照事先划定的调研区域确定每个区域调研样本的数量、访问员的人数、每位访问员应访问样本的数量及访问路线，每个调研区域配备一名督导人员；明确调研人员及访问人员的工作任务和工作职责，做到工作任务落实到位，工作目标、责任明确；并要求定期定时召开碰头会，了解调研过程中存在的问题，讨论解决办法，及时提供指导。

（二）做好实地调研的协调、质量控制工作

调研组织人员要及时掌握实地调研的工作进度完成情况，协调好各个访问员间的工作进度；要及时了解访问员在访问中遇到的问题并帮助解决，对于调研中遇到的共性问题，提出统一的解决办法。要做到每天访问调研结束后，访问员首先对填写的问卷进行自查，然后由督导员对问卷进行检查，找出存在的问题，以便在后面的调研中及时改进。

（三）费用预算

市场调研的费用预算主要有调查表设计印刷费、访问员培训费、访问员劳务费、礼品费、调查表统计处理费等。企业应核定市场调研过程中将发生的各项费用支出，合理确定市场调研总的费用预算。

相关链接

实地调研的访问技巧

实地调研中调查员的访问技巧十分重要。通常，在入户调查中，训练有素的调查员入户成功率可达 90%，而没有技巧的调查员则只有 10%，而后者所完成的访问，无论如何也不可能促成有效的调研。下面是常见的一些调查员访问技巧：

A. 如果被访者以"没有时间"拒访，调查员要主动提出更方便的时间，如傍晚 6 点，而不是问被访者"什么时间合适"。

B. 如果被访者声称自己"不合适"或者"缺乏了解，说不出"，调查员应该告诉被访者"我们不是访问专家，调研的目的是让每个人有阐明自己看法的机会，所以你的看法对我们很重要"。重要的是找出被访者拒绝的原因并有针对性地说服。

C. 调查员的惊奇表情、对某个回答的赞同态度等都会影响到被访者。调查员在访问中除了表示出礼节性兴趣外，不要作出任何其他反应，即使对方提问，调查员也不能说出自己的观点，要向被访者解释：他们的观点才是真正有用的。

D. 避免向被访者谈及自己的背景资料。有的被访者好奇心强，一会儿问家庭，一会儿问工作。即使对小问题的回答，也会影响访问的结果。调查员应该给出一个模糊的回答并鼓励被访者谈谈自己的看法和见解。

E. 理想的访问应该在没有第三者的环境下进行。访问时，有其他人插话，应该有礼貌地说"你的观点很对，我希望待会儿请教你，但此时，我只对被访者的观点感兴趣"。调查员得不到被访者自己的回答，则应该中止访问。不要以为一次访问有许多人的观点是好事，恰恰相反，这样的访问大多是无效的。

F. 周围如果有收音机或电视机发出很大的噪声，调查员很难建议把声音关小。这时，如果调查员把说话声逐渐降低，被访者就注意到了噪声并会主动关掉。（资料来源：中国就业培训技术指导中心. 营销师国家职业资格培训教程. 北京：中国广播电视大学出版社，2006）

七、调研资料的整理和分析，撰写和提交调研报告

实地调查结束后，即进入调查资料的整理和分析阶段，收集好已填写的调查表后，由调查人员对调查表进行逐份检查，剔除不合格的调查表，然后将合格调查表统一编号，以便于调研数据的统计。调研数据的统计可利用 Excel 电子表格软件完成。将调研数据输入计算机后，经 Excel 软件运行后，即可获得已列成表格的大量的统计数据。利用上述统计结果，就可以按照调研目的的要求，针对调研内容进行全面的分析工作。

撰写调研报告是市场调研的最后一项工作内容，市场调研工作的成果将体现在最后的调研报告中。调研报告将提交给企业决策者，作为企业制定市场营销策略的依据。市场调研报告要按规范的格式撰写，撰写调查报告应做到：

（1）客观、真实、准确地反映调查成果；

（2）报告内容简明扼要，重点突出；

（3）文字精练，用语中肯；

（4）结论和建议应表达清晰，可归纳为要点；

（5）报告后附必要的表格和附件与附图，以便于阅读和使用；

（6）报告完整。

在做出结论以后，市场调研部门必须提出若干建议方案，写出书面报告，提供给决策者。在撰写调研报告时，要指出所采用的调研方法、调研的目的、调研的对象、处理调研资料的方法、通过调研得出的结论，并据此提出一些合理建议。

第三节　市场调研的方法

在市场调研的设计和执行阶段，要根据调研的目的和具体的研究目标，选择合适的调研对象，采用适当的调查方法和技术，获取完整可靠的信息。这些在实践中发展起来的方法和技术，既包含一些基本的操作程序，又涉及研究者的运用技巧。

一、调查方法

市场调研中，常用的调查方法有访问法、观察法和实验法。一般来说，前一种方法适宜于描述性研究，后两种方法适宜于探测性研究。企业做市场调研时，采用访问法较为普遍。访问法又可分为面谈法、电话调查法、邮寄法、留置法等。这几种调查方法各有其优缺点，适用于不同的调查场合，企业可根据实际调研项目的要求来选择。

（一）访问法

访问法是营销调研中使用最普遍的一种调查方法。它是把研究人员事先拟订的调查项目或问题以某种方式向被调查者提出，要求给予答复，由此获取被调查者或消费者的动机、意向、

态度等方面的信息。按照调查人员与被调查者接触方式的不同，访问法又分为个人访谈、电话访问和邮寄访问。

（二）观察法

观察法是由调查员直接或通过仪器在现场观察调查对象的行为动态并加以记录而获取信息的一种方法。观察法分人工观察和非人工观察，在市场调查中用途很广。比如研究人员可以通过观察消费者的行为来测定品牌偏好和促销的效果。随着现代科学技术的发展，人们设计了一些专门的仪器来观察消费者的行为。观察法可以观察到消费者的真实行为特征，但是只能观察到外部现象，无法观察到调查对象的一些动机、意向及态度等内在因素。

（三）实验法

实验法是指在控制的条件下对所研究的现象的一个或多个因素进行操纵，以测定这些因素之间的关系。它是因果关系调研中经常使用的一种行之有效的方法。实验方法来源于自然科学的实验求证，现在广泛应用于营销调研，是市场营销学走向科学化的标志。现场实验法的优点是方法科学，能够获得较真实的资料。

二、设计调查问卷

在大多数市场调查中，研究者都要依据调研的目的设计某种形式的问卷，了解被调查对象的反应和看法，并以此获得资料和信息的载体。问卷是市场调查中必不可少的重要工具之一，因此，对问卷的内容及其设计技术要加以必要的了解。

一份完整的调查问卷通常包括问卷的标题、问卷说明、被调查者基本情况、调查主题内容、编码、作业证明的记载等内容。

（一）问卷的标题

问卷的标题是概括说明调查研究主题，使被调查者对所要回答什么方面的问题有一个大致的了解。确定标题应简明扼要，易于引起回答者的兴趣。例如，"2010 年我国手机市场状况的调查"。

（二）问卷说明

问卷说明一般放在问卷的开头，包括问候语、主持调查的机构、调查人员的身份、调查目的、调查的意义、调查的主要内容、问卷填写的有关要求及合作的意义等。

问卷说明既可采取比较简洁、开门见山的方式，也可进行一定的宣传，以引起调查对象对问卷的重视。如：

亲爱的顾客：

早上/下午/晚上好：我叫张小明，是光明市场咨询有限公司的访问员。我们是一家独立的调查公司。我们目前正在做一项关于×××的研究，目的是听取不同人对不同事情的看法。你是否愿意花一些时间回答一些问题呢？

（三）被调查者基本情况

被调查者基本情况是指被调查者的一些主要特征，如在消费者调查中，消费者的性别、年龄、民族、家庭人口、婚姻状况、文化程度、职业、单位、收入、所在地区等；又如，对企业调查中的企业名称、地址、所有制性质、主管部门、职工人数、商品销售额（或产品销售量）

等情况。通过这些项目，便于对调查资料进行统计分组、分析。在实际调查中，列入哪些项目，列入多少项目，应根据调查目的、调查要求而定，并非越多越好。同时，现在的问卷设计比较倾向于将被调查者基本情况放在调查内容之后。

（四）调查主题内容

调查主题内容是调查者所要了解的基本内容，也是调查问卷中最重要的部分。它主要是以提问的形式提供给被调查者，这部分内容设计的好坏直接影响整个调查的价值。

调查主题内容主要包括以下几方面：

（1）对人们的行为进行调查。包括对被调查者本人行为进行了解或通过被调查者了解他人的行为。

（2）对人们的行为后果进行调查。

（3）对人们的态度、意见、感觉、偏好等进行调查。

（五）编码

编码是将问卷中的调查项目变成数字的工作过程，大多数市场调查问卷均需编码，以便分类整理，易于进行计算机处理和统计分析。所以，在问卷设计时，应确定每一个调查项目的编号，为相应的编码做准备。通常是在每一个调查项目的最左边按顺序编号。如：① 您的姓名；② 您的职业；③ ……而在调查项目的最右边，根据每一调查项目允许选择的数目，在其下方划上相应的若干短线，以便编码时填上相应的数字代号。

（六）作业证明的记载

在调查表的最后，附上调查员的姓名、访问日期、时间等，以明确调查人员完成任务的性质。如有必要，还可写上被调查者的姓名、单位或家庭住址、电话等，以便于审核和进一步追踪调查。但对于一些涉及被调查者隐私的问卷，上述内容则不宜列入。

三、设计问卷过程中应注意的事项

（一）提问的内容尽可能短

从整体上看，一份问卷中的内容不宜过多，不必要的问题不要列入。问题罗列太多，会使被调查者感到厌烦，影响整体调查的质量。另外，提问的时间过长，会占有被调查者更多的时间，在问题的理解上就容易产生偏差。

（二）用词要确切、通俗

用词是否确切、通俗，具体可参照"6W"准则加以界定。"6W"即谁（Who）、何处（Where）、何时（When）、为什么（Why）、什么事（What）、如何（How），以此判断问题是否清楚。当然，并不是每一项提问都必须同时具备这多个要素。

一些难于定量的、较笼统的词，如"一般、经常、很多"等，不同的人有不同的理解，容易造成偏差，建议不用。

（三）一项提问只包含一项内容

如果在提问中包含两项以上的内容，被调查者就很难回答。

如：您对这种彩电的价格和服务质量满意还是不满意？

这里包括了价格和服务质量两项内容。一些难以做出判断和回答，不如把它分为两个问题。

（四）避免诱导性问题

问卷中的问题不能带有倾向性，而应保持中立。词语中不应暗示出调查者的观点，不要引导被调查者应该做出何种回答或何种选择。

（五）避免否定形式的提问

在日常生活中，人们习惯于肯定陈述的提问。否定提问会影响被调查者的思维，容易造成相反意愿的回答。

（六）避免敏感性问题

敏感性问题是指被调查者不愿意让别人知道答案的问题，通常是指那些使被调查者产生顾虑而不敢或不愿真实地表达意见的问题，如个人隐私。问卷中要尽量避免敏感性问题或容易引起别人反感的问题。对于这些问题，被调查者可能会拒绝回答，或采用虚报、假报的方法来应付，从而影响调查的质量。

四、设计问句

根据具体情况的不同，问句可以采取不同的形式，主要有以下几种：

（一）开放式问句

是指对提出的问题并不列出所有可能的答案，而是由被调查者自由作答的提问方式。开放式问句一般提问比较简单，回答比较真实，但结果是由于答案分散，难以做定量分析，在对其做定量分析时，通常是将回答进行分类。

（二）封闭式问句

是指已事先设计了各种可能的答案，被调查者只能从中选定一个或几个现成答案的提问方式。封闭性问题由于答案标准化，不仅回答方便，而且易于进行各种统计处理和分析；但缺点是回答者只能在规定的范围内被迫回答，无法反映其他各种有目的的、真实的想法。

1. 二项选择法

二项选择法也称真伪法或二分法，是指提出的问题仅有两种答案可以选择，如"是"或"否"、"有"或"无"等。这两种答案是对立的、排斥的，被调查者的回答非此即彼，不能有更多的选择。

这种方法的优点是：易于理解并且可迅速得到明确的答案，便于统计处理，分析也比较容易。其缺点是：回答者没有进一步阐明理由的机会，难以反映被调查者意见与程度的差别，了解的情况也不够深入。这种方法，适用于互相排斥的两项择一式及询问较为简单的事实性问题。

2. 多项选择法

多项选择法是指对所提出的问题事先预备好两个以上的答案，回答者可任选其中的一项或几项。

例如，"您喜欢下列哪一种牌号的牙膏？"（在您认为合适的□内划√）

中华□　　芳草□　　洁银□　　康齿灵□　　美加净□　　黑妹□

由于所设答案不一定能表达出填表人所有的看法，所以在问题的最后通常可设"其他"项目，以便使被调查者表达自己的看法。这个方法的优点是比二项选择法的强制选择有所缓和，答案有一定的范围，也比较便于统计处理。

3. 顺序法

顺序法是列出若干项目，由回答者按重要性决定先后顺序。顺序方法主要有两种：一种是对全部答案排序；另一种是只对其中的某些答案排序。究竟采用何种方法，应由调查者来决定。具体排列顺序，则由回答者根据自己所喜欢的事物和对事物的认识程度等进行排序。

例如，"您选购空调的主要条件是什么？"（请将所给答案按重要顺序 1、2、3……填写在□中）

价格便宜□　　外形美观□　　维修方便□　　牌子有名□

经久耐用□　　噪声低□　　制冷效果□　　其他□

顺序法便于被调查者对其意见、动机、感觉等做衡量和比较性的表达，也便于对调查结果加以统计。但调查项目不宜过多，过多则容易分散，很难顺位，同时所询问的排列顺序也可能对被调查者产生某种暗示影响。这种方法适用于对要求答案有先后顺序的问题。

4. 比较法

比较法就是采用对比提问方式，要求被调查者做出肯定回答的方法。

例如，"请比较下列不同品牌的可乐饮料，哪种更好喝？"（在各项您认为好喝的品牌□中划√）

黄山□　　百事可乐□　　天府可乐□　　百龄□　　奥林□

比较法适用于对质量和效用等问题做出评价。应用比较法要考虑被调查者对所要回答问题中的商品品牌等项目是否熟悉，否则将会导致空项发生。

5. 回忆法

回忆法是指通过回忆，了解被调查者对不同商品质量、牌子等方面印象的强弱。例如，"请您举出最近在电视广告中出现的电冰箱有哪些牌子"调查时可根据被调查者所回忆牌号的先后和快慢以及各种牌号被回忆出的频率进行分析研究。

五、问题顺序的设计

在问卷设计过程中，安排好问题的顺序也很重要。具体来说，设计问题顺序时应注意以下几点：

（1）问题的安排应具有逻辑性；

（2）问题的安排应先易后难；

（3）能引起被调查者兴趣的问题应放在前面；

（4）开放性问题应放在后面。

相关链接

服装市场调查问卷

为了更好地满足消费者的个性化需求，我们艾格服饰专门做出以下问卷来了解消费者，希望大家能真实填写以下内容，谢谢！

1. 单选：您的性别。

A. 男　　　　　　　　B. 女

答案：（　　）

2. 单选：您的学历。

A. 大专以下　　　　　B. 本科　　　　　　　C. 本科以上

答案：（　　）

3. 您的年龄。

A. 18 岁以下　　　B. 18～25 岁　　　C. 25～35 岁　　　D. 35 岁以上

答案：（　　）

4. 双选：您的身份。

A. 党政机关人员　　B. 在校学生　　　C. 公司职员　　　D. 个体老板

E. 自由职业及其他

答案：（　　）

5. 您的月薪是多少？

A. 1 000 元以下　　B. 1 000～2 000 元　　C. 2 000～4 000 元　　D. 4 000 元以上

答案：（　　）

6. 您会购买清仓甩卖的衣服吗？

A. 从来不会　　　　B. 有时会　　　　　C. 经常会

答案：（　　）

7. 您经常购买服装的地方是哪里？

A. 百货商场　　　　B. 专卖店　　　　　C. 网购　　　　　D. 超市

答案：（　　）

8. 您购买服饰的频率是多长时间一次？

A. 一星期一次　　　B. 一个月一次　　　C. 一个月以上

答案：（　　）

9. 双选：在服装的元素里，对你购买影响最大的是什么？

A. 款式　　　　　　B. 质量　　　　　　C. 价格　　　　　D. 色彩

E. 市场需求　　　　F. 面料

答案：（　　）

10. 单选：您对民族服饰品的发展前景怎么看？

A. 不太看好　　　　B. 一般般　　　　　C. 前景很好

答案：（　　　）

11. 您对网购服装是什么态度？

A. 没兴趣　　　　　　B. 条件成熟会考虑　C. 非常有兴趣　　　　D. 其他

答案：（　　　）

12. 在网购价格比正常市场价格低 3 折的情况下，您会购买吗？

A. 一定会　　　　　　B. 一定不会

答案：（　　　）

13. 您喜欢哪类色彩的服装？

A. 鲜艳、纯度高的　B. 灰色调、中性色的　　　　C. 黑白色的

答案：（　　　）

14. 您能够接受的服装价格（秋/夏装）是多少？

A. 100 元以下　　　　B. 100～150 元　　　　C. 150～200 元　　　　D. 200 元以上

答案：（　　　）

15. 您知道艾格服饰吗？

A. 知道　　　　　　　B. 不知道

答案：（　　　）

16. 单选：您对服装搭配感兴趣吗？

A. 感兴趣　　　　　　B. 不感兴趣

答案：（　　　）

17. 您对服装设计理念的看法是什么？

A. 无所谓　　　　　　B. 必须美观时尚

答案：（　　　）

18. 单选：您对中国服装产业发展前景的看法是什么？

A. 前景无限　　　　　B. 停滞不前

答案：（　　　）

19. 单选：如果您是一名服装设计师会怎样做？

A. 主观地设计服装　B. 客观地设计服装

答案：（　　　）

20. 针对自身着装的风格，您倾向于哪些方面？

A. 可爱型　　　　　　B. 中性型　　　　　　C. 休闲型　　　　　　D. 成熟型

答案：（　　　）

21. 您对金钱和款式更在意哪一样？

A. 金钱　　　　　　　B. 款式

答案：（　　　）

（资料来源：问卷星网站）

六、进行抽样调查

市场调查按调查对象范围大小可分为全面调查和抽样调查。大多数的市场调查是抽样调查，即从调查对象总体中选取具有代表性的部分个体或样本进行调查，并根据样本的调查结果去推断总体。抽样方法按照是否遵循随机原则分为随机抽样和非随机抽样。

（一）随机抽样方法

就是按照随机原则进行抽样，即调查总体中每一个个体被抽到的可能性都是一样的，是一种客观的抽样方法。随机抽样方法主要有：简单随机抽样法、等距抽样法、分层随机抽样法和分群随机抽样法。

（二）非随机抽样方法

是指并非随机抽取样本，而是调查者根据自己的主观选择抽取样本的一种方法。在一些市场调查中，如对调查的总体不甚了解或调查的总体过分庞杂时，往往采用非随机抽样方法。常用的非随机抽样方法主要有：任意抽样法、判断抽样法、配额抽样法。

第四节　市　场　预　测

市场预测是决策的基础和依据。要想把市场预测做好，就必须对相应的目标市场、重点用户和竞争对手有深入的了解，因为市场预测的绝对值准确与否并不重要，关键是与竞争对手相比较，以把握市场，把握机会，从而掌握竞争的主动权。

一、市场预测的内容与步骤

（一）市场预测的含义

市场预测是在市场调研的基础上，运用科学的方法对市场需求和企业需求以及影响市场需求变化的诸因素进行分析研究，对未来的发展趋势做出判断和推测，为企业制定正确的市场营销决策提供依据。

（二）市场预测的内容

市场预测的内容按照预测的层次可以分成以下三个方面：

（1）环境预测。环境预测也称为宏观预测或经济预测，它是通过对各种环境因素如国家财政开支、进出口贸易、通货膨胀、失业状况、企业投资及消费者支出等因素的分析，对国民总产值和有关的总量指标的预测。环境预测是市场潜量与企业潜量预测、市场预测与企业预测的基础。

（2）市场潜量与企业潜量预测。市场潜量与企业潜量预测是市场需求预测的重要内容。市场潜量是从行业的角度考虑某一产品的市场需求的极限值，企业潜量则是从企业角度考虑某一产品在市场上所占的最大的市场份额。市场潜量与企业潜量的预测是企业制定营销决策的前提，也是进行市场预测和企业销售预测的基础。

（3）市场预测与企业预测。市场预测是在一定营销环境下和一定营销力量下，对某产品的市场需求水平的估计；企业预测是在一定的环境下和一定的营销方案下，企业预期的销售水平。企业预测不是企业制定营销决策的基础或前提，相反，它是受企业营销方案影响的一个函数。

 相关链接

企业开展市场预测的条件

（1）是否有维持正常调查所必需的足够的资金等资源；
（2）能否把握市场时机；
（3）是否已存在制定决策所需的信息；
（4）能否为企业带来收益。

（三）市场预测的步骤

市场预测要遵循一定的程序和步骤，一般而言，它有以下几个步骤：

（1）确定预测目标。市场预测首先要确定预测目标，明确目标之后，才能根据预测的目标去选择预测的方法、决定收集资料的范围与内容，做到有的放矢。

（2）选择预测方法。预测的方法很多，各种方法都有其优点和缺点，有各自的适用场合，因此必须在预测开始确定预测的目标和目的，根据企业的人力、财力以及企业可以获得的资料，进而确定预测的方法。

（3）收集市场资料。按照预测方法的不同确定要收集的资料，这是市场预测的一个重要的阶段。

（4）进行预测。此阶段就是按照选定的预测方法，利用已经获得的资料进行预测，计算预测结果。

（5）预测结果评价。预测结果得到以后，还要通过对预测数字与实际数字的差距分析比较以及对预测模型进行理论分析，对预测结果的准确和可靠程度给出评价。

（6）预测结果报告。预测结果的报告从结果的表述形式上看，可以分成点值预测和区间预测。点值预测的结果形式上就是一个数值，例如，某行业市场潜量预计达到 5 个亿就属于点值预测。区间预测不是给出预测对象的一个具体的数值，而是给出预测值的一个可能的区间范围和预测结果的可靠程度。例如，在 95％ 的置信度下，某企业产品销售额的预测值在 5 500 万元至 6 500 万元之间。

二、市场预测的方法

市场预测的方法很多，一些复杂的方法涉及许多专门的技术。对于企业营销管理人员来说，应该了解和掌握的企业预测方法主要有以下几种：

（一）购买者意向调查法

市场是由众多潜在购买者构成的，这种预测方法是通过征询顾客或客户的潜在需求或未来购买商品计划的情况，了解顾客购买商品的活动、变化及特征等；然后在收集消费者意见的基础上分析市场变化，预测未来市场需求。

在预测实践中，这种方法常用于中高档耐用消费品，如汽车、房屋、家具、家用电器等的购买预测，同时，在预测产业用品的未来需要时，其准确性也较高。调查预测时，应注意取得被调查者的合作，要创造条件解除调查对象的疑虑，使其能够真实地反映商品需求情况。

在满足下面三个条件的情况下，购买者意向调查法比较有效：

（1）购买者的购买意向明确清晰；

（2）这种意向会转化为顾客购买行为；

（3）购买者愿意把其意向告诉调查者。

采用这种预测法，一般准确率较高。但它不太适合长期预测，因为时间长，市场变化因素大。消费者的购买动机因某些因素的变化而变化，不一定都按长期购买商品计划安排，所以，预测结果可用其他方法预测对比进行修正，使预测结果更为准确。

 实例分析

浪潮——一次成功的对网络游戏市场的调研

2002 年下半年，浪潮正式进军网络游戏服务器市场的时候，浪潮服务器市场占有率低于 5%；到 2003 年 10 月，浪潮服务器在网游市场的占有率达到 26.5%，远远超过国内外所有服务器品牌，全国已经有超过 50% 的省会电信在使用浪潮服务器进行不同游戏的运营。早在 2002 年初，浪潮就做了一个进军电信市场的发展规划，但他们发现传统电信应用市场如话音服务基本被国外厂商所垄断，短期内是无法撼动的。如何才能吃到这块没有地方下嘴的肥肉呢？就在这时候，浪潮陆续接到了一些网络游戏运营商的咨询。通过市场研究，浪潮发现，由于互联网的转暖，带动了网络游戏、短信息和视频点播为支撑的电信增值市场的兴起并发展迅猛，年复合增长率约为 150%。这些电信增值的新应用可能孕育着巨大的市场机会。而在整个电信增值市场中，网游市场约占 90%，是网络行业赢利优厚的三大领域之一，每年将以近 50% 甚至更快的速度增长。调查显示，2002 年中国的网络游戏服务器需求将达到 2 万台，市场容量大，而且据预测，此后的两年中将分别达到 3.4 万台和 4.8 万台，市场需求增长非常快。但网游运营商对服务器的需求，与其他行业还存在很多细微的差别，比如他们十分关注服务器的体积大小、散热等问题，更注重产品与经营场地的个性化匹配。由于雄霸电信市场的国外服务器厂商对网游市场不够重视，其全球的决策体系决定了它不能在短时间内快速满足迅速膨胀的市场和个性化需求，还在提供通用性产品，而且，对于规模参差不齐的国内网游运营商来讲，国际品牌的价格有些偏高。浪潮敏锐地感觉到：这是一个突破口，可以成为浪潮进军电信市场的跳板。

浪潮对网络游戏市场进行了详尽的调研，将调研具体对象锁定在全国主要游戏运营商、开发商和各地相关电信部门，对网络游戏服务器市场的竞争品牌、用户需求、采购决策因素等进行了深入的调查和分析。

在调查分析中，浪潮发现了网游运营商和电信增值服务商对服务器产品的五个需求特征：价位低、散热好、供货及时、配置、增值服务。一个为网游市场"量身定做专用游戏服务器平台"的想法在浪潮内部达成一致。2002年10月，浪潮发布了专门针对网游市场的浪潮"英信游侠服务器"，在cc游侠的功能上，浪潮去掉了对客户不适用的部件，加强客户最关心的部件的性能指标，如设计更薄的服务器和无线缆的智能化散热系统等。浪潮"游侠"一经推出，立刻引起良好的市场反响，开始迅速占领网游服务器市场，浪潮在网游细分市场中占据了先入之势。（资料来源：中国就业培训技术指导中心．营销师国家职业资格培训教程．北京：中国广播电视大学出版社，2006）

（二）销售人员意见调查法

销售人员意见调查法是指销售预测的进行是在集合有关销售人员个人意见的基础上做出的测算和判断。

由于销售员最接近市场上的顾客和用户，他们比较熟悉和了解消费者以及竞争对手的情况，尤其是对自己的"辖区"市场，往往比其他人员了解得更为清楚。因此，所做出的销售预测具有很大的参考价值。在一般情况下，销售人员为数众多，综合他们的意见所做的预测具有较高的现实性。

1. 销售员意见调查法的优点：

（1）利用销售员对市场熟悉的特点以及具有的专业知识，所得到的预测数据比较准确；

（2）销售员参加市场预测，其本身会增加他们完成任务的信心；

（3）实际销售值与预测值偏差不至太大，其预测精度较高。

2. 销售人员意见调查法的缺点：

（1）预测者负有单纯完成目标的观点，难免采取稳健态度，导致预测值易偏低；

（2）销售人员用于预测的时间过多，会影响推销业务的开展；

（3）容易忽视对总体市场（即整个市场系统）的经济成长发展趋势进行客观的分析，而产生过于乐观或过于悲观的估计。

（三）专家调查法（又称德尔菲法）

它是由美国兰德公司提出来的，被广泛运用于军事、经济和商情预测。德尔菲法最早出现于20世纪50年代末，是美国为了预测在其"遭受原子弹轰炸后，可能出现的结果"时发明的一种方法。1964 年美国兰德公司的赫尔默和戈登发表了《长远预测研究报告》，首次将德尔菲法用于技术预测中，后来它迅速用于美国和世界许多国家。除科技领域之外，它还几乎可以用于任何领域的预测，如军事预测、人口预测、医疗保健预测、经营和需求预测、教育预测等。此外，它还用来进行各种评价、决策和长远规划工作。

德尔菲法本质上是一种反馈匿名函询法。其做法是：在对所要预测的问题征得专家的意见后，进行整理、归纳、统计，再匿名反馈给各专家，然后再次征求意见，再次归纳、统计，再反馈给各专家，直至得到稳定的意见。为了消除被征求意见成员间的相互影响，参加的专家可以互不了解。这种运用匿名、反复多次征询意见进行背靠背交流的方式，可以充分发挥专家们的个人智慧、知识和经验，最后汇总得出一个能比较反映群体意志的预测结果。德尔菲法具有以下三大特征：

（1）资源利用的充分性。由于吸收不同的专家参与预测，充分利用了专家的经验和学识；

（2）最终结论的可靠性。由于采用匿名和背靠背的方式，能使每一位专家独立自由地做出自己的判断，不会受到其他繁杂因素的影响；

（3）最终结论的统一性。由于必须经过多轮的反馈，专家的意见会逐渐趋同。

正是由于德尔菲法具有以上这些特点，才使它在诸多判断、预测或决策手段中脱颖而出。这种方法的优点主要是简便易行，具有一定的科学性和实用性，可以避免会议讨论时产生的因害怕权威而随声附和，或固执己见，或因顾虑情面不愿与他人意见冲突等弊病；同时也可使大家发表的意见较快收敛，参加者易接受结论，具有一定程度的客观性。

（四）市场试销法

试销商品一般是指尚未在当前市场上销售过或还未正式进入市场的新产品或改进的老产品。市场试销法是指试销商品在小范围内进行销售实验，直接调查消费者对试销商品的反应和喜爱程度，并以此调查资料为依据进行市场预测的方法。

这种方法应用范围广泛，凡是试制的新产品或老产品改变了性能、款式、花色、包装、价格等，预测其市场销售前景，均可采用此法。市场试销方式是多样的，如设试销专柜或成立试销门市部，也可委托商店试销。因为市场试销要求顾客直接付款购买，所以能够真实地了解顾客对试销商品的购买态度，了解消费者对产品花色、外观、质量的意见，了解产品价格是否合适以及顾客消量等市场需求情况。所以，通过市场试销进行市场预测，其结果是比较可靠的。

（五）市场因子推演法

市场因子是指市场中可引起对某种商品需要的相关因子。如每年新建立的家庭数目是住房需要量的因子，青年结婚的数量是家具和衣服的销售量的因子，婴儿出生人数是玩具需要量的因子，汽车的销售量是汽车配件需求量的因子等等。根据某经济现象的因子就可以预测它的需求量变化趋势。

例如，某家用电器公司通过市场调查发现，某区域市场中每 100 对新婚夫妇需要购买的成套家用电器（包括彩电、电冰箱、洗衣机等）为 30 套。根据对该区域历年结婚对数的资料推测，下一年度的结婚人数是 10 000 对，如用市场因子推演法预测下年度新婚市场家用电器的市场潜量为：

$$Y = Q \times N$$

式中：Y——预测期商品市场潜量；

Q——单位市场因子购买量；

N——预测期市场因子总数量。

从上面的资料可知，该区域新婚夫妇购买家用电器的数量为 30/100＝0.3 套。所以，利用市场因子推演法预测下年度新婚市场家用电器的市场潜量为：

$$Y = 0.3 \times 10\ 000 = 3\ 000\ （套）$$

本 章 小 结

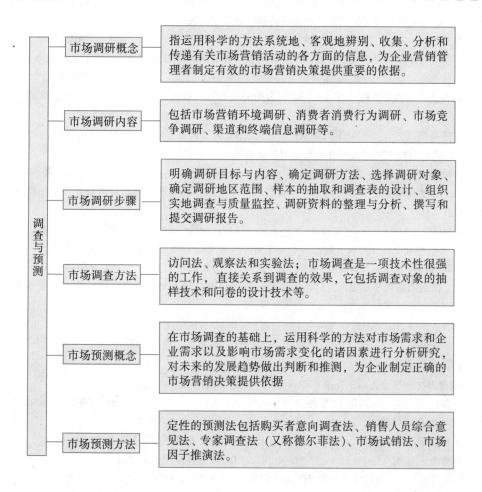

调查与预测	市场调研概念	指运用科学的方法系统地、客观地辨别、收集、分析和传递有关市场营销活动的各方面的信息，为企业营销管理者制定有效的市场营销决策提供重要的依据。
	市场调研内容	包括市场营销环境调研、消费者消费行为调研、市场竞争调研、渠道和终端信息调研等。
	市场调研步骤	明确调研目标与内容、确定调研方法、选择调研对象、确定调研地区范围、样本的抽取和调查表的设计、组织实地调查与质量监控、调研资料的整理与分析、撰写和提交调研报告。
	市场调查方法	访问法、观察法和实验法；市场调查是一项技术性很强的工作，直接关系到调查的效果，它包括调查对象的抽样技术和问卷的设计技术等。
	市场预测概念	在市场调查的基础上，运用科学的方法对市场需求和企业需求以及影响市场需求变化的诸因素进行分析研究，对未来的发展趋势做出判断和推测，为企业制定正确的市场营销决策提供依据
	市场预测方法	定性的预测法包括购买者意向调查法、销售人员综合意见法、专家调查法（又称德尔菲法）、市场试销法、市场因子推演法。

核 心 概 念

市场调研　市场预测　德尔菲法

同 步 测 试

一、单项选择题

1. （　　）是指应用各种科学的调查方法，收集、整理、分析市场资料，对市场的状况进行反映或描述，以认识市场发展变化规律的过程。

  A. 市场调研　　　　B. 市场预测　　　　C. 市场分析　　　　D. 市场考察

2. （　　）指的是从各种文献档案中收集的资料，也称间接资料。

  A. 一手资料　　　　B. 二手资料　　　　C. 电子资料　　　　D. 市场资料

3. （　　）是一种以书面形式了解被调查对象的反应和看法，并以此获得资料和信息的载体。

  A. 问卷　　　　　　B. 深度访谈　　　　C. 抽样　　　　　　D. 实验控制

4. 观察法在选择观察对象时，要考虑与之配合的调查方式，所以（　　）必须选择对总体具有代表性的单位。

  A. 抽样调查　　　　B. 全面调查　　　　C. 典型调查　　　　D. 重点调查

5. （　　）是问卷的主体，是问卷最核心的组成部分。

  A. 封面信　　　　　B. 答案　　　　　　C. 问候语　　　　　D. 问题和答案

6. 为了分析观察某些市场变量之间是否存在着因果关系以及自变量的变动对因变量的影响程度，应当选择的市场调查方法是（　　）。

  A. 观察法　　　　　B. 实验法　　　　　C. 访问法　　　　　D. 态度测量表法

7. 在一些市场调查中，如对调查的总体不甚了解，或调查的总体过分庞杂时，往往采用（　　）。

  A. 非随机抽样方法　B. 随机抽样方法　　C. 分群抽样法　　　D. 分层抽样法

8. （　　）是指商品在小范围内进行销售实验，直接调查消费者对试销商品的反应和喜爱程度，并以此调查资料为依据进行市场预测的方法。

  A. 销售人员综合意见法　　　　　　　　B. 市场试销法

  C. 专家意见法　　　　　　　　　　　　D. 购买者意向调查法

二、多项选择题

1. 市场调查方法一般分为以下几类，即（　　）和实验法。

  A. 观察法　　　　　B. 邮寄法　　　　　C. 访问法　　　　　D. 问卷法

2. 市场调研的内容包括（　　）。

  A. 市场营销环境调查　　　　　　　　　B. 消费者消费行为分析调查

  C. 市场竞争调查　　　　　　　　　　　D. 渠道和终端信息调查

3. 在问卷设计过程中，安排好问题的顺序也很重要。具体来说，设计问题顺序时，应注意（　　）内容。

  A. 问题的安排应具有逻辑性　　　　　　B. 问题的安排应先易后难

  C. 能引起被调查者兴趣的问题应放在前面　D. 开放性问题应放在后面

4. 非随机抽样方法有（　　）。

  A. 分层抽样　　　　B. 任意抽样　　　　C. 配额抽样　　　　D. 判断抽样

5. 市场预测的内容按照预测的层次可以分成以下几部分：（　　　　）。

   A. 环境预测　　　　　　　　　　　　B. 市场潜量与企业潜量预测

   C. 市场预测　　　　　　　　　　　　D. 企业预测

三、判断正误题

1. 市场调研首先开始的工作是收集信息资料。（　　　）

2. 预测性调研就是企业为了推断和测量市场的未来变化而进行的研究。（　　　）

3. 德尔菲法的匿名性是指专家背靠背发表意见。（　　　）

4. 市场调研是企业进行正确市场定位的前提和基础。（　　　）

5. 市场调研的最后一个程序是撰写和提交调研报告。（　　　）

实 训 项 目

项目一：市场调研的步骤

一、实训目标

（1）能编写市场调研提纲。

（2）能根据收集和调研的资料分析市场调研报告。

二、内容与要求

针对案例，全班交流研讨，分析讨论：

（1）该公司的市场调研报告中包含了哪些必要的内容？该报告书中还需要补充哪几方面的内容？

（2）该公司拟采用的调研方法有哪些？在实际调查过程中，该公司应该采取哪些措施来控制质量？

案例：从公司市场调研计划

某 CPU 厂商 M 为了获得持续的发展，决定对当前的 CPU 市场进行一次全面的调研，下面是该公司所制定的市场调研计划的一部分：

（一）调研背景

CPU 市场一直处于寡头垄断状态，其中×品牌占据了 70% 的市场份额，且其在广大厂商和消费者心目中拥有了很高的品牌地位。M 公司占有 29% 左右的市场份额，但技术和品牌劣势始终处于下风。去年公司研发出新一代的 CPU，技术和价格均优于×，但是因为品牌形象始终低于×，所以销量增长并不令人满意。M 公司想通过市场调研来找到提高品牌形象的信息和方法，支持后期大规模的市场推广活动。

（二）调研目标

估计四个城市的 CPU 市场规模，描述竞争品牌的市场份额，主要消费群者的年龄、职业、文化程度、收入构成、消费者的心理动机、偏好等。

（三）目标城市

北京、上海、广州、成都。

（四）调研方法

在每个目标城市寻找 20 位负责企业电脑采购的管理者进行深入访谈；在各城市的电脑城找 200 人做问卷调查。

（五）调研具体内容

（略）

（六）时间安排

(1) 10 月 10 日之前完成方案设计；

(2) 10 月 30 日之前完成现场工作；

(3) 11 月 7 日之前数据处理；

(4) 11 月 15 日之前完成正式报告。

（七）质量控制

按欧洲市场研究协会标准执行。

（八）成果说明

(1) 以电子方式和书面方式各提供一份报告；

(2) 提供四个城市区域建制及访问问卷；

(3) 提供北京、广州两场座谈会录像带。

（资料来源：中国就业培训指导中心．营销师国家职业资格培训教程．北京：中国广播电视大学出版社，2006.)

项目二：设计调查问卷

一、实训目标

(1) 能设计调查问卷，应用市场调研的程序和方法进行实地调查。

(2) 培养学生在市场调研活动中分析问题和解决问题的能力。

二、内容与要求

(1) 选择选题"高校学生使用手机情况的调查"，展开市场调研活动。

(2) 利用设计好的调查问卷和调查提纲进行实地调查。

(3) 利用文献、网络和访谈进一步收集、处理和分析资料，撰写出结构合理的调研报告。

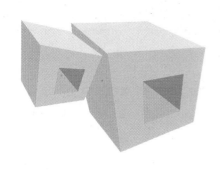

第四章

消费者购买行为分析

SHICHANG

知识目标
了解影响消费者购买行为的主要因素
认识消费者购买行为的不同类型
理解购买决策过程和产生的原因
认识组织机构市场的购买行为

能力目标
理解购买者行为以及能在销售中引导消费者的购买决策
掌握购买群体决策中的角色构成及各自的作用，并用以开展
工作
应用购买者让渡价值理论，理解购买者满意度评价标准
制定让购买者满意的行动计划方案

引例

"麦 加 地 毯"

范德维格是比利时地毯商人，他的地毯在欧洲卖得不是很好，于是准备把地毯销往海湾地区。经过对海湾地区广泛的市场调研分析，他发现由于海湾地区国家主要信奉伊斯兰教，伊斯兰教徒无论是居家、旅行或工作在外，每天要向圣地麦加方向祈祷五次。而今全世界有近9亿伊斯兰教徒，市场巨大。于是范德维格灵机一动，将扁平的指南针嵌入祈祷地毯。这种特殊指南针直接指向圣城麦加，因此起名为"麦加地毯"。拥有麦加地毯的伊斯兰教徒不管走到哪里，只要把地毯往地上一铺，就能准确辨别麦加的方位而不再担心搞错方位。理所当然，地毯一上市即成为伊斯兰教徒的抢手商品，几个月内，范德维格在中东和非洲一下子就卖掉25 000块"麦加地毯"，大发其财。

顾客产生了需要，商店的商品才能销得出去，但是这不等于说在销售中实现了顾客的全部需要。企业如何消除顾客的需要与销售的商品及提供的服务之间的差距呢？

第一节　消费者市场

一、消费者市场的含义

市场可分为组织市场和消费者市场两大类。组织市场是指以某种组织为购买单位的购买者所构成的市场，购买目的是为了满足生产、再一次销售或是为了履行组织运作和职能的需要。消费者市场是指由为满足个人生活需要而购买商品的所有个人和家庭组成，是组织市场乃至整个经济活动为之服务的最终市场，也是为个人提供的直接消费品市场。在为社会提供最终产品的商品市场中，个人消费品占绝大多数，因此，对消费者市场的研究，是对整个市场研究的基础。

二、消费者市场的特点

相对于产业市场的购买行为而言，消费者市场的购买行为具有自身独特的特点，主要表现在以下几个方面：

（一）多样性

消费者市场由于消费者众多、范围广阔，差异性大（涉及不同的地域、民族、风俗、宗教等），即使是同一区域的消费者，受到年龄、性别、身体状况、性格、习惯、文化、职业、收入、教育程度、经济状况和市场环境等多方面的影响也具有明显的不同的消费需求和消费行为，所购商品品种、花色、规格、质量、价格要求千差万别，无法用一种确定的、模式化的行为方式来概括和总结他们各自的特点。

（二）易变性

消费需求会随着市场供应商品的丰富和企业竞争的加剧以及消费潮流的变化使企业难以把握。消费者的需求本身就具有求新求异的特性，而且在需求总量、结构和层次上也不断地变化。

（三）分散性

消费者市场是以个人或家庭为购买和消费的基本单位，因此，消费者限于需要量、购买能力、存放条件、商品有效期等因素的影响，每次购买表现为数量零星、购买次数频繁，除一部分耐用消费品外，易耗的非耐用品需要经常购买。

（四）伸缩性

消费者市场的需求伸缩性明显比产业市场大。由于受消费者的收入、生活方式以及商品价格、经济状况等影响较大，消费者市场在商品品种选择和购买数量上弹性较大，尤其是高档耐用品，更是表现为伸缩性强。

（五）季节性

消费品生产的季节性以及季节性气候的变化均会引起季节性的消费。此外，人们的传统性节日（如中秋节、端午节、春节）的消费，更表现为季节性消费。

（六）可诱导性

消费者市场多属于非专家购买，情感性较强，易受广告、营销人员和服务人员、家人和朋友的影响。由于消费品花色、品种繁多，质量、性能各异，大多数消费者缺乏专门的商品知识，在购买商品时，尤其是耐用品和新产品上市时，需要卖方的宣传、介绍和帮助。因此，企业制定适当的营销策略，可以有效地引导消费者的购买行为。

（七）可替代性

由于消费品的替代性强和需求弹性较大，消费者对商品规格、品质的要求不如生产者那样严格，可以替代选择不同品种甚至不同品牌的商品。另外，由于受边际效益递减原理的影响，消费者不会重复不变地购买某一件商品或品牌，致使购买行为会在不同品牌、产品、企业之间变换。

三、消费者市场的商品分类

消费者市场涉及的范围十分广泛，出售的商品有数十万种，包括吃、穿、用、住、行等各个方面。这些商品种类繁多，规格多样，花色复杂，而且更新换代迅速。为掌握各种商品的营销规律及其特点要求，企业必须对消费者市场的商品进行细分。消费者市场的商品分类通常有两种方法：

（一）根据商品的耐用程度和使用频率分类

1. 耐用消费品

耐用消费品使用寿命较长，可以多次使用，如房屋、汽车、家具、家用电器等。因为消费者购买次数较少，价钱相对昂贵，因此，购买时比较慎重。

2. 易耗消费品

易耗品使用寿命短，只能使用一次或几次，如各类食品、易耗学习用品、日用小商品等，购买者大多随机购买。

（二）根据消费者的购买习惯和行为分类

1. 日常商品

日常商品范围广阔，包括粮食、副食品、饮料、日用百货、旅游纪念品、突发急需商品等。这些商品有些是消费者经常需要的，随时购买，很少考虑如何挑选，有些是凭一时冲动才购买的，有些是消费者产生急需时购买的，因此，企业要采用密集分销渠道，尽量做到品种齐全、方便消费者。

2. 选购商品

选购商品又分为同质商品选购和异质商品选购。对于这种消费品，购买者一般要从质量、价格、款式、服务等方面反复比较挑选，然后才决定购买。当商品的质量、款式、规格等方面没有太大差异时，人们主要以品牌的知名度为选购商品的依据。当商品的花色品种款式色彩等方面差异很大时，人们选购商品就会用自身的爱好为选购导向，如服装鞋帽、家居装修等。

3. 特殊品

特殊品是消费者偏爱的独特商品、名牌消费品以及一些商标品牌独特、性能用途独特、量身订造的高贵用品和服务，如古董、手工艺品、名贵字画、珍宝玉器、特殊服务消费等。这类商品不是消费者普遍需要的，因此，对于这些商品，出售点不在多，而在于知名度高、服务水平高。

 相关链接

昂贵之最

2005年6月，在上海召开的世界贵重商品的展销会上，被邀请的均是身价千万的人，一块表的价值就达百万元。2006年12月，在广州召开的"世界奢侈品展"上，一幅画达1 200万元，而更昂贵的商品莫过于法国的"laBonnotte"土豆，每千克的价格居然高达500欧元。美国人第托和南非人萨特尔·奥特，每人花费了2 000万美元到太空旅游，成为世界上女性花费最多的人。阿联酋迪拜的Burj Al Arab旅馆，最便宜房间要价一晚770欧元，总统套间一晚达7 700欧元，创世界之最。

4. 寻购商品

寻购商品是指只有特殊用途时使用的商品，如某些特殊药品、登山潜水物品、残疾人用品等等。一般消费者不了解这些商品或是需要后不知何处购买。这类商品销售点不宜多，但应注意在网上宣传公布购买点，以便利消费者在需要时前去购买。

第二节 消费者购买行为模式

一、消费者购买行为模式的概念

研究消费者市场的核心就是研究消费者的购买行为。对企业而言，消费者就是指那些登门购买或是将要登门购买企业产品的人，就是有消费能力或潜在购买能力的人。

随着企业和市场的规模日益扩大，营销决策者已经不可能随时随地与购买者直接接触。因此，企业要制定科学的、切合实际的市场营销计划，很好地为目标市场服务，就需要调查研究，了解消费者市场和消费者购买行为，包括谁购买企业产品、如何购买、何时购买、何地购买、以何种形式购买等。如果对这几个问题有了正确的分析，那么关于市场需求分析也就有了坚实的基础。与此同时，企业也可以通过营销活动去主动地影响消费者的购买行为。

一般而言，企业市场营销刺激与消费者反应之间的消费者购买行为模式如图4-1所示。

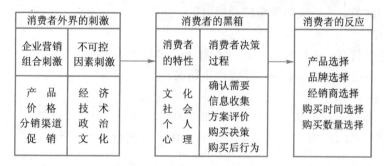

图4-1 消费者购买行为模式

营销者一直把探明营销刺激和消费者反应之间的关系当做可以掌握比竞争者先行一步优势的途径。能够掌握消费者对不同产品特点、价格、广告要求等反应的企业，就比竞争者拥有更大的竞争优势。从图4-1中可以看出，外界对购买者的刺激有两类：一类是企业营销组合刺激，包括产品、价格、渠道、促销；另一类是企业不可控因素刺激，包括经济、技术、政治、文化。这些外界刺激因素进入"消费者的黑箱"（即消费者心理过程），产生了一系列看得见的消费者反应，如产品选择、品牌选择、经销商选择、购买时间选择和购买数量选择等。

营销者最关键的是要研究和了解"黑箱"中刺激如何转化为反应的问题，以便可以采取行之有效的营销决策。从图4-1中可以看到，消费者的黑箱分为两个部分：一部分是消费者的特性，包括消费者的社会文化和个人心理特征等，这会影响消费者对外界刺激的反应；第二部分是消费者的决策过程，这会导致消费者的选择。

二、消费者购买行为的类型

按消费者的性格特点，可将消费者购买行为分为以下六种类型：

（一）习惯型

习惯型消费者因以往的购买经验和习惯，对某些企业、商店以及产品品牌十分信任，产生偏好，以致形成某种定势而长期购买，产生习惯性的购买行为。这种购买行为最为简单，当需求产生时，消费者目的性很强，不受时尚的影响，很少花费时间进行选择，决策果断。

（二）理智型

理智型消费者购买商品前已经经过周密的分析与思考，做出了购买决定，因此，购买时态度冷静慎重，善于控制自己的情绪，不受商品包装、广告和宣传的影响，自始至终由理智支配行动，感情色彩较少。

（三）价格型

价格型消费者对商品价格的灵敏度高，以价格高低作为选购标准。此类型消费者又分两种情况：一类是廉价型，即以追求低价格为主要目标；另一类是高价型，即以选择和购买高价商品为特征。

（四）冲动型

冲动型消费者情绪波动较大，对外界刺激敏感，易受现场情景激发而购买产品。这种类型的消费者选择商品考虑不周到，从个人兴趣出发，不大注重商品的效用、性能，很容易受到广告和其他促销方式的影响，买后常常感到后悔。

（五）感情型

感情型消费者具有丰富的想象力，购买行为大多属于情感的反应，很注重商品造型和色彩，以是否符合自己的想象与感情需要而决定购买与否。

（六）疑虑型

疑虑型消费者善于观察细小事物，没有固定偏好，购买心理不太稳定，又缺乏一定的主见和经验。这类消费者因为疑心大，选购商品时多属于尝试性购买行为，往往在购买时犹疑不决，需要营销者的帮助。

第三节　影响购买行为的主要因素

消费者的购买行为在众多内外因素的影响下会发生很大的变化，主要归纳起来有四个方面。这些因素如图 4-2 所示。

图 4-2　影响消费者行为的主要因素

一、文化因素

（一）文化

广义的文化是指人类在社会实践的历史过程中创造的社会物质财富和精神财富的总和。广义的文化是一种历史现象，具有阶级性、民族性和历史连续性，包括社会的经济、政治、科技、法律等方面。

狭义的文化是指社会的意识形态以及与之相适应的制度和结构，包括语言、文学、艺术、教育、科学以及共同遵循的信仰、态度、习惯、准则和规范等方面。

每一个人都在一定的社会文化环境中生活。每一个社会都有与之相适应的文化，比如美国有其特有的文化，中国也有自身特有的文化。文化作为一种社会氛围和意识形态，无时无刻不在影响着人们的思想和行为。消费者所处的文化和亚文化背景，早已被证明了对其需要和购买行为有很大的影响。

文化对于购买行为的影响有如下特征：

1. 习惯性

社会文化在顾客购买活动中的影响表现出明显的遵从风俗习惯的倾向。人们的社会文化是通过后天的影响、教育和发展起来的，其往往首先影响人们的生活和工作环境，进而再影响人们的行为。一些企业注意到，通过改变人们的文化生活环境来影响人们的消费习惯的做法，往往十分见效。如在我国，活泼可爱的兔子深受公众的喜爱，但以前在澳大利亚却曾经遭到人们的习惯性嫌弃，后来由于美国迪斯尼的可爱兔子形象才逐渐改变了人们的看法。

2. 学习性与共有性

生活在不同的社会文化中的人们，不是把自己孤立和封闭起来，而是不断地互相模仿学习、借鉴。社会文化是人类共有的社会财富。

 相关链接

互相融合

随着中国日益融入国际市场，中国市场不可避免地融入了相当多的西方文化。例如，我国传统结婚大典之日，新娘都要穿鲜艳的红色服装，而在西方国家，婚礼盛典，新娘却要穿白色结婚礼服以示纯洁，这一习俗已经被我国一些新婚夫妇接受。牛仔裤、迪斯科、麦当劳和肯德基快餐等，都已成为中国当代文化不可忽略的组成部分。而中国的传统旗袍以及中国餐饮、功夫、太极拳等极具中国特色的传统文化正在逐步融入西方世界。

3. 传统性

文化的传统性是不可忽略的。企业要重视对目标市场传统文化特征的分析和研究。比如，在我国，黑白两色是被作为丧服的颜色，而非洲人却用橘黄色作为传统丧服的颜色。文化的传统性会带来机会与威胁，很难随意改变，如果企业在尊重传统文化的同时，懂得利用人们对传统文化的依恋，也可创造出很多市场机会。

4. 区域性与相对稳定性

由于文化本身也是一定的生产方式和生活方式的产物，因此，生活在同一地理区域的消费者具有基本相同的生产方式和生活方式以及基本相同的文化特征。生活在不同的地理区域的人们，文化特征会有较大的差异。如大多数中国人习惯用筷子吃饭，虽然改革开放20多年，也接受了西餐文化，但要中国人普遍用刀叉吃饭，就好像要求西方人普遍用筷子吃饭一样是不可能的。这种文化意识往往通过正规的教育和社会环境潜移默化的影响而形成的，具有相对的稳定性，是不能强求改变的。

（二）亚文化

亚文化，即亚文化群，指存在于每一种社会和文化内部的次文化。亚文化群虽共同体现许多较大的文化特征，但它也表现为较小社会群体所具有的特色文化，即表现具有自己的语言、信念、态度和生活方式。企业研究社会文化对消费者的购买行为的影响，有利于企业对市场的细分化，有利于确定市场营销战略。这对于进入国际市场的企业尤为重要。通常亚文化群主要有四大类：

1. 国籍亚文化群

国籍亚文化群是指来源于某个国家的社会群体。在一些移民组成的国家中，国籍亚文化现象尤为明显。例如，在美国、加拿大、澳大利亚等国家的大城市里都有"唐人街"，在那里集中体现了中国的国籍文化。

2. 民族亚文化群

民族亚文化群是指由于民族信仰或生活方式不同而在大文化圈中形成的特定文化群体。这种特定文化群体有不同的审美情趣、价值观念、风俗习惯。如意大利人不喜欢菊花；埃及人视莲花和鲜鱼为不可侵犯的圣物；中国是一个统一的多民族国家，由于自然环境和社会环境的差异，不同的民族形成不同的亚文化群，从而在饮食、服饰、建筑、宗教信仰等方面都会表现出明显的不同。

3. 种族亚文化群

不同种族的文化特点和生活习惯有着很大的差别。黑种人对服饰色彩的选择特别重视，一般较倾向于浅色，而白种人则不具备这种倾向。夏天，白种人致力于海边"阳光"度假，以晒黑皮肤为荣；而黄种人尤其是妇女除了出外打伞、擦防晒露，还要额外做皮肤保养以防晒黑。

4. 地理亚文化群

地理亚文化群是指同一个民族，由于居住在不同的地理区域和环境，形成了不同的地域亚文化，有着不同的生活习惯。如在美国，西部人爱喝杜松子酒和伏特加，东部人喜欢喝苏格兰威士忌混合酒，南方人则偏爱波旁酒。我国是个幅员辽阔的国家，在不同的省份，各地的生活方式和风俗习惯爱好、语言特点也会不同，形成亚文化群。例如，仅广东省，就有客家文化、岭南文化、潮汕文化等。

5. 宗教亚文化群

宗教亚文化群是指由于不同的宗教信仰形成的亚文化群。这种亚文化群有着不同的文化倾向。如佛教、天主教、基督教、伊斯兰教等，具有不同的文化偏好、禁忌和戒律。如信奉基督的人忌讳"13"，尤其是逢星期五的13号，被称之为"黑色星期五"，而佛教徒等却无此忌讳。

（三）社会阶层

可以说，只要存在人类社会，就会有社会阶层。社会阶层主要是指由于人们在经济条件、教育程度、职业类型以及社交范围等方面的差异而形成的，并因其社会地位的不同而形成明显的等级差别的不同社会群体。社会阶层中每一阶层的成员都有类似的行为、兴趣和价值观。具体看，他们具有三种特征：一是处于同一阶层的成员，消费行为相互影响而相似；二是当人的社会阶层发生了变化，其行为特征也会随之发生较大的变化；三是社会阶层的行为特征受到经济、职业、职务、教育等多种因素的影响，不同社会阶层的行为会有所不同。因此，个人社会阶层的归属有时要依据对其最具有影响的因素来定。社会阶层对人们行为产生影响的心理基础在于人们的等级观和身份观，等级观和身份观又会转化为更具有行为指导意义的价值观、消费观和审美观，最后直接影响人们的消费特征与购买行为。

 相关链接

中国社会科学院中国社会阶层研究课题组研究报告（2001 年）

中国改革开放以后，经过 20 年的发展，其经济结构和社会结构已经发生了重大的变化，如表 4－1 所示。

表 4－1　中国社会阶层表

阶层	特　征	比重（％）
1	国家与社会管理者阶层	2.1
2	经理人员阶层	1.5
3	私营企业主阶层	0.6
4	专业技术人员阶层	5.1
5	办事人员阶层	4.8
6	个体工商户阶层	4.2
7	商业服务员工阶层	12.0
8	产业工人阶层	22.6
9	农业劳动者阶层	54.0
10	城乡无业、失业、半失业者阶层	3.1

二、社会因素

社会因素包括相关群体因素和家庭因素。企业在进行营销策划时应考虑这些对消费者有深刻影响的因素。

（一）相关群体

市场营销研究的相关群体是指购买者的社会关系。消费者总是生活在一定的社会群体之中，其思想和行为不可避免地要受到周围其他人的影响。从主动的意义上讲，人们会经常向周围的人征询决策的参考意见；从被动的意义上讲，人们所处的特定社会群体的行为方式会不知不觉地对其产生引导和同化作用。可以把对人们的行为经常发生影响的社会群体称作"相关群体"。

相关群体一般可以分为三种类型：

1. 家庭成员、同事、邻居

家庭成员、同事、邻居等与购买者关系密切，在很大程度上影响消费者的购买行为。

2. 行业协会、专业性协会、社团组织

各种行业协会、专业性协会、社团组织等，也在一定程度上影响消费者的购买行为。

3. 崇拜性群体

崇拜性群体即消费者推崇的人，如社会名流、影视明星、体育明星等，他们虽然和消费者没有直接关系，但是他们的爱好、衣着、行为风度等，常会成为消费者在不同程度上效仿或追求的模仿对象，对"追星族型"消费者的影响很大。

在产品生命周期的不同阶段，相关群体对消费者的影响作用是不一样的。在产品刚刚进入市场的时候，相关群体主要会在产品本身的推荐上对消费者产生影响；而在产品已被市场普遍接受的情况下，消费者则会在品牌的选择方面更多地受相关群体的影响，产品本身的参考意见需求会逐渐减弱；而在产品已进入成熟阶段时，激烈的竞争会使得品牌的参考意见需求达到最高的程度。因此，企业应当根据不同的时间和阶段，利用相关群体的影响来实现自己的营销目的。

（二）家庭

在现实生活中，家庭是社会最基本的组织细胞，也是最典型的消费单位，许多商品种类都是以家庭为"购买单位"的。因此，家庭作为一个主要的相关群体，对消费者购买行为的影响是至关重要的。家庭对购买行为的影响主要取决于家庭的规模、生命周期、购买决策等方面。

不同的家庭成员对购买商品的实际影响力是有差异的，因此，企业需要研究不同的家庭特点，了解家庭各成员对购买决策影响力的差异。为了研究这种差异，市场营销学研究者从各个不同的侧面来展开，得到了许多不同的观点：

1. 家庭的类型

根据"家庭权威中心点"的差异，社会学家们把现实社会中的家庭分成四种不同的类型：

（1）各自做主型，即每个家庭成员都有权相对独立地做出有关自己的购买决策；

（2）丈夫支配型，即家庭购买的最终决策权掌握在丈夫手中；

（3）妻子支配型，即家庭最终决策权掌握在妻子手中；

（4）调和型，即大部分购买决策由家庭各成员共同协商做出。

随着社会政治经济情况的变化，"家庭权威中心点"也会随之转移。例如，由于社会教育水平的提高和妇女就业的增加，越来越多的家庭从丈夫支配型变为调和型，有的甚至变为妻子支配型。

一个家庭的社会地位或主要成员的职业不同以及家庭成员的分工不同，形成的"自我观念"就不同，这也会影响不同家庭成员在购买决策中的作用。

 相关链接

购买决策权

据国外调查结果表明，文化水平比较低的"蓝领"工人家庭，一般日常生活用品的购买决策权由家庭主妇掌握，购买耐用消费品的决策往往以丈夫为主；而在社会地位比较高的科学家、教授家庭里，贵重商品的购买决策往往由家庭主妇做出，而日常生活用品的购买，普通家庭成员就能够决定。根据我国城市家庭与农村家庭的调查，也能得出大致相同的结果。

2. 家庭生命周期

家庭生命周期是指一个家庭从产生到消亡的整个过程。在家庭生命周期的不同阶段，家庭对商品的兴趣和需求会有明显的差别。根据家庭成员的数量和年龄结构的变化状况，市场营销学研究者将家庭生命周期大体分为八个阶段：

（1）未婚阶段。消费者特点是年轻、单身，几乎没有经济负担，收入主要花费在食品、书籍、时装、社交和娱乐等消费上。

（2）准备建立家庭阶段。处于这一阶段的消费者为了构筑新的小家庭，需要购置房屋、汽车、成套家具、耐用消费品、高级时装、各种结婚用品以及装修新房等。因此，这个阶段成为家庭生命周期中一个消费相对集中的阶段。

（3）新婚阶段。消费者特点是年轻、没有子女。这一阶段家庭将继续添置一些应购未购的生活用品。如果经济条件允许，娱乐方面的花费可能增多。

（4）满巢Ⅰ阶段。消费者特点是年轻夫妇，有6岁以下的幼儿。有孩子的家才是含义完整的家庭，故称"满巢"。孩子诞生后将成为家庭消费的重点。因此，此阶段家庭会在哺育婴儿的相关消费上做比较大的投资。

（5）满巢Ⅱ。消费者特点是年轻夫妇，有6岁或6岁以上的孩子。家庭的主要消费是孩子的教育费用。据调查，这是中国父母家庭消费排列第一的家庭重要投资。

（6）满巢Ⅲ。消费者特点是中年的夫妇，有18岁以上尚未独立生活的子女。此时子女已经长大成人，但仍同父母住在一起。此阶段家庭消费的主要特点是父母不再将全部消费放在子女身上，也开始注重本身的消费；子女随着年龄的增大，在消费方面的自主权开始增加；有些子女参加了工作，有一定的经济来源，消费的独立性会显得更为明显。

（7）空巢。消费者特点是年纪较大的夫妇，与子女已分居。由于经济负担减轻，保健、旅游成为家庭消费的重点。

（8）独居的阶段。消费者特点是老年、单身人士。这个阶段最需要的消费是医疗保健、生活服务和老年社交活动。

对家庭生命周期的研究，主要涉及对一个地区或市场的家庭结构与性质的分析，其对于市场总体性质的研究具有十分重要的意义。

三、消费者个人因素

（一）年龄与性别

年龄与性别因素具有较大的共性特征，是消费者最为基本的个人因素。如少年儿童具有较强的好奇心，购买目标明确购买迅速。青年人追求时尚，喜欢突出个性，对新产品、新样式感兴趣，肯付高价购买名牌，注重感情消费。中年顾客注重传统，创新性小，购买商品实用性强。老年人一般比较稳健，不会轻易冲动，但相对也比较保守，往往习惯购买较成熟的产品。男女之间在购买内容和购买方式上的差异也特别明显。例如，女性购买重视商品的外观，具有较强的情感色彩，注重商品的实用性和具体利益，购买时一般比男性挑剔、细心，选择性强。而大多数男士则嫌麻烦，不挑不选，买了就走。了解不同年龄层次和不同性别消费者的购买行为特征，才能对于不同的商品和顾客制定准确的营销方案。

（二）职业与教育

职业是社会阶层因素划分中普遍使用的一个变量，受过不同程度教育的人会产生明显的消费行为差异。由于职业和教育在一定程度上反映出一个人的知识层次、专业特长、收入水平，因此，可以根据所从事职业大体确定人们的生活方式和消费倾向。

（三）心理因素

心理因素是指消费者出于心理的原因而影响其购买决定及购买行为的诸多因素。具体包括以下几个方面：

1. 消费者个性

个性是指对人们的行为方式稳定持久地发挥作用的个人素质特征。人的个性在不同场合通过自己的行为表现出来，因此，它是消费者行为研究的重要内容。消费者的个性可以从能力、气质、性格三方面分析。

（1）能力。能力是指人能够顺利地完成某种活动并直接影响活动效率所必须具备的个性心理特征。消费者在购买活动中需要具有相应的一般能力，如观察能力、记忆能力、想象能力、思维能力、注意能力等；也需要一些特殊能力，如组织能力、鉴赏能力、商品选购能力等。由于个人素质、社会实践、文化教育等方面不同，各人的能力也有很大差别。一般来说，顾客能力强，在购买活动中就比较自信，能比较迅速地对商品做出评价，从而决定买与不买；反之，如顾客能力较差，做出购买决策时缺乏主见、犹豫不决，购买过程就很难迅速完成。营销者对于前者不必给予过多参谋，避免引起反感；对于后者，则尽量做好参谋，使其做出决定。

（2）气质。气质是指人典型、稳定的心理特征，是影响人的心理活动和行为的一个动力因素，是构成人们各种个性品质的基础。心理学家巴普洛夫认为人们的气质有多血质、胆汁质、黏液质和忧郁质等四种类型。

相关链接

气质对购物的影响

巴普洛夫认为，属于多血质的人好动、灵敏，容易产生对某一事物的注意和兴趣，但也容易消失，一般喜欢时尚商品，且易受宣传影响；属于胆汁质的人直率、热情、精力充沛，购买商品时愿花时间选择比较；黏液质的消费者冷静，善于思考，自制力强，讲究实用，不易受宣传影响；忧郁质消费者多虑、谨慎，对新兴商品反应迟钝，购买决策迟缓。

气质这种典型而稳定的个性心理特征对顾客的购买行为影响比较深刻。虽然消费者的气质特征不可能在购买初期鲜明反映出来，但在他们的一系列购买行为中会逐步显现出来。企业营销时要根据他们的各种购买行为特征，发现和识别其气质方面的特点，注意其积极方面，控制其消极方面，促进其购买。

（3）性格。性格是指一个人比较稳定的对现实的态度和习惯化的行为方式，是人的最重要、最显著的心理特征之一，是人本质属性的独特组合，是区别于其他人的具体表现。性格与气质是互相渗透、互相作用的。两者相比较性格带有更多的社会因素，气质则带有更多的生理色彩。人的性格特点往往表现在他们的购买行为中。

相关链接

性格对购物的影响

据考证，在购物中，理智型的消费者善于思考，做决策时要反复权衡各种因素；情绪型的消费者反应比较强烈，容易冲动，购买商品时往往带有浓厚的感情色彩；意志型的消费者购买目的明确，行为积极主动，决策坚决果断。

由此可见，消费者个体性格特征对其购买态度、购买情绪、购买决策和购买方式的影响是客观存在的。营销者应通过观察，掌握其性格类型以区别对待，完成销售。

人的个性可以通过其欲望特征和生活方式表现出来，具体见表4-2。

表 4 - 2 个性与生活方式的关系

个性特征	欲望特征	生 活 方 式
活泼好动	改变现状 获得信息 积极创意	不断追求新的生活方式 渴望了解更多的知识和信息 总想做些事情来充实自己
喜欢分享	和睦相处 有归属感 广泛社交	愿与亲朋好友共度好时光 想同其他人一样生活 不放弃任何与他人交往的机会
追求自由	自我中心 追求个性 甘于寂寞	按自己的意愿生活而不顾及他人 努力与他人有所区别 拥有自己的世界而不愿他人涉足
稳健保守	休闲消遣 注意安全 重视健康	喜欢轻松自在，不求刺激 重视已得利益的保护 注重健康投资

资料来源：日本 R&D 调查公司。

2. 感知觉

感知觉是影响个人购买行为的另一个重要的心理因素。感知是人们的一种基本心理现象，是人们对外界刺激产生反应的首要过程。感觉是人对客观事物个别属性的反应。如苹果有漂亮的颜色、醉人的香气、香甜的滋味、圆润的外形等，这是作用于人的五官产生的感觉。人的其他较高级的心理现象，如思维、知觉、情感、意志等，均是在感觉的基础上进行的。知觉是人对客观事物各个部分和属性的整体反应，是消费者在感觉基础上对商品总体特性的反应。人们不会去注意没有感知的事物，更不可能去购买没有感知的商品。只有觉察和注意到某一商品存在，并与自身需要相联系，购买决策才有可能产生。

感知是一种人的内外因素共同作用的过程，是对外来刺激有选择的反应和组织加工的过程。消费者对外界的刺激源不会全都注意，有许多可能是视而不见，听而不闻。引发人们注意的因素主要有两个：一是人们的需要和兴趣，这是引发注意的内在因素；另一个是刺激的力度，这是引发注意的外在因素。此外，人们在感知事物时还会运用过去积累的知识和经验去解释和运用。人的知识和经验越丰富，对事物的感知就越深刻、完整。

（四）购买动机

动机是指引起和维持个体的活动，是人们因为某种需要产生的具有明确目标指向和即时实现愿望的欲念。购买动机是购买行为的原动力，反映了消费者生理上和心理上的需要。一个人的需要是很多的，从商业的角度看，可以区分为生理需要和心理需要两大类：

1. 生理需要动机

生理需要动机，又叫本能动机、原始动机。"饥思食，渴思水，寒思衣，困思眠"就可以说是由于人类生理本能的需要而产生的购买动机。由于这些动机多数是建立在生理需要的基础上，具有明显、稳定、简单、重复、个体差异小的特点，因此，生理需要动机是人最基本的、低层次的购买动机。

2. 心理需要动机

心理需要动机是人们通过复杂的心理过程形成的动机。较之生理需要购买动机更为复杂多变，难以掌握。心理需要动机又可分成三类：

（1）感情动机。当顾客希望购买的商品能符合自己感情上的需要，如友谊、愉快、好胜、好奇、爱美、地位感等。这是出于感情、精神需要上的购买动机，包括情绪和情感动机。

① 情绪动机。其特点是具有冲动性、随机性和不稳定性，因为它是由购买者的喜、怒、哀、乐、欲、爱、恶、恨等情绪引起的购买动机。它可以促使消费者购买行为积极，也可以促使其消极。

② 情感动机。情感动机一般具有较大的稳定性和深刻性，在一定程度上反映出人们的精神面貌和思想境界。这是在道德感、集体感、理想和美感等人类高级情感引导下产生的购买动机，它反映着人们的社会关系和社会生活状态，对购买行为产生直接的影响。如儿女为了孝敬父母而购买礼品；为朋友的婚礼准备贺礼等。在购买行为中情感动机常有求新、求美、求奇的特征。

（2）理智动机。其具有客观性、周密性、可控制性的特点。这是购买者从自己的经济地位出发，在对企业和商品客观认识的基础上，经过分析比较和深思熟虑后而形成的购买动机。在购买决策上多持慎重态度，往往不受广告以及店堂环境气氛影响，注重商品的质量、讲求实效，保持高度的理智性。在购买行为中，理智动机表现为求实、求廉、求安全的特点。

（3）惠顾动机。其具有明确的经常性、习惯性特点。这是顾客基于自己的经验和习惯而产生的购买动机。当顾客长期使用某种商品或某种品牌，或习惯到某些商店购物，对此产生特殊的信任和偏爱，从而引起重复购买的动机。对企业而言，在众多消费者心目中树立起良好的企业形象，激发消费者惠顾动机，以扩大商品销售，是最为水到渠成的营销活动。

购买动机导致购买行为的产生，往往是多种因素综合的结果，因此，企业应从多方面研究消费者的购买动机，制定适宜的营销策略，以唤起消费者的需求欲望，促使其采取购买行动。

3. 马斯洛的需要层次理论

亚伯拉罕·马斯洛（Abraham H. Maslow）的"需要层次论"对消费者分析有一定的参考价值，因为它说明了需要和动机在不同的环境条件下侧重点是不同的。

马斯洛依据需要强度的次序，将人类的需要分为五个层次：生理的需要、安全的需要、社会的需要、尊重的需要和自我实现的需要。他指出：在面包不足的时候，人类仅靠面包维生，只有对面包的生理需要。但当有大量面包而且他的肚子长期被填饱后，人的需要会发生什么变化呢？他认为，此后较高的需要会按无穷的系列出现。一旦饥饿问题得到解决，饥饿就不再支配个人的行为，这时他又会有新的需要要满足，如社会和文化方面的需要。见图4-3所示。

可以根据马斯洛理论把需要分为五种主要类型：

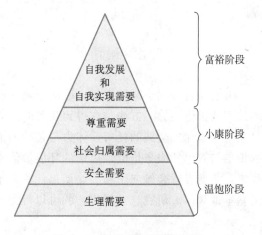

图4-3 马斯洛需要层次理论

（1）生理需要。即基本需要，包括寻求食物充饥和获得衣物御寒等最基本的需要。在这类需要没有得到满足时，人不会祈求更高的需要。比如在非洲饥饿地区的人们，很少会对金银珠宝、人寿保险、艺术表演感兴趣，因为他们认为只有吃饱肚子不至于饿死才是最重要的。

（2）安全需要。当饥寒问题解决了以后，安全会成为人们所关心的首要问题。人们不再会不顾一切地去寻求食物等基本生活资料，最重要的是为了保障人身安全和生活稳定。最一般的表现为保健、保险、生活安定的需要。

（3）社会归属需要。即爱和归属感的需要。生活有了充分保障的人们会把社交作为重要的追求目标，以满足其社会归属感。这还包括感情、合群、希望被相关群体所接纳、给予和接受爱与友谊等方面的需要。

（4）尊重需要。即包括威望、成就、自尊、他人对自己的尊重、社会身份和地位等需要。

（5）自我发展和自我实现需要。追求自我价值的实现是最高层次的需要和动机。人们会在各种需要基本满足的前提下，努力按自己的意愿去做一些能体现自我价值的事情，并从中寻求一种满足感。

其理论的要点为：① 每个人同时都有许多需要；② 这些需要的重要性不同，可按阶梯排列；③ 人总是先满足最重要的需要；④ 人的需要从低级到高级具有不同的层次，只有当低一级的需要得到基本满足时，才会产生高一级需要。马斯洛通过研究发现，一般人只要在生理需要方面能获得80%的需要便感到满足，安全需要得到70%、社会需要得到50%、自尊需要得到40%、自我实现的需要得到30%便感到满足。马斯洛认为：一种没有得到满足的需要，便成为消费者购买行为的推动力。需要未得到满足前，人们都有一种紧张、恐惧、不安的表现，需要满足后，也就减少了对行为的刺激作用。当然，这一结论在某些情况下不是绝对如此。但是，需要层次论对于企业分析和研究市场却不失为重要的理论依据，对于不同层次的需要，营销的策略和方法应该随之改变。

第四节　购买者价值理论

一、购买者让渡价值的构成

人们是否会购买某一产品，取决于两方面因素：一方面是其可能获得的满足，即其所得到的效用或价值；另一方面是在得到满足时的必要支出，即所付出的代价和成本。人们购买产品时总是希望能把金钱的耗费、体力与精神的消耗尽可能降到最低，与此同时又希望在获得产品的价值与其他的服务价值、店铺的环境价值等达到最高。这两方面因素比较时，如果效用大于代价，消费者就会倾向于购买；如果代价大于效用，则可能放弃购买。这是消费者购买行为中最基本的规律。研究这一规律，就可以得出"购买者价值理论"。

实例分析

让渡价值对购买者行为的影响

有一对新婚夫妇，家住在城市郊区，在准备布置新房时要购买不少家用电器。在做调查的时候，他们发现：在小区附近的家电商场里，服务热情而且承诺负责免费送货、安装；在市中心的大商场家电的价格比郊区便宜一点儿，而且款式也比较多，选择性大，可就是有免费送货安装的区域范围，而他们的家恰恰超出了范围，因此，市中心的商店不肯免费送货。这对小夫妻考虑再三，决定就在附近购买。

对于上述案例中的新婚夫妇购买决策的理由，可以用购买者价值理论分析：如果闹市区同类产品的价格比在附近购买便宜不了多少，消费者会想到：得到的总价值差异不大而总成本则因省却了运货、安装等时间、精力和体力成本，因而大大低于在闹市区大商场购买的总成本，从而使让渡价值增大。于是，他们就决定在附近购买。当然，如果同类商品价格相差得比较大，消费者则仍会选择去市中心购买了。

购买者价值理论是研究构成购买者价值的基本内涵和评价价值的基本标准的理论。消费者购买某一产品是为了获得一定的价值，即其期望的利益得到满足；而会不会购买这一产品则取决于"让渡价值"。当顾客让渡价值为正时，购买行为很有可能实现；顾客让渡价值为负时，购买行为则很难发生。

相关链接

让 渡 价 值

让渡价值即总价值（消费者获得的全部利益，包括产品价值、服务价值、人员价值和形象价值）与总成本（消费者支付的全部成本，包括货币成本、时间成本、体力成本和精力成本）之间的差额。

二、购买者让渡价值理论的具体运用

根据购买者让渡价值理论，企业要了解：人们购买行为是以让渡价值的最大化为主要依据，购买者认为的购买总价值和总成本是包含了多种因素的综合体，而不仅仅是产品效用和产品价格之间的比较。企业要想在竞争中取胜，就必须主动地对自己的以及企业主要竞争者的顾客让渡价值进行测算和评估比较，以调整购买者的总价值和总成本。在调整中，要小心掌握效益分析，如果一味提高企业总成本以迎合购买者，肯定会有害于企业利润的形成和营销目标的实现。

让购买者得到更多让渡价值的途径有：第一，提高顾客获得的价值同时，也适当提高顾客成本，但要使两者的差值增大，使顾客认为总价值的确增加；第二，适当降价或给予购买者在价格上的实惠（如折扣、送赠品、优惠券等）来降低顾客总成本；第三，减少顾客在购买中花费在时间、体力、精神上消耗来降低顾客总成本；第四，通过改变服务质量、提升企业形象、改进产品等顾客认可的价值来提高顾客总价值。

三、购买者满意度评价

购买者满意度评价理论认为，企业营销就是要使购买者感到购买商品得到的实际绩效超过他们的预先设想的期望，从而使企业能真正受到购买者的欢迎，培养更多的惠顾者。

对购买者让渡价值的评价，取决于顾客对于其获得利益的满意程度。营销是以顾客需求的满足为核心的，在市场上就体现为能否使其感到最大程度的满意。满意度高，说明让渡价值大，顾客购买商品的可能性也就越大。值得注意的是，顾客满意的标准和程度是可以改变的，这正是市场营销工作的切入点。所以，很多企业都把提高顾客的满意程度作为企业营销工作的一项重要内容。可是，由于每个人的评价标准不一，从而使人们满意程度的弹性很大，可塑性也很强。因为所谓"满意"是人们的一种感觉状态，是期望与实际绩效之间的比较。实际绩效等于或大于期望，人们就会比较满意；期望大于实际绩效，人们就会感到不满意。

相关链接

古代燕京经营者

《燕京杂记》中载"京师市店，素讲局面，雕红刻翠，锦窗绣户"。有的店铺招牌高悬，入夜家家门口点起了五颜六色的锦纱灯笼，把街面照得如同白昼。有的店铺摆挂商品宣传字画、张挂名人书画，附庸风雅，以此来升华店铺的品位与提高顾客的回头率。还有茶肆、饭馆、酒店中特意安排乐器演奏和评书为客人助兴。经营者们深深懂得豪华的装饰可以反映一个店铺的实力。于是，店堂设计画柱雕梁、古色古香、金碧辉煌，极尽铺陈之能事，以迎合达官巨贾、贵妇名媛"以求高雅"的消费心理。在服务上，进门笑脸相迎，出门点头送行。这些敬客如神的做法加上高贵典雅的装饰使众多顾客"如沐春风"、"一见钟情"，从而流连忘返、百顾不厌。

企业可以用各种策略来改变顾客的评价，提高其满意度。例如，通过宣传和沟通，改变顾客对本企业产品的认识及价值评判标准，使他们感到本企业的产品比其他同类产品更能符合自己的要求；改进企业产品以及销售中不符合顾客价值评价的成分，不断适应购买者对企业及产品的期望和要求。

第五节　购买决策过程

消费者的购买决策是一个动态发展的过程，也是一个极为复杂的过程。购买决策全过程存在众多的可变因素和随机因素，必须进行全面分析才有可能把握其中的规律。下面将从参与决策的角色、购买行为的类型和购买决策的五个阶段来进行研究。

一、参与决策的角色

企业在进行营销活动中，需要了解究竟是哪些人参与了本企业产品的购买决策过程，他们各自在购买决策过程中扮演怎样的角色，这对于企业改进自己的营销工作是十分有利的。在一般情况下，购买决策是一种群体决策的过程。参与购买决策的成员大体可形成五种主要角色：

（1）发起者，即首先想到及建议购买商品的人；

（2）影响者，即对发起者的建议表示支持或者反对的人，他们的意见会对购买决策者产生直接或间接的影响；

（3）决策者，即决定是否购买、如何购买商品的人；

（4）购买者，即执行具体购买任务的人，对商品的价格与质量以及购买地点进行比较选择，同卖主进行谈判和交易；

（5）使用者，即所购商品的使用人，此人对产品的满意程度，会影响再次购买的决策的做出。

在购买全过程中，角色可在一个人身上兼而有之，如使用者可能也是发起者，决策者可能也是购买者。随着妇女和独生子女社会地位的提高，他们的参与程度也会提高，因此，有些商品的购买决策存在角色错位，如男士的生活用品（如领带、服装等）可能会由妻子决策和采购；而家庭耐用商品（如计算机、汽车、住房等）的选购，子女的意愿反而成为主要的决策因素等。企业要找到准确的营销对象，才能提高营销活动的效果。

二、购买行为的类型

消费者对于不同类型的商品，购买决策行为是有很大的差异的。如购买一所住房和购买一包洗衣粉，其购买决策行为就会有很大不同。前者要广泛收集信息，反复比较选择；后者则基本不加思考，随时就可以购买。根据消费者对商品的熟悉程度和购买决策的风险大小，可以将购买行为分成四种类型。

（一）复杂性购买行为

复杂性购买行为主要是指购买那些消费者认知度较低、价格昂贵、购买频率不高的大件耐用消费品。由于价格昂贵，购买决策的风险就比较大，购买决策必然比较谨慎，加之由于消费者对产品不够熟悉，需要收集的信息比较多，进行选择的时间也比较长。

（二）选择性购买行为

选择性购买行为主要是指购买价格比较昂贵的商品，具有较大的购买决策风险。但是由于消费者对于此类商品比较熟悉，知道应当怎样进行选择，因此，在购买决策时无须再对商品的专业知识做进一步的了解，而只要对商品的价格、购买地点以及各种款式进行比较选择就可以了。

（三）简单性购买行为

对于某些消费者不太熟悉的新产品，由于价格比较低廉，购买频率也比较高，消费者不会花很大的精力去进行研究和决策，而常常会抱着"不妨买来试一试"的心情来购买，所以，购买行为相对比较简单。

（四）习惯性购买行为

对于那些消费者比较熟悉而价格比较低廉的产品（通常产品的稳定性也比较好），消费者会采用习惯性的购买行为，即不假思考地购买自己习惯用的品种、品牌和型号。若无新的强有力的外部吸引力，消费者一般不会轻易改变其固有的购买方式。

了解购买行为的不同类型，有助于企业根据不同的产品和消费者情况去设计和安排其营销计划，知道哪些是应当重点予以推广和宣传的，哪些只要做一般的介绍，以使企业的营销资源得到合理的分配和使用。

三、购买决策的五个阶段

一般情况下，可将消费者购买决策过程分为五个阶段：即确认需求；收集信息；判定选择；决定购买；购后评价。如图 4 - 4 所示。

图 4 - 4　消费者购买决策过程

这五个购买阶段主要适用于复杂的购买行为的决策过程，对于某些日用品的购买行为，消费者可能跳过某些阶段。

（一）确认需求

确认需求是购买决策的初始阶段，因为消费者只有意识到其有待满足的需要到底是什么，才会发生一系列的购买行为。需要的满足根据其性质的不同可分为几种不同的类型，如按照需求的紧迫性和可预见性将需求划分为：

1. 日常需求

日常需求是属于需要立即解决的问题，即人们所说的"开门七件事"，每天少不了的物品，经常要购买。这种需求的购买决策一般都比较简单，容易形成品牌忠诚性和习惯性的购买行为。但是如果消费者在购买中发现了更好的替代品，会立即改变原定的购买决定，而不需做多长时间的思考。

2. 突发需求

突发需求是突发性的，而且必须立即解决，如手机丢失、车轮胎爆裂、自来水管漏水等。若不立即解决，正常生活次序将被打乱。这时消费者首先考虑的是如何尽快买到所适用的商品，而对商品的价格不会太过于计较。

3. 计划需求

计划需求是预期中要发生，但不必立即解决的需求。它主要发生在对价值较高的耐用消费品的购买计划，如家庭准备购买第二套住房、准备购买家用汽车、准备全家去欧洲旅游等。由于消费者对计划购买从确认到实际购买时间比较长，所以收集信息和比较方案的过程很长，一般都考虑得比较周密。

4. 潜在需求

潜在需求是无需立即解决的需求，它存在于消费者潜在意识中，是有待满足的需求。例如，从前人们对于自家拥有小汽车是一种梦想，大部分消费者虽然不可能立即购买，但这种需求已经潜入意识当中，随着家庭经济的好转，购买者便会逐渐增多。这种消费一旦得到社会的充分肯定，原先的潜在需求很可能就演变成了日常问题或计划解决的问题。

企业应从引起需求阶段开始，调查研究与本企业产品有关联的驱策力，按照消费者的购买规律，适当地安排诱因，促使消费者的需要变得强烈，并转化为购买行动。

（二）收集信息

消费者一旦对需求问题进行了确认，便会着手进行有关信息的收集，即寻找和分析与满足需求有关的商品和服务的资料，包括能满足需求的商品种类、规格、型号、价格、质量、维修服务、有无替代品、何处何时有出售等。消费者一般会通过以下几种途径去获取其所需要的信息：

（1）商业来源。包括包装、广告、推销员、商品介绍、经销商、展览。

（2）相关群体。包括家庭成员、亲朋好友、同事、邻居、熟人。

（3）公共来源。包括报纸、杂志、广播、电视等大众传播媒体及消费者评价机构。

（4）个人经验。即通过对各种商品的触摸、查看、试验、比较和使用等得来的信息。

积极向消费者提供产品和服务的有关资料在消费者收集信息阶段是至关重要的。此外，商业信息只是起到参考作用，而相关群体和个人经验则会起主导作用。因此，企业不但应分析和了解消费者获得商品信息的渠道以及对所获得各种信息的信赖程度，更重要的是坚持长期做好服务工作，创造有利于本企业的"口传信息"，从而影响消费者的购买决策，促使他们采取购买行动。

（三）判定选择

消费者在充分收集了各种有关信息之后，就会对已有的信息进行分析、整理，对可供选择的商品进行分析、对比和评估，形成不同的购买方案，最后确定选择。判定选择的过程会因消费者价值观念的不同而存在差异，根据消费者进行评价和选择的标准和方法的不同，会有以下五种情况：

1. 独立式判定

独立式判定就是消费者只用一个评估标准为依据挑选商品（或品牌）的依据。如某些消费者选择时可能仅仅会以价格作为唯一的评估标准。在具体进行独立判定的过程中，形式是多种多样的，不同的消费者对同种商品会采用不同的评估标准。

2. 联合式判定

联合式判定即消费者在购买商品时同时考虑该商品的各方面特征，并规定各个特征所具备的最低标准。例如，消费者购买汽车时要考虑它的价格、款式、功能、售后服务等；购买房屋时要考虑房屋的价格、结构、地段、层次、朝向、内部设施等。

3. 重点式判定

重点式判定即指消费者首先用他认为最重要的评估标准选购商品，如果未能选出时，再用他认为第二位重要的标准进行挑选。以此类推。

4. 排除式判定

排除式判定即指消费者在选择商品时逐步排除那些不具备最低要求的因素。例如，消费者购买汽车时首先考虑知名度高的，不知名的汽车不在考虑之列；其次预定价格的大致范围，超出这一范围不予考虑；其三是款式；其四是色彩……以此类推。消费者会不断地把不符合其基本指标的商品排除，直到满意为止。

5. 互补式判定

互补式判定是根据商品的各种特性，进行取长补短，综合评估，集中挑选一个最满意的商品。这是购买方案选择的最优方式。

（四）决定购买

消费者在进行了评价和选择之后，就形成了明确的购买意图，最终进入做出购买决策和实施购买的阶段。但是，在形成购买意图和做出购买决策之间的过程中，仍可能受到其他因素的干扰，会使消费者临时改变其购买决策。这些因素主要来自两方面：一是相关群体的态度；二是意外的变故。其他人如果在消费者准备进行购买时提出反对意见或提出了更有吸引力的建议，会有可能使消费者推迟购买或放弃购买。相关群体的态度影响力的大小主要取决于两点：反对的强烈程度以及其在消费者心目中的地位。反对的程度越强烈，或其在消费者心目中的地位越重要，其对消费者购买决策的影响力也就越大。意外的变故也可能使消费者改变或放弃购买决策。如消费者家中原来准备购买住房的资金突然因为子女出国留学成功而改变原有的购买决策。影响消费者进行最终购买决策的根本因素是消费者对购买风险的预期。如果消费者认为购买之后会给其带来某些不利的影响且难以挽回，消费者改变或推迟购买的可能性就比较大。

（五）购后评价

消费者购买了商品并不意味着购买行为过程的结束，所购商品是否能使消费者满意，将影响消费者以后的行动，并对相关的群体产生影响。因此，现代企业均异常重视消费者购买后对产品及企业的评价。西方企业信奉这样一句名言："最好的广告是满意的顾客。"

企业判断消费者购后评价，主要依据"预期满意理论"，即消费者对产品的满意程度，取决于预期希望得到实现的程度。消费者购后的所有行为都基于对商品究竟是满意还是不满意的评价。这一方面取决于其所购买的商品是否同其预期的欲望（理想产品）相一致，如果符合或接近甚至超过原来的预期欲望，消费者就会比较满意，否则就会感到不满意。另一方面则取决于相关群体对其购买商品的评价，若周围的人对其购买的商品持肯定意见的多，消费者就会感到比较满意；反之，即使消费者已经认为比较满意的，也可能转为不满意。

如果消费者感到不满意，就会有采取行动的可能性。如果不满意的程度较高或商品的价值较大，在消费者保护意识日益增强的情况下，他们一般都会采取相应的行动，如到商店要求对商品进行退换，将不满意的情况告诉亲戚朋友，以后再也不购买此种品牌或该企业的商品等。这对企业致力于长期稳定市场份额影响较大。消费者另一种可能的做法就是将其不满意的情况诉诸公众，如向消费者协会投诉，向新闻媒体披露，甚至告上法庭等。这样的行为就会马上对企业造成较大的消极影响，企业应当尽可能利用公共关系危机处理方式避免这样的情况出现。

 实例分析

雀巢婴儿金牌3＋奶粉事件

2005年5月，雀巢婴儿金牌3＋奶粉在中国市场被质量检测判定为含碘超标，企业本应第一时间妥善处理，可采用立即将商场现有奶粉撤架，消费者无偿更换或退货，公开向消费者道歉等措施。但是他们采取的做法是：5月26日拒绝记者采访；5月27日公开宣布产品是"安全的"；6月1日受到中国消费者协会公开指责；6月5日，雀巢（中国）有限公司大中华总裁向消费者公开道歉；但6月6日依然宣布"只换不退"，又引起舆论大哗；到6月8日才不得不宣布"可换可退"。全部过程不但行动迟缓，甚至不负责任地指责要退货的消费者小题大做，认为少量的含碘超标不会对儿童造成危害，此时他们已经错过重塑企业形象的最好时机，在舆论压力下，雀巢公司做出的后续行动更使自己的形象大为受损，从长远角度看，损失远不止是此类产品回收造成的损失。

从上述案例可以看出，市场上不可避免地会出现消费者不满意的情况，企业若能妥善处理，也是能够使消费者"转怒为喜"的。例如，妥善处理好退换商品的工作，耐心听取消费者意见并诚恳道歉，公开采取积极的改进措施，在必要的情况下主动对消费者进行赔偿等。现代企业已认识到，稳定的市场份额比高额的利润更为重要，因此，要认真对待消费者购买商品以后的态度和行为。

第六节　组织购买行为

企业的市场营销对象不仅包括广大消费者，也包括各类组织机构。这些组织机构组成了原材料、零部件、机器设备、供给品和企业服务的庞大市场。

一、组织机构市场的构成

组织机构市场是指各类企业、各级政府部门、各种机构形成的对企业产品和劳务需求的总和。它可分为四种类型，即生产者市场、中间商市场、非营利性组织市场及政府市场。

（一）生产者市场

生产者市场，也称作产业市场或工业市场，指所购买的一切产品和服务用于加工生产其他产品或劳务，以供销售、出租或供应给他人并从中牟利的个人和组织，而不是为了个人消费。生产者市场通常由农业、林业、水产业、制造业、建筑业、通信业、公用事业、金融业、保险业和其他服务业等组成，是组织机构市场的主要组成部分。

（二）中间商市场

中间商市场是由所有以营利为目的而从事转卖或租赁业务的个人和组织，包括批发商和零售商。批发商的主要业务是购买商品和劳务并将之转卖给零售商和其他商人以及产业用户、公共机关用户和商业用户等，但它不把商品大量卖给最终消费者；而零售商的主要业务则是将商品或劳务直接卖给消费者。

（三）非营利性组织市场

非营利性组织市场主要是指一些学校、医院或其他为公众服务的部门组成的市场。由于这些部门是非营利性的，所以，以低预算和受到一定控制为特征。

（四）政府市场

政府是产品和劳务的主要购买者。政府市场是指为执行政府的主要职能而采购或租用商品的各级政府单位。政府市场的购买者是该国各级政府的采购机构，由于各国政府通过税收、财政预算等掌握了相当大一部分国民收入，所以形成了一个很大的政府市场。政府市场的特点是采购决策要受到公众的监督，以竞价投标为主。

二、组织机构市场的特征

组织机构市场与消费者市场相比有其独有的特征，具体表现在以下几个方面：

（一）组织机构市场上购买者的数量少，购买规模大

在组织机构市场上，购买者绝大多数都是企业单位，因此，购买者的数目必然比消费者市场少得多，购买者的规模也必然大得多。而且，由于资本和生产的集中，许多行业的产业市场是由少数几家或一家大公司的大买主所垄断。例如，美国通用、福特、克莱斯勒三大汽车制造商是固特异轮胎公司订单的主要购买者。波音公司推出的 787 梦想型飞机的 143 架订单中，中国就订了 60 架。

（二）组织机构市场上的购买者在地理区域上较为集中

组织机构购买者往往集中在某些密集的产业市场地区，各种工业品的购买量较大，因此，占全国购买总量的比重也明显较大。这种现象往往与一个国家的工业布局有关，在工业发达国家的表现更为明显。

（三）组织机构市场需求是引申需求，需求波动大

组织机构市场的购买者对产业用品的需求，归根结底是从消费者对消费品的需求引申出来的，企业购买生产资料是为了用来作为劳动对象和劳动资料以便生产出消费资料，因此，消费者市场的变化直接影响组织机构市场的需求。有时消费者需求只增减 10%，就能使相关组织机构市场的购买者需求出现 200% 的增减，这种现象在西方经济学中称之为"加速原理"。

（四）组织机构市场需求缺乏弹性

在组织机构市场上，购买者对产业用品和劳务的需求受价格变动的影响不大。这是因为生产者不能在短期内对其生产方法有很大的改变。此外，如果原材料的价值很小，这种原材料成本在制成品的整个成本中所占的比重很小，那么这种原材料的需求也缺乏弹性。

（五）谈判和投标

组织机构市场在购买和出售商品时，谈判是双方交涉中最重要的部分，而且政府购买设备多采用投标方式以保证公平、公正。

（六）专业人员购买

由于组织机构市场用品的技术性强，其采购一般都由经过训练的具有专门知识的专业人员负责，参与决策的人员也比消费者市场多，决策过程更为规范，通常是由若干技术专家和最高管理层组成采购委员会领导采购工作。因此，营销者必须具备较为熟练的技术知识以及需要提供各类技术数据。

（七）直接购买

组织机构市场的购买者大多向生产者直接采购所需产业用品，而不通过中间商采购，这是因为购买者数量有限而且属于大规模购买，直接购买的成本显然低得多。同时，组织机构市场的售前售后都需要由生产者提供技术服务。

（八）互惠现象

组织机构市场的购买者往往以"互相帮忙"选择供应商，即"你买我的产品，我就买你的产品"。互惠有时表现为三角形或多角形互惠。例如，假设有甲、乙、丙三家公司，甲企业向乙企业提出，如果乙企业购买丙企业的产品，甲企业就购买乙企业的产品，因为丙企业以甲企业推销其产品作为购买甲企业产品的条件。虽然互惠现象极为普遍，但大多数经营者和代理商把它视为不正当竞争。

三、组织机构市场的购买决策者

组织机构市场的供货企业不仅要了解谁在市场上实施购买行为，而且要了解谁参与组织机构市场购买者的购买决策过程，他们在购买决策过程中充当什么角色、起什么作用。一般说，在采购时，采购代理商的作用较大，但在新设备采购时，组织人员的作用大。

由于企业合约涉及的金额庞大，所以采购的决策会有不少参与者。采购组织的决策单位称之为采购中心，其中除了专职的采购人员之外，还有一些其他人员和集体也参与购买决策过程。所有参与购买决策过程的人员通常包括以下成员：

（一）使用者

使用者，即组织中具体使用产业用品或服务的人员。使用者往往是最初提出购买意见的人，他们在计划购买产品的品种、规格中起着重要作用。

（二）影响者

影响者，即直接或间接影响购买决策的人员。他们通常协助决定购买产品的品种、规格等，并提供方案评价的情报信息。企业的技术人员是最主要的影响者。

（三）决定者

决定者，即在企业中有权批准购买产品的人。在标准品的例行采购中，采购者常常就是决定者；而在较复杂的以及新的采购计划中，决定者往往是企业决策者。

（四）采购者

采购者，即在企业中有权选择供应商并安排购买条件的人。采购者通常对一些低价或低技术含量的产品做出采购决定。在较复杂的采购工作中，采购者还包括参加谈判的公司高级专业技术人员。

四、组织机构市场的采购形态类别

组织机构市场的购买者需求是周而复始的，但有时也会由于需要开发新产品或改良产品品质而购买。采购形态受这些因素影响，大体有三种类型：

（一）直接再购

直接再购，即采购部门选择一两个供应商，与他们订立长期供应合同，直接重新订购过去采购的同类产业用品，每次的采购都依从既定的条款、程序和规格进行，不需要再次评估供应商。此时，组织购买者的购买行为是惯例化的。

（二）修正再购

修正再购，即企业的采购者根据各部门需要，修正要采购的某些产业用品的规格、价格和其他条件。修正供应条件时，通常会邀请一些新的供应商参与。这也给"名单以外的供货企业"提供了市场机会，并给"列入名单的供货企业"造成了威胁。企业通过这种方式，希望从竞争中得到较好的服务和价格。

（三）新购

新购，即企业第一次采购某种产业用品，采购者面对新的要求，会尽可能地向供应商索取有关商品的最新信息。因此，供货企业要派出特殊的推销人员小组，向其顾客提供有用的资料和市场信息，尽量接触各方面的决策人士。

（四）系统购买

系统购买，是指由供应商提供一个完整的解决问题的方案，不再需要采购者分开采购不同的产品，如计算机供应商可以提供一个系统的软硬件组合，供组织机构市场采购者选择。

五、影响组织机构市场购买决策的主要因素

组织机构市场购买者在做购买决策时，会受到一系列因素的影响，其中主要包括以下几个方面的内容：

（一）**环境因素**

环境因素包括消费者市场的需求、经济前景、利率走势、技术发展变化、原料供应情况、市场竞争、政治法律等情况。这些因素的变化均会直接影响企业采购的决定。

（二）**组织因素**

企业的目标和政策、组织机构、系统等因素会影响企业组织对采购部门的看法以及会影响购买者的购买决策和购买行为。

（三）**人际因素**

企业的采购中心由担任不同职位的人士组成，这些参与者在企业中的地位、职权、说服力以及他们之间的关系是有所不同的，因此，人际关系会影响采购结果。

（四）**个人因素**

个人因素，即各个参与者的性格、受教育程度、偏好等会影响各个参与者对要采购的产业用品和供应商的感觉、看法，从而影响购买决策和购买行为。

六、采购过程

组织机构市场的采购过程比消费者市场复杂，要经过八个阶段。如图4-5所示。

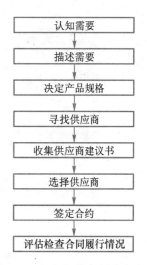

图4-5　组织机构市场采购过程

（一）**认知需要**

企业会因为内部因素（如新发展计划、机器故障等）或外部因素（广告、竞争等）考虑购买新产品。

（二）**描述需要**

企业的采购组织确定需要以后，会列出需要以及同时排列各种需要的重要性，做出详细的技术说明，作为采购人员取舍的标准，如耐用度、可靠性、供应商的稳定性等。

（三）**决定产品规格**

企业的采购经理与技术人员共同决定产品的规格要求。

（四）**寻找供应商**

采购中心根据供应商的名单挑选部分作为候选供应商。在此阶段要淘汰一些供货不稳定的、服务不到位的供应商。

（五）**收集供应商建议书**

采购中心在做最后决定以前，还要从供应商们提供的产品质量、价格、信誉、及时交货能力、技术服务等方面来评价供应商，收集他们的建议书。

（六）**选择供应商**

采购中心研究各备选供应商的建议书后，全面考虑与各供应商的关系、产品品质、价格、信誉、长远发展等情况，选定供应商。许多精明的采购经理可能采用多条供应来源，以免受制于人，而且这样能够比较各个供应商提供的产品。比如，他向第一位供应商采购所需产品的60%，分别向其他供应商采购所需要产品的30%和10%，这样可以使这三位供应商展开竞争，进一步做好供应工作。

（七）签订合约

采购者开具订货单给选定的供应商，在订货单上列举技术说明、需要数量、交货期、退货手续、品质保证、维修、支援等条件。

（八）评估检查合同履行情况

采购者最后还要向使用者征求意见，了解他们对购进的产品是否满意，评估与审核供应商及其产品的表现以及履行合同情况，以便决定以后是否继续，还是更改，或放弃与该供应商的采购合作。

本章小结

	消费者购买行为模式	消费者外界的刺激；消费者的黑箱；消费者的反应
消费者行为分析	购买者价值理论	达成购买取决于购买者让渡价值；让渡价值为正时购买行为有实现的可能，反之则不会形成购买
	影响购买行为的主要因素	文化因素、社会因素、个人因素、心理因素
	购买者购买决策的过程	确认需求、收集信息、判定选择、决定购买和购后行为
	组织购买的采购过程	认知需要、描述需要、决定产品规格、寻找供应商、收集供应商建议书、选择供应商、签订合约、评估检查合同履行情况

核心概念

购买者价值理论　生理需要购买动机　心理需要购买动机　需要层次论　组织机构市场

同步测试

一、单项选择题

1. 根据消费者购买习惯和行为分类，消费品可分为日常商品、选购品、（　　）和寻购商品。

　　A. 耐用品　　　　　　B. 特殊品　　　　　　C. 非谋求品　　　　　　D. 非耐用品

2. 消费者在购买价格高昂、购买频率低、不熟悉的产品时，会投入很大的经历和时间，这类购买行为属于（　　　）。
  A. 选择性购买行为   B. 简单性购买行为

  C. 复杂性购买行为   D. 习惯性购买行为

3. 购买决策过程为（　　　）。

  A. 收集信息—引起需要—评价方案—决定购买—购后评价

  B. 收集信息—评价方案—引起需要—决定购买—购后评价

  C. 确认需求—收集信息—判定选择—决定购买—购后评价

  D. 引起需要—决定购买—收集信息—判定选择—购后评价

4. 对消费者的购买行为具有最广泛、最深远影响的因素是（　　　）。

  A. 文化因素   B. 社会因素   C. 个人因素   D. 心理因素

5. 马斯洛认为需要按其重要程度分，最低层次需要是指（　　　）。

  A. 生理需要   B. 社会需要   C. 尊敬需要   D. 安全需要

6. 社会名流、体育明星和电影明星是相关群体中的（　　　）。

  A. 成员群体   B. 崇拜性群体   C. 厌恶群体   D. 核心群体

7. 消费者基于自己的经验和习惯而产生的购买动机，称为（　　　）。

  A. 情感动机   B. 理智动机   C. 惠顾动机   D. 情绪动机

二、多项选择题

1. 消费者市场的主要特点有（　　　）。

  A. 广泛性   B. 分散性   C. 复杂性   D. 易变性

2. 人们对刺激物产生的知觉有（　　　）等几种层次的理解。

  A. 选择性注意   B. 选择性理解   C. 选择性保留   D. 选择性淘汰

3. 同一社会阶层的成员具有类似的（　　　）。

  A. 收入   B. 个性   C. 价值观   D. 兴趣

4. 一个国家的文化包括的亚文化群主要有（　　　）等。

  A. 语言亚文化群   B. 宗教亚文化群   C. 民族亚文化群   D. 种族亚文化群

5. 在消费者购买决策过程中，参与购买的角色有（　　　）等。

  A. 发起者   B. 影响者   C. 使用者   D. 决策者

6. 消费者信息的主要来源有（　　　）。

  A. 个人来源   B. 商业来源   C. 公共来源   D. 经验来源

7. "顾客让渡价值"中的顾客总价值包括（　　　）。

  A. 产品价值   B. 服务价值   C. 人员价值   D. 形象价值

8. 影响消费者购买行为的主要因素有（　　　）。

  A. 经济因素   B. 收入因素   C. 社会因素   D. 心理因素

9. 生产者购买类型可分为（　　　）。

  A. 重购   B. 直接再购   C. 修正再购   D. 新购

三、判断正误题

1. 消费者的购买决策过程在很多情况下是一种群体决策过程。（　　　）

2. 家人、亲属、朋友、伙伴等是最典型的主要相关群体。（　　　）

3. 研究消费者购买行为的理论中最有代表性的是刺激-反应模式。（　　　）

4. 消费者市场的"易变性"说明变化的必然性和长期趋势。（　　　）。

5. 不同家庭的成员对购买商品的实际影响力是有差异的。（　　　）

6. 随着科学技术的不断发展，市场供应日益丰富，企业竞争日趋激烈，消费者的选择性增多，消费风潮的变化加快，流行周期加长。（　　）

7. 消费品尽管种类繁多，但不同品种甚至不同品牌之间不能相互替代。（　　）

8. 归属于不同生活方式群体的人，对产品和品牌有着相同的需求。（　　）

9. 通常企业并不试图去改变消费者对其产品、服务的态度，而是使自己的产品、服务和营销策略符合消费者既有态度。（　　）

10. 个人收入是影响奢侈品、轿车、旅游等产品销售的主要因素。（　　）

 **实 训 项 目**

项目一：在销售中引导消费者购买决策的能力

一、实训目标

掌握购买群体决策中的角色构成及各自的作用。

二、内容与要求

(1) 在场景扮演中，销售人员如何对各种类型的购买者加以引导。

(2) 到营业现场访问顾客对某些消费品的态度和信念。

项目二：消费者让渡价值与消费者满意度调查

一、实训目标

(1) 调查某商品能够让消费者感到最大程度满意的标准。

(2) 学会制定让顾客满意的行动计划方案。

二、内容与要求

(1) 讨论项目二案例，回答案例问题。

(2) 调查本地不同的商业业态，找出其顾客预期的满意标准，为被调查单位设计顾客满意行动计划方案。

案例：Q.S.C.V 战略组合

美国麦当劳公司，从经营汉堡包而闻名世界。它是世界最大的食品企业，有"麦当劳王国"之称，25 000 多家餐厅覆盖 115 个国家和地区，平均每 5 小时有一家分店开张。其"Q.S.C.V 战略组合"的运用堪称经典，即讲究营养、味美的质量（Quality）、令人满意的服务（Service）、清洁卫生的环境（Clean）和合理的价格（Value）。凡分店不符合这四项要求的，经理要开除，分店要吊销经营许可权。在全球性商战中，近年来美国的许多企业总是处于不妙境地，然而麦当劳公司却是例外，以致一些美国企业惊呼：汉堡包比我们厉害。

结合本章内容的学习，对此案例用自己对市场"消费者预期满意"的认识和理解，加以分析：

(1) 麦当劳成功的原因是什么？

（2）调查本地饮食店，找出与"Q. S. C. V 战略组合"的差距。

项目三：调查购买者需求

实训目标

进一步了解购买者需求对经营的重要意义。

内容与要求

假设我们要在某一居民小区附近开一家运动鞋专卖店（或者其他专卖商店），试调查附近地区的居民需求，并分析他们是否存在购买动机。

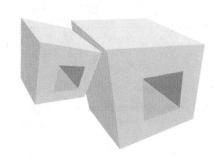

第五章

市场细分

SHICHANG

知识目标

了解市场细分的含义与作用

掌握市场细分的原则、标准与步骤

了解市场细分的方法

解释企业如何利用市场细分识别具有吸引力的市场

能力目标

能够掌握市场细分方法

能应用市场细分理论解决具体问题

引例

肯德基的本土化细分

由于美国人不断减少油炸食品的消耗量，肯德基在美国的市场份额一路下降。但在亚洲，肯德基已成为中国、韩国、马来西亚、泰国和印度尼西亚快餐业的领头羊。在日本和新加坡，肯德基仅次于麦当劳。肯德基在国外有 1 470 多家快餐店，每家店的平均收益为 12 000 000 美元，比美国店的平均收益多大约 60％。天安门广场店是肯德基大家族中最繁忙的一家，这家店有 701 个座位，一年要为 25 000 000 位顾客服务。总的来说，肯德基的亚洲店吸引了那些中等收入的城市年轻人，因为他们的收入在不断增长。

肯德基的亚洲店主要出售标准炸鸡、土豆泥及卷心菜色拉，但也根据当地情况作了些适应性变化，如泰国的香鸡和日本的咖喱鸡。2010 年 3 月，在肯德基位于上海的部分餐厅里，两款米饭产品悄然上市。这是肯德基在近段时间相继推出网上订餐、24 小时营业之后，又一本土化新招数。百胜餐饮集团全球总部表示，旗下肯德基、必胜客等快餐连锁品牌会继续坚持开发适合中国市场的产品，同时，也希望能够进一步扩大在这个市场的份额。在 2009 年里，中国区（中国大陆、泰国、中国台湾等）仍然是百胜全球业绩的支点，其销售收入占到百胜全球收入的 34％。从油条、烧饼、早餐粥，再到米饭产品，在肯德基的菜单上，中国风愈加浓烈。这背后是百胜深耕中国市场的愿景。把中国元素融入到肯德基这一传统的美式炸鸡品牌里，是百胜在中国市场上多年屡试不爽的策略。在肯德基卖米饭之前，各种带着中国特色的油条、烧饼等本土化产品已经逐渐改变了消费者对肯德基品牌的印象。事实证明，本土化的策略在赢取口碑和占领市场份额两个方面都起到了有效的作用。（资料来源：改编自《21 世纪经济报道》，2010）

企业在动态的市场上，要求得生存，必须与不断变化的市场环境相适应，增强企业的应变力，及时把握机会，制定企业的市场战略计划，利用企业的自身优势去满足目标市场的需求，完成企业的既定目标。但在通常的情况下，由于受到自身实力的限制，任何企业产品都不可能为市场上的全体顾客服务，而只能满足某一部分顾客的某种需求，所以企业必须选定最能发挥本企业优势的市场作为自己争取的目标，然后采取相应的市场营销手段，在目标市场取得盈利。

第一节　市场细分的概念与作用

市场细分的观点是美国学者温德尔·史密斯（Wendell R. Smith）总结了许多企业的市场营销经验以后，在 1956 年提出的一种选择目标市场的策略思想。他主张凡是市场上的产品或劳务的购买者超过两人以上者，这个市场就有被细分为若干小区域的可能。它的理论依据是消费需求的绝对差异性和相对同质性。市场细分是一种以人为本、以满足人的需求为目标的营销观念。市场细分理论的产生，使传统营销观念发生了根本的变革，在理论和实践中都产生了极大影响，被西方理论家称之为"市场营销革命"。

有效地实行目标市场营销的三个重要步骤（也称 STP 战略）是：市场细分（Segmenting），即将整个市场区分为几个不同的购买者群体，他们各需不同的产品或者需要采用不同的市场营销手段；选择目标市场（Targeting），即选择一个或几个细分的小市场，作为企业进军的目标；市场定位（Positioning），即为本企业的产品确定一个有利的竞争位置和制定一套详细的市场营销策略。如图 5-1 所示。其中的市场细分，是企业选择目标市场的基础与前提。

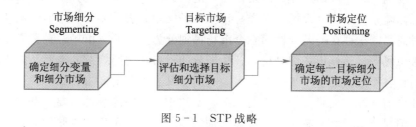

图 5-1　STP 战略

一、市场细分的概念

市场细分，就是指企业通过市场调研，根据消费者明显的不同特性，把整体市场分割为两个或更多的子市场，每个子市场都是由需要与欲望大致相同的消费者群组成，从而确定目标市场的过程。

市场细分的主要步骤是：企业必须确定各种区分市场的方法，描绘出这些有实际意义的细分市场的轮廓，并最后衡量每个细分市场对公司的吸引力。

市场细分理论产生之后经过了一个不断完善的过程。最初，人们认为把市场划分得越细，越能适应顾客需求，从而通过增强企业产品的竞争力来提高利润率。但这样使得过度细分市场导致企业营销成本上升而利润下降。20 世纪 70 年代以来，由于能源危机和整个经济的不景气，人们在购买商品时开始注重价值、价格和效用的比较，企业界随即出现对市场过度细分的反思和矫正，主张从成本和收益的比较出发，对市场进行适度的细分，企业具有更强的可操作性。这使得市场细分理论在新世纪中得以发展和完善成熟。

典型案例

市场细分赢得市场

改革开放初期，在众多乡镇企业争先恐后上马电扇厂时，杭州的王星记扇厂在市场调查的基础上，利用市场细分策略，把小生意做成大生意。他们根据年轻人喜爱新奇、精致小工艺品的特点，老年人怀旧的特点以及国外市场关注中国特色产品的特点，生产出各种各样、大小不一的时髦精致的工艺品扇以及适合老年人使用的羽毛扇、专供出口的红木屏风扇、檀香扇等，赢得了市场，产值年递增21%，利润年递增40%，上升幅度远远超过其他电扇厂。

（一）市场细分与市场分类的区别

市场细分不同于一般的市场分类方法。市场分类方法主要是商品供应方为了便于掌握市场特征而进行划分的。例如，按商品的功能和用途不同分类，可将市场分为生活消费市场、生产消费市场、服务市场等。市场细分方法则是根据消费者对市场商品需求的差异性来划分的，是工商企业从市场消费者需求的差异性出发，用一定的标准将消费者划分为不同的消费群体，每一个消费者群体就是一个细分市场。这样，整个市场就划分为许多个子市场。例如，根据消费者年龄不同对商品需求存在的差异性，整个市场可划分为少年儿童市场、青年人市场、中年人市场、老年人市场等。整体市场细分后，各个细分的子市场之间，对同类商品的需求存在着不同的要求，但在各个细分的子市场之中，对同类商品又有近似的要求。如护肤产品市场上，虽然消费者群体中有些注重的是美白的需要，有些是注重皮肤防冻裂的需要，有些注重的是减少皱纹的需要，但是，他们之间有着对护肤品共性的要求，即满足保护皮肤的需要。可见，市场分类是立足于企业，以企业为中心，出发点在于为企业的经营提供方便；市场细分是立足于消费者，以消费者为中心，出发点在于全心全意为消费者提供优质服务，不断提高企业信誉，以拓展市场。

（二）市场细分概念的形成

市场细分的概念是随着营销观念的发展而形成的。

1. 大量营销阶段

大量营销（Mass Marketing）是西方国家在20世纪20年代以前，由于生产能力相对落后，商品供不应求，生产观念支配企业的经营管理而出现的营销阶段。当时的营销者们认为，只要消费者在市场上可以看到本企业产品，而且产品价格比同类产品更为便宜，就一定会购买本企业产品。用这种大量营销的方法可以使生产企业面向市场上所有的购买者。企业的经营目的是：通过大量生产、分配、宣传来推广一种产品，最终使成本和价格尽可能降低，引起最大的市场需求，得到规模效益的利润。如1920年以前，美国福特公司的汽车表现为供不应求，在这种情况下，生产商必然以开发产品为中心，努力提高生产力水平。产量越高，供求矛盾越能缓和，企业越可以薄利多销。所以，当时公司创始人采用的是组织汽车生产流水线，大批量生产。这样，成本降低了，每部车仅卖480美元，得到消费者的欢迎。我国在产品供不应求的卖方市场条件下也存在过这种阶段。例如，改革开放前，我国的一些灯泡厂只生产一种品种的灯泡，因为已经预计它只要便宜，就会受到所有用户的欢迎。

2. 产品差异化营销阶段

产品差异化营销（Product-variety Marketing）即企业生产两种或两种以上不同特点、式样、规格、质量的产品以供应市场。西方国家在 20 世纪 20 年代末到 50 年代以前处于此阶段。当时的市场特点是：产品数量以及产品品种迅速增加，卖方市场逐步向买方市场过渡，市场竞争激烈，卖者难以控制其产品价格，因此，企业逐步意识到产品差异的潜在价值，开始实行差异化营销。我国在改革开放初期也经历了此阶段，大多数生产家用消费品的企业，对产品的生产开始有了不同花色、质量、品种、式样，向消费者提供多样的产品，使消费者有了较大的选择机会。但是，这种方式并不是专门为迎合各种不同的消费需求与欲望而设计的。

3. 目标市场营销阶段

目标市场营销（Target Marketing）即生产企业先将整个市场细分为不同的子市场，然后从中选出一个或几个子市场作为目标市场，并针对各个目标市场的不同需求特点，相应的开发不同产品或采取不同的市场营销方法，以占领市场，获得尽可能多的市场占有率。

 典型案例

利惠·史特劳斯发家史

美国以牛仔裤发家的史特劳斯公司就是个成功的例子。利惠·史特劳斯 1840 年移居美国西部，在"寻金热"中，把矿工作为目标市场，迎合他们追求廉价、耐穿的需要，把人们通常用来制作帐篷的当时在市场滞销的厚帆布拿来做料子，制成裤子向矿工推销，竟被抢购一空。以后，他又进一步研究矿工的需要，不断改良裤子，以投矿工们的所好。由于牛仔裤迎合了人们的需要，因而风靡整个西方世界，直至全世界。

在西方国家，被企业认识并接受的目标市场营销方式从第二次世界大战以后一直流行到现在。其特点是：社会生产力迅猛发展，产品数量剧增，花色品种繁多，消费者对产品优中选优，形成了典型的买方市场。采用目标市场营销方式，可以使企业更好地挖掘市场营销机会，发展适合各个目标市场需要的产品，更有效地争取市场。

从上述三个阶段可以看出：市场细分的概念是随着目标市场营销阶段的到来才最后形成，它与市场营销观念的转变是紧密相连的。但需要注意的是，这三种不同的营销方式，并不是在三个不同的发展阶段中依次出现和单独存在，以致最后形成单一的形式。在目前的市场营销中，三种营销方式还都存在，这是由于各种产品具有不同的适应性，必须应用不同的市场营销策略。

二、市场细分的依据

市场细分的客观依据，首先是消费者需求的差异性，其次由于企业有限的资源和为了进行有效的市场竞争。

（一）消费者需求的差异性

市场细分的过程，实际上是根据需求差异对消费者进行分类的过程。消费者的需求具有同质和异质之分。

1. 同质需求

从同质需求来看，对于有些商品来说，消费者的需求十分相似。首先，对商品和服务的要求和对企业营销的反应具有一定的一致性，如对电力、自来水的供应，所有的消费者对此需求大致相同，而且对接受统一价格没有很大的异义，因此，这类市场称为"同质市场"。其次，由于同一地理条件、社会环境和文化背景，消费者会形成相对类同的亚文化群，他们的需求特点和消费习惯大致相同。

消费者需求的相对同质性使市场细分有了实现的可能性。因为如果完全按照每一个消费者的需求细分市场，成本过高，对企业来说是不现实的。正是因为如此，市场上绝对差异的消费者才能按一定标准聚合成不同的群体，每一个群体就是一个有相似欲望和需求的市场部分或子市场，这样使市场细分成为可能。对于这些同质需求来说，企业的市场营销活动比较简单。

2. 异质需求

从异质需求来看，对于市场大多数商品与服务，消费者的需求是各不相同的。这是由于人们的个性、爱好、动机、经济状况、生活方式以及家庭、生理等存在差异，人们追求不同的利益，拥有不同的需求特点和购买习惯，以至于对商品的品种、数量、价格、式样、规格、色彩乃至购买时间和地点的要求都会有所不同，从而表现为各种各样不同的需求。例如，不同的家庭对装修的具体要求完全不同，这就是消费者需求的异质或差异性，由此形成的市场称为"异质市场"。

客观存在的需求差异应该得到企业的尊重和鼓励，因为，正是消费者需求的异质性形成了不同的消费者群体，每一个消费者群体就构成了一个具有类似购买欲望和要求的细分市场。市场上任何一项产品或劳务，如果拥有两个以上的消费者，就可以把市场划分为具有不同需求特点的购买群体。

消费者需求的同质性和异质性是相互联系的，在一个消费者群中，既存在着需求的同质性，也存在着需求的异质性，同质性置于异质性之中。

相关链接

由于需求的异质性是客观存在的，企业在市场营销中就不能笼统地对待消费者，而应该针对不同消费者之间的需求差异，把有类似需求的消费者划归一个群体，把整体市场分为若干个消费者群，然后根据企业自身的条件选择其中一个或几个为目标市场，从而有效地利用企业资源，避免市场营销的盲目性。如果企业不这样做，面对复杂而庞大的市场肯定会感到无所适从。

（二）企业资源的有限性及市场竞争的必然性

市场的外部环境是不以企业的意志为转移的，任何企业的资源也是有限的，因此，一个企业绝不可能满足市场上所有顾客的要求。而且，即使是一个在市场上处于领导地位的大企业，也不会在市场营销的全过程中占有绝对优势。企业在竞争的市场环境中，如果想要进行有效竞争以赢得自己的一席之地，就必须进行市场细分，然后选择最有利可图的细分市场，集中资源，制定有效的竞争策略，取得市场中的竞争优势。

三、同类产品市场细分的可能性

不同企业生产的同类产品，也会有一定的差异性，这种产品的差异性与多元化使消费者有选择的余地，因此，使同类产品市场细分成为可能。同类产品出现差异的原因主要有以下几点：

（1）不同的生产企业所采用的生产设备、生产程序、生产方法不可能完全一致。即使是同类产品，不同企业在市场上提供时也会不同。

（2）各个生产企业都拥有一些特殊资源，如人才、特殊设计、供销渠道、营销手段、进货来源等。

（3）各个竞争企业在产品的设计、开发、改进和革新等方面的进展，总会有前有后，不可能同时供应市场。

（4）各个企业对市场需求特点及趋势的估计也不一样。

因此，即使每个企业都有意识地执行某种相同的营销方式，但是，他们向市场提供的产品仍然会有很大的差异性，组成了多元化的、企业间可以进行有效竞争的市场体系。

四、市场细分的作用

市场细分是企业开展市场营销的前提与基础，是市场营销全过程的首要环节。进行市场细分，有助于企业开展如下工作：

（一）分析市场机会

企业通过市场细分，可以深入了解各分市场顾客的不同需求及其满足程度，从而发现哪些市场需求没有得到满足。通过比较，发现有利于企业的营销机会，以便运用企业本身的有利条件，迅速取得优势地位。

（二）制定最佳营销策略

企业通过市场细分，较易认识和掌握顾客需要，了解消费者对不同营销措施反应的差异，从而根据细分市场的特点，制定出相应的营销组合方案和最佳的营销策略，使消费者需求得到较好的满足。

（三）选定目标市场

企业可根据主客观条件，选定某一个或某几个细分市场作为企业的目标市场。这比平均使用力量于各细分市场会取得更大的营销效果，能获得理想的市场份额，取得较好的营销活动效益。

（四）集中资源，以小胜大，开拓新的市场空间

企业通过市场细分以后的市场小而具体，可增强市场调研的针对性，确切掌握消费者的消费方向变化情况，分析潜在需要，发展新产品或新的服务项目，开拓新市场。从这点上看，市场细分对中小企业具有更为重要的意义。因为它们比大型企业资源更为有限，市场经营能力也无法与市场领先企业相比。但是，它们可以通过市场细分，发现与自己企业资源相符合的，可以见缝插针、拾遗补缺的某些市场空隙，把握力所能及的机会，集中人、财、物及信息等一切资源投入该细分市场，以企业的全部力量对抗竞争者的部分力量，在此市场上就可以建立稳固的市场地位。

典型案例

农村包围城市的"草珊瑚"

南昌日用化工厂年产"草珊瑚"牙膏8 000万支，而每年只有300万元的广告宣传费，平均每件牙膏的促销费用仅2元左右。这是无法与大企业的广告宣传费用相比的。对着市场上强大的对手，南昌日用化工总厂没有以卵击石，他们在进行认真的分析和调查后，细分市场，决定走"农村包围城市"的路子，把销售工作的重点放在竞争对手尚未涉足或较少涉足的农村和小城镇，先后在省外开拓了淮阳、盐城、临沂、陆丰、临河等一些小城镇的牙膏市场，销量达3 000多万元。

第二节　市场细分的原则、标准与步骤

市场细分有许多方法与标准，但是从营销观点而言，有效的市场细分必须遵循以下原则，否则，细分后的市场对企业来说会得不偿失，市场细分也就失去了意义。

一、市场细分的原则

（一）需求特征的可衡量性

需求特征的可衡量性是指细分后的市场必须是企业可以识别的和衡量的。这就要求企业应首先掌握能明显表现消费者不同特征的资料，使得细分后的同一个分市场的消费者确有类似的需求特征，即细分出来的市场不仅范围明确，而且对其容量大小也能大致做出明确的判断；而各个不同的分市场之间又有明显的区别。企业选择细分市场能够用数据来描述细分市场中消费者的一些购买行为特征、勾廓细分市场的边界；能够用数据来表达和判断市场容量的大小。如果设定的细分标准难以衡量，就无法界定市场，最终目标也就落空。

（二）需求足量性

对于企业来说，细分市场范围的划定应大致以可以实行一整套营销方案为依据，可以使企业实现自己的利润目标。这就取决于这个市场是否有足够的、有货币支付能力的潜在购买者，并且是否有拓展的可能。反之，细分市场如果规模过小，范围过窄，需求量不大，而进行产品差异化必然导致生产成本与推销费用相应的增长，企业难以取得规模效益，造成市场细分所得收益不足以补偿所增加的成本与费用。这种细分市场对企业没有实用价值。

（三）企业的可进入性

企业的市场营销活动，要受到一定的能力与条件的制约，所以，细分后的市场必须是企业的营销活动可达到的和可行的。这主要表现在两个方面：一方面，是政治法律环境对企业进入某个市场没有壁垒阻碍，企业能够对消费者施加影响，能够传递产品的信息，进行产品的销售和产品的竞争；另一方面，企业的资源实力、竞争能力能够使企业了解和获取该细分市场的情报信息，能够展开市场营销组合策略，让产品及服务通过一定的分销渠道进入目标市场。否则，吸引力再大，也只能放弃。

（四）相对稳定性

相对稳定性即细分后的市场应有相对的时间稳定性，否则也是没有意义的。细分后的市场能否在一定时间内保持相对稳定，直接关系到企业生产营销的稳定性。如果细分后的市场需求变化过快，会影响企业生产结构、产品组合的稳定性，增加企业的经营风险。特别是大中型企业以及投资周期长、转产慢的企业，更容易造成经营困难，严重影响企业经营效益。

（五）易反应性

在比较理想的情况下，各个细分市场应该对营销组合中的因素有不同的反应。如果所有细分后的子市场反应均一样，那么就无法采取特殊设计的营销组合，市场细分的存在也就没有必要了。例如，有些顾客对价格敏感，但是对商品的外包装则无所谓；有些顾客对产品结实与否要求高，对外观则无所谓。对产品属性变化的反应度是确定市场细分的有效工具，它为企业有针对性地制定营销组合提供可能性。

总之，企业实施市场细分策略必须具备以上条件，才有可能得到成功而有效的细分市场。

二、市场细分的标准

市场细分的作用能否得到充分的发挥，要看企业确定的市场细分标准是否合理有效。对于不同的企业、不同的营销环境，其细分标准是不同的。下面简单介绍市场细分的一般标准。

（一）消费者市场的细分标准

消费者需求的差异性是市场细分的基本标准，而影响消费者需求的差异性的因素是多种的。可以说，影响消费者需求的各种因素都可以作为市场细分的标准。但由于这些因素不是固定的，因此，市场细分的标准又叫市场细分变数。细分消费者市场所依据的变数很多，可以概括为四大类：地理环境因素、人口统计因素、消费心理因素、购买行为因素。

1. 地理环境因素

地理环境因素是市场细分的主要标准之一。以地理环境为依据来划分市场，是传统的市场细分方式。因为地理环境相对于其他因素，表现比较稳定，属于静态因素，容易辨别。按照消费者所处的地理环境来细分市场，主要包括洲际、国别、区域、行政省市、城乡、地区、地形、气候、城市大小、人口密度、交通条件等。

地理位置的不同，使同一类产品的需求偏好往往不同。交通运输是否发达、资源是否充足，可以造成一个国家不同地区人们的生活方式以及使用、选择产品的巨大差异。我国国土辽阔，东南西北人们的口味差异很大，北方人爱吃咸些，南方人爱吃淡些，而东部甜、西部辣更是人们熟悉的。气候因素也明显造成人们穿着、饮食、户外和户内娱乐等差别。很多产品，如电风扇、空调、电暖器、游泳衣、服装等，市场需求量都与气候有关。而且，在不同地理环境中的市场对企业所采取的营销组合策略（如产品的设计、价格、分销方式、广告宣传等）也会存在不同的反应。此外，市场位置的不同往往引起对某一产品的市场潜量和成本费用的认识有所不同，企业应选择那些自己能为之最好服务的、效益高的地理市场为目标市场。

企业营销可以根据地理环境因素使用以下两种策略：

（1）广泛营销，即以统一策略满足各地区消费者需求；

（2）集中于某一地区的专门营销，即只满足当地消费者需求。

表 5-1 为根据我国地理环境因素进行典型市场细分的代表因素。

表 5-1　我国地理环境因素细分标准

划分标准	典 型 细 分
地理区域	东北、华北、西北、华南等
气候	南方、北方、亚热带、热带、寒带等
密度	都市、郊区、乡村、边远等
城市规模 （人口）	特大城市、大、中、小城市等；0.5 万以下，0.5 万～2 万，2 万～5 万，5 万～10 万，10 万～25 万，25 万～50 万，50 万～100 万，100 万～400 万，400 万以上

２. 人口统计因素

人口统计因素是根据人口统计变量来细分市场。销售者可以按年龄、性别、收入、职业、教育、民族、宗教、家庭结构、家庭规模、家庭生命周期等直接反映消费者自身特点的许多因素作为细分标准，将市场划分成不同的群体。人口因素一直是消费者市场细分的最主要的细分标准，其主要理由是它们与消费者的需求、偏好、欲望、商品使用频率以及许多产品的销售密切相关，而且这些因素较其他因素更易衡量。在这里，主要讨论市场细分中最常用的人口统计变量。

（１）家庭人口与家庭生命周期。家庭人口反映的是家庭规模大小。进入 21 世纪的中国市场，三口之家越来越多，家庭规模趋向小型化，这直接影响到家庭用品的消费形态。比如，对大件家具、高档家用电器、其他家居用品等选择特点都会有所不同。家庭生命周期的不同，对商品需求也有显著差异。不同阶段显示出不同的购买与消费特点，如家庭中有子女与无子女、有年幼子女与成年子女，其消费特点就大不相同。而且，在家庭生命周期不同阶段，家庭的购买力以及家庭成员对购买决策的影响力也有明显区别。

（２）年龄与生命周期阶段。不同年龄的消费者对商品的需求也不同，如婴儿、学龄前儿童、学龄儿童、少年、青年、中年、老年。一些企业为不同年龄与生命周期的细分市场提供不同的产品以及采取不同的营销方式。

典型案例

"人生阶段"维生素

美国"人生阶段"维生素，是为特定年龄的特殊需求采用了不同的配方和营销方式的四种维生素：给 4～12 岁的"儿童配方"是可嚼的；给十多岁的是"少年配方"；还有为成人准备的"女性配方"与"男性配方"。

但是要注意的是，年龄有时是一个难以捉摸的变量。最典型的例子是，有些 40 岁左右的人依然没有成家，这就不能与一般中年人的消费需求并论。因此，企业在考虑此因素时，应该尽量避免墨守成规。

（３）性别。性别是最常用的细分因素之一。不同性别的人对商品的需求和购买行为有显著差异。许多产品与服务，如服装、理发美容、洗涤用品与化妆品、饮料、杂志等，都可以用性别来细分市场。而且，性别的不同，购买行为与购买动机也会有很大的区别。

（４）收入。由于收入往往直接影响消费者的购买力，决定了市场的消费能力，所以，收入也是一个重要的细分因素。尤其对一些价格较高的耐用消费品市场，常用收入因素来细分，如房屋、旅游、汽车、计算机、首饰等。

（５）民族与国籍。我国是个多民族国家，有 56 个民族，少数民族人口约占全国总人口的

8.98％。由于各民族有自己的生活习惯与风俗，因而，对一些商品的需求有明显差异。不同国籍的消费者，生活习惯与购买力也有较大的区别，也会呈现出各种各样的需求特征。

（6）职业与教育程度。不同职业、教育程度的消费者，对商品的消费需求偏好和购买行为等区别很大，这主要是因为消费需求的取向差异。例如，美国某企业在市场细分中就专门划分一个"学院市场"，这就是以职业与教育程度进行划分的市场。在这个市场上，人们消费在书报杂志上的开销明显高过其他类型市场。

（7）多重人口统计变量。当单一变量无法准确划分时，企业常以两种或以上变量来细分市场。例如，某服装公司以性别、年龄和收入三个变量将市场划分为多个细分层面，每个层面有更细致的描述例如，企业在高档女装产品的提供上，可以有以下细分选择：可为高收入的年轻女性市场提供高档职业女装；为高收入的职业中年妇女提供高档职业女装；为富裕的年轻家庭妇女提供高档女装以及中老年高档女装等。

表5-2列举了比较常用的按人口统计因素的具体细分标准。

表 5-2　人口统计因素细分标准

人口因素	具体人口因素市场细分
年龄	婴儿、学龄前儿童、学龄儿童、少年、青年、中年、老年等
性别	男、女
民族	汉、满、维、回、蒙、藏、瑶、土家、白族等
职业	职员、教师、科研人员、文艺工作者、企业管理人员、私营企业主、工人、离退休、学生、家庭主妇、失业者等
家庭收入（年）	1 000 元以下、1 000～10 000 元之间、10 000～20 000 元之间、20 000～30 000 元之间、30 000～50 000 元之间、50 000 元以上等
家庭人口	1～2 人、3～4 人、5 人以上等
家庭生命周期	年轻单身；年轻已婚无小孩；年轻已婚，小孩 6 岁以下；年轻已婚，小孩 6 岁以上；已婚，儿女 18 岁以下；中年夫妇；老年夫妇；老年单身等
教育程度	小学程度以下、小学毕业程度、初中程度、高中程度、大学程度、研究生以上等
宗教	佛教、道教、基督教、天主教、伊斯兰教、犹太教等
种族	白色人种、黑色人种、黄色人种、棕色人种等
国籍	中国人、美国人、英国人、新加坡人等

3. 消费心理因素

消费者各自的心理因素会直接影响消费者的购买趋向。尤其在解决了温饱问题的社会中，顾客购买商品已不限于满足基本生活需要，心理因素左右购买者的行为更为突出。心理因素比较抽象，不是很容易把握，但其重要性日益显著。它包括消费者的人格特征、爱好、生活习惯、格调与方式、气质、社会阶层等。由于心理因素是复杂的动态因素，企业在根据心理标准划分市场时，必须根据消费者不同时期和不同的心理变化，随时进行深入调查，切实掌握其变化趋势，获得可靠的衡量数据，确定真实的目标市场。

（1）生活方式。这是影响消费者的欲望和需求的一个重要因素。人们的生活方式不同，对商品的需求也有相当大的差别。人们的消费行为可以说是其生活方式的写照，而且，一个消费者的生活方式一旦发生变化，就会产生新的消费需求。因此，越来越多的企业按照消费者不同的生活方式来细分市场，并按照生活方式不同的消费者群体来设计不同的产品和安排市场营销组合。例如，美国时装公司生产妇女时装，分别设计成"生活朴素型"、"时髦型"、"有男子气度型"、"知识型"、"优雅型"的不同款式，针对不同风格的妇女消费者。

（2）人格。企业常常以消费者的人格变量来细分市场，这样可以形成产品品牌个性，树立品牌形象，以吸引相对应的目标消费者购买。因为，从消费心理学角度看，消费过程实际是消费者不自觉地展示自己性格的过程。企业可以利用此开发产品，进行宣传来争夺顾客。

典型案例

人 格 细 分

美国"总统全美户外运动会"为了开发市场，把美国人分为五种类型：追求刺激的竞技运动参加者、参加体育运动为了自身健康者、重视健康的社交活跃分子、真正的运动积极分子、无明确目的与动机的人。这就是使用人格因素来细分市场的最佳例子。（资料来源：菲利普·科特勒. 市场营销管理（亚洲版）. 上海：上海人民出版社，1998）

（3）社会阶层。美国的市场学把社会阶层分为九类，我国的社会阶层虽然没有如此明显，但不可否认是存在的。不同的社会阶层的消费者具有不同的个人偏好，表现在他们对衣服、家具、阅读、旅游、装修、汽车等的购买，甚至对购物地点的选择、媒体接触以及广告信息的接受度等方面的偏好大不相同。例如，社会上层消费者常以名贵、名牌、稀有、显示个人身份作为目标；社会的中、下层消费者则重视经济实惠，对物美价廉的产品情有独钟。许多企业就以特定的社会阶层作为目标市场，设计产品与服务。心理因素细分标准见表5-3。

表 5-3　心理因素细分标准

心理因素	心理因素市场细分
生活方式	平淡型、时髦型、知识型、名士型等
人格特征	外向型或内向型、理智型或冲动型、积极性或保守型、独立型或依赖型等
社会阶层	上上层、上中层、上下层；中上层、中层、中下层；下上层、下层、下下层等

4. 行为因素

所谓的行为因素细分标准是指企业根据消费者对产品的认识与态度、使用与反应等行为来细分市场。在消费者的收入水平不断提高、新产品层出不穷的现代市场，这一细分市场的标准越来越重要。而且，由于行为因素是与产品最直接有关的市场细分因素，所以，一般来说，它是细分市场的最佳起点。它主要包括消费者的购买时机和频率、消费者追求的利益、使用者情况与使用率、消费者对品牌的忠诚度、消费者对产品的态度以及对价格的敏感程度等。

典型案例

牙膏市场

由于消费者对牙膏的购买动机不同，追求的效益也就不同：有的为了防过敏，有的为了洁齿，有的为了防口臭，而有的讲究牙膏的味道和品牌，有的注重它的医疗效果，有的又是强调经济实惠等。

对于企业来说，越是清楚地了解消费者的行为因素的特点，越有助于在消费者心目中确定本企业产品的地位。

（1）购买时机与频率。企业可以将购买者需要、购买或使用产品的时机和频率，作为细分市场的基础。

实例分析

如何让使用频率更高？

原来仅在早餐饮用的鲜奶，通过公司的补钙宣传开始在晚餐后和休闲时饮用，从而扩大了鲜奶的销量。

时机细分标准可以帮助企业拓展产品的使用范围，许多像鲜花、贺卡、糖果之类的礼品在教师节、母亲节、父亲节的大量销售，就是企业在适当时机大力提倡以刺激消费的结果。

（2）消费者追求的利益。消费者对产品和品牌的选择出于不同的利益动机。根据消费者追求的利益不同进行的细分，又叫做"受益细分"。厂商利用此细分市场，可以针对产品给消费者提供的特殊效用、带来的特定利益，设计开发不同的产品和品牌，研究制定不同的宣传手段。

实例分析

"受益细分"赢市场

海尔集团针对消费者重视电器产品售后服务的要求，为消费者提供"五星级"的售后服务承诺，从而得到消费者好评，赢得了市场。对于洗发水的营销也是如此。消费者都需要洗发水，但选购时希望获得的利益却不同。针对不同的动机，厂商为此开发了多个品牌，每一个品牌提供不同的利益。例如，奥妮品牌的"皂角"、"黑芝麻"、"芦荟"之类的系列产品重在黑发、润发；"海飞丝"、"飘柔"等品牌重在去头屑，或是注重宣传头发的光滑柔顺度等。

从上述案例中，可以看出人们在购买商品时总是为了追求某种实在的益处，因此，利益细分具有广阔的适用范围。而且，这种细分方式更能准确地区分消费者行为，因此，近年来，这种细分标准普遍得到营销者们的关注。

实例分析

甘布尔公司的市场细分

美国普洛克特-甘布尔公司发现消费者希望从购买的产品上得到不同的利益组合。以洗衣液为例，消费者希望从中得到：洗净度高、价格便宜、漂白力强、气味清香、衣物柔软等。由于不同的消费者对于以上的要求各有着重点，有的最重视清洁度与漂白力，有的看重气味清香，有儿童的家庭看重衣物柔软，因此，出现购买者不同的需求群体。该公司从中找出了十种有关洗衣液的细分因素，开发出不同的品牌，来满足各细分市场的特殊需要。以下就是该公司的十种品牌，各定位于不同的细分市场：

（1）Tide：特点是多用途，适合家庭大量衣物的清洗。宣传定位——"孩子玩得再脏也没有关系，有了汰渍就不脏了"。

（2）Oxydol：特点是强力漂白。宣传定位——"漂白不伤其他颜色"。

（3）Era：特点是浓缩液体。宣传定位——"可以洗清更多污点的蛋白质"。

（4）Solo：特点是为了大量衣物的洗涤添加了柔顺剂。宣传定位——"使用方便，不再黏缠衣物的柔软清洗"。

（5）Ivory Snow：特点是温和不伤皮肤。宣传定位——"十二万分的纯净、最温和、最适合洗尿布和婴儿衣服的肥皂"。

（6）Bold 3：特点是强力清洁、纤维柔软。宣传定位——"具有清洁、柔软和控制静电的效果"。

(7) Cheer：特点是适合各种水温。宣传定位——"适合冷水、温水、热水的特殊配方"。

(8) Gain：特点是酶化、含香。宣传定位——"香气绕梁、清洗后弥漫着清新气息"。

(9) Dash：特点是浓缩强力清洗、泡沫少，适合现代洗衣机。宣传定位——"有三种强力清除污垢的成分、省水易过清"。

(10) Dreft：特点是含有硼砂，适合婴儿衣物与尿布。宣传定位——"自然而甜蜜"。

通过细分市场，该公司对所有重要的细分市场都提供了吸引人的产品，其所有品牌合起来的市场占有率达50％以上，远远超过采用单一品牌时的情况。（资料来源：菲利普·科特勒．营销学原理．上海：上海译文出版社，1996）

对此案例的分析应考虑以下问题：市场由消费者构成，而消费者彼此间的许多特性不同，他们所追求的利益也不同，这使市场细分成为企业进入市场的必要手段。现代企业大多已经舍弃大量营销及产品差异化营销，而转向目标市场营销。通过市场细分，销售者可以使目标市场营销方案符合以地理、心理、人口、利益等因素所细分的狭窄市场的需求与欲望；通过市场细分，可以正确地调整其产品价格、分销渠道、广告宣传等，以有效打入目标市场，占领最大的市场份额。

（3）使用者情况。使用者的情况可分为非使用者、曾经使用者、潜在使用者、首次使用者和经常使用者几种。企业对于以上这几种使用者的沟通及营销方式是有所不同的。一般来说，一个拥有较大市场份额的企业，会比较注重将潜在的使用者变为实际使用者；而中小企业则设法吸引经常使用者。如家用小汽车的潜在使用者是有经济能力而目前由于种种原因还尚未购买者。如果企业的目标是使市场上潜在购买者成为现实使用者，就必须了解购买者的未购买的可能原因，加强与消费者的沟通。

（4）使用率。企业可以将消费者分为少量使用者、中度使用者、大量使用者三个细分市场。值得注意的是，大量使用者的人数占消费者总数的比例较小，而所消费的商品数量却在消费总量中占较大比重；少量使用者则相反。从市场调查结果看，产品的经常使用者往往有某些共同的人口统计和心理方面的特征以及接受某种传播媒体的习惯。

 相关链接

美国一家市场研究公司有关使用率的调查

美国一家市场研究公司曾做出调查，在香皂与洗洁精、洗发水、纸巾市场，经常使用者占总消费量的75％以上；在可乐、啤酒市场，经常使用者占消费量的83％以上。更为显著的是波本酒，20％的经常饮用者占总消费量的95％，是不经常饮用者的19倍。（资料来源：菲利普·科特勒．营销学原理．上海：上海译文出版社，1996）

（5）忠诚度。品牌忠诚指消费者可能忠于某些品牌（如黑妹牙膏）、某个公司（如海尔公司）或是某个商店（如王府井百货）。消费者对品牌的忠诚度可分为：完全忠诚者、中度忠诚者、低度忠诚者和无品牌忠诚者。完全忠诚者可能只购买一种品牌的商品；中度忠诚者会偏好某一品牌但也会偶尔购买其他品牌；低度忠诚者可能同时忠于两种或多种品牌；无品牌忠诚者对任何品牌都无忠诚感，有什么品牌就买什么品牌，尤其喜爱在大降价时尝试各种品牌。每一个市场都同时拥有以上四种购买者，只是在所占比例上有所不同而已。一个具有品牌忠诚的市场，就是表示拥有较多的高度忠诚者。其他新企业如果想要进入该市场，就会遇到相当大的阻力，如高档家电市场。

（6）态度。在市场中，顾客可以根据其对产品的热情程度分为五种不同态度的群体：热情、肯定、无所谓、否定和敌视。针对持有这五种不同态度的消费者，企业应当酌情运用不同的营销措施。例如，逐家推销保险的人可以根据居民的态度来进行营销活动，在此类行业，消费的态度是最有效的细分因素。对持否定、敌视态度的顾客，应仔细分析原因，通过恰当的手段改变其态度，但不要强行推销；而对待那些持热情、肯定态度的顾客，则要不断鼓励与巩固。同时要尽量争取那些无所谓的顾客。行为细分因素见表 5－4。

表 5－4　行为因素细分标准

行为因素	具体行为因素市场细分
购买时机与频率	日常购买、特别购买、节日购买、规则购买、不规则购买等
追求的利益	廉价、时髦、安全、刺激、新奇、豪华、健康等
使用者情况	从未使用者、曾经使用者、潜在使用者、初次使用者、经常使用者等
使用率	少量使用者、中度使用者、大量使用者
忠诚程度	完全忠诚者、中度忠诚者、低度忠诚者、无品牌忠诚者
态度	狂热、喜欢、无所谓、不喜欢、敌视等

（二）生产资料市场细分的标准

生产资料市场的购买对象是企业，许多细分消费者市场的变量同样也可以用来细分生产资料市场，如行为因素细分中的企业追求的利益、忠诚状况等。但是，由于生产资料市场的特殊性，购买的目的不是为了最终消费，而是为了企业再生产的需要，因此，细分标准与生活资料市场有一定的区别，主要是以下几种因素：

1. 用户的性质

工业品一般可以用于多种行业，企业的产品应首先了解究竟是针对哪些行业使用。例如，几乎所有生产行业、机关、商业部门都会需要计算机。不同的行业对产品要求明显不同，通过按用户的不同性质加以细分，可以使产品更加符合用户要求。

2. 用户的要求

用户的要求是指产品最终用户的要求，是生产资料市场细分的基本标准。企业要了解哪些用户可能具有哪些不同的要求，因为，不同的最终用户对产品的规格、功能、价格、型号等会有不同的要求，如尼龙。美国杜邦公司在第二次世界大战中主要用户是军队，以生产结实、颜色单调的尼龙制品为主；而战后转入民用袜子与服装市场，生产轻薄透气、色彩鲜艳的尼龙产品；随后又进入包装材料、轮胎、轴承材料市场，尼龙产品又随之发生变化。由于该公司紧随市场的用户要求，销量一直看好。

3. 用户的规模

不同规模的用户对同一生产资料的购买量是不同的。在生产资料市场，用户的规模有大量用户、中量用户、少量用户之分。企业应分设不同的系统分别处理大小不同的客户，在价格、销售渠道、提供服务，甚至促销策略上对规模不同的用户分别采用不同的营销组合。例如，对于大量用户，由于他们购买的数额很大，户数却不多，企业可以派有经验的销售人员直接联系，直接供应；对于小型用户，由于户数较多，可以采用通过经销商组织供应。

4. 用户的地理位置

按用户的地理位置细分市场，可以使企业根据自己的资源和技术设备以及运输条件等状况来选择有利的目标市场，因为，即使是同一种产品，由于用户所处的国家、地区、气候、交通条件等不同，对产品的性能要求就很不一致。例如，货运汽车，在热带、寒带、山区、平原、沙漠地区，其性能的要求是不同的。

三、市场细分的步骤

市场细分策略的实施是一个复杂而细致的工作，要有科学的细分程序与步骤。企业进行市场细分，一般没有通用的标准步骤，根据企业实践，通常需要经过以下几个基本步骤。

（一）选择与确定营销目标

选择与确定营销目标即我们所说的"干什么，卖什么，在哪里卖"的问题。在实际应用中，细分化策略往往是在一个已经划分出来的"局部市场"上进行的，或者是企业在新产品将要上市前进行的。为此，企业必须开展市场调查，分析市场动向，相应做出决策。例如，企业要确定生产家用电器，究竟是生产所有的家电产品，还是确定仅仅生产微波炉；如果是明确生产微波炉，则微波炉的消费者就是企业市场细分的对象。

（二）根据市场细分的标准，列出消费者群体的需求情况

企业要尽可能详细地列出消费需求情况，选择的根据可以借鉴以前的营销活动的经验与结果，选择的标准可以是一个或是两种以上标准的结合。总之，要针对需求的差异性细分市场。比如，一个汽车厂商可能需要考察并要按照人口和行为因素来细分家用汽车的市场；而生产微波炉的企业必须全面、尽可能详细地列出消费者对微波炉的式样、规格、价格等方面的全部要求。

（三）初步细分，决定粗略市场

在这一步骤中，要挑选出具体的细分变量作为细分形式的分析单位，找出各类消费者的典型，分析他们的需求情况，从中找出最迫切的需求，然后按照细分变数进行初步细分。例如，上述的汽车厂商决定采用人口因素中的"家庭收入"以及行为因素中的"追求的利益"作为细分变量，而且确定以"高收入"结合"追求豪华生活方式"、"作为代步工具及运输工具"作为细分形式的分析单位。而微波炉厂商则以"价格"、"多功能"、"外观"作为细分变数。

（四）筛选

筛选即将企业的实际条件同各细分市场的特征进行比较，以剔除企业无条件拓展的市场，选出最能发挥企业优势的细分市场。这一步的首要工作是组织调查工作，取得与已经选定的细

分变量密切相关的数据以及其他相关资料。

（五）审查各细分市场的规模与性质，初步为细分市场定名

通过调查，各细分市场编排完成，接着就应该认真审查各细分市场的规模、竞争状态、发展潜力等，然后为细分市场命名，尽量用形象化方法表示。例如，冰箱生产企业用"宾馆用冰箱"、"家庭用冰箱"、"汽车用冰箱"、"饭店用冰箱"等定名；美国企业细分市场中有"学院市场"名称，其标志就是年龄与职业、教育程度等的结合。

（六）复核

复核即再次检查各细分市场是否符合企业的实际情况，以便对各个细分市场进行必要的合并和分解，使之成为更有效益的目标市场。通过调查与分析，可以发现，企业希望进入的细分市场不止一个，可是企业的资源与实际生产能力是有限的，因此，可以从可能盈利程度最高的角度出发或是从市场发展可能最大的角度出发，从高到低依次排序选择目标市场。

（七）决定每个目标市场的规模，选定目标市场，设计营销策略

企业应分析细分市场上消费者潜在购买力的大小以及需求发展程度，来决定各细分市场规模，并结合本企业资源选定目标市场；然后，为选定的各个细分市场，有针对性地分别设计市场营销组合策略，如产品开发策略、价格策略、分销渠道策略、促销策略，使企业可以顺利进入该目标市场。

典型案例

咖啡饮用者利益细分

美国营销专家史密斯曾进行过咖啡饮用者利益细分的研究，对产品的 25 种属性的重要性划分等级，然后将这些资料进行要素分析，根据消费者对咖啡的不同需要，划分为不含咖啡因的、含咖啡因的、精研加工的 3 个细分市场，如表 5-5 所示。

表 5-5　咖啡市场细分概况

项　　目	细　分　内　容		
市场名称	不含咖啡因	含咖啡因	精研加工
规模	35%	33%	32%
希望获得的利益	不含咖啡因 不会兴奋 冲煮时间短 不致失眠 浓缩	含咖啡因 提神 方便的包装 著名品牌 易冲煮	冲煮时间较长 非方便包装 不易冲煮 特殊设备 非浓缩
使用频率	轻度饮用者	中度饮用者	重度饮用者

项　　目	细　分　内　容		
使用类型	速溶	两种都有	精研加工
使用品牌	桑卡 布瑞蒙 雀巢 高朋	麦氏 富尔格	希尔斯·步罗斯 其他所有品牌
人口特征	老年 独居 低收入 少数民族较多	一般年龄 离婚者 中等收入 少数民族较多	年轻人 已婚 高收入 少数民族较少

　　在细分市场的七个步骤中，不一定每个步骤均要经过。但是，根据市场要求对影响消费者群体的因素加以调查研究，通过市场细分衡量每一个细分市场的经济性及其对企业的价值，继而针对目标市场制定可行的营销策略，这几步却是每个企业都忽略不了的。

第三节　市场细分方法

　　根据市场细分的程度不同，市场细分大致有几种方法：完全无细分、完全细分、按一个影响需求因素细分、按两个以上影响需求因素细分。

一、完全无细分

　　完全无细分，即有意识地不根据消费者需求的不同加以细分。这样做的目的是：强调市场中的共性，漠视个性，以减少生产、营运成本。

　　在实际营销中，越来越多的产品必须按细分因素进行细分，但是，有少数的产品是不需要的，如电力、煤炭、自来水等。由于此类产品消费共性大，价格高低是老百姓最为关心的，为了减少成本，企业可以采取完全无细分的方法。

二、完全细分

　　完全细分，又称为极端细分或超细分，即认为每一个购买者都可能是一个单独的市场，完全可以按照这个市场所包括的购买者数目进行最大限度的细分，细分后的小市场也就是构成此市场的购买者数目。

在实际营销中，有少数产品确实具有适于按照这种方法细分的特性，即当整个市场内只有少数几个购买者时，而且这些购买者的需求都有很大的差异时。例如，美国的波音飞机，这种飞机的主要骨架制造商，只面对一些大购买者，因此可以把每个购买者当做一个细分的小市场，满足他们的各自不同要求。但在绝大多数情况下，要把每一个购买者当做一个市场，并分别地生产仅符合这些单个购买者需要的各种产品，从经济效益上看是不可取的，而且实际上是行不通的，因为市场细分本身，也会引起企业生产营销费用的增加。例如，在生产方面，生产的种类越多，每种产品的生产数量就不可能太多，从而得不到大规模生产的利益，生产成本必然会提高，在销售费用开支上，范围过小的市场细分，其市场推销费用分担额也必然高。因此，大多数销售企业还是按照购买者对产品的要求或对市场营销手段的不同反应，将他们做概括性的分类。

三、按一个影响需求因素细分

按一个影响需求因素细分，即对某些通用性比较大，挑选性不太强的产品，按一个影响购买者需求最强的因素加以细分。例如，儿童书籍市场，经分析，影响此市场的最主要因素是儿童的生理年龄，因此，可以首先按照儿童的年龄划分为学龄前儿童、学龄儿童、少年等书籍市场。

四、按两个以上影响需求细分

大多数产品的销售都受购买者多种因素的影响。例如，不同年龄范围的消费者，因生理或心理的原因对许多商品有不同的要求；同一年龄范围的消费者，因收入的不同，也会产生需求的差异；同一年龄范围和同一收入阶层的消费者，更会因性别、居住地区及其他许多情况的不同而呈现复杂互不相同的需求。因此，大多数产品都需按照两个或两个以上的因素细分。如大众服装，首先就是按年龄与性别的不同来划分市场：男女性老年市场、男女性青年人市场、男女性少年市场、男女性儿童市场等。当然，以多个需求特征组合作为市场细分的根据时，各销售企业在具体应用时还应根据不同的产品情况适量控制一定的因素组合。

本 章 小 结

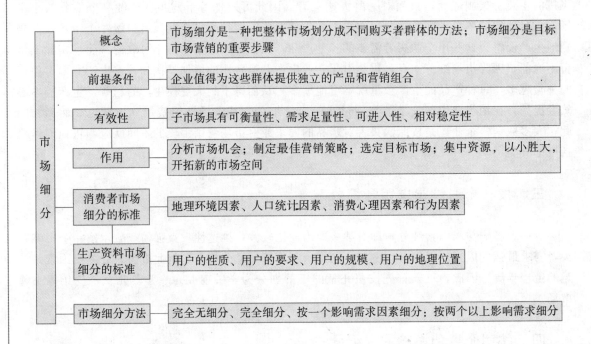

核 心 概 念

市场细分　STP战略　大量营销阶段　产品差异化营销阶段　目标市场营销阶段

同 步 测 试

一、单项选择题

1. 同一细分市场的顾客需求具有（　　）。

　　A. 绝对的共同性　　　B. 较多的共同性　　　C. 较少的共同性　　　D. 较多的差异性

2. 当市场上出现下列（　　）情况时，客观上就出现了不同的细分市场。

　　A. 集群偏好　　　　　B. 同质偏好　　　　　C. 分散偏好　　　　　D. 需求偏好

3. 下列（　　）不是市场细分的原则。

　　A. 可衡量性　　　　　B. 可区分性　　　　　C. 可对比性　　　　　D. 可盈利性

4. 采用（　　）模式的企业应具有较强的资源和营销实力。

　　A. 市场集中化　　　　　　　　　　　　　B. 市场专业化

　　C. 产品专业化　　　　　　　　　　　　　D. 市场的全面覆盖

5. 市场细分是 20 世纪 50 年代中期美国市场营销学家（　　）提出的。

A. 基恩·凯洛西尔　　　　　　　　B. 鲍敦

C. 温德尔·史密斯　　　　　　　　D. 菲利普·科特勒

6. 不属于消费者市场细分标准的是（　　　）。

A. 地理细分　　　　B. 人口细分　　　　C. 最终用户　　　　D. 行为细分

7. 不属于市场细分有效标志的是（　　　）。

A. 可测量性　　　　B. 可进入性　　　　C. 可盈利性　　　　D. 可持续性

二、多项选择题

1. 有效地实行目标市场营销的三个重要步骤：（　　　　　　）。

A. 分析消费者需求　　B. 市场细分　　C. 选择目标市场　　D. 市场定位

2. 市场细分化的客观依据，主要在于（　　　　　　）。

A. 消费者需求的差异性　　　　　　B. 企业有限的资源

C. 有效的市场竞争　　　　　　　　D. 开展有效的市场营销策略

3. 生产资料市场细分的标准有以下几个因素：（　　　　　　）。

A. 用户规模　　　　B. 用户性质　　　　C. 用户要求　　　　D. 地理位置

4. 下列细分变量中属于人口细分变量的有（　　　　　　）。

A. 宗教　　　　B. 使用者情况　　　　C. 人口聚居密度　　D. 家庭生命周期

5. 消费者心理因素直接影响消费者的购买趋向，尤其是在生活水平不断提高的今天，它包括（　　　　　　）等细分标准。

A. 忠诚程度　　　　B. 社会阶层　　　　C. 人格特征　　　　D. 生活方式

6. 消费者对品牌的忠诚度主要可分为（　　　　　　）。

A. 完全忠诚者　　　B. 高度忠诚者　　　C. 一般忠诚者　　　D. 无品牌忠诚者

7. 按购买行为的细分标准，消费者市场要考虑消费者（　　　　　　）等因素。

A. 对商品利益的追求　　　　　　　B. 对商品的忠诚程度

C. 购买动机　　　　　　　　　　　D. 对商品的态度

8. 从消费者心理因素看，消费者的购买行为主要受（　　　　　　）等方面的影响。

A. 人格特征　　　　B. 年龄和职业　　　C. 生活方式　　　D. 社会阶层

9. 市场细分的作用主要有（　　　　　　）。

A. 分析市场机会　　　　　　　　　B. 制定最佳营销策略

C. 进行市场定位　　　　　　　　　D. 选定目标市场

10. 市场细分中最常用的人口统计变量细分因素主要有（　　　　　　）。

A. 家庭人口与家庭生命周期　　　　B. 性别

C. 收入　　　　　　　　　　　　　D. 职业与教育程度

三、判断正误题

1. 市场细分是选择目标市场的目的和归宿。（　　　）

2. 消费者需求和购买行为的差异性和同类性，是市场细分的主要依据。（　　　）

3. 在同类产品市场上，同一细分市场的顾客需求具有较多的共同性。（　　　）

4. 细分消费者市场的标准，不适用于产业市场。（　　　）

5. 依据消费者对商品的同质需求和异质需求，可以把市场分为同质市场和异质市场。（　　　）

实训项目

项目一：培养掌握市场细分方法

一、实训目标

(1) 能正确进行市场细分，掌握市场细分的具体方法；

(2) 能在市场细分步骤中分析问题。

二、内容与要求

(1) 分析讨论项目一案例，掌握细分策略意义；

(2) 回答案例后提出的问题。

案例：关东酒的细分思路

日本的黄樱酒酿造公司，在开发市场之前，首先依据地理标准对消费者市场进行细分。第一，由于关西地区已有众多日本名酒，如"滩之名酒"、"伏见名酒"等品牌，关东地方尚无名酒品牌，而且关东地方属于日本首都圈，人口比较集中，同其他地方相比亦占有较大优势，因此选中关东地区。第二，依据消费者的年龄分类，黄樱酒选择了中年人士——他们通常是酒的爱好者，是酒消费的主力。虽然在日本市场，威士忌、葡萄酒、白兰地等外来酒大行其道，但日本烧酒依然占据传统酒市场。这个年龄层今后仍然是黄樱酒的支持者。第三，黄樱酒用行为标准对中年人士喝酒追求的利益再次细分……最终确定了自己的目标市场。黄樱酒细分市场的方法如图5-2所示。

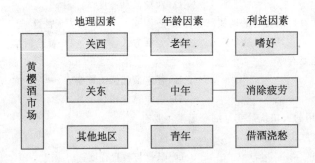

图5-2 黄樱酒细分市场的方法

阅读案例后，回答如下问题：

(1) 你认为食品饮料这类性质的商品，主要的细分因素是哪些？

(2) 分析案例提出的各种差异化诉求，哪些最有意义？哪些意义不大？

项目二：培养应用市场细分理论解决具体问题的能力

一、实训目标

(1) 调查企业如何利用市场细分识别具有吸引力的市场；

（2）根据市场细分的基本原则，制定细分的方案；

（3）参与营销活动，实践检验自己的细分结果。

二、内容与要求

（1）调查本地成功的工商企业，看它们如何识别有吸引力的市场；

（2）选择你熟悉的一家生产企业，试为其制定合适的细分市场方案。

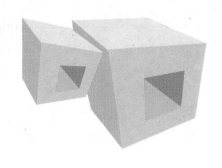

第六章

目标市场与市场定位

SHICHANG

知识目标

掌握目标市场的概念与特征

学会从经济价值角度评价细分市场的方法

了解企业选择目标市场范围模式以及目标市场策略

认识影响目标市场选择的因素

掌握市场定位的概念与差异化前提

能力目标

能够从经济价值角度评价细分市场

能选择目标市场范围模式以及目标市场策略

能够进行企业与产品的市场定位

小小梳子，亦能成就大市场

谭木匠从长江旅游市场出发，以"我善治木"的定位，通过连锁加盟店的形式进行市场拓展，短短几年工夫就成为国内木梳大王。这极大地刺激了广东斯民公司的神经。

作为国内生产能力、出口量最大的制梳企业，斯民不能忍受后来者的挑战，不得不积极进行市场拓展。考虑到谭木匠通过材质（木梳、塑料梳、其他材质）的不同对市场进行细分的做法，斯民认为不能亦步亦趋，而应该趟出一条新路来。

经过详细的市场研究，斯民发现，不同消费者对头梳的需求存在较大差异。对于专业美容师来说，他们有的需要多达几十把头梳来工作；对于青春少女而言，头梳不仅仅是梳通、梳理头发的工具，更是装饰自我的把玩品；对于成熟女性而言，头梳是永驻青春的工具，还是慰贴心情的伴侣。于是，斯民针对专业市场推出了"Uni Brush"品牌，针对成熟女性（25～38岁）的时尚健康消费推出了Maggie品牌，针对少女（独生子女一代，13～24岁）的个性时尚消费市场推出了Smile品牌，并计划邀请明星作为代言人来撬动市场。

为了更好地占领市场，斯民公司非常重视新产品的开发。通常，一个月就组织一次"头脑风暴会"，邀请消费者与会，请消费者发表看法；另外还组织设计人员到世界各地参观，汲取不同市场的成熟经验。

市场细分并不是企业的最终目的，它显示了企业所面临的市场机会，目标市场选择则是企业通过评价各种市场机会，决定为多少个细分市场服务的重要营销策略。目标市场选择和市场定位是STP战略的重要环节。

第一节　目标市场选择策略

一、目标市场的概念与选择必要性

目标市场是市场营销活动中一个重要概念。所谓目标市场，就是指企业决定要进入或占领的市场。

为什么要选择目标市场？第一，因为现代企业的一切活动是围绕消费者的需求进行的，必须充分满足消费者的需求，企业才能生存和发展。然而，消费者的需求是千差万别的，没有任何一个企业可以满足所有消费者的需求，而只能满足市场中一部分特定消费者的需求，企业选定市场中适合企业资源的特定消费者，来开发产品和服务，才有助于打开产品的销路，实现经营目标。第二，企业必须根据自身的人、财、物、产、供、销的条件，即本企业的相对市场优势选择目标市场，因为，并非所有的细分市场对本企业都具有吸引力。第三，各个细分市场互相存在着矛盾，企业必须从经济价值角度对细分市场进行评价，以决定取舍，否则，将会造成效率的下降，人力、物力等资源的浪费。

由此可知，市场细分并不是企业的最终目的，它只显示了企业所面临的市场机会，目标市场选择则是企业通过评价各种市场机会，决定为哪些细分市场服务的重要营销策略。

二、细分市场经济价值评价

评价细分市场，主要是评价它的经济价值，这是进行目标市场选择的基础。评价的标准是企业能在哪个市场上获得更多的未来收益。企业可从以下三个方面对细分市场做出评估。

（一）细分市场的销售额与增长率

对细分市场的销售额与增长率进行评估是指把企业目前的各细分市场销售业绩列出，挑选出具备适当规模和增长特性的细分市场。以下面的一个生产服装的企业实例简介这种评价方法。

第一步：列出每个细分市场的销售业绩。某服装企业的细分市场销售业绩，见表6-1。

表6-1　某服装企业的细分市场销售业绩　　　　单位：元

消费对象 档次	男式服装	女式服装	童　装	销售总额
高档服装	1 600 000	2 500 000	300 000	4 400 000
中档服装	2 400 000	2 000 000	1 200 000	5 600 000
低档服装	1 000 000	1 500 000	800 000	3 300 000
小计	5 000 000	6 000 000	2 300 000	13 300 000

第二步：抽出其中一个细分市场具体分析。上述企业的女装中档服装市场价值分析，见表6-2。

表6-2　女装中档服装市场价值分析

	本年销售额（元）	明年预计销售额（元）	销售额年增长率%
本企业销售额	2 000 000	2 300 000	15%
服装市场销售额	9 800 000	10 486 000	7%
企业市场占有率	20%	22%	—

根据上述资料分析：该企业女装中档服装本年销售额为200万元，约占市场总销售额20%；该企业明年销售额计划增长15%，明年预计销售额230万元，约占市场总销售额22%。

第三步：企业为实现上述销售预测，采用的销售渠道和可能要花费的促销费用，如表6-3所示。

表6-3　某服装企业采用的销售渠道和预计的促销费用　　　　　　单位：元

	公共关系	营业推广	广告宣传	人员推广
消费者	10 000			
批发商		50 000		30 000
零售商				60 000

企业计划用1万元请消费者开茶话会，征询消费者意见；计划用5万元参加服装交易会；计划分别用3万元和6万元对批发商和零售商进行促销。

这样把以上列出的细分市场逐一分析以后，就可以了解到企业现有细分市场的情况与机会，然后把它们的盈利可能性与企业目标比较，评估出每个细分市场的价值。

（二）细分市场的盈利可能性

影响企业盈利的可能性主要有几个方面：

（1）最有吸引力的细分市场是进入难、退出易的市场，如具有专卖、专营、专利权的市场。将要进入细分市场的新竞争者是企业的潜在对手，他们会增加生产能力并争夺市场份额。问题的关键是新的竞争者能否轻易地进入这个细分市场。对于某一容易进入的细分市场，进入的企业会有很多，从而就可能导致市场内的竞争。由于这种竞争可能来自市场中已有的同类企业，也可能来自即将进入市场的其他企业，因此，企业应该评估眼前及潜在竞争者所带来的利益冲突。如果此细分市场已经有了几个实力强大的竞争者，其盈利可能性必然减少。企业应该注意那些竞争者数量较少、竞争者实力较弱的细分市场，此市场的盈利可能性较大。

（2）企业要考虑到自身的实力，即是否拥有在此细分市场成功所需的技术与财力、物力、管理能力等。值得注意的是，仅仅拥有资源条件是不够的，如果想要赢得市场，就必须具有比竞争对手更为丰富的资源与技术。

（3）看这个细分市场是否有足够大的市场容量。如果某一产品市场的容量太小，竞争又非常激烈，企业进入后盈利的可能性减少，是应该避免进入的。因此，调查预测细分市场中顾客数量以及市场购买力水平是正确评价一个市场的需求潜量不可忽视的两个因素。

（三）其他影响细分市场利润潜量的相关因素

影响细分市场利润潜量的相关因素还包括以下三个方面：第一，市场是否存在具有竞争力的替代品是经营者需要考虑的一种因素。替代品对价格或可以赚取的利润有所限制，所以，已存在替代品或即将出现替代品的细分市场吸引力会降低。第二，资源供应者实力强大，在资源供应方面（原料、劳动力等）有决定能力，此细分市场生产企业的盈利可能性下降。第三，顾客影响力大，对商品讨价还价能力强，对服务要求高，市场竞争者彼此竞相降价以取悦顾客，必然会降低企业利润，此市场的吸引力会逐渐下降。

相关链接

波特五力分析模型

五力分析模型是迈克尔·波特（Michael Porter）于 20 世纪 80 年代初提出，用于竞争战略分析的模型，可以有效地分析客户的竞争环境。五力分别是：供应商的讨价还价能力、购买者的讨价还价能力、潜在竞争者进入的能力、替代品的替代能力、行业内竞争者的竞争能力。

实际上，关于五力分析模型的实践运用一直存在许多争论。目前较为一致的看法是：该模型更多的是一种理论思考工具，而非可以实际操作的战略工具。

该模型的理论是建立在以下三个假定基础之上的：（1）制定战略者可以了解整个行业的信息，显然现实中是难以做到的。（2）同行业之间只有竞争关系，没有合作关系。但现实中企业之间存在多种合作关系，不一定是你死我活的竞争关系。（3）行业的规模是固定的，因此，只有通过夺取对手的份额来占有更大的资源和市场。但现实中企业之间往往不是通过吃掉对手而是与对手共同做大行业的蛋糕来获取更大的资源和市场。同时，市场可以通过不断的开发和创新来增大容量。因此，要将波特的竞争力模型有效地用于实践操作，以上在现实中并不存在的三项假设就会使操作者要么束手无策，要么头绪万千。

三、目标市场的范围模式和策略种类

（一）目标市场的范围模式

企业在评估不同的细分市场以后，可以根据自己的具体情况，决定为哪些子市场服务，通常可以采用五种范围模式，如图 6－1 所示。

1. 产品-市场集中化

产品-市场集中化是指企业从消费者或产品的角度选择一个目标市场的顾客群并集中力量为之服务（见图 6－1 (a)）。这意味着企业只生产某一种产品或是只服务某一顾客群。优点是企业可以集中力量了解这个细分市场的特点，但由于回旋余地不大，相对的经营风险较大，比较适宜企业实力弱小时使用。

2. 产品专业化

产品专业化，即指企业选择几个细分市场，对其顾客群同时供应某种产品。面对不同的子市场，产品的式样、档次有所不同（见图 6－1 (b)）。这种模式的优点是能分散企业经营风险，投资也不大；即使其中某个细分市场失去了吸引力，企业还能在其他细分市场盈利。

3. 市场专业化

市场专业化的具体内容是：企业以所有产品供应给某一类顾客群，但产品的性能有所区别（见图 6－1 (c)）。例如，某电视机厂商以高档换代家用电视机市场为目标，为不同的顾客提供不同型号的高档数字化电视机产品和服务，而不提供其他电视机产品，以满足此类市场的需要。这样，企业在数字电视产品方面抢占先机。这种模式有利于与顾客建立稳固的联系。

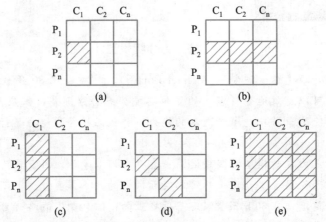

（注：这里 P 代表产品，C 代表消费者。）

图 6-1　目标市场范围选择类型示意图

4. 选择性专业化

选择性专业化，即指企业有选择性地专门服务于几个不同的细分市场的顾客群体，提供各种性能的、生命力较强的同类产品，尽力满足不同的消费者群体的各种需求（见图 6-1(d)）。这是一种市场机会增长型模式。采用这种策略要注意的是，选择的细分市场必须以可以实现利润为前提，否则，风险较大。

5. 全方位进入

全方位进入，即指企业决定全面进入各细分市场，用各种产品满足各种顾客群体的需求（见图 6-1(e)）。这是实力强大的企业为了占据市场领先者地位采用的战略，一般企业很少使用。

（二）目标市场的策略种类

为了有效地选择目标市场，企业通常采用以下三种策略：

1. 无差异性市场策略

无差异性市场策略，即无差别市场策略、同一性市场策略。特点是企业推出一种产品，采用一种市场营销组合，试图在整个市场上满足尽可能多的消费者需要，集中力量为之服务的策略。

采用这一策略的企业，主要着眼于顾客需求的同质性，对其异质性则忽略不计，并认为市场上所有顾客对其产品都有共同的需求与爱好，因而，企业对市场不再细分，也不按照市场的差异来设计产品。这种策略的好处是，企业产品可以大量生产、大量储存与运输，成本自然就大大降低。同时，无差异市场营销使企业深刻了解该细分市场的需求特点，能采用针对性的产品、价格、渠道和促销策略，从而获得强有力的市场地位和良好的声誉；并且，有利于中间商的经营管理，因为，中间商可以按照统一的要求、营销方案经营产品，这同时也便于企业的管理。

可口可乐公司的无差异性市场策略

美国的可口可乐公司在相当长的一段时间里，因为拥有世界性的专利，就只生产一种口味、一种瓶装的饮料，获得饮料市场霸主地位。这是采用无差异性市场营销策略的一个典型例子。

但是，由于现实消费需求与欲望的多种多样，实行无差异性市场营销策略就有其不足之处。首先，某些特殊需要的消费者得不到满足。其次，当行业竞争十分激烈时，企业难以得到较好的利润。同时，容易导致竞争激烈和市场饱和。例如，被视为实行无差异营销典范的可口可乐公司，面对百事可乐、七喜等企业的强劲攻势，也不得不改变原来策略。一方面向非可乐饮料市场进军，另一方面针对顾客的不同需要推出不同的产品。因此，采用这种策略要受一些客观条件的限制，以下几种情况可以采用：消费者的挑选性不大，需求弹性较小的基本生活资料和主要工业原料，如棉花、粮食、油料、煤炭、工业用糖等；经营的企业不多，竞争性不强的产品，如石油等；企业产品有暂时替代不了的专利或专有技术。

2. 差异性市场策略

差异性市场策略，即选择性市场营销策略或非同一性市场策略。这种策略是企业对市场进行细分，推出多种产品，针对不同的细分市场，运用不同的市场营销组合，满足多个目标市场消费者需要的策略。采用这一策略的企业，主要着眼于消费者群需求的异质性，试图把原有的市场按消费者的一定特性进行细分，然后针对各个子市场的不同需求与爱好，生产出各种与其相适应的产品和采用与其相适应的营销组合分别加以满足。例如，近些年来，可口可乐公司也转向采用这一策略。它根据消费者的不同需求与爱好，生产出不同型号、包装、口味的制品。这一策略的优点是，商品的适销性较强，可以照顾不同消费者的需要；由于符合商品生产不断发展和多渠道销售的要求，因此，有较强的竞争力；由于用多种产品、多种策略去占领多个目标市场的消费者，消费者的需求就越大，销量也就越大。但是，企业生产的产品多，就会增加生产设备、生产工人、研究费用等，生产成本会相应增加；同时，企业经营的产品多，分销费用、广告费用、储存费用、推销费用等均会大幅度增加，销售成本也会相应增加。产品的总成本增加，销售价就会增加，消费者是否可以接受是企业应慎重考虑的。

一般来讲，以下几种情况适宜采用差异性市场策略：

（1）消费者需求弹性较大的商品。这是消费者享受和发展需要的产品，如高档家具、高档家电、名牌服装等。

（2）产品的成长期和成熟期。由于市场竞争激烈，应用此策略可以取得市场竞争的优势。

（3）规格等级复杂的产品。由于产品的规格及级别的需求存在较大的差异性，采用差异性市场策略可以满足不同消费者的需求，有利于增加销售量。

企业采用差异性市场策略，还应根据自身的人力、物力、财力来考虑，如果不是实力雄厚，则不宜使用。

3. 密集性市场策略

密集性市场策略，即集中性市场策略。这种策略是指企业在市场细分过程中集中所有力量，以一个或少数几个细分市场为目标市场，运用全部市场营销组合为一个或几个细分市场服务。

密集性市场策略与无差异性市场策略和差异性策略的区别是，密集性策略是以整体市场中的某个市场或部分市场为目标市场，目的是求得小市场上占有较大的份额。而无差异性和差异性市场策略追求的是整体市场。因此，实施密集性市场策略的企业，生产经营的产品必须是特定消费者群体所需要的，企业的目标市场必须最能发挥企业的优势。

采用这种策略的好处是，可以照顾个别市场的特殊性，使企业经营的产品在个别市场占有优势地位，提高企业的市场占有率和知名度；可以准确了解顾客的不同需要，生产专业化程度高；由于采用针对性强的营销组合，节约了成本和营销费用。因此，对于生产周期短、数量波动大的产品，以及资金薄弱、资源有限、规模较小、活动范围不大但应变能力强的中小企业，采用此策略较好。但是，应注意的是，由于企业的目标市场比较狭小，产品过于专业化，一旦市场发生变化，企业风险较大，而且，发展潜力不大。

表 6-4 是上述目标市场策略的比较。

表 6-4　目标市场策略比较

策略类型	无差异性市场策略	差异性市场策略	密集性市场策略
市场占有率	大市场平均占有率	大市场，小份额	小市场，大份额
市场同质性	高	低	低
市场容量	大	较大	小
市场针对性	不强	强	较强
竞争者情况	一般	多	不多
市场风险性	较大	较小	集中
产品生命周期	投入期	成长和成熟期	成熟期后期和衰退期
产品同质性	较大	小	小
企业成本费用	少	高	少
企业规模与生产批量	大；批量大	大；小批量，多品种	中与小；专业化生产
企业资源占用	中	多	少
适用条件	生产同质性强产品	大多数竞争性强企业	中小补缺企业
优点	可大量生产销售，易于管理	整体销量大，市场占有率高，企业易发展	在个别市场占优势
缺点	利润少，竞争激烈，易失去市场	企业成本费用大幅度增加	抗风险能力差，企业易陷入困境

四、影响目标市场选择的因素

上述三种目标市场策略的选择不是固定的，这些策略各有优势和短处，因此，企业在具体应用时，应该根据企业的产销情况、企业的资源情况、市场的特点、产品的特点、市场竞争情况等，扬长避短结合应用，全面衡量后决定。一般情况下，选择目标市场应考虑以下五方面的因素：

（一）企业的任务和实力

企业是国民经济的基本单位，因此，企业选择目标市场时，首先应考虑国家所规定的任务与要求，其次要实事求是地研究企业的实力，主要包括企业的人力、物力、财力以及生产、技术、营销力量。

如果企业资源和营销实力强大，就可采用无差异性或差异性市场策略，如我国许多大型企业基本上采用无差异性和差异性市场策略。如果企业资源和营销能力有限，无力把整体市场作为自己的营销目标，则宜采取密集性市场策略。如果这种企业不注重提高市场占有率，而一味强调扩大市场面，对提高企业竞争力具有负面影响。

（二）产品的特征

根据产品的特征不同，应分别采用不同的市场策略，选择不同的目标市场。例如，在营销米、面、煤、盐、食油、白糖等日常生活消费品时，虽然由于原材料和加工不同，产品质量存在差别，但是，这种差别不十分明显，消费者一般都很熟悉，不需要做特殊的宣传介绍，只要价格相当，消费者一般没有特别的选择和过分的要求，因此，可采用无差别市场策略。但对家用电器、照相机、家具等耐用高档商品，因品质差异较大，消费者选购时十分注意商品的特性、功能、价格等，常常要反复评价、比较，然后才进行选择，并对售后服务要求很高。这类产品则宜采用差异性目标市场策略或密集性目标市场策略。

（三）市场的类似程度

不同的市场，具有不同的特点。各类市场消费者的文化、职业、兴趣爱好、购买动机、购买行为等都有较大差异。市场上，顾客对某些产品的需求欲望、兴趣爱好等大致相同，即市场类似程度大，企业可采用无差异性市场策略；反之，市场需求差别大，消费者挑选性又强，则宜采用差异性或密集性市场策略。所以，在选择目标市场前，企业必须认真做好市场调研工作，否则，很难做出正确的决策。

（四）产品生命周期阶段

产品生命周期阶段有：投入期、成长期、成熟期、衰退期。产品处于不同的生命周期阶段，企业应分别采取不同的市场策略。一般说来，对于处在投入期和成长期的产品，可采取无差异性市场策略，以探测市场的现实需求和潜在需求，以便及时采取有效措施，不断开拓市场，扩大推销；对已进入成熟期的产品，无差异性策略就完全失效，则应采取差异性市场策略，以开拓新市场；对进入衰退期的商品，应采用密集性市场策略，以维持和延长产品的生命周期，避免或减少企业的损失。

（五）市场的竞争情况

企业采用哪种市场策略，除必须研究上述因素外，还要看市场竞争情况，尤其是主要竞争对手所采取的策略而定。一般说来，如果竞争对手实力强大，并实行无差异性市场策略时，那么，无论企业本身实力大于还是小于对手，采用差异性市场策略或密集性市场策略，都是有利可图，有优势可占，能取得良好的营销效果。如果竞争对手采用了差异性市场策略，而本企业采用无差异性市场策略，那么本企业就无法有效地参与竞争，很难占有一个有利的地位，因此，必须以密集性市场策略应付。对于产品来说，如果市场上同类产品竞争激烈，消费者的选择性日益加强，要求又高，而本企业的产品竞争力不足，设备较差，就必须采用差异性目标市场策略；反之，如果市场上同类产品竞争不激烈，而本企业的商品及市场营销手段又居于优势，则宜采取无差异性目标市场策略。

但是，需要注意的是，选择适合于本企业的市场策略，是一个复杂的、随时间变化的、有高度艺术性的工作。对于市场竞争的情况，企业不能一概而论，要根据具体情况相应作出决策。而且，企业的内部环境，如技术力量、设备能力、产品组合、资金丰裕度是在逐渐变化的；企业的外部环境，如原材料供应、能源供应以及价格、运输现状和竞争等诸因素也是千变万化的。因此，企业要不断地通过市场调查和预测，掌握和分析这些变化趋势，与竞争对手各项条件做出对比，扬长避短，发挥优势，把握时机，采用灵活的策略去争取较大的利益。

典型案例

爱克生公司盲目发展业务的教训

美国的爱克生公司是开发办公室自动化产品的大公司，它曾订立十年规划，要在这段时间内掌握有关办公室自动化的所有业务，并赶上或超过 IBM 和 Xerox 公司。

为此，爱克生公司开始盲目发展业务，不断地收购相关领域的企业，先后买下了旦百利系统公司、德正通信公司、英德通信公司、凯来克斯公司、视觉资讯系统公司、QYX 公司、雷姆技术公司、QWIP 公司、卓尼克斯公司和奇洛公司等。

有了这些公司，爱克生公司的确是在办公室自动化领域中应有尽有了，可以开发几乎所有的产品。但是意想不到的情况也就随之出现，那些本来独立的企业合并后产品无法兼容，因为它不像 IBM 公司和 Xerox 公司那样，设计生产有统一的标准，自己的产品都有极高的兼容性。而爱克生公司要解决各产品的兼容性问题，必须花大笔钱，否则，顾客是不会买它的产品的。由于这一难题，加上公司的技术力量远远比不上两个大公司，没有几年，就亏损了 1.5 亿美元，致使自己陷入长期的困境之中。（资料来源：吴勇，车慈慧. 市场营销. 北京：高等教育出版社，2001）

第二节　市场定位方法

　　企业选定目标市场之后，就要在该市场进行企业与产品的市场定位。但是，通常的情况是市场已经有许多竞争者，企业为了能在市场上战胜竞争者，必须了解竞争者，使自己的战略计划与众不同，以确定进入目标市场的市场定位。这是企业市场营销战略体系中的重要组成部分，关系到企业与产品在消费者心目中的地位。

一、市场定位概念

　　所谓市场定位，即确定产品与企业在目标市场的地位。这是根据所选定的目标市场上的竞争者现有产品所处的位置和企业的自身条件，从各方面为产品与企业创造一定的特色，使之在消费者心目中占据突出的地位，从而确定企业整体形象。所谓企业的整体形象，就是企业在经济实力、信誉、产品、社会知名度等比较全面的形象。这对于每一个企业来说都是十分重要的。但是，不论是企业把自己定位在"优质服务"、"优质产品"等方面，还是在"经济实力雄厚"、"热心社会公益事业"等方面，必须得到消费者的认可，因为，企业的任务就是要创造产品的特色，使之在消费者心目中占据突出的地位，否则，就是失败的。比如青岛海尔集团，在竞争中全面出击，以优质产品、优质服务、信誉第一、热心公益、实力雄厚的大企业形象制定企业的策略，最终得到消费者的认可，成为人们心目中值得信赖的著名企业。可见，市场定位取决于消费者的心理状态。由于信息时代的到来，消费者面对大量的产品与服务信息感到难以取舍，因此，人们在选择购买行动时，往往从产品、企业知名度、服务承诺等方面考虑。对此，企业在实施定位策略时，要全面考虑，在选定的目标市场上确定可以带来最大竞争优势的定位。

二、市场定位前提——企业营销差异化

　　根据市场理论，企业差异化营销可以根据以下几个方面进行。

（一）产品差异

　　产品差异可以从产品特色、性能差异、外形设计、质量可靠性、维修方便等方面体现。即使是标准化的产品，同样可以进行差异化以与竞争者区别，如灯泡、轮胎、电池等。而大多数企业提供的是高度差异化产品，如汽车、家具、各种类型的家居用品、食品饮料等。据报道，广州本田雅阁轿车，其质量水平在日本本田所有海外公司中名列第一。由于其质量过硬，在市场上极为畅销。饮料"七喜"打出的招牌是"非可乐"，以不含咖啡因区别于"两乐"而拥有一批爱好者。中国"中航集团"在 20 世纪 80 年代就成功地把新开发的产品"飞亚达"手表定位在名贵高档手表行列，异于当时大多数中低档国产手表而大获成功。安利公司的洗洁精系列产品可以使碗筷更干净，而且不伤手，明显有别于市场上大多数洗洁精。总之，企业可以在产

品差异化上确定营销方式，如产品质量是否比竞争者更优越，产品是否更能满足顾客的审美要求，产品是否使用更方便、更舒适，价格是否像产品本身一样吸引顾客等。

（二）个性化差异

个性化差异是指企业必须建立与竞争者有明显差异的品牌形象，赋予产品与品牌独有的个性，以迎合相应的消费者个性。消费者在挑选产品时，一方面考虑的是商品的实际效用，另一方面不由自主地评估不同品牌表现的独特个性。当两者相吻合时，消费者就会选择该商品以表现自己的个性。

典型案例

鲜明的产品个性

从世界著名品牌来看，每个都是具有鲜明的产品个性。例如，全球头号零售品牌"沃尔玛"（Wal-Mart）最初的定位就是"平价"，明显异于其最大的竞争对手"西尔斯"而赢得消费者。人们一提起万宝路香烟，马上可以联想到西部牛仔自由奔放、豪爽的男子汉形象。"劳斯莱斯"则被评论家们公认为："在世界上任何一个地方，Rollsroyce永远只有一个形容词，那就是'最好的'。"

可见，个性化差异要求商品与众不同，但与商品本身其实并没有关联，而是企业家明智地赋予了产品鲜明的个性。另外，要使自己的品牌形象深入人心，必须做到营销宣传要与实际行动长期结合。优秀的营销宣传可以有效地传递企业或品牌的特性，如海尔集团承诺的"五星级服务"就突出了企业的形象差异。同时，海尔集团在为消费者服务方面也做出了巨大努力，完成了营销宣传与实际行动的完美配合。

（三）服务差异

在获得竞争优势的方法中，服务差异是不可忽略的重要一环，因为，在产品差异与品牌差异难以让消费者取舍时，消费者往往根据预期得到的服务作为选购的标准。根据对美国最杰出的43家公司的调查后发现，无论这些公司是机械制造业，还是高科技工业，或是食品业，它们一个共同的特点就是，以服务业自居。由此可见，服务差异是企业赢得消费者和市场的关键。

典型案例

追 求 卓 越

美国从事管理咨询的两位专家，合写了一本经营管理方面的论著，书名是《追求卓越——美国杰出企业家成功的秘诀》。该书前后发行500万册，成为美国的畅销书，誉为20世纪企业管理方面的最佳著作。这本书开头写了一个案例：作者有一次到华盛顿去办事，预计停留的最后一天晚饭后，他又决定多住一个晚上。但是，这时他已经退掉了原来的旅馆房间。没办法，他只好信步向曾经住过的另一家旅馆——四季旅馆走去。当他进入四季旅馆，穿过大厅走向柜台时，心里还在不安地思考，怎样和柜台服务员商量一下，请求无论如何给安排住一晚上。他预料可能会遇到冷面孔，因为这时天色已晚。但出乎意料，当他到达柜台时，柜台小姐抬起头，微笑地向他问好，并叫出了他的名字。这时作者才恍然大悟，明白了为什么四季旅馆成立才一年，就已经赢得了四星级的评价。热情的服务给人们留下难忘的印象，产生了长远的心理影响。

服务差别化包括许多行之有效的方法，如送货与安装、维修服务。企业以快速、准确、谨慎的送货以及高品质的安装、调试、维修得到竞争优势。例如，中国的海尔公司承诺，买空调后保证24小时内送货、安装、调试；当顾客打电话要求维修时，保证当天上门，事后跟踪，直到顾客满意为止。国产品牌的家电产品近几年之所以能在家电市场上占绝对高的份额，主要原因是可以为消费者提供及时优良的售后服务，而曾经占上风的日本品牌由于轻视中国消费者的需求变化，没有提供可靠的服务而为消费者所抛弃。又如咨询与培训、特色服务。对于一些新技术产品和新型商品，咨询与培训服务的优劣是使消费者选择产品的重要因素。例如，计算机业，买计算机可以得到培训上机操作的服务；化妆品业，买化妆品可以得到传授美容知识的服务；一些商家、酒楼邀请营养、烹饪专家定期现场接受咨询。这些都是提供差别化服务的事例。

虽然差异化可以取得企业在市场上的竞争优势，但是要注意一点就是并不是所有的差异都是被消费者所接受的。比如，新加坡的司丹福宾馆以世界最高宾馆为差异点，实际上，这种差异化对消费者而言并不重要，反而突出不了其他特色。

三、市场定位过程

企业市场定位的全过程可以通过以下四个步骤完成：

（一）了解竞争产品特色，分析企业竞争优势

了解竞争产品特色，确认本企业可以提供的产品、服务、个性化差异以及消费者对产品各种属性的重视程度，系统地分析并报告本企业的竞争优势所在。

产品的特色与个性，是从产品的实体表现出来，如产品的形状、构造、性能、成分等；从产品的质量与价格表现出来，如优质高价、优质低价等；从消费者的心理上反映出来，如高

贵、典雅、豪华、朴素、时髦等。因此，企业在进行产品的初次市场定位时，要注意了解消费者对此类产品的各种属性的重视程度以及竞争产品的特色与个性、本企业有能力提供的价值，才能够选定本企业产品的独特形象。

（二）根据市场定位示意图，参考市场竞争状况，初步确定定位方案

根据市场竞争状况，企业可以运用多项量图市场定位法，初步确定定位方案。多项量图市场定位法，也叫产品定位图法，其具体方法是：第一，选择影响销售产品的两种主要要素，作为定位要素，画出十字坐标；第二，收集主要竞争者资料分别在图上标出相应的位置；第三，根据市场定位图示，直观了解市场状况，把本企业放到"定位图"上可能选择的不同位置，每一种位置意味着一种定位方案；第四，分析、评价各种可能的方案后，选出最理想的位置作为初步的定位。不同企业的同种商品有多种差异，如价格的高低、质量的优劣、规格的大小、功能的多少等。其中，任何两个不同的差异就能组成一个坐标，从而构建起一个目标市场的定位图。

 实例分析

某汽车生产厂的目标市场定位

某厂生产家用小汽车，通过市场调查，了解到顾客对此产品在质量大致相同的条件下，选择主要在用途和价格高低上，因此，决定以价格和用途作为产品定位因素。此时，市场上已出现四个厂家提供的产品，它们的市场位置各不相同，厂家A生产的是高价商务型的车；厂家B生产的是中价多功能型的车；厂家C生产的是低价家用型的车；厂家D生产的是高价家用型的车。现在市场的空位是低价商务型区，如图6-2所示。

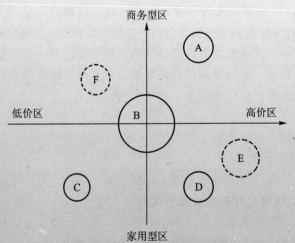

（注：市场示意图上标明现有竞争者的位置及其市场份额大小（圆圈的面积）。）

图6-2 目标市场定位示意图

在上述案例中，假如企业考虑自身的状况以后有两种选择：一是定位在竞争者 D 的位置（E），二是定位在空位上（F）。如果是选择第一种方案，应具备的条件是：企业可以制造出比对方更好的汽车，市场大，可以容纳两个以上的竞争者；企业比对方拥有更多的资源；此定位与本企业的实力、特长、声望是相适应的。只有这样，企业才可能在此位争得一席之地。如果是选择第二方案，应具备以下条件：价格虽然较低，但是企业可以盈利，可以实现自己的利润目标；能有信心使消费者相信此产品虽然是商务车型，但是的确能做到低价格而高质量；企业有可以保证的资源与实力。值得注意的是，企业选择这个方案，要保证自己能不断扩大销售，不断提高市场占有率，达到薄利多销。只有这样，企业才可能实现利润。

（三）在定位市场上试销，修正定位方案

初步市场定位完成后，为了确保销售顺利，企业应在定位市场上再次进行调查和试销活动，如果发现偏差，就应立即纠正。此步骤的主要任务是，确保企业的市场定位得到消费者的认可。

（四）再定位

如果初步市场定位正确，在销售的同时，企业应注意市场环境的动态变化，随时准备对产品进行再定位，即重新定位。再定位也是指企业变动产品特色使消费者对企业产品重新认识的过程，可以视为企业的战略转移。促使企业考虑再定位的因素有：消费者需求的萎缩或消费者偏好的转移；竞争者定位策略和实力的改变，已经威胁到企业在目标市场的发展；企业自身资源发生变化。企业的再定位，是企业适应环境做出的重大决策，战略转移的成本和新定位的收益问题也必须要加以注意，其再定位的前提是确保企业有一定的盈利。

典型案例

西尔斯历史

美国西尔斯百货公司是一个随环境变化不断调整自己定位策略的成功例子。这家世界上数一数二的零售公司自 1886 年创办以来一直生意兴隆、财源茂盛，而与它同时期创业的蒙哥马利、伍尔沃斯、梅西公司都相继走进了历史。西尔斯成功的原因主要在于能善于寻找良机和及时调整定位策略，使其经营管理与不断变化的环境相适应。创办之初，他们把自己定位在"农场主的购买商"，因为当时一家一户的农场主处于分散孤立状况，不能随时进城去选购商品，西尔斯便选择了这一部分人作为自己的目标顾客，开展邮购业务。到第一次世界大战结束，西尔斯已发展成全国性的大邮购商。1921 年后，美国形势起了变化，公路四通八达，农场主拥有了自己的汽车，进城购物相当方便，同时，大量农村人口流向城市。为了适应这一变化，西尔斯不再提自己是农场主的购买商，而是在城市中心设立零售店铺，把自己定位在社区市民的购买上，为城市消费者服务。第二次世界大战之后，美国城市人口向郊区迁移，城市中心出现消费者空心化。为适应这一变化，西尔斯率先在郊区开设大型商场，并设有宽敞的停车场，于是，它把自己定位为区域购物中心，为城乡消费者服务。90 年代

以来，随着零售业竞争加剧，市场细分化程度加深，为了形成自己的特色，西尔斯明确地将自己定位在美国中年母亲上。公司形象宣传更注重"柔和的一面"，店铺陈列也配合这一形象宣传，到处摆放着与美国中年母亲相关的商品。西尔斯公司正是这样不断调整自己的定位策略，终于保住了它100多年来在零售王国的领导地位。（资料来源：www.emkt.com.cn）

在动态的市场环境中，每一家企业都应当严密监视市场环境，随时审时度势，依据环境、竞争对手、顾客观念态度、政府宏观政策的改变，重新定位自己的产品和目标市场，修正企业的营销策略，以适应不断变化的新市场需要。

第三节　目标市场定位策略

市场定位关键是要确定产品与企业在目标市场的地位，这就要从各方面为产品与企业创造一定的特色，并要随着环境的变化不断调整，使企业始终保持旺盛的生命力。因此，市场定位策略的内容可以从企业竞争和产品角度两个方面研究。

一、企业竞争市场定位策略

企业竞争市场定位策略是指根据竞争状况的定位，即根据本企业与产品和同类企业与产品之间的竞争关系进行定位的策略。企业作为市场竞争的参与者，由于自身的资源实力不同，在目标细分市场上处于的竞争地位也不同。根据企业的竞争地位及其营销策略，市场上的企业大致处于四类竞争状态，即市场领先者、市场挑战者、市场追随者、市场补缺者。如果用市场占有率表示，其情况大致是：市场领先者的市场占有率约为40％；市场挑战者的市场占有率约为30％；市场追随者的市场占有率约为20％；市场补缺者的市场占有率约为10％。不同行业的上述市场占有率比例有所增减。由于企业所处的地位不同，定位策略必须是经过对本企业、主要竞争对手做出客观评价，对市场需求有了充分了解后的抉择。下面分析从企业竞争角度，根据企业在市场上所处的竞争位置，采取的四种市场定位策略。

（一）市场领先者策略

所谓市场领先者，即该企业不仅拥有相关产品的最大市场占有率，而且在市场价格变动、新产品开发、营销渠道和促销强度上都占据支配地位，对其他同类企业产生领导作用。这类企业经济实力雄厚，为了维护自己的市场领先地位，通常把自己的整体形象定位在顾客偏爱范围的中心位置。这种定位最能适应顾客需要，其市场占有率最大。在西方市场上，几乎每一个行业都有一个被公认的市场领先者。例如，美国的通用汽车公司是汽车行业的领导者，可口可乐公司是饮料行业的领导者，麦克唐纳公司是快餐行业的领导者等。作为市场领导者的企业，必须尽力维护自己的市场地位，在市场上努力做好每一件事，不给竞争者以可乘之机。市场领先者通常围绕三方面来确立营销战略。

1．"以攻为守"，扩大市场总需求

在整体市场总需求扩大时，市场上大多数企业都会有利可图，而市场领先者企业可以从中得到最大的效益。因此，作为市场占有率最大的领导者，通常会从新用户、新用途、增加产品使用次数三个方面下工夫，为本企业产品在市场上绝对量的增加而努力。企业通过市场渗透，扩大市场总需求。为此，企业可以采取四面出击的进攻式策略。如日本的精工企业，实行在全世界分销2 300种手表品种的计划，就是一种全面市场包围的计划。也就是说，企业一定要不断创新，要不满足现状，要保持自己的特色，尽力去扩大自己与竞争者之间的距离。

2．"阵地防御"，保护市场份额

"阵地防御"，保护市场份额，即是指企业在保护好核心市场的同时，重点改进薄弱环节，防止被进攻者打开缺口，同时，在企业的分销效益、顾客服务、新产品构思、产品质量等方面走在其他企业的前面，以赢得消费者的信任与支持。

3．扩大市场占有率

扩大市场占有率对于企业在市场上稳固领先者地位有利。但是，根据美国市场学家调查归纳后发现，采用此策略要特别注意以下问题：第一，企业在促销费用开支上的增长快于市场规模的增加，才会得到市场占有率的较快增长；第二，在一定的市场占有率水平上，市场迅速扩张会使产品成本超过可能得到的利润，使得企业盈利受损，带来规模不经济的现象；第三，企业产品的大幅度降价并不能获得市场占有率的显著增长；第四，只有在相对质量方面占优势的企业才能得到市场占有率的真正提高。

（二）市场挑战者策略

市场挑战者是指在市场上紧追市场领先者的企业，一般也是具有强大竞争实力的企业。市场挑战者掌握大约30％的市场份额，在行业经营中也有很大的力量，往往是名列第二、第三的企业。例如，美国的百事可乐公司和福特汽车公司，在饮料业和汽车业直追市场领先者，不断向其发动进攻，并从产品创新、价格、成本、促销等方面展开对抗竞争。

当企业在市场竞争中处于仅有领先者在前并有希望继续扩大市场占有率的状态时，企业就是处于挑战者地位。作为市场挑战者，要赢得市场，首先就是应该确定其战略目标。挑战者的市场定位策略是把自己的整体形象定位在尽量靠近市场领先者的位置，缩小与领先者的差别，便于争夺市场领导地位。它挑战的竞争对象是多种的，可以挑战本行业的领先者，或是与自己企业规模相同的企业以及本地区较小的企业。

如果选择的对象是市场领先者，在进行挑战时，应首先了解对方的实力与弱点；然后以自己的优势向对方发起正面进攻，可以采用开发新产品和特色服务、给顾客优惠、在同类产品销售上拉引特定消费者而排斥对方产品、多方包围进攻领先者，进行突发性的促销行动等策略，也可以使用集中优势力量，夺得市场局部领先而后发展为综合优势的侧面进攻方式。如果选择的对象是与自己大致相同的企业和较小的企业，则可以使用蚕食竞争方式，或是向市场提供大量优质产品，击退竞争对手的产品，或是进攻竞争对手地域上的薄弱区域，或是争夺竞争对手已占领的市场中尚未满足的消费者群等。

市场挑战者在发动挑战时，可以采取一些具体营销策略：第一，价格折扣。即以低于竞争者的价格向市场提供产品。采取此策略，要符合以下条件：消费者购买此产品受价格影响较大；除价格条件外，企业与竞争者在产品与服务方面差别不大；市场领先者可能会漠视挑战者的挑战而不会实行降价报复。第二，推出名牌产品。即企业向市场推出比市场领先者更为优越的产品，而且消费者乐于接受其品牌。第三，产品革新。即对产品的样式、特色、性能等进行充分的改进，不断以革新产品去吸引竞争者顾客，逐步提高市场占有率。第四，销售渠道革新。即发现新的销售渠道或革新销售渠道来提高市场占有率。第五，提高服务水平。即向市场提供比竞争者更为优越的服务措施和保障，以争夺对方顾客。第六，增加促销费用。即以比竞争者更为优秀的大规模广告投入和其他促销方式吸引市场消费者。

 实例分析

扬长避短，拓展出口空间

厦门市卡尔进出口贸易有限公司建于 1998 年，是国内软箱包制造的龙头企业，其所属的集团，每年向当地政府纳税上千万，是一家名副其实的大型企业。有一次，一位德国买家约了国内的一家箱包企业在上海见面，买家在看了样品后，感到与自己的要求相差甚远。于是又通过阿里巴巴英文网站找到了卡尔公司。当时企业经理正好在上海出差，就前去拜访并给他看了自己随身携带的几件样品。德国买家认可了样品的质量，表示希望做卡尔的品牌代理，但前提是要根据他的要求对产品进行大幅度修改。卡尔公司紧急和工厂沟通，针对买家的要求拿出了改进意见，请工厂根据这些改进意见快速打样。当卡尔公司把如期完成的样品摆到买家面前时，这位德国买家对于卡尔公司的执行能力非常钦佩，并签下了正式的合同。

这个例子说明中国的企业最好用优质的产品和设计去征服客户，而不是用低价和许诺去取悦对方。只有这样，买家才不会纠缠于价格，才会将注意力集中在产品的细节上，并愿意为产品付更高的价格。

（三）市场追随者策略

市场追随者大约占领着市场份额的 20％左右，此类企业往往只希望维持自己的市场份额与利润，不肯冒风险挑战市场领导者，以防自己受到报复性的攻击。因此，它是以追随者的姿态，跟随市场领先者在价格、促销等方面的策略，模仿市场领先者，以获得发展的企业。市场追随者的定位策略是使自己的整体形象与市场领先者保持适当的距离，一般包括紧随、保持一定距离追随、有选择追随三种类型。

1. 紧随策略

紧随策略是指在不刺激市场领先者的情况下，尽量在市场营销组合上以及各细分市场模仿领先者。但不会触及和进入领导者的敏感市场或阻挡领先者的发展。

2. 保持一定距离追随策略

保持一定距离追随是指在与市场领先者保持一定距离的同时，在主要市场、产品创新、分销渠道上追随市场领先者。

3. 有选择追随策略

有选择追随策略是指在有些方面模仿领先者，而有些方面走自己的路，保持自己企业的特色。

（四）市场补缺者策略

市场补缺者策略是在市场的夹缝中求生存的企业实行的市场定位。一些小企业因为自己的资源有限，无法与大企业相提并论，就选择那些不能引起大企业兴趣的市场的某一部分，把自己的整体形象定位在远离市场领先者的位置上，以尽量避免与大公司的冲突，发展自己的事业。

市场补缺者专门提供一些有市场空位而同行不愿经营的产品和服务，通过专门化，为那些被大企业忽视或放弃的市场进行有效的服务。

 相关链接

专 门 化

专门化包括以下几种：第一，用户专门化。即专门为某一类型的顾客服务。比如，德国的"左撇子"商店，专为使用左手的顾客服务，深受欢迎。第二，专门向一个或少数几个大客户提供商品。第三，专门生产顾客预订产品。第四，专门为一种销售渠道提供产品与服务。第五，专门生产一种产品，产品线专业化。

市场补缺者要承担的风险是市场容量过小，如果采用多种补缺，就可以增加企业的生存甚至盈利机会。

二、企业产品市场定位策略

企业产品的市场定位是企业通过为产品创立鲜明的特色与个性，塑造独特的市场形象来实现的。因此，企业在定位时，一方面要了解竞争对手的产品特色，做到知己知彼，另一方面要调查了解消费者对该产品各种属性的重视程度，以确定自己的产品位置。主要有三种定位策略。

（一）填补定位

填补定位又称为避强定位，即企业将自己的产品避开强有力竞争对手，定位在目标市场目前的空白部分或是"空隙"。市场的空缺部分指的是市场上尚未被竞争者发觉或占领的那部分需求空当。

实例分析

省油车打开市场

德国与日本的汽车制造商，为了进入美国市场，避开美国汽车厂商偏爱的大型豪华汽车的细分市场，针对服务普通家庭的小型省油汽车细分市场，填补了这一空当。从此，美国消费者对节油小型的轿车消费逐年上升，就此结束了美国汽车厂商独霸市场的局面。

从上述案例中可以看出，企业选择填补定位策略，主要是为了能避开竞争，迅速在市场上站稳脚跟，先入为主地在顾客心目中建立对自己有利的形象。这种定位方式风险较小，成功率也较高。这种定位抓住了消费者先入为主的心理特征，即消费者一旦对定位产品与企业产生认可，其他的竞争者一时难以改变他们的惠顾心理。

采用这种定位目标之前必须考虑以下几点：

（1）研究市场的空白地带是如何形成的，是因为没有潜在的需求，还是竞争对手无暇顾及。

（2）如果确实存在潜在的需求，就要考虑这一市场部分是否有足够的需求规模，是否足以使企业有利可图。如果企业开发产品和启动市场的成本太高，收益无法弥补或弥补后只有微利时，就不应该选择此策略。

（3）要客观地考虑企业的营销管理能力是否能胜任市场空当部分的开发；自身是否有足够的技术开发能力去提供足够的产品。如果企业不具备应有的管理、技术开发、生产能力，盲目进入该市场就会造成失败和大量资源的浪费。

（二）并列定位

所谓并列定位，是指产品定位在现有竞争者的产品附近，服务于相近的顾客群，与同类同质产品满足同一个目标市场部分。并列定位不是取代，不是一味想压倒对方，而是一种平分秋色的定位方式。当然，大多数情况下，这种定位是危险的，会引起领导者的激烈反击。但不少企业认为这种定位可以使自己与市场强者并列，可以激发自己的斗志，且一旦成功可以获得巨大的市场优势，因为这个市场部分肯定是最有利可图的部分，如百事可乐并列定位在可口可乐附近就是明显的一例。

如果消费者的心理已经被先入为主的产品、品牌占据，那么并列只会是盲目的模仿，不会在市场上产生积极的反应。因此，采用这种定位方法，企业必须一方面注意在各方面能与竞争产品媲美，另一方面寻找自己产品与品牌的独有特色。例如，宝洁公司的产品"海飞丝"洗发水，在众多的同类产品中以独有的"去头屑"功能配合以耐心持久的广告宣传，终于使产品品牌深入人心。实行并列定位时，企业必须清醒地估计自己的实力，否则以卵击石，成功的可能性极小。

（三）对抗定位

对抗定位，是指要从市场上最强的竞争对手手中抢夺市场份额，打乱原有的竞争定位，改变消费者原有的认识，挤占对手原有的位置，自己取而代之。这是一种竞争性最强的目标市场定位方式。企业这样定位的目的是准备扩大自己的市场份额，决心并且有能力击败竞争者。因此，选用这一方式的企业是实力比竞争者雄厚，或者是企业所选择的目标市场区域已经被竞争者占领，而且不存在与之并存的可能，在比较有把握赢得市场的情况下采用的定位方法。例如，泰来乐止痛药在广告中列举阿司匹林会引起的不良反应，击败了曾排列第一的阿司匹林，占据了止痛药的首位。

三、错误的定位策略

在市场定位中，应该注意避免以下四种错误定位策略：

（一）定位不足

定位不足是指企业并没有得到消费者的市场认可，消费者对企业的宣传印象模糊，或是不觉得有何特殊优势所在；不能突出产品品牌的差异性，没有在顾客心目中树立明确的形象。

（二）定位混乱

定位混乱是指企业的定位无法建立有利而且固定的位置，品牌特征太多，或者品牌的定位改变太过频繁，导致消费者产生混乱不清的印象。如"娃哈哈"品牌本来定位于儿童市场，但是曾经不恰当地想进入老年市场，广告由儿童定位的"喝了娃哈哈，吃饭就是香"变为"大人、老人、小孩都能喝"，反而给消费者无所适从的感觉。

典型案例

"活力 28"兵败纯净水

当"活力 28"洗衣粉占领中国城市市场三分之二的份额时，谁也没有想到，该企业开发纯净水产品导致了"活力 28"兵败滑铁卢。为了这个新产品，该企业耗巨资引进了国外先进的生产设备。当然，纯净水并没有用洗衣粉"活力 28"这个品牌，可是，每次为它打出的广告之后都不忘加上"活力 28，沙市日化"这句经典的洗衣粉广告词。消费者喝纯净水时好像怎么也抹不去洗衣粉的味道，你说谁还会喝呢？

（三）定位狭窄

定位狭窄是指企业没有认清消费者的心理偏好，使产品本来可以适应更多的消费者而仅仅着重宣传产品只适宜于其中一小部分人，将企业产品的定位狭窄化，大多数消费者的需要得不到真正的满足。如某服装公司，定位于"生产一流的、昂贵的、标准身材的青年女装"。这样的定位就限制了企业只能生产这种市场份额不大的女性服装，企业的市场范围明显狭窄，失去了一些本可以成为该品牌惠顾者的顾客，结果市场需求的不足也使企业难以发展。

（四）定位过度

定位过度是指有些企业为了使消费者建立对自己厂牌的偏好，使用过分的宣传以及为消费者提供了过度的许诺。例如，某种滋补口服液，厂家宣传可以补血、强身、医治感冒、美容护肤、治疗神经衰弱等，反而使购买者难以相信。

由上可见，定位并不是管理者主观的意愿所能决定的，而是要通过研究竞争形势、市场环境、自身特征等因素，根据消费者对定位的认识及反映，然后结合自己的优势，体现出自己产品与他人产品之间的差别，最后把自身优势与市场需求结合起来，完成定位。

本章小结

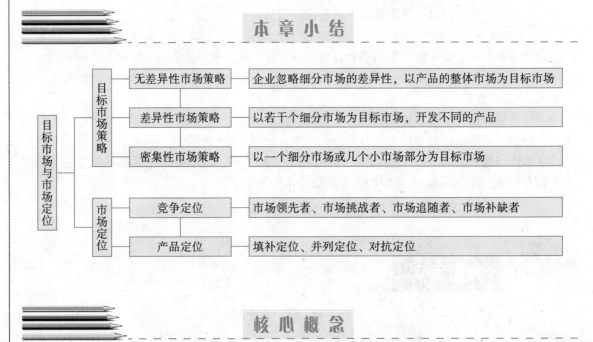

目标市场与市场定位	目标市场策略	无差异性市场策略	企业忽略细分市场的差异性，以产品的整体市场为目标市场
		差异性市场策略	以若干个细分市场为目标市场，开发不同的产品
		密集性市场策略	以一个细分市场或几个小市场部分为目标市场
	市场定位	竞争定位	市场领先者、市场挑战者、市场追随者、市场补缺者
		产品定位	填补定位、并列定位、对抗定位

核心概念

目标市场　无差异性市场策略　差异性市场策略　密集性市场策略　市场定位　市场领先者　市场挑战者　市场追随者　市场补缺者

同步测试

一、单项选择题

1. 最简单的一种目标市场选择模式是（　　）。

　　A. 产品-市场集中化　　B. 市场专业化　　C. 产品专业化　　D. 选择性专业化

2. 宝洁公司在洗发水市场上的产品有海飞丝、飘柔、沙宣等，这种目标市场选择模式是（　　）。

　　A. 市场集中化　　　　B. 市场专业化　　C. 产品专业化　　D. 全方位进入

3. 采用无差异性市场策略的最大优点是（　　）。

A. 市场占有率高   B. 成本的经济性

C. 市场适应性强   D. 需求满足程度高

二、多项选择题

1. 评价细分市场的经济价值,企业可从下列（   ）等方面做出评价。

    A. 细分市场的销售额与增长率   B. 细分市场盈利可能性

    C. 市场是否存在具有竞争力的替代品   D. 经销商实力强大

2. 产品专业化意味着（   ）。

    A. 企业只生产一种产品供应给各类顾客

    B. 有助于企业形成和发展其生产和技术上的优势

    C. 可有效发挥大型企业的实力优势

    D. 可有效地分散经营风险

3. 市场定位的主要方式有（   ）。

    A. 再定位   B. 并列定位   C. 避强定位   D. 对抗定位

4. 现代市场营销理论根据企业在市场上的竞争地位,把企业分为（   ）。

    A. 市场领先者   B. 市场挑战者   C. 市场追随者   D. 市场补缺者

5. 无差异性市场策略适用于（   ）。

    A. 消费者挑选性不大的产品   B. 需求弹性小的产品

    C. 绝大多数产品   D. 处于成长期和成熟期的产品

三、判断正误题

1. 市场定位取决于消费者的心理状态。（   ）

2. 企业产品的市场定位越高,越有利于提高企业的形象,对企业越有利。（   ）

3. 市场挑战者一般是具有强大的竞争实力的企业,拥有约40%的市场份额。（   ）

4. 专门向一个或少数几个大客户提供商品的企业称为市场补缺者。（   ）

5. 全球头号零售品牌"沃尔玛"以"平价"作为产品差异定位赢得广大消费者。（   ）

6. 选择竞争者数量较多和实力较弱的细分市场,企业盈利的可能性会较大。（   ）

实 训 项 目

项目一：选择目标市场范围模式以及目标市场策略

一、实训目标

（1）能选择企业的目标市场。

（2）能根据选择目标市场必须考虑的因素,扬长避短加以应用。

二、内容与要求

（1）假如你的企业正准备推出一种营养早餐,确定用密集型市场策略,请研究你的消费者的消费模式。

（2）调查市场,找出五种类型企业,各自代表目标市场的五种范围模式。填写表6-5。

表6-5　不同类型企业的目标市场范围模式

目标市场范围模式	本地市场的代表企业	企业产品及典型表现
产品—市场集中化		
产品专业化		
市场专业化		
选择性专业化		
全方位进入		

项目二：培养进行企业与产品的市场定位的能力

一、实训目标

（1）培养学生进行企业差异化营销判断的能力。

（2）培养市场定位的能力。

二、内容与要求

（1）小组讨论，选择一项产品，为其进行市场定位，构建目标市场定位图。

（2）小组案例研讨：海尔集团采取的市场定位策略是什么？企业为什么要在不断变化的环境中改变自己的市场定位？

案例：常胜的秘诀

1985 年，海尔股份有限公司成立。海尔之所以从一家生产普通家电产品的濒临倒闭的集体小厂，成为中国家电行业乃至国际家电行业巨头，正是由于海尔成功地运用了目标市场营销战略。海尔集团根据市场细分的原则，在选定的目标市场内确定消费者需求，有针对性地研制开发多品种、多规格的家电产品，以满足不同层次消费者的需要。以海尔洗衣机为例。海尔洗衣机是我国洗衣机行业跨度最大、规格最全、品种最多的产品。在洗衣机市场上，海尔集团根据不同地区的环境特点，考虑不同的消费需求，提供不同的产品，如针对长江以南地区梅雨天气较多，洗衣不容易干的情况，及时开发了"玛格丽特"三合一全自动洗衣机，以其独特的烘干功能得到消费者青睐。针对北方的水质较硬的情况，海尔集团开发了专利产品"爆炸"洗净的气泡式洗衣机，即利用气泡爆炸破碎软化作用，提高洗净度20％以上。针对农村市场，研制开发了下列产品：①"大地瓜"洗衣机，适应盛产红薯的西南地区农民图快捷省事，在洗衣机里洗红薯的需要；②小康系列滚筒洗衣机，针对较富裕的农村地区；③"小神螺"洗衣机，价格低、宽电压带、外观豪华，非常适合广大农村市场。

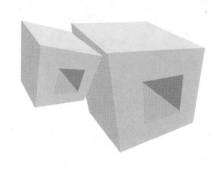

第七章

市场营销组合策略

SHICHANG

知识目标

掌握市场营销组合的概念与基本构架以及特征

了解市场营销组合理论在企业实践中的意义

认识企业竞争战略

学会运用市场营销组合对企业进行分析与决策

能力目标

培养运用企业竞争战略的能力

培养运用市场营销组合对企业案例进行分析决策开展工作的能力

引例

中国古代商家的营销战略

范蠡和商祖白圭认为："时贱而买，虽贵已贱；时贵而卖，虽贱已贵。"强调商人要善于捕捉商机，把握时机，不失时机地买进卖出。商业的利润就源于买卖的差价。

魏文侯时，国人注重农耕，而白圭却善于观察时机的变化。粮食丰收时他买进谷物，卖出蚕丝。待蚕丝上市时他就大量收购蚕丝，售出粮食。他曾说："我做买卖，就像伊尹和姜太公一样有计谋，如孙膑和吴起那样善于判断，还能像商鞅执法那样说到做到。有些人虽有智慧却不会随机应变；虽勇敢却不能当机立断；虽仁爱却不能恰当地取舍；虽奇绝却不能坚持原则。所以，这种人跟我学经商之道，我也不会教他的。"白圭的经商原则和经验，都被后世的商人所称道。他凭着自己的这套经营谋略，精心经营，以致家累千金。

企业在运营过程中，如何有效地利用本身的人力、物力、资源，趋利避害，扬长避短，设计企业的营销组合，制定最佳的综合营销方案，以达到企业的预期目标，是至关重要的。这时候，企业经营的成败，在很大程度上取决于营销因素的选择和运用。

第一节　市场营销因素组合

一、市场营销组合理论

市场营销组合理论是市场营销研究的重要内容之一，此理论认为：市场营销组合策略可视为一个大系统，由相互联系的产品策略、定价策略、销售渠道策略以及促销策略四个子系统组成，每个子系统又有其独立的结构。它是系统工程管理理论在企业市场营销活动中的具体运用。

市场营销因素组合是指企业针对目标市场综合运用各种可能的市场营销策略和手段，组合成一个系统化的整体策略，以达到企业的经营目标，并取得最佳的经济效益。

"营销组合"是美国哈佛大学教授尼尔·恩·鲍敦于1964年首先提出的，同年，美国伊·杰罗姆·麦卡锡教授概括简化出易于记忆的"4P"理论，之后被广泛应用。麦卡锡教授把各种营销因素分为四大类，即产品（Product）、分销地点（Place）、促进销售（Promotion）、价格（Price），这四种营销因素的组合，因其英文字头都是P，所以简称4P组合。

二、营销组合基本决策构架

关于市场营销组合的四个基本构架，将在产品、定价、分销、促销四章中分别研究，这里仅作简要介绍，以便对营销组合整体概念有所了解。

（一）产品策略（Product Strategy）

指做出与企业向市场提供的产品有关的策划与决策。这里的关键问题是，看一个企业向市场提供什么产品，不能从企业本身的角度出发，而应该站在顾客的立场，了解在顾客的心目中，本企业的产品是什么，本企业如何满足目标市场对企业提供的商品和各种相关服务。产品与服务是营销因素组合中至关重要的因素，它包括产品种类、产品规格、质量标准、产品包装、产品特色、物理特性、心理特性、产品外观式样、产品商标以及产品的维修、安装、指导、担保、承诺等连带服务措施。

（二）价格策略（Pricing Strategy）

主要指企业如何估量顾客的需求与分析成本，以便选定一种吸引顾客、实现市场营销组合的价格。定价时必须考虑企业目标市场的竞争情况以及消费者对此定价的可能反应，同时，产品的价格也要满足企业盈利的要求。值得注意的是，价格的市场反映是消费者关于产品质量与品牌定位的重要信息，价格如果得不到消费者的认可，营销组合的其他努力就会失效，因为价格是消费者对企业的市场营销组合感到满意时愿意支付的货款。价格策略主要是考虑与定价有关的内容，包括价格水平、折扣价格、折让、支付期限、商业信用条件等相关问题。

（三）分销渠道策略（Placing Strategy）

主要指企业如何选择产品从制造商顺利转移到顾客的最佳途径。如何合理选择营销渠道和组织商品实体流通来实现其营销目标日益受到企业的普遍重视，因为大量的市场营销职能是在营销渠道中完成的。甚至在某些情况下，除了产品本身之外，营销渠道已成为企业品牌能否成功的决定性因素。分销渠道策略包括区域分布、中间商选择、营业场所、网点设置、运输储存及配送中心、服务标准等因素的组合运用。

（四）促销策略（Promotion Strategy）

主要指企业利用信息传播手段传递"合适的产品在适当的时候以适当的价格出售"的信息。它的作用一是传递企业何时、何地以何种方式、何种价格销售何种商品的信息；二是引起消费者注意，激发购买兴趣；三是增强企业品牌的知名度。因此，它包含了企业与市场沟通的所有方法。其中包括人员推销、广告、营业推广、公共关系等因素的组合运用。

在动态的市场营销环境中，上述四个基本因素互相依存，处于同等地位。在企业的实践活动中，只有它们的互相结合形成一个统一的整体才是有意义的，同时，需要注意的一点是，这四个变量是围绕目标市场的消费者需求而协调成一个整体的，脱离了顾客需要，也是没有意义的。

实例分析

麦当劳的营销组合策略

表 7-1　麦当劳的营销组合策略

产品策略	标准的、稳定的、高质量的产品，服务时间长、速度快
价格策略	低价策略
渠道策略	营业场所选在顾客密集区域——无论市区或郊区，组织特许连锁经营，扩展新店
促销策略	强有力的广告宣传，广告媒介以电视为主，内容要针对年轻人口味

第二节　市场营销组合因素的特点、意义、约束条件

　　市场营销组合因素的特点表现在它是企业可以控制的各个变量的组合，企业的营销优势在较大程度上取决于营销组合的优劣而不是策略的优劣；企业在目标市场上的竞争地位和经营特色也是通过市场营销组合的特点充分体现出来的。

 实例分析

电视机厂商的 4P 战略

　　1979 年，中国放宽对家用电器产品的进口，日本电视机厂商在一些熟悉中国情况的"智囊"的帮助下，研究分析中国市场。他们从"市场＝人口＋购买力＋购买动机"这个概念来分析，认为中国有十亿人口；收入虽低，但中国人有储蓄的习惯，已经形成了一定的购买力；中国群众有看电视的需求。所以，中国存在一个很有潜力的黑白电视机市场。于是，日本电视机厂商根据目标市场的特点，运用营销因素组合，制定了一套销售战略：

　　1. 产品策略

　　日本电视机要想适合中国消费者的需要，必须具备以下条件：

　　(1) 中国电压系统与日本不同，必须将 110 伏改为 220 伏；

　　(2) 中国若干地区目前电力不足，电压不稳，电视机要有稳压装置；

　　(3) 要适应中国电视频道情况；

（4）为适应中国人消费习惯，电视机耗电量要低，音量却要求较大；

（5）根据当时中国居民住房情况，应以12英寸电视机为主；

（6）要提供质量保证和修理服务。

2．销售渠道策略

当时没有中国国营公司作为正式渠道，因此要通过以下渠道：

（1）由港澳国货公司以及代理商、经销商推销；

（2）通过港澳中国人携带进内地；

（3）由日本厂商货柜车直接运到广州流花宾馆发货。

3．促进销售渠道

日本代理商应该利用以下形式：

（1）在香港电视台开展广告攻势；

（2）在香港《大公报》、《文汇报》等报刊大量刊登广告；

（3）在香港一些报纸和特刊提供日本电视机知识的资料特稿。

4．定价策略

考虑到当时中国市场尚无其他进口品牌电视机竞争，因此价格比中国国产电视机稍高，人们也会乐意购买。由于日本电视机厂商协调地使用营销因素组合策略，日本电视机一度在中国市场占据相当优势。

一、市场营销组合因素特点

（一）营销因素组合是企业可以控制的因素

企业生产和销售产品，除了顾客的需求以外，要受到各种因素的影响，其中产品、分销渠道（地点）、促销、定价是企业本身可以控制的因素；营销因素组合作为市场营销手段，企业有自己选择的余地。例如，企业可以根据市场分析，针对消费者的需要，选择自己的产品结构和服务方向；企业可以自己决定选择分销渠道；企业可以根据市场竞争状况，自行决定产品的销售价格；企业可以根据产品的特点，自由选择广告宣传手段。但是应当看到，营销因素组合虽然是企业可以控制的因素，同时它也要受到企业外部环境的影响。例如，世界市场的能源价格暴涨，对企业的产品结构和产品价格不能不发生直接的影响。所以，企业在综合运用营销因素组合时，既要善于利用可以控制的因素，又要灵活地适应外部不可控制因素的变化，才能在市场上争取主动。

（二）营销因素组合是一个动态的组合

市场营销因素组合是一个动态的组合，是一个变数。这是因为4P中的产品、分销、促销、价格四大因素中，每一个因素都包含着许多个因素，企业根据内外环境制定营销组合时，只要其中两个因素发生变化，就会出现一个新的组合。

例如：中国某企业产品打入美国市场，可以选择两种完整的营销组合：①产品——质量中低档，款式新，免费保修；分销——直接卖给零售商，由他们出售；价格——比较便宜，是基本价格；促销——利用报刊、电视媒体做宣传广告。②如果把分销方式由"直接卖给零售商"

改为"由代理商销售商品",就可能引起其他因素发生变化:产品——中国企业只提供配件,不负责维修;价格——实行价格折扣;促销——不必自己做大量广告。

由此可见,企业选择的营销因素可因一个因素的改变而完全不同。

(三) 市场营销因素组合是整体的组合

企业营销因素组合策略是围绕企业营销目标进行的统一的整体策略,是在调查总结的基础上,把各种各样的策略、方法、手段归结为一个统一系统内的多层次子系统。根据目标市场的外部环境各因素的情况,力图使各个子系统在动态、复杂的过程中相互协调,求得总体策略的优化。因此,当产品策略、价格策略、分销策略、促销策略分别运用时,必须与其他策略相互协调、相互配合形成一个较强合力的整体,企业各职能部门在采取部门策略时一定要从整体出发,考虑到可能对其他营销策略的效应所带来的影响,如企业在市场进行大规模的促销活动或是额外为分销商提供优惠,就会影响到产品的生产成本以及定价策略;而节约费用对产品的促销活动必然有一定的影响。作为企业营销因素组合策略,就偏重于目标市场可能产生的最佳整体效应,对各部门策略所可能产生的负效应减少到最低程度。

(四) 市场营销因素组合是由许多次组合组合而成的

营销组合是产品、定价、分销、促销四大因素的大组合,而每一个因素又包括许多小因素,形成每一个因素的次因素,这些次因素又可组成各个因素的次组合,如同魔方的六个面可以千变万化一样。假如我们从每个大因素中选四个次因素(实际不止四个),整个市场营销组合便由十六个因素组成,如图7-1所示。

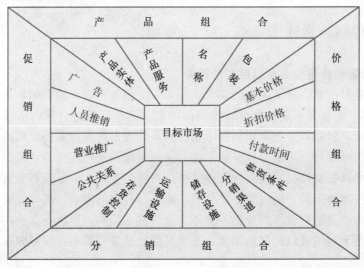

图 7-1　市场营销组合主要变数图

虽然依据市场营销组合的原理可以把企业的各种营销策略和手段不断细分下去,但是这种细分与组合不是教条式的烦琐罗列。它的作用就在于可以简化企业的决策程序,加快其决策过程。企业进行整体市场营销活动,可以运用组合理论,针对目标市场的需要,协调内部人力、物力资源,考虑外部环境因素,从多种营销组合中选择最佳组合。

二、市场营销因素组合的实践意义

对于企业来说，营销因素组合在实际工作中的实践意义表现在以下几个方面：

（一）营销因素组合是制定营销战略的基础

营销战略主要是由企业目标和营销因素组合的各成分协调组成的。由于制定营销战略的出发点是完成企业的任务与目标，以投资收益率、市场占有率或其他目标为比较选择的依据来进行营销组合是比较符合实际的。

在制定市场营销战略的"细分市场"阶段上，有的企业从管理与利润方面考虑，不愿意以多种因素细分市场，因为那样会使备选的市场营销组合方案太多。而用一种具有普遍号召力的市场营销组合来替代几种特异性的市场营销组合是符合企业战略的。这样，可以采用"求同存异"的市场营销组合方法，即把重点放在不同顾客群的相似之处上，努力增大本企业产品的选择余地和适应性。

对于某些小企业来说，由于资金紧缺、行业竞争激烈，其营销战略是力求在一个有限的目标市场上取得最大的市场占有率和技术领先地位，在一个细分市场上突出本企业的市场营销组合的差别优势就是企业制定营销战略的基础了。

 实例分析

"小 白 兔"

20世纪80年代，我国的牙膏厂由于生产过剩，全国42家企业中2/3亏损。杭州牙膏厂在市场细分中发现，儿童牙膏市场几乎是一个空白，他们马上组织力量开发出"小白兔"儿童牙膏，几乎没费什么力气就成为儿童牙膏市场的领先者，当年就扭亏为盈，"小白兔"也成为他们的拳头品牌。

因此，作为企业营销的战略基础，营销因素组合既可以综合运用四个因素，也可以根据产品与市场的特点，分别重点使用其中某一个或某两个因素，设计成相应的销售策略。这是一个细致复杂的工作，许多市场学家、企业家们体会到，设计并选择一个最佳的营销组合，应当像一个高级烹调师，善于将各种各样的原料和配料巧妙地配置成美味佳肴，而不能只是把各种原料拼凑成一个杂烩。这就告诉我们，最佳的营销组合必须注意各因素之间的配合协调。

（二）营销因素组合是应对竞争的有力手段

在市场竞争中，一家企业要想具有全面的优势是很难的。一般情况是，竞争对手之间都各有自己的优势和劣势。因此，企业在运用营销因素组合时，必须分析自己的优势和劣势是什么，以便扬长避短，在竞争中取胜。

 实例分析

价格竞争与非价格竞争

　　美国柯达照相器材公司和拍立得照相器材公司进行"快速照片"技术竞争长达30年之久。价格因素在20世纪50年代以前的资本主义企业之间的竞争中十分重要，但是后来人们逐渐发现单纯的价格竞争是最不利的方式。这是因为，改变价格是任何竞争者最容易采用的手法，而且价格竞争的结果对企业盈利会产生极不利的影响。特别是有的产品市场，买主并不十分重视价格差别。改善销售渠道，是非价格竞争的另一重要方面。例如，美国安利公司的成功就是由于建立了庞大的人员直销渠道。

　　在使用营销因素组合作为竞争手段时，要特别注意两个问题：第一，不同行业、不同产品，侧重使用的营销因素应当不同。第二，企业在重点使用某一营销因素时，要重视其他因素的配合作用，才能取得理想的效果。

（三）营销因素组合可以较好地协调企业内部各部门工作

　　重视营销理念的企业，内部各部门工作要统一协调为一个整体系统，彼此互相分工协作，共同满足目标市场的需求，达到既定目标。在企业内部，各个部门都从各自的职能出发提出经营目标和工作安排：生产部门希望提高产量；采购部门期望降低原材料成本；销售部门想完成最大的销售量；财务部门考虑资金回收和账目平衡。它们或多或少地都与顾客发生着联系，但又各自为政，极易抵消营销效率，使企业不能最大限度地开发和满足目标市场需求。在实践中，人们认识到，如果以市场营销组合为核心进行企业的战略计划和工作安排，可以形成一种比较系统的、从点到面、简明扼要的经营管理思路。企业根据市场营销组合的各个策略方向去设置职能部门和经理岗位，可以明确部门之间的分工关系，划分市场调研的重点项目，确定企业内部和外部的信息流程等。运用营销因素组合，可以较好地协调各部门工作。如销售部门进行商品销售，必须要涉及企业的生产、财务、人事等各个部门；当销售经理根据市场需求的变化要增加某种新产品或者改变现有某种产品时，生产部门就必须考虑现有技术力量和设备资源的能力；如果需要增加新机器设备，财务部门就要考虑企业的财务能力等。

三、市场营销因素组合策略应用的约束条件

　　市场营销组合的格局看似简单，但实际上在这一格局之内做出各种选择是相当复杂的。随着市场的发展，各种变量的数目不断增加，市场营销组合的可选择策略会按几何级数增长。而

且，任何企业在运用营销因素组合时，都不可能对所有的策略平均使用力量；他们往往是突出营销因素组合中的某一个或两个因素，兼顾其他的因素。例如，工厂企业可能特别强调它的产品先进，而零售商主要是以定价策略作为自己的竞争手段。这样，一个企业在销售工作中突出什么策略、兼顾什么策略就要根据内外环境以及市场营销组合的各个约束条件来做出决定，包括企业的市场营销战略、市场营销环境、企业资源状况、市场营销财务预算、目标市场的特点等。

（一）企业营销战略

一个没有战略的企业，犹如一只无舵的船，只能在水中兜圈子，不可能前进。同样，一个没有战略思想的营销计划就等于没有灵魂，营销因素组合的选择必然会失调。现代企业要制定一个优良的战略，90％要依靠科学情报和资料，只有10％凭个人的直觉判断和知识经验。在企业经营中，营销组合因素策略是企业设计营销商品的行动方案。这种方案是企业根据外界当前和未来的市场机会和限制因素，考虑如何更有效地利用企业内部现有的以及潜在的资源和能力优势，去满足目标市场的需求，从而完成企业既定目标。由此可见，市场营销因素组合策略是目标和手段的有机统一体。没有目标，就无从制定策略；没有策略，目标就不可能实现。在运用市场营销因素组合时，应首先通过市场分析，选择最有利的目标市场，确定目标市场和市场发展策略，在这个基础上，再对营销因素组合策略进行综合运用。

（二）企业营销环境

企业在市场营销因素组合活动中面临的困难和所处的环境是不同的。自20世纪70年代以来，世界各国政府加强了对经济的干预，企业的宏观环境的影响对企业的市场营销活动起着越来越大的、有时是直接的制约作用。企业选择市场营销组合时，应把环境看作一个主要因素，时刻重视对宏观环境各因素的研究与分析，并对这些不可控制因素做出营销组合方面的必要反应。

 实例分析

石油价格对汽车行业的影响

世界市场上的石油价格已从70年代的2.23美元上升了几十倍，近期已经冲破100美元/桶，石油价格状况对于某些企业营销组合策略的制定具有重要影响。世界观察研究所的研究成果表明：美国汽车工业的国内市场尽管在历史上居于世界领先地位，但是却经不起日本汽车耗油少、质量高、价格低的竞争。日本汽车的这些优点使它能够打入世界汽车市场，使美国极难恢复汽车工业盟主的地位。

企业不可控制的宏观环境因素对企业营销组合的直接制约作用很大。因此，如果一个企业成功地进入了在本国或本地区的目标市场，实际上是利用了已经存在的市场机会。

（三）目标市场的特点

目标市场的需要决定了市场营销组合的性质。企业要规划合理的市场营销组合，首先要分析目标市场各个方面的条件。根据目标市场以下三个方面的条件来看它们对各个基本策略的影响，可以判断哪种营销组合更切实可行、更具有吸引力和更有利可图。

第一，目标市场消费者情况，如年龄、性别、文化、收入、分布密度、消费模式和消费者行为等。这影响着目标市场的发展潜力；应该使用何种促销策略，产品如何适应顾客的物质需要和心理需要；在什么地点、什么时间可买到；企业的产品策略如设计、包装、品种系列等如何对消费者投其所好等。

第二，目标市场消费者选购商品的意愿。顾客购买商品的迫切性是企业制定营销组合的重要影响因素，包括：影响分配渠道的长度、宽度、销售服务标准；影响顾客愿支付的商品价款等。

第三，目标市场竞争状况。目标市场的竞争状况可以影响市场营销组合的各个方面：如果市场处于垄断状态或是新开发领域，竞争并不激烈，一般的市场营销组合就比较容易成功；反之，就必须追求"最优组合"方案。对于一个新企业来说，如果进入竞争充分的市场，这就意味着有较多的竞争者的营销组合方案可资借鉴，资料比较丰富，可比性强，是企业应对市场竞争的较好方法。

（四）企业资源情况

企业资源状况包括：企业公众形象、员工技能、企业管理水平、原材料储备、物质技术设施、专利、销售网、财务实力等。这些决定了选择合适的市场营销组合必须与企业实际相符合。企业不可能超出自己的实际能力去满足所有消费者与用户的需要。

所有的企业在资源方面都会有与其竞争企业相区别的实力和弱点。而市场营销组合就应该充分利用企业的优势，在目标市场上完成企业的既定目标。这就应注意以下几点：第一，不要实行超过企业能力的多样化经营。第二，不选择那些使企业声誉受损的营销机会，虽然它可能会在短期内为企业快速提供收益。第三，不随意否定企业现有的市场营销组合方案。因为那样会增大因市场机会不确定性带来的风险。第四，不与同类企业恶性竞争。第五，不能超出市场营销的财务预算进行市场营销组合。因此，设计市场营销组合时，要考虑：支持组合的总预算；经费分配计划；资金投入回收周期。

（五）企业战略流程图中各因素的关系（见图 7-2）

市场营销因素组合的最优化方案，实际上是企业对各种营销策略运用程度上的合理控制。企业在实践中，只有不断地注意因素间各部门的协调与配合，必要时以企业的整体营销目标为原则，适当放弃局部利益，做出适当调整，才有可能获得营销组合的最佳效果。

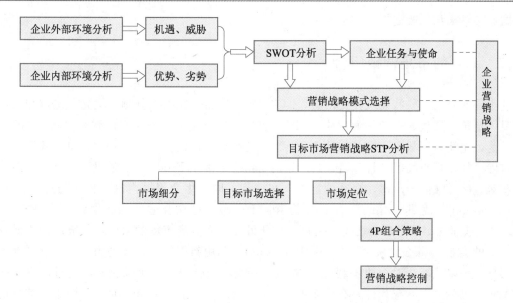

图7-2 企业战略流程图中各因素的关系

第三节 4P理论的变革

市场营销组合理论是营销学理论体系的主要内容之一。它使市场营销学有了强烈的"管理导向",成为市场营销学面向企业管理、研究企业市场营销管理工作中的各项战略和决策的任务的导向。随着市场营销理论的发展,4P理论的研究格局日益为企业所重视,决策研究法已成为研究市场营销问题的主要方法。

目前,虽然在许多论述中提出了"6P"或"11P"理论,但是都不能改变"4P"的基本决策构架,那些论述只是为了扩大这种决策构架的覆盖范围。

一、6P组合

1986年美国菲利浦·科特勒教授提出了大市场营销策略,在原4P组合的基础上增加两个P,即权力(Power)和公共关系(Public Relations),简称6P。科特勒给大市场营销下的定义为:为了成功地进入特定市场,在策略上必须协调地施用经济心理、政治和公共关系等手段,以取得外国或地方有关方面的合作和支持。6P与常规的4P比,有两个明显的特点:

(1)十分注重调和企业与外部各方面的关系,以排除来自人为的(主要是政治方面的)障碍,打通产品的市场通道。这就要求企业在分析满足目标顾客需要的同时,必须研究来自各方面的阻力,制定对策,这在相当程度上依赖于公共关系工作去完成。

(2)打破了传统的关于环境因素之间的分界线。也就是突破了市场营销环境是不可控因素,重新认识市场营销环境及其作用,某些环境因素可以通过企业的各种活动施加影响或运用权力疏通关系来加以改变。

二、11P 的市场营销组合

这也是菲利浦·科特勒教授提出的，即在 6P 之外加上探查、分割、优先、定位和人，并将产品、定价、渠道、促销称为"战术 4P"，将探查、分割、优先、定位称为"战略 4P"。该理论认为，企业在"战术 4P"和"战略 4P"的支撑下，运用"权力"和"公共关系"这 2P，可以排除通往目标市场的各种障碍。11P 分别是：① 产品（Product）。质量、功能、款式、品牌、包装。② 价格（Price）。合适的定价，在产品不同的生命周期内制定相应的价格。③ 促销（Promotion）。尤其是好的广告。④ 分销（Place）。建立合适的销售渠道。⑤ 政府权力（Power）。依靠两个国家政府之间的谈判，打开另外一个国家市场的大门，依靠政府人脉，打通各方面的关系。⑥ 公共关系（Public Relations）。利用新闻宣传媒体的力量，树立对企业有利的形象，消除或减少对企业不利的影响。⑦ 探查（Probe）。即市场调研，通过调研了解市场对某种产品的需求状况如何，有什么更具体的要求。⑧ 分割（Partition）。即市场细分的过程。按影响消费者需求的因素进行分割。⑨ 优先（Priority）。即选出我的目标市场。⑩ 定位（Position）。即为自己生产的产品赋予一定的特色，在消费者心目中形成一定的印象。或者说，就是确立产品竞争优势的过程。⑪ 员工（People）。发现需求，满足需求的过程要靠员工实现。企业要想方设法调动员工的积极性。这里的 people 不单单指员工，也指顾客。

三、4C 的营销组合理念

随着经济的发展，市场营销环境发生了很大变化，消费个性化、人文化、多样化特征日益突出，1990 年美国市场学家罗伯特·劳特鹏提出了以人为本的 4C 理论，作为对 4P 理论的补充，在这里作简单介绍：

（1）消费者（Customer）。4C 理论认为，消费者是企业一切经营活动的核心，企业重视顾客要超过重视产品，因此提出：第一，创造顾客比开发产品更重要；第二，消费者需求和欲望的满足比产品功能更重要。

 实例分析

情 感 鞋

美国最大的制鞋企业麦尔·休·高浦勒斯公司，通过设计能够引起顾客感情共鸣的鞋子，赋予鞋子以不同的情感色彩，如男性情感、女性情感、优雅感、轻盈感、成熟感，并然费苦心地冠之以"笑"、"泪"、"愤怒"、"爱情"、"摇摆舞"等名称，从而大受消费者青睐。

（2）成本（Cost）。4C 理论将营销价格因素延伸为生产经营全过程的成本，包括：第一，企业生产成本就是企业生产适合消费者需要的产品成本。价格是企业营销中值得重视的，但价格归根结底是由生产成本决定，再低的价格也不可能低于成本。第二，消费者购物成本。它不单是指购物的货币支出，还包括购物的时间耗费、体力和精力耗费以及风险承担（指消费者可能承担的因购买到质价不符或假冒伪劣产品而带来的损失）。以往企业对于产品价格的思维模式是"成本＋适当利益＝适当价格"，随着近年来 4C 理论的出现，一种定价的新思维诞生了，新的定价模式是：消费者接受的价格－适当的利润＝成本上限。也就是说，企业界对于产品的价格定义，已从过去由厂商的"指示"价格，转换成了消费者的"接受"价格，我们可以把这看作是一场定价思维的革命。新的定价模式将消费者接受价格列为决定性因素，企业要想不断追求更高利润，就不得不想方设法降低成本，从而推动生产技术、营销手段进入一个新的水平。

（3）便利（Convenience）。4C 理论强调企业提供给消费者的便利比营销渠道更重要。便利就是方便顾客，维护顾客利益，为顾客提供全方位的服务。便利原则应贯穿于营销的全过程：在产品销售前，企业应及时向消费者提供充分的关于产品性能、质量、使用方法及使用效果的准确信息；顾客前来购买商品，企业应给顾客以最大的购物方便，如自由挑选、方便停车、免费送货等；产品售完以后，企业更应重视信息反馈，及时答复、处理顾客意见，对问题商品要主动包退包换，对产品使用故障要积极提供维修方便，对大件商品甚至要终身保修。与传统的渠道战略相比，新的 4C 理论更重视服务环节，强调企业既出售产品也出售服务，消费者既购买到商品也购买到便利。

（4）沟通（Communication）。4C 理论用沟通取代促销，强调企业应重视与顾客的双向沟通，以积极的方式适应顾客的情感，建立基于共同利益之上的新型的企业与顾客的关系。企业营销不仅仅是企业提出承诺，单向劝导顾客，更重要的是追求企业与顾客的共同利益。强调双向沟通，有利于协调矛盾，融合感情，培养忠诚的顾客，而忠诚的顾客既是企业稳固的消费者，也是企业最理想的推销者。

新的市场营销组合策略认为：先研究消费者的欲望和需求，卖客户想要购买的产品；暂时放弃主观的定价策略，公司应了解消费者为满足其需求所需付出的成本；公司还应放弃已成定式的地点策略，而应优先考虑如何向消费者提供便利购得商品；最后，用沟通来代替促销。这是 20 世纪 90 年代市场营销的新的发展。可以这样预言，未来市场上的赢家将是那些能够站在客户的角度、为客户提供更多满意或是超越客户满意的企业。这也是市场营销组合新理论的真谛所在。

本 章 小 结

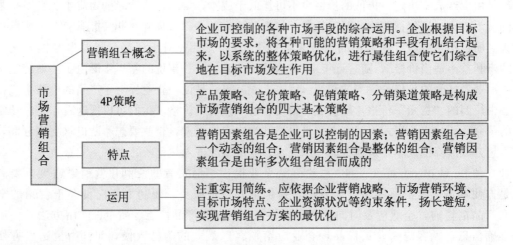

市场营销组合		
	营销组合概念	企业可控制的各种市场手段的综合运用。企业根据目标市场的要求，将各种可能的营销策略和手段有机结合起来，以系统的整体策略优化，进行最佳组合使它们综合地在目标市场发生作用
	4P策略	产品策略、定价策略、促销策略、分销渠道策略是构成市场营销组合的四大基本策略
	特点	营销因素组合是企业可以控制的因素；营销因素组合是一个动态的组合；营销因素组合是整体的组合；营销因素组合是由许多次组合组合而成的
	运用	注重实用简练。应依据企业营销战略、市场营销环境、目标市场特点、企业资源状况等约束条件，扬长避短，实现营销组合方案的最优化

核 心 概 念

市场营销组合　营销组合的特点　4C 理论

同 步 测 试

案例分析：运用营销组合策略，应对国际市场竞争

东方物流公司是一家以海上运输为主的综合物流服务商，为了应对国际航运市场的激烈竞争，在进行准确的市场细分后，公司根据自身条件和市场需求，把目标顾客定位于直接客户和大客户，重点是跨国公司。根据市场细分，公司对目标顾客进行了营销组合设计。在产品策略上，公司为了有效地满足顾客的需要，将核心产品（为货主提供符合其需要的位移）和有形产品（舱位体积、位置、货物定位等）以及附加产品（咨询、报关、报价等）综合考虑，提供整体产品服务。在运用整体产品理念的基础上，不断提高产品质量和调整产品组合策略（如在三大东西主干航线——太平洋航线、欧洲航线、大西洋航线扩充产品线深度）。在价格策略上，实行随行就市定价法：客户不同，运价不同；季节不同，运价不同。在分销渠道上，采取在全球设立自己的办事处、大力拓展直销渠道的方式。在促销策略上，以人员推销为主，注重公共关系的开展。公司通过近三年的运作，赢得了竞争优势，在一些主要航线上市场份额全面提升，总体经济效益明显好转。

问题：

从本章案例分析，东方物流公司的目标市场是什么？东方物流公司定价策略的优点何在？你如何评价其营销组合策略？为什么企业必须关注营销组合的约束条件？

实 训 项 目

项目一：认识企业竞争战略能力训练

一、实训目标

(1) 了解市场营销组合理论在企业实践中的意义。

(2) 培养运用企业竞争战略的能力。

二、内容与要求

(1) 全班交流研讨，分析讨论同步测试案例的问题，提出个人的看法。

(2) 讨论企业的营销组合因素中可能发生的冲突。在具体运用时，如何注意相互间的协调与配合。

项目二：培养运用市场营销组合对企业进行分析与决策的能力

一、实训目标

(1) 培养分析企业市场营销组合优劣的能力。

(2) 培养进入市场实地调查企业市场营销组合的能力。

(3) 学会运用市场营销组合对企业进行分析与决策。

二、内容与要求

(1) 填写"描述市场营销组合"检测表（见表 7-2）。分析不同公司所采取的营销组合。结论不必精确，只需给出大概的印象描述。

表 7-2 描述市场营销组合

		某品牌汽车	某品牌电脑	某楼盘
产品	重要性： 评价：			
价格	重要性： 评价：			
渠道	重要性： 评价：			
促销	重要性： 评价：			

注：对于每个产品，做出营销组合四要素的重要性排序，如渠道部分选择三个最重要的内部变量：营业地点、中间商类型、物流；评价以印象为主，如广州碧桂园楼盘：地点不错，交通较为方便，物业管理服务较好，价格略贵。

（2）在第1题的基础上填写"评价市场营销组合"检测表（见表7-3）。

表7-3 评价市场营销组合

	分数：
对细分市场的描述： 　　谁购买产品 　　顾客寻求的利益 　　对顾客的描述 　　竞争者状况	分数：
对市场营销组合的描述 　　产品 　　价格（与竞争者比） 　　促销 　　渠道	分数：
对营销组合的评价 　　连续性 　　有效性 　　与细分市场的特征和顾客需求的匹配度 　　符合企业历史 　　区别于竞争对手的程度 　　增强知名度的程度 　　与中间商合作顺利 总分：	分数：
需要改进的地方	

注：对营销组合的评价，每项标准为10分，也可以考虑权重数，比如，你认为"与细分市场特征和需求的匹配度"应占有更大比重，就把此项定为20分。

项目三：市场营销组合理论在企业实践中的意义

一、实训目标
（1）培养运用市场营销组合对企业进行分析决策开展工作的能力。
（2）学会分析企业市场营销组合优劣的能力。

二、内容与要求
（1）理解营销因素组合是企业可以控制的因素，讨论以下空调企业可以采取的控制方法：海尔、海信、格力。
（2）运用市场营销组合对企业进行分析与决策。
填写"描述市场营销组合"检测表（见表7-4），分析不同行业所采取的营销组合。结论不必精确，只需给出大概的印象描述。

表 7 - 4　描述市场营销组合

		某品牌汽车	某品牌电脑	某楼盘
产品	重要性： 评价：			
价格	重要性： 评价：			
渠道	重要性： 评价：			
促销	重要性： 评价：			

　　注：对于每个产品，作出营销组合四要素的重要性排序，如渠道部分选择三个最重要的内部变量：营业地点、中间商类型、物流；评价以印象为主，如广州碧桂园楼盘：地点不错，交通较为方便，物业管理服务较好，价格略贵。

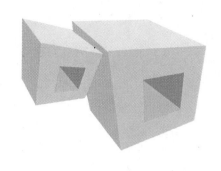

第八章

产品策略

SHICHANG

知识目标

掌握产品的整体概念

理解产品组合的含义和策略类型

认识产品市场生命周期不同阶段的主要策略

了解新产品开发的必要性

掌握产品品牌与包装策略的基本类型

能力目标

能够认识与判别产品市场生命周期

能够利用产品市场生命周期开展工作

能学会创立品牌与保护品牌

能够利用产品组合策略

引例

全球最佳品牌百强排行榜

2009 年 9 月 18 日，美国《商业周刊》和综合性品牌管理顾问公司 Interbrand 联合发布了年度"全球最佳品牌百强排行榜"，可口可乐连续九年蝉联品牌榜首。与 2008 年一样，中国品牌仍无一上榜（见表 8-1）。

表 8-1 全球最佳品牌排行榜

排名		品牌	品牌价值/百万美元		变化百分比	所属国家
2009 年	2008 年		2009 年	2008 年		
1	1	可口可乐	68 734	66 667	3%	美国
2	2	IBM	60 211	59 031	2%	美国
3	3	微软	56 647	59 007	−4%	美国
4	4	通用电气	47 777	53 086	−10%	美国
5	5	诺基亚	34 864	35 942	−3%	芬兰
6	8	麦当劳	32 275	31 049	4%	美国
7	10	谷歌	31 980	25 590	25%	美国
8	6	丰田	31 330	34 050	−8%	日本
9	7	英特尔	30 636	31 261	−2%	美国
10	9	迪士尼	28 447	29 251	−3%	美国

资料来源：改编自美国《商业周刊》

从社会与经济的观点分析，一个企业是否有其存在的价值，要视其能否对顾客提供良好的服务并满足其需要，产品、价格、分销渠道、促销是企业占有市场的主要工具，而产品是基础，它是价格、分销渠道、促销的前提。可见产品策略的重要性。

第一节 产品概念

企业是否有存在的价值，要视其能否为顾客提供优质的产品和服务，产品、价格、分销渠道、促销是企业占有市场的主要营销工具，而产品是基础，是价格、分销渠道、促销的前提，可见产品策略的重要性。

什么是产品？一台电脑、在音乐厅听一次音乐会、一次旅游、一套家居装修设计等，都可以称之为产品。产品是市场上任何可供购买、使用或消费以满足欲望或需求的东西。美国市场学家西奥多·李维特教授说："未来竞争的关键，不在于工厂能生产什么产品，而在于其产品能提供的附加利益（如包装、服务、广告、顾客咨询、购买信贷和交货以及人们以价值来衡量的一切东西）。"现代市场营销学认为，产品是一个广泛的概念，包括实物、劳务、场所、组织、人、思想或主意、计谋等内容；产品又是一个整体的概念，包含有核心产品、有形产品和附加产品三个层次，如图 8-1 所示。

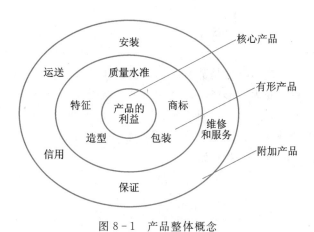

图 8-1　产品整体概念

一、核心产品

核心产品是购买者购买某种产品时所追求的利益，是购买者真正需要的东西。消费者观察产品，不仅仅把它看成是个物品，而且要看它究竟能给消费者带来多大的满足。例如，人们购买钢琴，并不是简单地为了追求钢琴外形实物，需要的是钢琴给自己带来的弹奏的快乐。若钢琴的功能和质量不如意，那它仅仅是废铁一块而已。正如西奥多·李维特指出："采购代理商买的不是四分之一英寸的钻孔机，他们买的是四分之一英寸的洞。"这就是购买者所追求的"利益"。可以说，在工厂，生产的是实体产品，而在市场，销售的是消费者的欲望。

 实例分析

德国产品为什么经久耐用？

欧盟成员国在研制新客机进入试飞阶段时，工作人员把"精心保养"、"小心爱护"等字样贴在机舱的显著位置，以提醒前来试机的顾客们小心，这几乎是飞机生产商的惯例。可是，德国的工作人员却撕去了这些纸条，并请前来试乘的人们尽可能地以破坏式的方法为所欲为：摇晃你的座位、用最大力量去扭动开关、摔打厕所的门、拆卸你认为可以拆下的东西，结果，机舱的缺点在这种捣乱似的实验中完全暴露无遗。然后，工作人员再次改正加固。由此可见，德国人的产品之所以经久耐用，享誉全球，道理就在于他们认为，产品是否耐用，完全是厂家的事，他们并不会去责怪消费者不会爱护。

从上述案例可以看出，一个精明的市场营销人员，一定要善于发现消费者的欲望和购买商品时追求的利益。核心产品是产品整体概念的最基本、最主要的部分。

二、有形产品

有形产品是指产品的外观形态，是消费者得以识别和选择的主要依据。产品设计人员必须把消费者需要的核心产品转变为有形产品。例如：电视机能满足消费者观看各种电视新闻和节目、娱乐、丰富知识的欲望，所以，企业就设计、生产出这种具有一定满足程度、由各种零件、集成电路块等组成的具体物质，这就是有形产品。有形产品在市场表现为产品的质量水准、外观、特点、式样、品牌名称和包装等。

三、附加产品

附加产品是人们购买有形产品时所获得的全部附加服务和利益，如质量保证、安装、维修、免费送货、售后服务以及所买商品的厂牌、商标给消费者带来的心理上的荣耀和满足等。比如："联想"的电脑、复印机等产品的附加利益包括了与电脑有关的一整套服务，如购买前的指导、培训，购买后的程序编制服务、维修、零配件供给等，这能与用户、商业经营企业保持紧密的联系，使用户没有后顾之忧。联想公司之所以能这样做，主要是因为它很早就认识到用户购买这些产品所需要的是什么，这些需要是产品附带的，是厂家有责任向用户提供的，所以，联想公司在国内外市场都有很强的竞争力。

第二节　产品组合策略

一、产品组合概念

产品组合，又称为产品搭配，是指企业根据市场需求和企业的资源、技术条件，制定产品线和产品项目，确定产品的经营范围。一般情况下，企业不会仅仅生产一种产品，也不可能生产所有产品。此外，企业还要考虑到自己产品之间的关系，而产品组合就是从人力、物力和财力的重点使用上来考察研究目标和费用的关系。现代企业,往往同时生产许多产品,这些产品相互关联,但又相互排斥。如何利用资源,适应市场需求,在提高经济效益的同时又解决这些矛盾是企业产品组合策略所要考虑的。

典型案例

错失发展良机的企业

某保健品口服液曾经是中国保健饮品行业的一面旗帜。但在市场竞争中,其保健品口服液的市场占有率从63%迅速跌至不到10%,销售额一年之内从10亿元的最高峰跌至2亿多元。这到底是怎么一回事?该企业1988年创业,只用了三年时间就占领了全国大部分市场。但从1994年开始急剧膨胀,一年内,上马了包括石油、房地产、化妆品、计算机、酒店业务等在内的20个项目,成立了新疆、云南、广东等三家经济发展总公司和山东某公司,投资3亿多元。不幸的是,这些钱犹如"石沉大海"。导致它效益滑坡的另一重要因素是产品更新换代滞后。在保健品市场,由于它的科技人员严重脱离市场,除了生产的"甘菊"型和"猴头菇"口服液外,尚不能找出第3个产品可以连续卖10年。该厂耗费巨资开发出来的20多个产品都无法在市场上站稳脚跟,使企业一再错失发展良机。

研究产品组合,首先要理解产品项目,产品线,产品组合广度、深度、长度和关联度等的含义。

(一)产品项目

产品目录上列出的每一个产品单位,都是一个产品项目,包括型号、外观、尺寸、价格、品种等。比如,面包店生产的某个品种全麦面包,就是面包店的产品项目之一。

(二)产品线

产品线是指一组密切相关的产品,由能够满足同类需求的若干产品项目组成。产品线往往包括一系列功能相同但型号、规格不同的产品,所以,产品线亦称产品系列。如面包店生产的各种面包,服装厂生产的各种学生服等。

(三)产品组合的广度、深度、长度和关联度

产品组合的广度、深度、长度和关联度是指企业经营的全部产品线、产品项目的结构或结合方式。

1. 产品组合的广度

产品组合的广度是指一个企业产品组合所包括的产品线的数量。例如,综合性的百货商场所经营的产品大类是较多的,如服装、纺织品、日用百货、副食品、五金工具、交通电器、家用电器、鞋帽、文具办公用品等,这时可以说经营的产品组合广度较大。但是像一些专业商店,如旅游用品商店、妇女服装商店、体育服装商店、鞋帽商店、床上用品商店等,它们所经营的产品组合广度就较小。生产当中也这样,所生产的产品大类越多,产品组合广度就越大;

反之，就越小。

2. 产品组合的深度

产品组合的深度是指企业产品组合中各产品线包含的产品项目的数量。

3. 产品组合的长度

产品组合的长度是指企业产品项目的总和，即所有的产品线中产品项目相加之和。

 实例分析

产品组合的广度、深度和长度

假如甲公司生产的空调有6个品种，这个产品线的深度为6。乙公司生产的空调品种有8个，则乙公司的产品线深度比甲公司深。作为一个企业，从整体上看，产品组合深度则是该企业所有的产品项目之总和与其产品线数目的比值来测得的。如表8－2所示。

表 8－2　产品组合中产品线的深度

产品线	产品线内容	产品 项 目	产品组合深度
产品线 1	空调机	空调 A、B、C、D、E、F 型	6
产品线 2	冰箱	冰箱 A1 型、B1 型、C1 型、D1 型	4
产品线 3	洗衣机	洗衣机 A2 型、B2 型、C2 型	3
产品线 4	微波炉	微波炉 A3 型、B3 型	2

从上表可看出，这个企业的产品项目有15个，它的产品组合的长度即为15；产品组合的广度是4，产品组合的深度为：15÷4＝3.75。

4. 产品组合的关联度

产品组合的关联度是指企业所有产品线之间相关的程度。如某家用电器厂除经营洗衣机外，还经营电冰箱、空调机、微波炉等多条产品线，因每条产品线都与电有关，这一产品组合就有较强的关联性；假如该厂还生产清凉饮料，那么，这种产品组合的关联性就显得松散了。在实行集团多元化经营的混合型公司中，其产品线间的关联性就较小，甚至毫无关联性。

二、产品组合策略应用

分析产品组合的广度、深度、长度和关联度，有利于企业更好地发展产品组合策略。在一般情况下，扩大产品组合的广度，扩展企业的经营领域，实行差异性多元化经营，可以更好地发挥企业潜在的技术、资源优势，提高经济效益，并可以分散企业的投资风险；加强产品组合的深度和长度，可以占领同类产品的更多细分市场，满足更广泛的消费者的不同需求和爱好；

加强产品组合的关联度，则可以使企业在某一特定的市场领域赢得良好的声誉。

企业应用产品策略时，考虑的是产品组合中需要设多少种产品线，每个产品线中需要多少个产品项目，是否加强或降低产品组合的关联性等。

（一）产品组合的广度要适应市场的需要

扩大产品组合的广度有很多有利点，具体体现在以下几个方面：

（1）可以充分利用企业现有人力、技术、工艺、设备等各项资源的长处，生产出多种不同品种、规格、花色式样的产品。如果企业技术力量允许，这些产品进入新市场时边际成本的增长量较低，就可以增强企业竞争能力。

（2）如果是利用现存的固定资产来生产新产品，可以摊薄费用，利润会随之增加。

（3）使企业的长期收入较为稳定。在市场需求变动大的条件下，如果企业一个产品的需求降低，那么还有另外几种产品仍在市场上保持旺盛的需求，就不会因某一种产品需求的下降而使企业措手不及。这种情况是使用专业化产品策略的企业所不能达到的。

（4）增加了产品线，可以满足更多消费者的需要。

（5）在扩大销售额的同时，也扩大了对市场和消费者的影响，企业品牌可得到充分的利用。

（二）产品组合的深度要适应市场的需要

企业运用变化产品组合深度、改变产品线的产品项目的策略，来调整产品组合，对企业的经营目标的实现是有利的，具体体现在以下几个方面：

（1）适当增加产品线的深度可以使原有的产品线得到充分利用，相应地降低产品的边际成本，使产品在市场增强竞争能力或者使企业利润增加。

（2）改变产品组合深度可以充分地满足不同需求的消费者，满足不同市场的需求，同时可以增加对顾客的服务。比如生产小汽车的公司，以基本型为基础，增加或减少若干附件，就可以发展出豪华型或普及型等不同品种，以满足不同层次、市场的消费者的需求。这一点对于专业化产品生产的企业是最适合而最有效的策略。

（3）适当减少产品线的产品项目，可使企业资金周转灵活，便于企业集中精力、技术、资金来提高产品质量，也使企业广告、宣传活动的效果更集中。

（4）减少企业的产品项目，可以使企业从事更大规模的现代化生产，产生规模效益，使企业的市场地位提高。

（三）产品组合的评价

市场需求的变化对企业的某些产品有利，对另外一些产品不利，使得某些产品的利润增加，某些产品的利润减少。因此，企业在调整产品组合过程中，应及时分析和正确地评价本企业产品组合策略，进行调整，避开不利因素，削减利润减少的产品，而投入到新产品或利润大的产品中，使企业不断实现利润增长的总目标。

产品组合的评价方法有许多，如产品市场生命周期评价法、产品获利能力评价法、波士顿咨询集团法等。

1. 产品市场生命周期评价法

产品市场生命周期评价法是运用产品市场生命周期原理，根据每年的销售增长指标来确定每年产品现在正处于生命周期哪一阶段，对产品做出评价，并依此作为开发、生产和销售产品的依据。其分析步骤大致为：

第一步，整理产品的销售统计资料，计算产品在各期（年）的销售增长率，判断该产品在其市场生命周期的哪一阶段。

第二步，根据产品市场生命所处的阶段，进行相关调查分析。分析的主要方法是对比法，用产品的现状与过去对比，用产品与市场上同类产品相比，用产品与某个竞争对手的产品进行对比，也可以用本厂的整体产品组合状态与其他企业的相对比。通过对比法，查找原因。在运用对比分析法时，应注意对处于投入期产品的分析重点是预测其投入市场的风险程度，考虑新产品投入市场的成败问题。对处于成长期的产品，侧重观察其需求的增长程度。对处于成熟期的产品，主要了解改进的可能性以及新产品出现与之竞争的可能性。对于衰退期的产品，则要重点了解市场需求下降的幅度。

第三步，根据上述调查结果来确定对策。一般来说，对于投入期的产品，要采取大力宣传、积极扶持、不断完善的对策，并注意收集用户使用的意见；对于成长期的产品，采取扩大生产、扩大市场、降低成本、促进销售的对策，以提高产品的市场占有率；对于成熟期的产品采取改进产品、提高质量、以优取胜、薄利多销的对策，努力维持和延长获利最大的黄金阶段，保持产品的市场占有率；对衰退期的产品，则要做到密切注视、逐步减产、适时撤退，重新开辟新产品途径。

第四步，在保持企业现有市场，又能及时满足市场新的需求的前提下，确定第二代、第三代新产品的投入期和老产品的淘汰期。

2. 产品获利能力评价法

产品获利能力评价法是用产品获利能力来评价企业现有的各种产品及产品组合的可行性。产品获利能力反映了产品为企业提供的经济效益水平，常用销售利润率来表示，也有用资金利润率来表示的，这样，可以反映资金占用与周转的情况。根据产品的资金利润率对产品进行评价时，其步骤大致如下：

第一步，计算产品的销售利润率、资金周转次数和资金利润率。

$$销售利润率 = \frac{销售利润}{销售额} \times 100\%$$

$$资金周转次数 = \frac{销售额}{资金占用额（固定、流动资金）}$$

$$资金利润率 = 销售利润率 \times 年资金周转次数 = \frac{销售利润}{资金占用额（固定、流动资金）}$$

资金利润率越高的产品说明其销售利润相对资金占用是较大的，是有利的产品，企业应注重此产品，并对此产品进行更详细的调整和分析，在与其原有的目标相比较的基础上，对此产品进行决策。

第二步，确定目标销售利润率，根据目标销售利润率绘制产品资金利润率坐标图。

目标资金利润率是指企业在计划执行以前所预期的产品资金利润率，是企业的目标指标。一般情况下，目标资金利润率不应低于银行利息率，这样才具有评价的意义。具体的制图方式如图 8-2 所示。

第三步，确定对策。如图 8-2 所示，可划分成四个区域：

（1）A 区域。如果企业某产品的资金利润率在坐标图 A 区域，说明产品是资金积压型产品，应积极采取加速资金周转的措施。

（2）B 区域。如果企业产品的资金利润率在坐标 B 区域，说明产品是低资金利润率的产品，也称下降型产品，不仅低于企业的目标资金利润率，甚至有的还低于银行利息率。因此，对这样的产品应立即撤退，迅速淘汰。

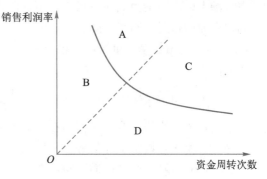

图 8-2　产品资金利润率坐标图

（3）C 区域。如果企业某产品的资金利润率在坐标图 C 区域，说明这个产品资金利润率高，即称增长型产品，是盈利能力最强的产品，应采取扩大生产和销售的措施。

（4）D 区域。如果企业产品的资金利润率在坐标图 D 区域，说明产品的资金周转速度快，是快速周转型产品。但其销售利润率不高，因此，应积极采取措施，设法提高销售利润率，促使产品的资金利润率有所提高。

企业应对生产的各种产品均进行上述步骤的分析和评价，才能有的放矢地进行产品结构、产品组合的调整，达到最大经济效率状态。

3. 波士顿咨询集团法

波士顿咨询集团法是美国著名管理咨询公司波士顿咨询公司"市场销售增长率—市场占有率矩阵图"（Boston Consulting Group's Growth-Share Matrix），简称"BCG"矩阵图。

（1）市场占有率和市场销售增长率。在介绍"BCG"矩阵图方法前，先介绍这两个重要的概念。

① 市场占有率。市场占有率有市场绝对占有率和相对占有率之分。市场绝对占有率是指本企业商品的销售额占整个行业同类商品销售额的百分比。其公式表示为：

$$市场绝对占有率 = \frac{本企业产品销售额}{同行业同类产品销售额} \times 100\%$$

市场相对占有率是指本企业商品的市场占有率，与同行业市场占有率比较高的同类企业市场占有率的百分比。用公式表示为：

$$市场相对占有率 = \frac{本企业产品市场占有率}{\substack{同行业同类企业中市场占有率最高企业 \\ （或者主要竞争对手）的市场占有率}}$$

市场绝对占有率可以清楚地说明本企业商品在市场上所占有的份额和控制程度；市场相对占有率可以说明本企业与同行业中同类企业产品市场占有率之间相对关系以及本企业所处的地位。假如企业的某一业务的市场占有率是 16%，而其最大的竞争者的市场占有率是 40%，则它的市场相对占有率则是 0.4，就是说，其市场占有率为同行业最大竞争者的市场占有率的 40%。市场相对占有率的比值为 1 就表示此项业务是该市场的领先者，因此，比值大于 1 的是高相对市场占有率，小于 1 的是低相对市场占有率。相对市场占有率低则说明本企业在市场上处于不利的地位。因此，可以看出，相对市场占有率是个很重要的指标，它综合反映了本企业产品在市场上的竞争能力。在市场需求不变的情况下，某企业的市场占有率提高，就意味着同行业其他企业的市场占有率下降。

② 市场销售增长率。市场销售增长率是指企业本期的产品销售量与前期销售量的百分比，用公式表示为：

$$市场销售增长率=\frac{本期产品销售量-前期产品销售量}{前期产品销售量}\times100\%$$

市场销售增长率表明企业的商品在市场上的销售变化趋势，销售增长率高，则说明销售量呈上升趋势；反之，则呈下降趋势。一般大于10％的年市场销售增长率被认为是高的增长率。

（2）"BCG"矩阵图。"BCG"矩阵图是以"市场销售增长率—市场占有率"为基础进行分析的，即以市场销售增长率为纵轴，以产品的市场占有率为横轴组成的矩阵。根据这两个指标的高低差异组合起来，可以形成四个象限，如图8－3所示。每一个象限都代表着产品在市场中的不同地位，象限中圆圈代表产品项目，圆圈大小代表产品市场地位，如图8－3中某企业有九个产品项目。

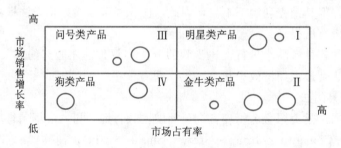

图8－3 BCG矩阵图

第Ⅰ象限的产品也称为"明星类"，即市场销售增长率高，市场占有率也高。在此象限里的产品也应视企业具体地位而定，来确定不同的战略目标。比如，处于领先地位的产品，要保持自己的优势，同时也要设法拉开差距，要以占有率50％以上为目标；处于较次地位的明星产品，要尽量争取缩小差距，争夺领先地位，至少要保持不降低名次。在此象限的产品的战略方针，首要的问题是把重视市场占有率放在重视利润的前面，以高投资保持高质量，以高质量保证高价格，以高价格维持中等利润，投资增长率要超过同行业，实行产品差别化经营，保持明星地位。

第Ⅱ象限的产品也称为"金牛类"，即市场销售增长率低，而市场占有率较高。此象限的产品要以提高利润为主要目标，不要再追求市场占有率的上升，而应尽力延长产品的成熟阶段，赢得更多的盈利时间，防止产品过早滞销、衰退。其战略方针是维持生产规模，逐步减少投资，采取多种促销手段提高产品的市场销售量的增长速度。

第Ⅲ象限的产品也称为"问号类"，即市场销售增长快，但产品的市场占有率低，这类产品尽管近期具有一定的经济效益，但其竞争能力弱，很容易在市场上被竞争对手挤掉。有的时候其市场销售增长快也不过是暂时的，风险较大。这类产品的战略目标是选择重点的投资方向，发展有希望的产品，并提高质量赶上名牌产品，扩大市场占有率，为争取长期的利润，可以牺牲眼前利益。此象限的产品应采取资源重点分配的策略，对没有希望的产品迅速撤下，对重点产品采取优质低价、薄利多销的政策，增加推销成本，扩大市场，打开销路，占领一定的市场份额。

第Ⅳ象限的产品也称为"狗类"产品，此类产品应立即撤退，否则会造成积压或亏损。其战略方针是进行资源转移，逐步被新产品取代，实行薄利快销，在市场销售增长率降至最低点之前完成转产。

由上可见，不同象限里的产品所实行的策略是不同的，每个企业不可能只有一种产品，也不可能每种产品都处在相同的象限里，那么不同产品所实行的不同策略能够使企业的产品组合、产品结构趋于合理。最理想的产品组合是企业的全部产品全部分布在Ⅰ、Ⅱ、Ⅲ象限里，即属于"明星类"产品、"金牛类"产品和"问号类"产品。此时的"金牛类"产品是"问号类"产品的经济后盾，能使"问号类"产品有进一步改善的时间和经济实力的保证；同时，"金牛类"产品能创造近期利润，而"明星类"产品可以赢得长远利润，从而使产品及企业资源得到平衡。

另外，要说明的是市场销售增长率和市场占有率的高、低差异应该是与一个标准指标相比较而得来的，不同的产品、行业、市场的标准指标是不相同的，这就要根据实际情况而定。

上述各种评价产品组合的方法，各有其特点，企业在使用时要择其有利方面，避之短缺之处，必要时可以采用几种评价方法并用。在经过评价分析之后，就应该进行产品组合调整，应以科学分析为依据，并且结合各种因素的实际情况和变化趋势采取相应的行动和策略。

三、产品组合策略类型

产品组合策略即企业根据营销目标，对产品组合进行最优组合的决策。常用的产品组合策略类型有以下几种：

（一）全线全面型

全线全面型是指企业向市场提供所需要的各种产品，同时拓展产品组合的广度和深度，力求覆盖每一细分市场。采用这种策略的条件就是企业的确有能力顾及整个市场的需要。整个市场的含义可以是广义的（指不同行业的产品市场的总和），也可以是狭义的（指某个行业的各个市场的总和）。

广义的全线全面型产品组合策略要求企业向市场提供不同行业的产品，尽可能地拓展产品组合的广度和深度，产品线之间的关联度比较松散。如某烟草公司生产各种烟草的同时，还生产家电、从事运输业、旅游业等等互相毫无关联性的产品。美国通用电气公司制造的产品项目达 25 万个。

狭义的全线全面型产品组合策略要求企业向市场提供在一个行业内所必需的全部产品，也就是产品线之间具有密切的关联性。如广东科龙集团公司的产品线很多，但都与电气有关。

（二）市场专业型

市场专业型是指企业向某个专业市场（或顾客）提供所需要的各种产品的产品组合策略。如某陶瓷制造公司的产品组合由瓷地砖、瓷器、工艺美术陶瓷、瓷碗、瓷凳等家具瓷器的系列产品组成。再如旅游公司的产品组合就应该考虑旅游者所需要的一切产品或服务，如住宿服务、饮食服务、交通服务以及纪念品、照相器材、文娱用品等。这种产品组合并不考虑各产品线之间的关联程度。

（三）产品线专业型

产品线专业型即企业专注于某类的不同产品项目来满足需要的产品组合策略。如某冰箱制造厂的产品项目都是冰箱，随着市场需要的变化，陆续开发出工业用冰箱、家庭用冰箱、旅游用冰箱、旅店用冰箱等多种规格、型号、功能组合而成的产品项目。

（四）有限产品线专业型

有限产品线专业型即企业根据专长，只生产某一产品线中一个或少数几个产品项目以满足市场需要的产品组合策略。如有的房屋开发商专门建造经济适用住房而放弃豪华、别墅住房的建造。

（五）特殊产品专业型

特殊产品专业型是指企业根据专长，生产某些消费者特殊需要的产品项目的产品组合策略。这种策略一般来说市场竞争威胁较小，生产经营环境比较稳定，适合较小的企业，如特殊工艺品、残疾人用品等。

（六）特别专业型

特别专业型是指企业凭借自己特殊的生产条件生产满足市场特殊需要产品的产品组合策略。采用这种策略的企业一般有特殊资源，可以排斥竞争者，如军工产品的生产、需要特殊原材料产品的生产等。

第三节 新产品开发策略

对于现代企业来说，不仅要考虑消费者眼前的需要，更要着眼于市场潜在的需要。尤其在今天，面对市场竞争日益激烈，产品的生命周期越来越短，企业的创新精神比其他任何策略和方法都更为重要。虽然大多数企业不可能经常发明绝对的新产品，但一个具有创新精神的企业，会随时跟踪产品，注重新产品的研究和发展。以现代市场营销观点来看，新产品的开发是企业经营中不可缺少的重大问题，是关系到企业存亡的首要问题。

一、新产品的含义

从产品整体概念出发，新产品不一定是新发明的产品，"新"是具有相对意义的。比如有的企业购买了别人的产品技术转让，尽管这个产品已有人生产过，但对这个企业来说，是首次生产和销售，就是新产品。新产品可以涵盖四方面：新发明、更新换代、改进型、新牌子等。新产品从设想、试制到出现，再到成功是很不容易的。企业市场营销如果不奏效，就会造成极大的浪费。某些好的产品设想之所以没有发展成为成功的产品，其原因不是由于这个设想成熟前就落伍了，而是因为产品开发出了差错。因此，新产品不仅要能构想和生产，而且在产品构想、设计、生产的整个过程中，需要正确有效的营运办法来贯穿，使其成功于市场竞争中。在新产品开发成功以前，要支出大量的开发费用，而且这种投资还有逐渐增长的趋势，能否收回这些投资主要取决于新产品开发的成功程度。所以，开发新产品是一项具有很大风险的业务。

二、新产品开发的过程

新产品所带来的利益激励着企业致力于新产品的开发，但开发新产品是一件极复杂的工作，它直接关系到企业的成败。开发新产品不能凭个人愿意和盲目冲动，而应立足于市场，从消费者的需求出发，结合企业的实际能力，进行系统分析，研究出合理的开发方案。虽然目前还未有一套完整的程序适用于所有企业，但新产品开发即新产品从产品设想到产品投放的全过程的开发程序，一般包括下列阶段：

（一）设想阶段

新产品始于设想，卓越的设想是新产品开发的良好开端。这种设想可能源于营业员、服务员、消费者、企业管理人员、企业往来关系者、产品研究人员、政府机构、竞争对手等。良好的设想可能偶然产生，也可能从对顾客的需求分析中产生。有创新精神的企业，随时可能获得新的设想。就目前市场竞争激烈和产品开发费用很大的情况，企业新产品设想的获得，不能单靠碰运气，而应有计划、目的地进行组织，利用各种形式鼓励产生许多设想。

（二）评审和选择阶段

评审产品的设想的工作是选择阶段的基础，其目的在于减少产品设想的数量。设想阶段的各种设想方案往往是很粗的，许多设想方案在早期评审中就被否定：有的是不符合消费的要求；有的是成本过高；有的由于市场有不良影响或不符合企业目标和企业的资源状况。评审中挑选出几种设想方案，供企业选择。实际上，在评审和选择阶段，产品本身还是未被设计出来，而只是一种设想，这一阶段主要起过滤作用。

（三）少量生产试验产品阶段

少量生产试验产品阶段是把产品设想变成具体方案，并且通过生产可行性和市场接受性的检验。先行制造少量试验性产品，可较为精确地估计生产成本，特别是从产品成本、企业的生产规模、设备条件以及资金来源这些方面来确定企业最佳的产品品质和产品数量。

（四）产品实验、检验阶段

产品实验、检验阶段是对所制成的少量产品，继续在实验室加以检测并放在市场上试销，测量该项产品是否确实被消费者所接受；同时，对销售途径和促销方法一并进行试验，找出最有效的方法。

（五）市场营销方案和生产计划的确定阶段

被上述实验所肯定的产品，立即建立产品策略、拟定生产计划，并决定销售途径以及价格和促销策略。同时，开始生产，并且密切注视影响产品生产的各种因素，及时估计市场潜力和市场占有率。事实上，产品在初级生产阶段必须经过设计、试验、再设计和再试验的反复过程，一直到符合生产和市场营销的要求为止。

（六）试销阶段

试销阶段是指将产品投入几个选定的市场进行销售，以证明其有效性。也就是，在决定全面生产并将产品投入市场前，进行小范围试销，以便发现问题和产品缺点，可以及时弥补与改进。

（七）产品投放阶段

由于消费者不了解新产品，因此，大多数新产品不会给企业带来较多利润。企业应设法缩短产品投放阶段，从各方面努力使消费者尽快了解投放的新产品。要精心设计新产品的投入策略，这对新产品销售成功是至关重要的。

三、新产品开发策略类型

美国企业界曾经提出"任何工业企业具有两个、也仅有两个基本功能：市场销售和创新"的观点，充分说明了新产品开发和研究的重要性。在市场营销活动中，企业通常采用的新产品开发策略有以下几种类型：

（一）领先策略

领先策略是指企业要在其他企业的新产品还未开发成功或还未投放市场之前，抢先开发新产品，投放市场，使企业的某种产品处于领先地位，然后，千方百计地扩大市场份额，迅速扩大覆盖面。这是进攻型的新产品开发策略。领先策略实质上是以攻取胜、以奇制胜。企业采用这种策略需要有较强的新产品开发能力和风险承受能力，这关键在于企业领导人员要有敏锐的目光和开拓的胆识，看到社会需求的新动向，选准科技发展的制高点，果断决策。

（二）跟随超越策略

跟随超越策略是指技术引进与自行研制相结合。这种策略是以跟随为先导、以超越为目标，善于利用外界条件达到事半功倍的最有效途径。企业在发现市场上刚崭露头角的畅销产品或竞争力强的产品后，不失时机地仿制和组织力量将仿制产品及时地投放市场。这种策略风险小，要求的科研能力不高，在技术和经济上都较稳妥。

 相关链接

日本的新产品开发策略

日本在 1945 年—1970 年期间，花费 60 亿美元引进国外技术，而这些技术的研制费高达 2 000 亿美元，日本付出的代价不到研究费用的 1/30。这些技术的研制时间一般为 12～15 年，而日本掌握这些技术只用了 2～3 年，只相当于研制时间的 15％～25％。"先引进，后改进，不发明"已成为日本一些企业的主要开发策略。

采用跟随超越策略必须具备两个条件：一是要对市场信息捕捉快、接收快；二是要具备一定的应变能力和研究开发能力。这样，才能及时地把仿制的新产品开发出来，投放市场。有时对流行产品的革新，也会使产品更加完善、超越同类产品。这种策略的好处是可以大大缩短新产品的研制周期，降低研制费用。

（三）更新换代策略

更新换代策略是指在老产品的基础上，采用新技术、新材料，开发具有更高技术经济性能的新产品。例如，牙膏添加了口洁剂、增白剂、药物等原料后变成了疗效牙膏。产品更新换代是科技进步的必然结果。例如，计算机从问世到现在，从电子管、晶体管、集成电路、超大规模集成电路到人工智能，已经更新换代多次，还在不断前进之中。在企业不改变服务对象，老产品所提供的基本功能仍为用户所需，但技术经济明显落后的条件下，企业可采用这种策略。

（四）系列延伸策略

一种新产品的问世往往会延伸出与该产品的使用密切联系的一系列配套需求。系列延伸策略是指针对消费者使用某项产品时产生的新需求，推出有针对性的配套产品。

第四节　品牌与包装策略

产品的品牌和包装从生产领域经流通领域到消费领域始终伴随着产品，可见其重要性。在进行产品决策时，考虑到包装和品牌设计，可以为产品进入市场、提高市场占有率打下良好基础。

一、品牌策略

我国是世界上使用品牌最早的国家之一。出土文物中，公元六世纪的南北朝后期，就出现了在陶瓷上的署名；公元八世纪的唐朝更是有了印有水印暗纹标志的纸张。在西方，商标作为财产权受到保护是从 1883 年巴黎公约开始的。

 相关链接

中国知识产权保护之首——张小泉剪刀

数百年前，因为有太多假冒张小泉剪刀者，张小泉第六代传人张利川之妻拦轿告状，钱塘县令当场写下"永禁冒用"四个字，立石碑于作坊门口，开创了中国知识产权保护的先河。1911 年，张小泉第七代传人张永年，以"海云浴日"为商标送知县上交"农商部"注册。1924 年，根据北洋政府颁布的《商标法》以原注册商标续展注册，从而使"张小泉"成为中国现代最早的注册商标之一。

（一）品牌的含义

品牌是整体产品概念的重要组成部分。品牌是由名称、标志、符号、图案设计组合构成的，是产品或企业的某种特定的识别标志。其基本功能是把不同企业之间的同类产品区分开来，不致使与竞争者的产品发生混淆。

品牌包括品牌名称、品牌标志两部分。品牌名称是指品牌中可以用语言称谓表达的部分，例如，海尔、可口可乐、格力、联想都属于可以用语言表达的品牌名称。品牌标志是以符号、图像、图案或颜色对比等所显示的可以被识别、辨认，但不能用语言称谓的部分。例如，可口可乐品牌中红白两色和英文字母的图案已经成为人们极为熟悉的标志。

（二）商标的含义

商标属于法律概念，是指已经获得专利权受到法律保护的品牌或是品牌中的一部分。它是经过注册的品牌，有专门的使用权，具有排他性。我国商标法中只有注册商标与非注册商标之分。在人们习惯上，把商标和品牌视为同一，但实际上，品牌的概念大于商标，商标只是品牌的一部分。

（三）品牌的作用

品牌在市场营销中有如下功能：

1. 维护生产经营者的利益，促进销售

品牌是商品的牌子，是企业开拓国内外市场的工具。同时，品牌是广告的基础。广告作为促销的有力武器，虽可以创造不同的产品形象，但产品形象多是一种抽象的观念，很难形成具体的影响力量，而透过品牌，则可以使这种形象凝结为实实在在的标志，使广告更好地发挥促销作用。品牌本身也具有宣传商品的作用，通过消费者使用带有商标的商品，只要质量较好，会引起消费者的重复购买，从而扩大了商品的销路。

典型案例

商标问题给企业带来的危机

某食品公司生产的新型饮料"维尔康"，名声赫赫，又打入了国际市场，每年拥有几十万箱的出口合同，但它却没有注册商标。结果一家小饮料厂提出"维尔康"商标的注册申请被核准，该食品公司因此不能使用此商标，几十万箱的出口合同如何执行？外商认的是品牌，改换牌子则会被退货，一旦退货则损失惨重！此时该公司才知事态严重，但又无可奈何，几经周折，最后付出很大的代价，与人家联营，答允同时用对方的商标，同时还得向该饮料厂提供浓缩饮料技术。一个小小的商标问题造成了企业的危机，使该企业尝到了不重视商标的苦头。

品牌是控制市场的武器。市场竞争的手段之一是取得有效的市场控制权力。在大规模生产营销中，厂商为扩大销售、提高效率，往往在某种程度上依赖中间商进行多层分销，但这却会削弱厂商对市场的控制能力。厂商如果有了自己的品牌，就可以与市场直接沟通，形成自己的市场形象，市场控制权力又会回到厂商手中。

2. 品牌能维护消费者的利益

消费者信赖自己所熟悉或喜欢的商标，把它当做一种重要信息。

典型案例

耐克的贴牌生产

耐克公司自己并没有制鞋厂，它所拥有的仅仅是耐克这个品牌以及耐克鞋的设计与品控能力。但是很奇怪，尽管市场上的耐克鞋几乎全部是国内企业加工的，但它在消费者认同中依然保持国际名牌的地位。

商标与商品的质量有着密切的联系，可以说商标代表着商品质量，同一商标的商品具有同样的质量。因此，商标增加了消费者重复购买的信心，也保证了消费者在购买或重复购买时能得到相同的质量。良好的质量才能树立起良好的商标形象，而良好的商标又能为企业赢得效益；消费者则凭借商标、认标购货，使自己选购到货真价实的商品。

相关链接

贴牌生产（OEM）

贴牌生产即将产品委托其他企业加工，然后，贴上自己的商标在市场上销售。对于接受订单的国家来说，"贴牌"可以使单位产品生产成本下降，发挥专业化生产方面的优势；可以促进企业的技术进步，加快设备更新换代的速度；可以培养自己的技术队伍；可以提高企业的管理水平；可以提高自己在业内的竞争力。但是，它的缺点也是显而易见的：由于在产品的开发、生产、销售各环节中，生产环节的利润最低，委托加工的企业在下订单时，就会把加工价格压到最低，量虽然很大，可利润却很薄。此外，拿到订单的加工企业由于生产能力被买断，自身的产品在合同期无法生产，长此以往，原有品牌在市场上的影响力就可能被削弱最终消失。

3. 国家可通过商标来监督商品质量，保证消费者的利益

企业在申报、使用商标时，其商品质量必须达到所规定的质量技术标准。国家有关商标管理部门还开展定期和不定期的商标质量检查活动，同时对商品质量的优劣实行一系列奖惩制度。对于获奖的商品，企业可在其商标上标明优质品奖章、荣誉标记，消费者对此商品也能放心购买。

4. 品牌是一种财产

品牌是产品的标志，是企业的信誉。它是商品生产者和经营者辛勤劳动创造出来的，也是一种财产。特别是名牌产品的品牌，其价值往往难以估计。在横向经济联合中，许多注册商标所有人，不但自己使用这个品牌，而且还把品牌作为联营资本投资，通过经济合同，授予有生产能力的企业有偿使用其品牌的权利。例如，美国的"芭比娃娃"在中国玩具市场上得到小朋友的喜爱，可它是由我国某厂家加工的，加工一件仅得工费 4 元，在商场上却可以卖到 329 元。得益最大的当然是品牌所有者，而且，这也是法律允许的。

 相关链接

品牌——企业赢利的根本

2006 年，在《财富》杂志的权威调查中，获"世界最受赞誉饮料公司"称号的可口可乐再次荣登榜首，品牌价值为 838.5 亿美元，名副其实地成为"世界第一品牌"，且超过列第二位的微软（566.6 亿美元）48%，优势明显。此项调查排名的依据是：品牌的地域伸展力、在主要市场上的形象、公司财政的透明度。排名反映了品牌的市场价值，同时也反映了品牌为企业盈利的能力。此项调查还表明，品牌价值的形成需要一个长期的过程。在前十名品牌中，只有微软的历史少于 25 年。而可口可乐、通用电气均超过百年。除历史之外，品牌对市场的领导力和号召力，以及在各种不同地域的伸展力更为重要。以可口可乐为例，其产品在全球饮料市场占有率为 48%，一枝独秀。在北美、澳洲、欧洲、中国、日本等各主要市场，"可口可乐"均是第一饮料品牌，且都领先第二名几倍之多。在美国，每人每年饮用 395 瓶可口可乐产品，而在墨西哥达 412 瓶。中国拥有世界五分之一的人口，人均年饮用量亦达到 7 瓶，是可口可乐的全球第七大市场。（资料来源：改编自《中国经济时报》）

（四）品牌策略选择

品牌策略选择是指企业根据产品经营的特点正确选用品牌，以达到促销目的而运用的策略。

1. 统一品牌策略

统一品牌策略是指企业对整个产品线使用共同的销售网络，采用统一的广告宣传，建立统一的广告宣传体系，使消费者具有强烈的识别性和深刻的印象。这种策略不仅有利于降低生产成本，有利于创造名牌商标，而且还有助于新产品的销售。美国企业界流行一句话："非创新，即死亡。"企业如果不能创新产品，就很难实现增长目标。但新产品上市是一项极为艰巨复杂的任务，企业在原有品牌的产品线中增加新产品就比较容易，可以解除消费者对新品牌新产品的不信任感。美国通用电气公司（GE）生产成千上万个产品，就使用统一商标。但采用这种策略，企业必须具有较高的经营管理水平和质量控制标准，否则，某项产品的质量达不到标准，就会影响整个企业的信誉。此外，如果企业产品种类、质量和服务项目以及细分市场的差异很大，则不适宜使用此策略，适合选用个别产品品牌策略。

2. 多品牌策略

多品牌策略是对质量不同、存在差异的同类产品给予不同的品牌。例如，宝洁公司的洗发水就有"飘柔"、"海飞丝"、"沙宣"、"潘婷"等品牌。这种策略可把质量、特点、价格联系起来，便于消费者选购自己中意的产品，提高整体市场占有率；同时，易于造成较大的市场声势，在企业竞争中占优势。但缺点是，由于品牌较多，不便于大规模地进行广告投资，即使有时支付大笔昂贵的广告费用，也不一定能创造出名牌商标来，再则也不便于人们记忆。

3. 个别品牌策略

个别品牌策略是企业对不同产品采用不同品牌的策略。这种策略的优点是：不同的产品可以选择符合产品个性的名称，可以避免企业相关的不利风险。不利之处在于，加大了促销费用，也不利于企业集中精力创立名牌。

（五）商标拟定中应注意的问题

选择一个好的商标十分重要，需要仔细考虑，并注意下列几个问题：

（1）商标应尽量简洁、醒目，便于发音和记忆。

（2）在不使用某类产品的一般用语的前提下，应尽可能地表达出产品的性能、特点和与众不同的优良之处，这就须采用间接暗示的方法。

（3）商标应具有特色，易于鉴别而区别于其他同类商品，否则，不易保证企业的独占性。

（4）商标必须适合国际市场，忌用与各个国家的法律、民族风俗和禁忌相抵触的商标。

（5）对于必须注册的品牌应当申请注册，以求受到法律的保护。

二、产品包装策略

（一）产品包装的作用

产品包装是指盛装产品的任何容器或包扎物。现代市场营销中，包装的重要意义已远远超过了作为容器保护商品的作用，而是成了促进和扩大商品销售的重要因素之一。在自动售货、自由选购的超级市场上，包装甚至代替了售货员的推销作用。包装成为产品策略中不可忽视的一个部分，在世界许多发达国家，包装业已成为第三大工业。

相关链接

包装的作用

据英国市场调查公司报道，到超级市场购买物品的妇女，由于受到精美包装的激发，所购物品通常要超过原打算购买数的45%。美国杜邦公司的市场研究人员，因感包装设计的重要性，曾公布杜邦定律，指出进入高级市场的顾客中，开始有许多本无购货的准备，因环境的吸引和包装形象、色泽的诱引，许多顾客又做出了购货的选择。

1. 保护商品质量完好

保护商品质量完好是商品的物理功能，是包装的主要内容。保证产品在流通过程中不致损坏、散失和变质。特别是易碎、易腐、易潮、易燃、易蒸发、易被虫蛀的产品，有了完善的包装，就能保护其使用价值。包装便于产品有效地储存、携带和运输，防止商品损坏、变质和偷窃。改革开放初期，我国出口的鲜蛋由于没有采取防震包装，破损率曾经高达8.5%。

2. 包装能增进产品的销售

中国的商业行话告诉我们："佛靠金装，人靠衣装，商品靠包装。"在商品销售中，包装是争取顾客的手段，利用包装来宣传产品的性能、特点和用途，并美化和提高商品的形象，可以有效地促进销售。在商场，包装是"沉默的推销员"，好的包装能引起消费者的兴趣。一个优质产品如果不和优质的包装相配合，在市场上就会削弱竞争能力，降低身价，这在国际市场上表现得更为明显。

典型案例

商品靠包装

苏州的檀香扇在香港市场上的售价原为65元，后改用成本5元的锦盒包装，售价提高到165元，销量大增。上海出口的手帕，过去用牛皮纸包装，五打一包，后改为配套的小包装，半打一盒。三条一盒的全透明包装加上不同的折叠花样和各种盒底印刷色彩，美观大方，在国际市场上扩大了影响，增加了出口。

3. 包装具有增加产品利润的可能性

精美的包装能提高商品的身价，超过的价格远高于包装的附加成本。包装设计得美观、动人，既增加了使用的便利，又与产品的质量、价格相适宜，使消费者乐于购买这个商品，并愿付出较高价格。

典型案例

出口的人参包装变样

过去，我国出口的人参，多用木箱、纸箱包装，每箱 20～25 千克，不仅卖不上价钱，外商还怀疑是不是真人参。近年改为小包装（每盒 1～2 支），内有木盒，外套硬铁锦盒，雅致大方，令人一见就有名贵之感，且无虫蛀之患。结果，不但销路打开，小包装人参每吨比大包装人参多卖 2 万多美元。

4. 包装是一种不花钱的广告媒体

产品包装在塑造产品形象方面起着很重要的作用。过去有句"货卖一张皮"的行话，是不无道理的。我国的商品进入国际市场时，往往是"一等商品、二等包装、三等价格"，包装不但不能起宣传作用，还破坏了产品的外观，因此，盈利甚微。

典型案例

景德镇茶具

我国景德镇曾向英国出口 18 套"莲花茶具"，原包装只是光身瓦楞纸盒，给顾客的印象是陈旧、寒酸，而且，顾客还不知道里面装的是什么东西，售价每套只有 1.7 英镑。伦敦一家百货商店为每套加制了一个精致的美术包装，售价提高到每个 8.99 英镑。

（二）产品包装策略选择

1. 系列包装

系列包装指企业所生产的各种产品，其包装在外形上保持同样的色彩、图案、符号，使消费者极易联想到是同一厂家生产的。这种包装优点很多，不但可节省包装设计成本，增强公司的声势，对于新产品上市更为重要。由于企业或商标原来建立的信誉，能减低消费者对新产品的不信任感。系列包装策略原则上应用于质量相同的或相近的系列产品，对于那些品质相差甚远的产品，其结果会恰得其反。

2. 成套包装

成套包装指将一些有关联的产品放置于同一容器内。例如，成套床上用品就包括床罩、被套、枕套、床上靠垫等；套装化妆品包括护肤的、美容的，甚至还配上了洗涤、清洁用品。此种包装策略也最利于新产品的上市，将新产品与消费者熟悉的老产品放在一起，使消费者在不知不觉中接受了新产品。

3. 再使用包装

再使用包装指把所包装的产品使用完后空容器另作他用。例如，有的可以继续盛装其他用品，或改装成别的形状另有用途。如漂亮的酒瓶可以设计成花瓶或喝水瓶等。此种包装策略，一方面可讨好消费者；另一方面使刻有商标的容器，发挥广告的效果，引起重复购买。

4. 附赠品包装

附赠品包装指在所包装的商品中，附带包装一个或几个赠送的小礼品。这是现代重要包装策略之一，尤其是对日常生活用品、儿童用品，效果极佳。这种策略是借赠送礼品而引起消费者的注意，从而引起购买行为和重复购买。

5. 改装包装

当产品的销售量减少，或企业准备扩张市场吸引新顾客时，改变产品包装，常会产生意想不到的效果。但名牌产品不适宜这种策略，因消费者已熟悉并认可其包装。

第五节 产品市场生命周期理论

产品市场生命周期是市场营销中一个十分重要的概念。任何一种产品，都有一个产生、发展直到消亡的过程。当市场上出现一种价廉物美的新产品时，它必然会代替落后的老产品，这是市场营销的一般规律。因此，每个企业在确定产品计划和发展新产品时，必须认真地研究和掌握产品生命周期，从而根据产品不同的生命周期阶段，确定不同的市场营销策略。

一、产品市场生命周期的概念与内容

（一）产品市场生命周期的概念

产品市场生命周期，是从产品试制成功投入市场开始，一直到被市场所淘汰为止的整个市场营销时间，即产品在市场上存在的时间，在市场上被消费者所肯定的时间。

一旦市场对这个产品的消费需求消失了，产品本身即使存在，但产品在市场上的存在价值也就消失了。因此，产品市场生命周期不同于产品本身的自然寿命或产品的使用寿命，两者不能混淆。产品的自然寿命是由设计技术决定的，从产品的投入使用到报废为止所经历的时间。有的产品使用寿命可以很长，但该产品在市场上的生命周期却很短。比如，我国生产的9英寸电视机在20世纪70年代末的几年时间里在市场上出现过，但很快就变成被淘汰的商品，取而代之的是荧屏更大、功能更多、效果更好的彩色电视机、液晶、等离子等电视。而有的产品则使用寿命很短，但它在市场上的生命周期很长。比如我国生产的鞭炮就属于这一类产品。

（二）产品市场生命周期的阶段和内容

在一般情况下，即排除了特殊环境、特殊条件下的产品市场生命周期，大致分为四个阶段：导入期、成长期、成熟期和衰退期（如图 8-4 所示）。

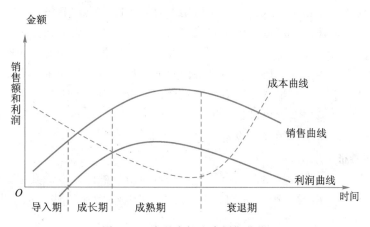

图 8-4　产品市场生命周期曲线

在坐标图上，纵轴表示的是金额，包括销售额和利润额；横轴表示的是时间。产品市场生命周期是从导入期缓慢地爬升，成本相对较高，利润少甚至亏损；在成长期，销售额会以很快的速度上升，同时成本下降也带来一定的利润，利润开始呈上升趋势；在成熟期，销售额虽然还会有一点增加，但增长的速度很慢，而成本最低，利润则达到了最大值，进入饱和；进入衰退期，销售额开始下降，成本上升，利润也大幅度随之下降。

二、产品市场生命周期各阶段的主要特征

（一）导入期特征

导入期一般是指新产品试制成功到进入市场试销阶段。其主要特征是：

（1）产品的设计尚未定型，还在变化中。应及时反馈用户和市场需求的信息，不断改进和提高产品质量。

（2）产品的生产方法也没有很正确地定下来，自动化生产程度不高，试制费用大、生产批量很小，因而，产品成本很高，产品的销售价格也很高。

（3）在此期间，消费者不了解这个新产品，企业要花很多钱做广告推销。这是必需的，因为必须让消费者知道这个新产品的好处，若用这个新产品来代替旧产品，就必须告诉顾客它们有什么不同。

（4）在这个时期，可能只有一个或几个有限的企业进行生产，产品在市场上竞争的威胁不大。

（5）产品市场较难预测。

（6）产品在此期间可能没有利润，有的甚至发生了亏损。

企业在此阶段中，最为重要的就是要千方百计地缩短时间，尽快进入成长期。这样不仅可以提高经济效益，而且有利于迅速占领市场和扩大市场。

（二）成长期特征

成长期是指新产品试销成功，转入成批量生产和扩大市场销售的阶段。其主要特征是：

（1）产品的市场销售量迅速上升。一方面是因为消费者对该产品有一定的了解，而且有需要；另一方面，其他企业也看到这种产品在市场上有利可图，也加紧仿造和宣传广告。

（2）此时产品的设计已经定型，生产方式也已经稳定，生产成本相对降低。

（3）生产的批量大，又由于消费者对产品有所了解，广告费用相对导入期有所减少，因而使得每个产品的广告费用下降，所以，在这一段时期开始有一点利润了。

（4）由于产品稳定下来，生产此产品的厂家增多，市场上开始出现竞争。

在成长期阶段，产品应全力以赴地发展，企业应采取至关重要的经营策略，迅速形成企业的拳头产品，以保证取得最大的经济效益。

（三）成熟期特征

成熟期是指产品进入大批量生产、市场上产品竞争最激烈的阶段。其主要特征是：

（1）产品进入成熟期后，产品的销售量虽然还会继续增加一些，但增长的速度已相当缓慢。

（2）产品的生产方式、生产工艺更加完善和稳定，产品的成本已经降到最低。

（3）产品在市场上的竞争十分激烈。

（4）由于竞争激烈，因而产品的服务、广告、推销工作显得十分重要，所以销售费用有上升的趋势。

（5）由于竞争激烈，产品在市场上的价格有下降的趋势。

一般对在成熟期阶段的产品，企业一方面可以不断提高产品质量，力争创名牌产品；另一方面，可以采取改进原产品或着手开发新产品的办法，从而使企业的未来利润不会下降。

（四）衰退期特征

衰退期是指产品逐渐老化而被新产品替换的阶段。其主要特征是：

（1）产品的需求量和销售量开始往下降。

（2）产品的利润越来越少，可能被压缩到非常低的程度。

（3）产品已老化，新产品对老产品的压力相当大。

（4）企业之间竞争主要以降低产品价格为主要手段，促销手段开始失灵。

产品进入衰退期是经济、生产、科技发展的必然结果，企业对此应采取灵活的实事求是的态度，努力做好新老产品交替的准备工作，力争保持和扩大市场的占有率。

三、延长产品市场生命周期的方法和策略

通过发展新用途来延长产品生命周期是可以做到的。如非那替丁药品，因副作用大，在医疗药品中逐步被淘汰，但因为发现这种原料可作为染料中间体用于纺织工业，开辟了新用途，所以延长了该产品的生命周期。

典型案例

尼龙的市场生命周期延长

美国杜邦公司经营尼龙是延长产品生命周期的好例子。尼龙是20世纪40年代发明使用的，当时是在第二次世界大战期间，主要用户是军队，即用尼龙制作降落伞和尼龙绳。战后，军用减少，销量下降。他们立即转入民用市场，用尼龙做女人丝袜，同时宣传强调社交必须穿袜子。这样，尼龙销售量又上升。不久丝袜销量饱和了，又生产不同颜色花样的丝袜，适应消费者的各种爱好和需求，尼龙销量提高了。后来又创造新顾客，不仅女的穿丝袜，男的也穿了，销量大增。随着科技的发展，尼龙已进入服装、日用品市场和工业市场，它不仅可以做尼龙衣服、尼龙毯子，还可以做包装材料、轮胎、轴承材料。随着尼龙产品不断开发出新的用途来，以至于全世界在尼龙产品的需求量不但没减少，反而增加了许多，使尼龙产品在市场上的寿命得以延长。

（一）延长产品市场生命周期的方法

如何延长产品市场生命周期，对于一个企业的继续发展至关重要。其延长的方法常有如下几种：

（1）使用多广告、多推销等惯常使用的方法。如改变广告形式，变化促销活动，寻找适宜的企业"亮相"的时机，改换商品包装等办法。

（2）改变产品设计，发展其不同用途，增加产品的功能。通过对产品的部分改良，发展多种用途，即变一用为多用。例如，某种农业机械原为单一用途的，改良后发展成为既能耕田、收割，又能发电、照明、加工农产品的多种用途农机。

（3）寻找产品新的用途，寻求产品新的用法。

（4）开拓新市场，吸引新顾客。比如国际间一些著名汽车公司，在它的本国产品已到了衰退期，于是就考虑到把产品移到发展中国家去生产和销售，一方面，其产品在本国的销售量尽管会下降，但由于成本也下降，因此仍可以保持较高的利润水平；另一方面，其产品可以在发展中国家和世界市场上继续开拓市场，赢得更多的新的消费者。

（二）产品生命周期各阶段的具体策略

1. 导入期的产品策略

在导入期阶段，产品存在着销售量增长缓慢、产品成本高、产品成活率低的特点，市场营销策略的主要目标是提高新产品的生命力和竞争力，促使其向增长（成长期）期过渡。若单就价格与促销而论，企业有四种策略可供选择，见图8-5。

（1）高价高促销策略（又称为双高策略）。这种策略是采用较高的商品价格和较高费用进行促销，

图8-5　导入期策略

快速进入市场的策略。它又可称为先声夺人的策略，即运用大量宣传工具、促销方式和广播、电视、广告、杂志、展销会等形式集中力量推出产品。这一策略的特点是能突然引起消费者的兴趣，增加购买的冲动性，并能以高价迅速收回投资。

这种策略所适用的范围是有一定限制的，即其产品必须确实别具特色，优于当时市场已有的同类产品，同时，潜在消费者大多数不知道这种新产品；经过市场调查，确认市场对该产品有很大的潜在需求量，知道这种新产品的消费者，必欲购它，并愿付出高价；企业面临潜在竞争者的威胁，急需树立名牌。否则，此策略会有失败的风险。

（2）低价快速策略。此策略又称为密集式渗透策略，即采用低价格方针配合高度集中的促销活动，全力推出新产品，达到最快的市场渗透，并为企业带来最大的市场占有率。有下述情况可采取此策略：市场规模大，消费者不知道这种新产品；竞争对手多，潜在竞争者的威胁十分强烈；消费者对价格的敏感性强，企业采用低价快速策略可以以廉取胜；同时，扩大产品生产量，会使产品单位成本降低，这将更有利于市场的竞争。值得注意的是采用这种策略之前，不必过早、过分渲染气氛，不必过多增加促销费用。

（3）低价低费用策略。这种策略就是企业以低价格、低促销的策略推出新产品。采用低价策略的目的是使市场能快速接受新产品，同时，减少促销费用，会取得较高的利润。有下述情况者可采用此策略：企业在资金和能力上不能迅速扩大生产批量，因此，采取逐步打入市场的策略；市场规模相当大，企业积极创造扩大生产条件，逐步扩大销售，占领市场；市场上，该产品的知名度比较高，促销弹性较低；有相当的潜在竞争者；消费者多是"价格敏感型"的；此时采取这种低价低费用策略能有效地占领市场。

（4）选择性渗透策略。这种策略是指高价格、低促销的一种方式。高价格是为了尽早赚回本利，低促销是为了降低其促销成本，从而在市场上获得最大的利润率。这种策略如果能奏效，就会比高价高促销方式获得更多的利润。但这种策略适应的范围更小，风险更大。只有在以下情况下采用此策略：产品市场规模很小，竞争者少，大多数消费者已经知道这种新产品，欲购者愿出高价；消费者对此类产品的需求缺乏弹性而视其为必需品又没有较大选择性时，潜在竞争者威胁甚小。

2. 成长期的产品策略

成长期是产品的黄金阶段，产品被市场接受，销售量迅速增长，利润增大，竞争者增多，竞争激烈。针对这些特点，企业应抓住这个机会，扩大生产能力，市场营销策略的重点应放在增加销售量，迅速提高市场占有率，以取得最大的经济效益。可考虑采取如下的具体策略：

（1）积极筹措必要的人力、物力和财力，合理利用各种资源，进行设备更新和技术改造，进一步扩大生产能力。

（2）尽力提高产品质量，收集市场反应信息，增加新的型号和特色的产品，同时为产品寻找新的细分市场，开设新的销售分配的渠道。

（3）及时改变广告宣传的重点，把对产品的宣传转到对商标信誉、企业形象的宣传，从建立产品的知名度转向培养对产品的信赖度，以保持老顾客，争取新顾客。

（4）在适当时期降低销售价格，吸引更多对价格敏感的顾客。

（5）设法降低成本，改进推销工作，增加新的销售渠道和销售网点，便利顾客购买，为下阶段加强竞争能力而提供条件。同时，还应密切注视增长缓慢情况的出现，这是产品到了成熟期的信号，积极寻找新的市场。

　　3. 成熟期的产品策略

　　成熟期阶段的主要特点是：销售量大，且延续一个相当时间，继而呈现饱和状态，销售量增长缓慢，以致渐趋下降，市场竞争十分激烈，价格与非价格竞争加剧；类似产品增多，仿制、代替品不断出现。这个阶段一般比成长期的时间要长，并且要经历严酷的竞争考验，在激烈的竞争中，软弱的企业产品将被迫退出市场，留下的企业产品将占领市场。根据这个阶段的特点，市场营销策略不能只满足于保住原有市场，而应采取进攻性策略。企业在管理上要求深入研究产品策略，采用各种方式和手段，增加新的具有竞争力的因素，其策略有三种：

　　（1）市场扩张策略。市场扩张策略是指通过寻找市场机会，发现新的顾客，开拓新的市场。这包括寻找尚未采用本产品的新市场或市场中新的部分；转换发展方向，针对新的目标市场，以求得到更大的销售额；扩大现有产品的用途或增加新用途，发掘新的消费方式，给顾客新的满足，寻求市场广度上的发展。扩张市场还可以使产品的销售范围扩大，由城市扩展到农村，由沿海扩充到内地，由地区扩展到全国，甚至走向世界，由国内市场转向国际市场。

 实例分析

韩国汽车如何打入美国市场

　　美国是世界上最大的小轿车市场，而且也是世界利润最高的轿车市场。近几年，进入美国的汽车商中，韩国的现代汽车取得了显著的成绩，主要有以下因素：第一，准确地把握时机。当前世界贸易保护主义盛行，但由于国与国之间的经济发展不平衡，对一个国家的贸易壁垒可能成为其他国家打入市场的绝好机会。由于日本对美国的汽车出口受到所谓"自愿配额"的限制，出口数量停留在每年230万辆上。日本采取了向高档车转移的方针，逐步提高售价。美国的三大汽车商出于最优利润的考虑，采取了保持销量、提高售价的做法。这就使低档小型的经济车的市场出现了缺口。这给韩国汽车提供了打入美国市场的机会。第二，两国币值比价稳定。由于韩元对美元是稳定的，基本不变。因美元对日元大幅度贬值，韩元对日元也就相对贬值，这就使韩国汽车的美元成本大大低于日本汽车的美元成本。第三，员工素质优秀。美国轿车工业趋向于"夕阳工业"，美国三大汽车商相继关闭多条生产线、解雇工人，新一代有才华的青年都不愿去汽车业谋职，使得工人年龄相对上升，素质相对下降。而韩国的汽车工业正处于上升时期，汽车工人社会地位很高，汽车厂可毫不费力地招到最优秀、最能干的工人，而其工资只是美国汽车工人的1/10。现在韩国汽车工人的平均年龄只有27岁，比日本的34岁还要年轻7岁。第四，产品价格策略。在价格策略上，"现代汽车"依靠延伸产品造成的经济批量，采用快速渗透的策略，一方面使捕捉到的国际市场机会得以充分利用，同时增强了自身的市场竞争力，形成独特的目标市场，避免了与美、日高档车的市场碰撞。第五，销售渠道策略。在渠道上，现代汽车选择了先出口加拿大，后打入美国的迂回路线。加拿大市场与美国市场极为相似，世界主要厂商均在加拿大销售汽车。由于加拿大市场比美国市场小得多，有问题易于发现，也易于及时解决，代价也小得多。现代汽车采取了"少而精"的网点策略，在全美只建立了总共200个经销点，使每个经销点都有较高的销售量，保证了经销商有厚利可图。第六，对环境因素的重视。"现代汽车"充分考虑了美国及加拿大消费者的民族情感和社会价值观念，从政治角度出发处理经济问题，以整车中的"美国成分"和"加拿大成分"的增加为代价，取得了"民心"和异国消费者的"认同感"，从而降低了非经济的社会问题风险，减小了引起贸易摩擦的因素，降低了跨国营销障碍的"门槛"，改善了国际营销环境。

（2）加强产品地位策略。产品的地位是指产品在消费者头脑中的印象。加强产品地位是企业在产品的成熟期惯用的一种策略，目的是使消费者在了解众多同类产品的基础上，加深对本产品的印象。在成熟期阶段，加强产品的地位策略完全可以通过市场营销活动去完成，同时，企业的全部市场营销组合，也应相应地加以改变，以相互配合，做好推销工作。

（3）产品改进策略。为了吸引新的顾客和现有消费者，适应消费者对产品的新的要求，企业可以通过改进产品，包括品质改良，如提高耐性、可靠性、速食性、美味性等；性能改良，如扩大产品多方面的适应性、方便性、安全性；形态改良，如使产品外形更加美观，提高审美上的评价。此外，增加产品服务，也是产品改革的一项重要内容。这些都可以增加产品的使用功能而延长产品的成熟期。例如，电视机制造厂家为了适应21世纪消费者的审美需要，生产了清晰度更高、外观超薄的等离子电视。以前追求大屏幕彩电的消费者，又成为了新式彩电的购买者。企业在努力提高产品质量、保证产品质量的基础上，应重视改进产品特征，更新产品外观，不断地淘汰一些过时的产品。例如，我国在20世纪70年代以前生产的汽车，不仅规格、型号、式样单调且长期不变外，其颜色都是几十年不变，这样的产品在80年代刚起步的商品经济的条件下，立即就暴露出了它的弊病。80年代中期，我国的解放牌卡车就大量积压，经过全力调整，产品在功能、规格及质量上才稍有变化，但与国际上的先进产品相比还差之甚远。

 相关链接

灵活生产体系

某国汽车生产商，开发了"灵活生产体系"，即任何一辆车都可以按消费者订单上的要求来进行生产。顾客填了订单，交了预订金后，计算机中心经过阅读，就把全部内容储存在电脑中，电脑再按顺序对各个工序进行控制，每个配件、每种式样、设施的安排都由电脑中心控制指挥，这样，产品能极高程度地满足顾客的个人需求。因此，其产品的信誉极高。

（4）成熟期的其他延长产品市场生命周期的策略。企业为了维持成熟期产品的销售量和市场占有率，在采取各种产品策略的同时，还应积极配合相应的市场营销组合，才能真正延长产品市场生命周期。例如，提出新的广告主题，通过新的市场营销组合重新占领市场；针对价格较低的产品，可以开辟新的市场渠道，通过销售折让进行大量推销；通过推销手段，用削价或间接削价来延长成熟期。

4. 衰退期的产品策略

衰退期的主要特点是销售量急剧下降，竞争者数目大为减少，利润也迅速下降，没有利润或稍有亏损。一般来说，产品的销售量在成熟阶段可以稳定一个时期，然而绝大部分产品的销售量最终要衰退下来，而大部分企业最终又都会放弃衰退的产品，使这些产品退出市场。在某些情况下，有些产品也可能继续销售，如有作为收藏品或新时代所需的旧式产品出售而出现的后期繁荣情况，可这种情况的出现是不多的。企业在放弃或保持产品这个问题上是较难衡量的，因此，在确定衰退期的产品策略以前，应长期对该产品的销售及其市场周期进行周密的调查研究，进行准确判断。假如衰退中的产品通过修改市场营销策略而得救的话，那么产品的新生将给企业带来利润。如果判断是不可避免的衰退产品，将会因缺乏竞争能力给企业带来经济损失。因此，企业必须有针对性地采取相应的产品策略，减少产品线上的品种，或减少产品的广度，腾出资源来投入更有利润的产品；对于可以复苏的产品，则应适时地把握住机会，有效地进行投入。总之，采用良好的计划和策略来处理衰退产品，也同产品生命周期的其他阶段一样是完全必要的。常采用的策略有如下几种：

（1）集中策略。集中策略是指企业把人、财、物集中使用在最有利的细分市场、最有效的销售渠道和最有销路的几个样式、品种上，缩短经营路线，从最有利的因素中获利。对于销售量逐渐下降的衰退产品，应把资本以及各种推销力量等资源部分抽回或全部撤回，逐渐退出市场。根据主要顾客的忠实程度和市场上还存在的竞争力量，只要产品的销售收入可补偿其成本，就可以继续生产。

（2）淘汰产品策略。淘汰产品的策略是指系统地定期地根据各种产品所能提供的边际利润进行评价，而决定产品是否被淘汰。适时适量地淘汰一些利润低甚至没有利润的产品，可以使企业集中于其他产品的资本投入、广告宣传和促销推销力量，在一定的时期里能使企业的利润上升。这种淘汰产品策略的优点，还反映在可以增加潜在销售量，减少库存量，重新分配企业的资源，以用在那些更有前途的产品上。由此可见，及时淘汰产品对企业在产品的衰退期阶段是行之有效的，企业应建立良好的淘汰产品的制度。

（3）产品的新生策略。产品的新生策略是指企业对于衰退的产品使其恢复销售量。在对于衰退产品进行调查预测的基础上，企业应尽可能地判断产品的可恢复程度，一旦准确判断为可恢复产品，应以一定力量进行投资和推销。当然，可恢复产品应具备下列条件：产品的原理、功能基本上良好；产品是由于外观上落后而敌不过强有力的竞争对手的产品；产品是因为管理上的失误而投放在错误的市场而竞争失败的产品。针对可恢复产品，企业应做好市场营销工作，以恢复衰退产品的销售量，为此，可以采用在增长阶段和成熟阶段应用的各种延长产品生命周期的方法。

值得提醒的是，可以恢复的大多数产品，主要是不适应消费者新的生活方式，因此，恢复产品的新生策略还应包括改进产品的功能、采用新的广告媒介、扩大广告宣传和发起新的推销战役。

本章小结

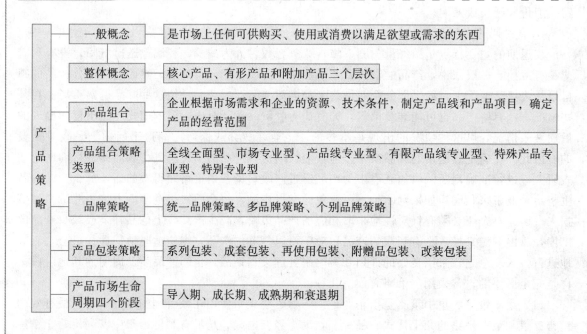

产品策略	一般概念	是市场上任何可供购买、使用或消费以满足欲望或需求的东西
	整体概念	核心产品、有形产品和附加产品三个层次
	产品组合	企业根据市场需求和企业的资源、技术条件，制定产品线和产品项目，确定产品的经营范围
	产品组合策略类型	全线全面型、市场专业型、产品线专业型、有限产品线专业型、特殊产品专业型、特别专业型
	品牌策略	统一品牌策略、多品牌策略、个别品牌策略
	产品包装策略	系列包装、成套包装、再使用包装、附赠品包装、改装包装
	产品市场生命周期四个阶段	导入期、成长期、成熟期和衰退期

核心概念

整体产品概念 产品组合策略 产品线 产品项目 全线全面型策略 市场专业型策略
产品线专业型 特殊产品专业型 产品市场生命周期

同步测试

一、单项选择题

1. 延伸产品是指顾客购买某类产品时，附带获得的各种（   ）的总和。

    A. 功能   B. 利益   C. 属性   D. 用途

2. 产品组合的宽度是指产品组合中所拥有（   ）的数目。

    A. 产品项目   B. 产品线   C. 产品种类   D. 产品品牌

3. 海尔现有产品及新上市产品均使用"海尔"商标，属于（   ）。

    A. 经销商商标策略   B. 制造者商标策略

    C. 商标拓展策略   D. 统一商标策略

二、多项选择题

1. 现代市场营销理论认为,产品是一个广泛的、整体的概念,它包含有( )。

  A. 潜在产品　　　　B. 核心产品　　　　C. 有形产品　　　　D. 附加产品

2. 产品组合的变数有( )。

  A. 产品组合的关联度　　　　　　　　B. 产品组合的广度

  C. 产品组合的长度　　　　　　　　　D. 产品组合的深度

3. 产品组合策略类型主要有( )。

  A. 全线全面型　　　B. 市场专业型　　　C. 产品线专业型　　　D. 特别专业型

4. 快速渗透策略,即企业以( )推出新产品。

  A. 低价格　　　　　B. 高促销　　　　　C. 低促销　　　　　D. 高价格

5. 在市场营销活动中,企业通常采用的新产品开发策略有( )。

  A. 领先策略　　　　B. 跟随超越策略　　　C. 更新换代策略　　　D. 系列延伸策略

三、判断正误题

1. 进入衰退期的产品在特定的条件下还有可能进入新的成长期。( )

2. 创名牌的根本措施是确保产品的高质量。( )

3. 核心产品必须具有满足需求的基本效用或利益以及特定的形式。( )

4. 即便内在质量符合标准的产品,倘若没有完善的服务,实际上是不合格的产品。( )

5. 产品整体概念的内涵和外延都是以追求优质产品为标准的。( )

6. 产品品牌的生命周期比产品种类的生命周期长。( )

7. 新产品处于导入期时,竞争形势并不严峻,而企业承担的市场风险却最大。( )

8. 一旦新产品市场试销成功,则意味着新产品能迅速被消费者接受,企业能获得丰厚利润。( )

实 训 项 目

项目一:认识产品整体概念,对产品市场生命周期进行分析

一、实训目标

(1) 培养学生进行分析企业产品组合策略的能力。

(2) 培养学生分析判断产品市场生命周期不同阶段的能力。

(3) 学会制定不同产品市场生命周期的策略方案。

二、内容与要求

(1) 分析你熟悉的一个企业生产的产品组合,填写表8-3。

表8-3　产品组合中产品线的深度

产品线	产品线内容	产品项目	产品组合深度
产品线1			
产品线2			
产品线3			
产品线4			

（2）调查市场上某一产品类型不同市场生命周期阶段的表现及其营销策略。

项目二：品牌与新产品策划能力训练

一、实训目标

（1）实地参与营销活动，认识品牌的重要性。

（2）学会制定品牌策划和新产品设计的方案。

二、内容与要求

（1）调查市场著名品牌与其他品牌的销售区别。

（2）参观本地著名品牌企业。

（3）全班交流研讨，分析讨论案例问题。

案例：品牌的力量

"阿凡提"是全世界几亿人喜爱的大人物，更是聪明和智慧的象征！以阿凡提作为一个产品品牌，除了有广阔的知名度之外，更有良好的美誉度和信任度，其品牌价值意义深远。新疆阿凡提食品有限公司成立于 2004 年，先后荣获中国驰名品牌、产品质量 AAA 企业、全国消费者喜爱产品等荣誉。公司已形成无形和固定资产 1 200 万元，年生产能力达到 8 000 万元。公司以新疆特产葡萄干为主打产品，目前新疆阿凡提食品有限公司已开发新疆葡萄干、杏干、无花果、巴旦木、野酸酶、红枣、杏仁等特产食品。

在品牌策划中，利用阿凡提广阔的知名度和所有人都能接受的形象，先提炼出阿凡提品牌的核心广告语"人生在于选择，奢侈非享受，享受非生活，生活非选择，会选择才懂生活，色彩人生——阿凡提"。在特产食品的策划中，充分利用新疆各种美丽的传说。新疆的特产葡萄干当中以男人香马奶、哈密王奶油王、哈密王、黑玫瑰、女人香、金皇后等系列品种口感最好，所以前期准备先上市这 6 个品种的葡萄干。在消费人群上就直接锁定白领人士，在产品包装上突出目标消费人群，把卡通人物的"阿凡提"印在包装上，结合新疆的风情然后在包装的下方印上"温馨小提示：皮肤洁白、细腻、富有弹性，风情万种而不用化妆品的新疆女人，每天都食用葡萄干。而疲劳、亚健康人士更应该适量地多食用葡萄干"。包装的设计中体现出新疆的地域风格。

问题：

（1）根据新华社消息，2007 年 12 月，商务部为"中华老字号"授牌。这次授牌的企业为 400 家，是中国仅存的老字号，而在改革开放初期，这类的老字号品牌还有 1 万多家，现在，大多因为经营不善而消失了，就是这些挂牌的"中华老字号"，其中盈利的也不超过 20%。请分析，我们应该如何保护品牌？品牌对于中国企业的作用何在？

（2）如果你将来要创立一个品牌，案例给你何种启示？

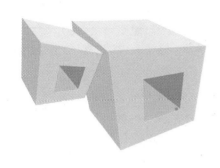

第九章

价格策略

SHICHANG

知识目标

理解营销定价的含义

了解影响企业定价的主要因素

了解企业定价的目标选择与定价程序

掌握企业定价的方法和基本策略

了解企业价格调整的依据和方法

能力目标

能够在分析影响价格各种因素的基础上为企业定价

引例

"天天平价"的沃尔玛

"我们重视每一分钱的价值,因为我们服务的宗旨之一就是帮助每一位进店购物的顾客省钱。"沃尔玛通过降低商品价格来推动销售,进而获得比高价销售更高的利润。

"天天平价",就是指零售商总是把商品的价格定得低于其他零售商的价格。在这种价格策略的指导下,同样品质、同样品牌的商品都要比其他零售商低。在沃尔玛,任何一位哪怕身份最低微的商店员工,如果他发现其他任何地方卖的某样东西比沃尔玛的更便宜,他就有权把沃尔玛的同类商品降价。那么,沃尔玛是怎样实现其"天天平价,始终如一"的承诺的呢?其具体措施可归纳为以下几个方面:

(1)采购。沃尔玛一般直接从工厂以最低的进货价采购商品。

(2)采取仓储式经营。沃尔玛商店装修简洁,商品多采用大包装,同时店址也绝不会选在租金昂贵的商业繁华地带。

(3)与供应商采取合作态度。通过电脑联网,实现信息共享,供应商可以第一时间了解沃尔玛的销售和存货情况,及时安排生产和运输。

(4)有强大的配送中心和通信设备作技术支撑。沃尔玛有着全美最大的私人卫星通信系统和最大的私人运输车队,所有分店的电脑都与总部相连,一般分店发出的订单24~28小时就可以收到配发中心送来的商品。

(5)严格控制管理费用。沃尔玛对行政费用的控制十分严格,如采购费用规定不超过采购金额的1%,公司的全部管理费为销售额的2%,而行业的平均水平为5%。

(6)减少广告费用。沃尔玛认为保持天天平价就是最好的广告,因此不做太多的促销广告,而将省下来的广告费,用来推出更低价的商品回报顾客。

此外,其首创的"折价销售"策略、会员制销售和特惠商品策略,在符合有关促销约束的法律条款下,也使沃尔玛能够迅速地发展起来。总之,沃尔玛的低价策略不是降低商品质量,而是在保证质量的前提下想尽一切办法从进货渠道、分销方式以及营销费用、行政开支等各方面节省资金,努力做到"天天平价,始终如一",以实现价格比其他商家更便宜的承诺。(资料来源:瞧这网)

价格是企业参与市场竞争的重要手段,其合理与否将直接影响企业产品和服务的销售。在营销组合中,价格是唯一能够产生收入的因素,其他因素都表现为成本。

价格策略既重要又复杂,任何企业都不能随心所欲地制定价格,在价格的制定和修订过程中必须考虑企业自身、市场需求、竞争态势、营销环境等诸多因素,同时还要把价格策略与企业市场营销组合的其他因素结合起来。不当的定价方式不但会使企业的销售与利润受到损失,而且对企业营销策略的执行和长远的发展也会产生重大影响。

第一节　影响企业定价的因素

一、营销定价的含义

对营销定价的含义，我们可以从经济学和市场营销学的角度进行分析。

（1）从经济学的观点来讲，价格是商品价值的货币表现形式，是不可随意变动的。价格总是与利润的实现紧密地联系在一起，即价格＝总成本＋利润，因此，从经济学角度来说，定价是一门科学。

（2）从市场营销学的观点来讲，价格是可以随时随地根据需要而变动的，也可以根据整个市场的变化做出灵活的反应，某种产品的价格必须根据消费者能否接受为出发点。价格是决定企业盈利的重要因素，但绝不是唯一的决定性因素。企业定价是为了促进销售，获取利润。因而，企业在定价时，既要考虑成本的补偿，又要考虑消费者对价格的接受能力，从而使定价具有买卖双方决策的特征。

二、影响企业定价的主要因素

价格作为营销因素组合中最活跃的因素，它应对整个市场变化做出灵活的反应。当然，这种变化受到企业内部因素和外部因素的影响和制约。内部因素主要包括企业的定价目标、成本构成因素、产品的分销渠道和促销策略等；外部因素主要是受市场需求状况、竞争状况、消费者行为以及国家的政策、法令等因素的影响。其中，最重要的是成本因素、市场需求因素和竞争状况因素。

（一）成本因素

成本是商品价格构成中最基本、最重要的因素，也是商品价格制定的最低经济界限。在一般情况下，商品的成本越高，其价格也越高，反之亦然。商品的成本因素主要包括生产成本、销售成本、储运成本和机会成本等。

从长远看，任何商品的销售价格都必须高于成本，只有这样，才能以销售收入来抵偿生产成本和各项经营费用，否则就无法持续经营。因此，企业在制定价格时首先必须估算成本。

（二）市场需求因素

市场需求因素是影响企业定价最重要的外部因素。企业可能制订的每一种产品价格都将带来一个不同水平的需求，并由此对它的营销目标产生不同的影响。

商品价格是在一定的市场需求状况下形成的，在正常情况下，需求与价格呈反向关系。即某种商品的价格升高，其市场需求就会减少；其价格降低，其市场需求就会增加。

营销者在制定价格时，不但要了解需求与价格的变动关系，还需要掌握需求对价格变化的敏感程度。对需求与价格之间的反应敏感程度，通常用需求价格弹性来表示。

需求价格弹性，简称需求弹性，是指在一定时期内，某种商品的价格变动的百分比与其需求量变动的百分比的比值。由于是两个相对数的比值，故又称为需求价格弹性系数。

在需求的价格弹性中，假设价格是自变量 P，需求量是因变量 Q，则需求的函数可以写成：$Q=f(P)$。需求的价格弹性是指需求量 Q 变化的百分比与价格 P 变化的百分比的比值，其计算公式为：

$$价格弹性＝需求量变化的百分比÷价格变化的百分比$$

即
$$E=(\Delta Q/Q)/(\Delta P/P)$$

需求的价格弹性的结果一般有三种情况：

（1）当价格弹性（E）＞1 时，表明需求富有弹性。如果价格有比较小的变化，其需求量就会发生比较大的变化，定低价比定高价更有利，而变动价格时，降价比提价更有利。

（2）当价格弹性（E）＜1 时，表明需求缺乏弹性，即使价格发生很大的变化，其需求量的变化也不会很大，定高价比定低价更有利，而变动价格时，提价比降价更有利。

（3）当价格弹性（E）＝1 时，表明需求价格弹性与其需求量的变化相同。

造成不同商品的需求价格弹性差异的原因主要有以下几种因素：第一，消费者对某种商品的需求程度。如粮食、油、盐、酱、醋等生活必需品，需求程度大而稳定，因而需求价格弹性就小，而奢侈品、高档消费品的需求价格弹性就大。第二，商品的可替代程度。某种商品的可替代品越多，可替代程度越高，需求价格弹性就越大，反之价格弹性就越小，因为商品价格上升时，消费者会购买其替代品；而价格下降时，消费者会多购买该商品而取代其替代品。第三，商品消费支出占消费者收入的比重。如果商品消费支出占消费者收入的比重小，商品价格变动对需求的影响就小，需求价格弹性就小，如毛巾、香皂、火柴之类的商品；反之，消费支出占消费者收入比重大的商品，如空调、珠宝之类的商品，价格变动对需求的影响大，其需求弹性也大。第四，商品本身用途的广泛性。一般而言，用途比较广的商品，当其价格上涨时，消费者就会只买较少的数量用于其最重要的用途上；而当其价格下降时，消费者的购买量就会逐渐增加，将商品越来越多地用于其他用途，因而其需求价格弹性就大。相反，用途较窄的商品，其需求价格弹性就小。

需求价格弹性通常还能应用在企业的收益关系上。总收益也可以称为总收入，指企业出售一定量商品所得到的全部收入，也就是销售量与价格的乘积。如果以 TR 为总收益，Q 为销售量，P 为价格，总收益的计算公式为：

$$总收益＝销售量×价格$$

即
$$TR=Q×P$$

假设需求量也就是销售量，不同商品的需求弹性不同，价格变动引起的销售量（需求量）的变动不同，从而总收益的变动也就不同。一方面，如果某种商品的需求是富有弹性的，那么该商品的价格下降时，需求量（销售量）增加的比率大于价格下降的比率，销售者的总收益会增加，而当该商品的价格上升时，需求量（销售量）减少的比率大于价格上升的比率，销售者的总收益会减少。另一方面，对需求缺乏弹性的商品，当该商品价格下降时，需求量增加的比率小于价格下降的比率，销售者的总收益会减少，而当该商品的价格上升时，需求量减少的比率小于价格上升的比率，销售者的总收益会增加。

（三）竞争状况

一般说来，竞争越激烈，对价格的影响也就越大。按照竞争的程度，市场竞争可以分为完全竞争、完全垄断和垄断竞争和寡头竞争四种状况。

1. 完全竞争对价格的影响

在完全竞争状态下，企业几乎没有定价的主动权。各个卖主都是价格的接受者而不是决定者。在实际生活中，完全竞争在多数情况下只是一种理论现象，因为任何一种产品都存在一定的差异。加之国家政策的干预以及企业的不同营销措施，完全竞争的现象几乎不可能出现。但是，如果出现了完全竞争，那么企业就可以采取随行就市的营销价格策略。

2. 完全垄断对价格的影响

完全垄断是指一种商品完全由一家或几家企业所控制的市场状态。在完全垄断状态下，企业没有竞争对手，可以独家或几家协商制定并控制市场价格。在现实生活中，完全垄断只有在特定的条件下才能形成，然而，由于政府的干预（如许多国家的反垄断立法）、消费者的抵制以及商品间的替代关系，一个或几个企业完全垄断价格的局面一般不易出现。但是，如果出现了完全垄断，则非垄断企业在制定营销价格时一定要十分谨慎，以防垄断者的价格报复。

3. 垄断竞争对价格的影响

垄断竞争是在市场经济体制下普遍存在的典型竞争状态。在这种状态下，市场上有许多的卖主和买主，但各个卖主所提供的产品又有一定的差异，或买者在心理上也认同它们有差异。多数企业可以根据其在产品质量、销售渠道、促销活动等方面的情况制造差异优势。产品差异成为企业控制其产品价格的一种主要策略。在这种市场条件下，企业已不再是消极的价格接受者，而是强有力的价格决定者。

4. 寡头竞争对价格的影响

寡头竞争是介于垄断竞争与完全垄断之间的一种比较现实的混合状态，是指少数几个企业控制整个市场的生产和销售的较大比重，这几个企业被称为寡头企业，它们之间的竞争就是寡头竞争。在寡头竞争的市场条件下，市场上只有少数几个企业控制价格，它们之间相互依存、相互影响，有能力控制和影响市场价格。其他企业进入这一市场将会受到种种限制，因为在规模、资金、信誉、市场、原料、专利等方面，难以与它们匹敌。但是这几个企业也不能随意改变价格，因为任何一个企业的价格变动都会引起其他几家企业的迅速而有力的反击，因此，这些企业之间价格相近，企业的成本意识较强。目前普遍存在于钢铁、汽车、重型机械、石油产品、电气用具、香烟等产业。

 相关链接

2002 年中国开始实施《禁止价格欺诈行为的规定》

价格欺诈行为是指经营者利用虚假的或者使人误解的标价形式或者价格手段，欺骗、诱导消费者或者其他经营者与其进行交易的行为。13 种价格欺诈行为分别是：

（1）标价签、价目表等所标示商品的品名、产地、规格、等级、质地、计价单位、价格等或者服务的项目、收费标准等有关内容与实际不符，并以此为手段诱骗消费者或者其他经营者购买的。

（2）对同一商品或者服务，在同一交易场所同时使用两种标价签或者价目表，以低价招徕顾客并以高价进行结算的。

（3）使用欺骗性或者误导性的语言、文字、图片、计量单位等标价，诱导他人与其交易的。

（4）标示的市场最低价、出厂价、批发价、特价、极品价等价格表示无依据或者无从比较的。

（5）降价销售所标示的折扣商品或者服务，其折扣幅度与实际不符的。

（6）销售处理商品时，不标示处理品和处理品价格的。

（7）采取价外馈赠方式销售商品和提供服务时，不如实标示馈赠物品的品名、数量或者馈赠物品为假冒伪劣商品的。

（8）收购、销售商品和提供服务带有价格附加条件时，不标示或者含糊标示附加条件的。

（9）虚构原价，虚构降价原因，虚假优惠折价，谎称降价或者将要提价，诱骗他人购买的。

（10）收购、销售商品和提供服务前有价格承诺，不履行或者不完全履行的。

（11）谎称收购、销售价格高于或者低于其他经营者的收购、销售价格，诱骗消费者或经营者与其进行交易的。

（12）采取掺杂、掺假，以假充真，以次充好，短缺数量等手段，使数量或者质量与价格不符的。

（13）对实行市场调节价的商品和服务价格，谎称为政府定价或者政府指导价的。

《禁止价格欺诈行为的规定》自 2002 年 1 月 1 日起施行。任何单位和个人对价格欺诈行为均有权向价格主管部门举报。政府价格主管部门将依照《中华人民共和国价格法》和《价格违法行为行政处罚规定》进行处罚。

（四）其他因素

企业在进行定价时，不仅要考虑成本、需求和竞争等因素，还会受到其他环境因素的影响和制约，如社会经济形势。在经济繁荣时期，社会需求量增加，价格容易上涨；而在经济衰退时期，由于社会需求量的减少，价格会出现回落。通货膨胀的出现，银行利率的调整都会影响生产成本和消费者对产品价格的理解，从而影响企业定价方法和策略的选择。此外，多数国家（包括发达资本主义国家）对企业定价都有程度不同的约束和干预。企业要进入国际市场，也必须遵守各国对产品价格的各种相应规定，这些规定有监督性的、保护性的、限制性的，企业在定价时都不得违反。

消费者行为，尤其是心理行为，也是影响企业定价的一个重要因素。任何消费者，在消费过程中，必然会产生种种复杂的心理活动，并支配着一系列的消费过程。因此，企业在制定商品价格时，不仅要迎合不同消费者的心理，还应促使或改变消费者行为，在主动积极地考虑消费者的长远利益和社会整体利益的前提下，使其向有利于企业自身营销的方向发展。

第二节　企业定价目标与定价程序

一、定价目标

定价目标是指企业在对其生产或经营的产品和服务制定价格时，有意识的要求达到的目的和标准。它是指导企业进行价格决策的主要因素。

定价目标取决于企业的总体目标。不同行业的企业，同一行业的不同企业，以及同一企业在不同的时期，不同的市场条件下，都可能有不同的定价目标。定价目标一般可分为维持生存目标、获取利润目标、销售额目标、市场占有率目标和稳定价格目标等。

（一）维持生存目标

当企业生产能力过剩、市场竞争激烈或顾客需求变化，造成产品积压、资金周转困难、影响企业生存时，企业就应该为其产品制定较低的价格（保本价或亏本价），以求收回成本，使企业得以继续经营下去，这时生存比获利更为重要。但这只能作为企业面临困境的一种短期目标，一旦出现转机，就应该马上选择其他的定价目标。因为从长期看，学会增值、获取利润，企业才能得到发展。

（二）获取利润目标

利润目标是企业定价目标的重要组成部分，获取利润是企业生存和发展的必要条件，是企业经营的直接动力和最终目的。因此，利润目标为大多数企业所采用。由于企业的经营哲学及营销总目标的不同，这一目标在实践中有三种形式：

（1）以追求最大利润为目标。最大利润定价目标是指企业追求在一定时期内获得最高利润额的一种定价目标。利润额最大化取决于合理价格所推动的销售规模，因而追求最大利润的定价目标并不意味着企业要制定最高单价。最大利润既有长期和短期之分，又有企业全部产品和单个产品之别。有远见的企业经营者，都着眼于追求长期利润的最大化。当然，这并不排除在某种特定时期及情况下，对其产品制定高价以获取短期最大利润。还有一些多品种经营的企业，经常使用组合定价策略，即有些产品的价格定得比较低，有时甚至低于成本以招徕顾客，借以带动其他产品的销售，从而使企业利润最大化。

（2）以获取合理利润为目标。它是指企业在补偿社会平均成本的基础上，适当地加上一定量的利润作为商品价格，以获取正常情况下合理利润的一种定价目标。以最大利润为目标，尽管从理论上讲十分完美，也十分诱人，但实际运用时常常会受到各种限制。所以，很多企业按适度原则确定利润水平，并以此为目标制定价格。制定合理利润目标有各种原因，如以合理利润为目标使产品价格不会显得太高，从而可以阻止激烈的市场竞争；或由于某些企业为了协调投资者和消费者的关系，树立良好的企业形象，而以适度、合理利润为其目标。

由于以合理利润为目标确定的价格不仅可以使企业避免不必要的竞争，还能获得长期利润，而且由于价格适中，消费者也愿意接受，还符合政府的价格指导方针，因此这是一种兼顾企业利益和社会利益的定价目标。需要指出的是，合理利润的实现，必须充分考虑产销量、投资成本、竞争格局和市场接受程度等因素，否则合理利润只能是一句空话。

（3）以获取预期利润为目标。预期利润通常是指企业的投资收益，是使企业实现在一定时期内能够收回投资并能获取预期的投资报酬的一种定价目标。采用这种定价目标的企业，一般是根据投资额规定的收益率，计算出单位产品的利润额，加上产品成本作为销售价格。但必须注意两个问题：一个是要确定适度的投资收益率。一般来说，投资收益率应该高于同期的银行存款利息率，但不可过高，否则消费者难以接受。另一个是企业生产经营的必须是畅销产品。与竞争对手相比，其产品具有明显的优势。

（三）销售额目标

这种定价目标要求企业在保证一定利润水平的前提下，谋求销售额的最大化。某种产品在一定时期、一定市场状况下的销售额由该产品的销售量和价格共同决定，因此销售额的最大化既不等于销量最大，也不等于价格最高。对于需求的价格弹性较大的商品，降低价格而导致的损失可以由销量的增加而得到补偿，因此企业宜采用薄利多销策略，保证在总利润不低于企业最低利润的条件下，尽量降低价格，促进销售，扩大盈利。反之，若商品的需求的价格弹性较小时，降价会导致收入减少，而提价则使销售额增加，企业应该采用高价、厚利、限销的策略。

采用销售额目标时，确保企业的利润水平尤为重要。这是因为销售额的增加，并不必然带来利润的增加。有些企业在销售额上升到一定程度后，利润就很难再上升，甚至销售额越大，亏损越多。因此，销售额和利润必须同时考虑。在两者发生矛盾时，除非是特殊情况（如为了尽量地回收现金），应以保证最低利润为原则。

（四）市场占有率目标

市场占有率，又称市场份额，是指企业的销售额占整个行业销售额的百分比，或者是指某企业的某产品在某市场上的销量占同类产品在该市场销售总量的比重。一个企业的利润高低并不必然反映这个企业的市场地位，更不能反映它同其他竞争企业的关系，而市场占有率则能准确反应企业在同行业中的地位和竞争实力。因此，许多企业以市场占有率作为自己的价格目标。

1. 以低价占领市场

以低价占领市场为目标，就是在提高产品质量，降低产品成本的前提下，使商品的价格低于主要竞争者的价格，以低价迅速打开销路，挤占市场，从而提高企业商品的市场占有率。待占领市场后，再通过增加和提高某些功能的方式逐步提高商品价格。

2. 以高价占领市场

以高价占领市场为目标，就是在产品上市初期，以高于竞争对手的商品价格，利用消费者的求新、求名心理，尽可能在短期内获取最大利润。待竞争激烈时，以先期获得的超额利润为后盾，调低价格，从而扩大销售，占领市场，击败竞争对手。

3. 以竞争价格占领市场

以竞争价格占领市场为目标，就是在制定商品价格之前，认真研究竞争对手的营销策略，根据企业自身实力，用针锋相对的方式与对手抗衡，以便占领市场或保护既得市场。这种价格目标，易导致价格大战，风险较大。

 相关链接

市场占有率与利润的关系

作为定价目标，市场占有率与利润的相关性很强，从长期来看，较高的市场占有率必然带来高利润。美国市场营销战略影响利润系统的分析指出：

(1) 当市场占有率在10％以下时，投资收益率大约为8％；

(2) 当市场占有率在10％～20％时，投资收益率在14％以上；

(3) 当市场占有率在20％～30％时，投资收益率约为22％；

(4) 当市场占有率在30％～40％时，投资收益率约为24％；

(5) 当市场占有率在40％以上时，投资收益率约为29％。

因此，以销售额为定价目标具有获取长期较好利润的可能性。

在实践中，市场占有率目标被国内外许多企业所采用，其方法是以较长时间的低价策略来保持和扩大市场占有率，增强企业竞争力，最终获得最大利润。但是，这一目标的顺利实现至少应具备三个条件：① 企业有雄厚的经济实力，可以承受一段时间的亏损，或者企业的生产成本本来就低于竞争对手。② 企业对其竞争对手情况有充分了解，有从其手中夺取市场份额的绝对把握。否则，企业不仅不能达到目的，反而很有可能会受到损失。③ 在企业的宏观营销环境中，政府未对市场占有率作出政策和法律的限制。比如美国制定有"反垄断法"，对单个企业的市场占有率进行限制，以防止少数企业垄断市场。在这种情况下，盲目追求高市场占有率，往往会受到政府的干预。

（五）稳定价格目标

稳定的价格通常是大多数企业获得一定目标收益的必要条件，市场价格越稳定，经营风险也就越小。稳定价格目标的实质即是通过本企业产品的定价来左右整个市场价格，避免不必要的价格波动。按这种目标定价，可以使市场价格在一个较长的时期内相对稳定，减少企业之间因价格竞争而发生的损失。

为达到稳定价格的目的，通常情况下是由那些拥有较高的市场占有率、经营实力较强或较具有竞争力和影响力的领导者先制定一个价格，其他企业的价格则与之保持一定的距离或比例关系。对大企业来说，这是一种稳妥的价格保护政策；对中小企业来说，由于大企业不愿意随便改变价格，竞争性减弱，其利润也可以得到保障。在钢铁、采矿业、石油化工等行业，稳定价格目标得到最广泛的应用。

将定价目标分为维持生存目标、利润目标、销售额目标、市场占有率目标和稳定价格目标，只是一种实践经验的总结，它既没有穷尽所有可能的定价目标，又没有限制每个企业只能选用其中的一种。由于资源的约束，企业规模和管理方法的差异，企业可能从不同的角度选择自己的定价目标。不同行业的企业有不同的定价目标；同一行业的不同企业可能有不同的定价目标；同一企业在不同的时期、不同的市场条件下也可能有不同的定价目标。即使采用同一种定价目标，其价格策略、定价方法和技巧也可能不同。企业应根据自身的性质和特点，具体情况具体分析，权衡各种定价目标的利弊，灵活确定自己的定价目标。

二、定价程序

企业在选择营销价格目标以后，还必须按照商品价格制定的一般程序，估算销售潜量，预测竞争反应，选择定价方式，唯有如此，才能制定出适合自身发展的价格。商品营销价格的制定程序一般包括如下六个步骤：

（一）确定营销价格目标

首先根据企业的经营目标，确定相应的定价目标。企业可供选择的定价目标包括维持生存目标、获取利润目标、销售额目标、市场占有率目标、稳定价格目标等。

（二）需求评估

需求评估是指企业在既定价格目标下，根据消费者所能接受的产品价格变动范围，确定最佳的产品价位及其与销售量的关系。需求评估常用的方法是测定需求价格弹性。

企业定价时考虑需求价格弹性的意义在于：不同的产品具有不同的需求弹性。如果需求弹性较大，企业可以考虑降低价格，以刺激需求，促进销售，增加企业收入；如果需求缺乏弹性，企业可适当考虑提高价格，同样可以提高销售收入。

（三）估算成本费用

一般而言，企业制定某种产品的价格时，其最高价格取决于市场需求，最低价格取决于某种产品的成本费用。只有这样，企业的销售收入才能抵偿生产成本和经营费用，否则企业将无法正常经营。因此，企业制定价格时必须估算成本，包括固定成本和变动成本。

（1）固定成本。又称固定费用，是指成本总额在一定时期和一定业务量范围内，不受业务量增减变动影响而能保持不变的成本。如厂房设备的折旧费、租金、利息、高级管理人员的薪金等。这种成本在企业创办时就已支出，即使未开工生产也须负担。

（2）变动成本。是指那些成本的总发生额在相关范围内随着业务量的变动而呈线性变动的成本。直接人工、直接材料都是典型的变动成本，在一定期间内它们的发生总额随着业务量的增减而成正比例变动，但单位产品的耗费则保持不变。企业不开工生产，可变成本就等于零。

（四）分析竞争状况

综上所述，某种产品的最高价格取决于它的市场需求，最低价格取决于它的成本费用。在最高价格和最低价格的幅度内，企业能把这种价格产品的价格水平定得多高，则取决于竞争对手的同种产品的价格和可能价格的水平有多高。企业经营者必须采取适当的市场调查方法了解竞争对手的产品质量和价格，比质比价，从而为本企业制定出适宜的价格。此外，竞争对手也可能针对企业的价格相应地调整其价格，也可能不调整价格而调整市场营销组合中的其他变量来和本企业争夺市场阵地。

（五）选择定价方法

鉴于价格的高低主要受成本费用、市场需求和竞争状况三个因素的影响和制约，各种定价方法也相应归纳为成本导向定价法、需求导向定价法和竞争导向定价法等。

（六）核定最佳价格

经过前述五个步骤，企业就可以制定出一个基本价格。但还须综合考虑其他方面的要求、意见和情况，力争把最终价格定在最佳水平上。

（1）最终价格是否合法。企业所定的最终价格必须符合国家有关政策、法令和条例的规定，否则就会受到法律的制裁。

（2）最终价格是否符合企业的定价政策和整体营销战略。

（3）最终价格是否考虑到各方的反应。如渠道的分销商或经销商、企业一线的推销人员、供应商、竞争者等对价格的反应程度。

（4）最终价格是否符合消费者的需要特性。这些不同的需求特征包括消费者的地区差异、需求差异、购买行为差异、购买心理差异等。由于存在着不同的消费需求差异，企业还要根据这些差异对价格进行修订和调整。

经过以上六个程序的分析、研究，企业才能确定商品的最终价格。

第三节　定价方法和定价策略

企业定价是一项十分复杂而又难以准确掌握的工作，在现代经济生活中，企业必须借助于科学的行之有效的定价方法。

一、定价方法

影响企业定价的三个基本因素是成本费用、市场需求和竞争。因此，企业定价方法也划分为三类。

（一）成本导向定价法

成本导向定价法是以产品的总成本为中心的定价方法。它是以成本加利润为基础，完全按卖方意图来确定商品价格的方法。这类定价方法有很多具体形式，此处仅介绍以下几种常见的方法。

（1）成本加成定价法。即将产品的单位总成本加上预期的利润所定的售价，售价与成本之间的差额，即是加成（销售毛利）。其计算公式为：

$$单位产品销售价格＝单位产品总成本÷（1－税率－利润率）$$

制定此种定价方法需要根据企业特定的目标利润、目标市场的需求状况、竞争格局和政府法令作相应调整。其优点是：对卖方简便易行；对买方"将本求利"，公平合理；对同业者可缓和竞争，减少矛盾。缺点是：只从卖方自身的角度考虑，忽略了市场需求和竞争状态，所定价格消费者未必接受。

该法适用于零售业和产量与单位成本相对稳定，供求双方竞争不太激烈的产品。

（2）目标利润定价法。也叫投资收益率定价法，是根据企业的总成本和计划的销售量（或总产量）及按投资收益率制定的目标利润而制定的产品销售价格。其计算公式为：

$$单位产品销售价格＝（总成本＋目标利润总额）÷总产量$$

（3）变动成本定价法。又称边际贡献定价法，是指企业在定价时只考虑变动成本，不考虑固定成本的定价方法。这种定价方法一般只限于追加订货或市场竞争异常激烈，价格成为竞争主要手段时适用。其计算公式为：

$$单位产品销售价格＝（总的可变成本＋边际贡献）÷总产量$$

（4）盈亏平衡定价法。即保本点定价法，是按照生产某种产品的总成本和销售收入维持平衡的原则，来制定产品的保本价格的。其计算公式为：

$$单位产品销售价格＝（固定成本＋可变成本）÷总产量$$

（二）需求导向定价法

需求导向定价法是指企业在定价时不再以成本为基础，而是以消费者对产品价值的理解和需求强度为依据。一般有以下两种方法：

（1）认知价值定价法。

认知价值定价法也称理解价值定价法，是根据消费者对商品价值的感受及理解程度作为定价的基本依据。这种定价方法就是所谓"感受价值"或"认知价值"，强调消费者在观念上的认同，而不是产品实际的价值。因此，企业可运用各种营销策略和手段，影响消费者的感受，使之形成对企业有利的价值观念，然后根据产品在消费者心目中的价值来定价。

在实践中，企业一般先拟订一个消费者可以接受的价格，然后根据所了解的中间商成本加成情况，逆推计算出出厂价。这种定价方法常常导致商品价格与价值的背离幅度偏大，但仍以买卖双方可以接受为限度。

（2）需求差异定价法。

需求差异定价法以不同时间、地点、商品及不同消费者的消费需求强度差异为定价的基本依据，针对每种差异决定其在基础价格上是加价还是减价。主要有以下几种形式：

① 因地点而异。如国内机场的商店、餐厅向乘客提供的商品价格普遍要远高于市内的商店和餐厅。

② 因时间而异。现在因国庆、春节两个长假，造就的旅游黄金假期，价格较平时有一定幅度的增长。

③ 因商品而异。在2008年奥运会举办期间，标有奥运会会徽或吉祥物的一些商品的价格，比其他同类商品的价格要高。

④ 因顾客而异。因职业、阶层、年龄等原因，顾客有不同的需求。企业在定价时给予相应的优惠或提高价格，可获得良好的促销效果。

实行需求差异定价要具备以下条件：市场能够根据需求强度的不同进行细分；细分后的市场在一定时期内相对独立，互不干扰；高价市场中不能有低价竞争者；价格差异适度，不会引起消费者的反感。

（三）竞争导向定价法

竞争导向定价法是指企业通过研究竞争对手的商品价格、生产条件、服务状况等，以竞争对手的价值为基础，确定自己产品的价格。这种定价法并不要求企业把自己的商品价格定得与竞争对手商品的价格完全一致，而是使企业的产品价格在市场上具有竞争力。主要有两种方法：

（1）随行就市定价法。企业按照本行业在国际市场上的市场价格水平来定价。该法适用于需求弹性比较小或供求基本平衡的商品，既可以避免竞争，减少定价风险，又可使企业容易获得合理的收益。

（2）密封投标定价法。这是一种企业通过引导用户（顾客）竞争，密封递价，参加比价，根据竞争者的递价选择最有利的价格的定价方法。这种方法主要应用于建筑包工和政府采购等。

典型案例

"联想"的价格策略

计算机行业规模要求十分明显，众多知名跨国公司经验丰富，资金雄厚，优势显著。在联想创建初期，跨国公司已经开始"入侵"中国市场。而联想投资仅20万元，组建联想的20多名中科院的科研人员也比较缺乏经营经验，劣势中诞生的联想得以成功发展正是恰当地采用了价格策略。

20世纪80年代中期，当大多数国外名牌电脑企业仅仅是通过代理商把在本国生产的电脑及软件卖到中国的时候，联想开发了"联想式汉字系统"，使任何一种挂在其下的输入方法都具备联想功能，该系统可容纳99种输入方法，大大提高了电脑操作人员的效率，受到了市场广泛地欢迎。

联想汉卡的强劲销售，对电脑整机的促销作用非常强大，在这种市场形势下，为联想电脑直接进入整机市场提供了较好的时机。但联想考虑到自身对世界电脑技术还了解不够、经验还欠缺，没有贸然推出整机，而选择了代理国外品牌，既刺激了汉卡销路，又顺利建立了起销售渠道，同时还避免了刚刚诞生就惨遭八方"列强"围剿的逆境，为联想独立品牌的推出奠定了坚实基础。当国外品牌在中国市场主要还采取产品输出的阶段，联想就已果断推出自己的系列产品。比国际名牌价格低廉，比国内中小企业组装的兼容机品牌响亮、性能优良、服务健全，走上了"大众名牌"道路——让顾客"买得起用得放心"。1996年联想连续三次降价，主导了国内计算机潮流。1996年以后，联想占据了国内PC市场第一位，宣告了国产品牌"唱主角"时代的来临。（资料来源：http://wenku.baidu.com/）

二、定价基本策略

价格是企业竞争的主要手段之一，企业除了根据不同的定价目标，选择不同的定价方法，还要根据复杂的市场情况，采用灵活多变的策略来确定产品的价格。

（一）新产品定价

（1）撇脂定价法。新产品上市之初，将价格定得较高，以使企业在短期内获取厚利，尽快收回投资。此法就像从牛奶中撇取所含的奶油一样，取其精华，故称为"撇脂定价法"。

企业采取撇脂定价法要满足一定的条件：

第一，市场上存在一批购买力很强并且对价格不敏感的消费者。

第二，消费者的数量足够多，企业有丰厚利润可图。

第三，暂时没有竞争对手推出同样的产品，本企业的产品具有明显的差别化优势。

第四，当有竞争对手加入时，本企业有能力转换定价方法，通过提高性价比来提高竞争力。

第五，本企业的品牌在市场上有传统的影响力。

这种方法也适合需求弹性较小的细分市场，其优点是：① 新产品上市，顾客对其无理性认识，利用较高价格可以提高身价，适应顾客求新心理，有助于开拓市场；② 主动性大，产品进入成熟期后，价格可分阶段逐步下降，有利于吸引新的购买者；③ 价格高，限制需求量过于迅速增加，使其与生产能力相适应。其缺点是：获利虽大，但不利于扩大市场，并很快会招来竞争者，迫使价格下降，好景不长。

（2）渗透定价法。在新产品投放市场时，将价格定得尽可能低一些，其目的是为获得最高销售量和最大市场占有率。

当新产品没有显著特色、竞争激烈，需求弹性较大时宜采用渗透定价法。其优点是：① 产品能迅速为市场所接受，有利于打开销路、增加产量，使成本随生产发展而下降；② 低价薄利，使竞争者望而却步、减缓竞争，获得一定市场优势。

对于企业来说，不管是采取撇脂定价法还是采取渗透定价法，都需要综合考虑市场需求、竞争、供给、市场潜力、价格弹性、产品特性，企业发展战略等因素。

 相关链接

苹果 iPod 的价格策略

苹果 iPod 是近几年来最成功的消费类数码产品之一。第一款 iPod 零售价高达 399 元美元，即使对于美国人来说，也属于高价位产品，但是仍有很多既有钱又愿意花钱的"苹果迷"，纷纷购买；苹果认为还可以"撇到更多的脂"，于是不到半年又推出了一款容量更大的 iPod，定价为 499 美元，销路仍然很好。由此可见，苹果的撇脂定价大获成功。

苹果 iPod 在最初采取撇脂定价法取得成功后，就根据外部环境的变化，而主动改变了定价方法。2004 年，苹果推出了 iPod shuffle，这是一款大众化产品，价格降到 99 美元一台。之所以在这个时候推出大众化产品，一方面，由于市场容量已经很大，即使只占据低端市场也能获得大量利润；另一方面，竞争对手也推出了类似产品，苹果急需推出低价格产品来抗衡。但是原来的高价格产品并没有退出市场，而只是略微降低了价格而已。苹果公司只是在产品线的结构上形成了"高低搭配"的良好结构，改变了原来只有高端产品的格局。苹果的 iPod 产品在几年中的价格变化是撇脂定价和渗透式定价交互运用的典范。（资料来源：瞧这网）

（二）心理定价

心理定价是根据消费者的消费心理定价，主要有以下几种：

（1）尾数或整数定价。许多商品的价格，宁可定为 0.98 元或 0.99 元，而不定为 1 元，是适应消费者购买心理的一种取舍，尾数定价使消费者产生一种"价廉"的错觉，比定为 1 元反应积极，更能促进销售。相反，有的商品不定价为 9.8 元，而定为 10 元，同样可使消费者产生一种错觉，迎合消费者"便宜无好货，好货不便宜"的心理。

（2）声望性定价。此种定价法有两个目的：一是提高产品的形象，以价格说明其名贵名优；二是满足购买者的地位欲望，适应购买者的消费心理。

（3）习惯性定价。某种商品，由于同类产品多，在市场上形成了一种习惯价格，个别生产者难以改变。降价易引起消费者对品质的怀疑，涨价则可能受到消费者的抵制。

（三）折扣定价

大多数企业通常都酌情调整其基本价格，以鼓励顾客及早付清货款、大量购买或增加淡季购买。这种价格调整叫做折扣和折让定价。

（1）现金折扣。是对及时付清账款的购买者的一种价格折扣。例如"2/10 净 30"，表示付款期是 30 天，如果在成交后 10 天内付款，给予 2％的现金折扣。许多行业习惯采用此法以加速资金周转，减少收账费用和坏账发生。

（2）数量折扣。是企业给那些大量购买某种产品的顾客的一种折扣，以鼓励顾客购买更多的货物。大量购买能使企业降低生产、销售等环节的成本费用。例如，顾客购买某种商品 100 单位以下，每单位 10 元；购买 100 单位以上，每单位 9 元。

（3）职能折扣，也叫贸易折扣。是制造商给予中间商的一种额外折扣，使中间商可以获得低于目录价格的价格。

（4）季节折扣。是企业鼓励顾客在淡季购买的一种减让，使企业的生产和销售一年四季能保持相对稳定。

（5）推广津贴。为扩大产品销路，生产企业向中间商提供促销津贴。如零售商为企业产品刊登广告或设立橱窗，生产企业除负担部分广告费外，还在产品价格上给予一定优惠。

（四）差别定价

企业往往根据不同顾客、不同时间和场所来调整产品价格，实行差别定价，即对同一产品或劳务定出两种或多种价格，但这种差别不反映成本的变化。主要有以下几种形式：

（1）对不同的地点定不同的价格。

（2）对不同的花色、品种、式样等定不同的价格。

（3）对不同的时间定不同的价格。

（4）对不同的顾客群定不同的价格。

实行差别定价的前提条件是：市场必须是可细分的且各个细分市场的需求强度是不同的；商品不可能转手倒卖；高价市场上不可能有竞争者削价竞销；不违法；不引起顾客反感。

三、价格调整

企业在确定产品价格后，由于客观环境和市场情况的变化，往往会对价格进行修改和调整。

 相关链接

柯达如何走进日本市场？

柯达公司生产的彩色胶片在20世纪70年代初突然宣布降价，立刻吸引了众多的消费者，挤垮了其他国家的同行企业，柯达公司甚至垄断了彩色胶片市场的90%。到了20世纪80年代中期，日本胶片市场被富士所垄断，富士胶片压倒了柯达胶片。对此，柯达公司进行了细心的研究，发现日本人对商品普遍存在重质而不重价的倾向，于是制定高价政策打响牌子、保护名誉，进而实施与富士竞争的策略。他们在日本发展了贸易合资企业，专门以高出富士1/2的价格推销柯达胶片。经过5年的努力和竞争，柯达终于被日本人接受，走进了日本市场，并成为与富士平起平坐的企业，销售额也直线上升。（资料来源：http：//wen-wen.soso.com/）

（一）主动调整价格

1. 降价

企业在以下情况须考虑降价：

（1）企业生产能力过剩、产量过多，库存积压严重，市场供过于求，企业以降价来刺激市场需求。

（2）面对竞争者的"削价战"，企业不降价将会失去顾客或减少市场份额。

（3）生产成本下降，科技进步，劳动生产率不断提高，生产成本逐步下降，其市场价格也应下降。

2. 提价

提价一般会遭到消费者和经销商的反对，但在许多情况下却不得不提高价格：

（1）通货膨胀。物价普遍上涨，企业生产成本必然增加，为保证利润，不得不提价。

（2）产品供不应求。一方面买方之间展开激烈竞争，争夺货源，为企业创造有利条件；另一方面也可以抑制需求过快增长，保持供求平衡。

（二）购买者对调价的反应

不同市场的消费者对价格变动的反应是不同的，即使处在同一市场的消费者对价格变动的反应也可能不同。从理论上说，可以通过需求的价格弹性来分析消费者对价格变动的反应，弹性大表明反应强烈，弹性小表明反应微弱。但在实践中，价格弹性的统计和测定非常困难，其状况和准确度常常取决于消费者预期价格、价格原有水平、价格变化趋势、需求期限、竞争格局以及产品生命周期等多种复杂因素，并且会随着时间和地点的改变而处于不断变化之中，企业难以分析、计算和把握。所以，研究消费者对调价的反应，多是注重分析消费者的价格意识。

价格意识是指消费者对商品价格高低强弱的感觉程度，直接表现为顾客对价格敏感性的强弱程度，包括知觉速度、清晰度、准确度和知觉内容的充实程度。它是掌握消费者态度的主要方面和重要依据，也是解释市场需求对价格变动反应的关键变量。

价格意识强弱的测定，往往以购买者对商品价格回忆的准确度为指标。研究表明，价格意识和收入呈负相关关系。即收入越低，价格意识越强，价格的变化直接影响购买量；收入越高，价格意识越弱，价格的一般调整不会对需求产生较大的影响。此外，由于广告常使消费者更加注意价格的合理性，同时也给价格对比提供了方便，因而广告对消费者的价格意识也起着促进作用，使他们对价格高低更为敏感。

消费者可接受的产品价格界限是由价格意识决定的。这一界限也就规定了企业可以调价的上下限度。在一定条件下，价格界限是相对稳定的，若条件发生变化，则价格心理界限也会相应改变，因而会影响企业的调价幅度。

依据上面介绍的基本原理，可以将消费者对价格变动的反应归纳为以下几种：

（1）在一定范围内的价格变动是可以被消费者接受的。提价幅度超过可接受价格的上限，则会引起消费者不满，产生抵触情绪，而不愿购买企业产品；降价幅度低于下限，会导致消费者产生种种疑虑，也对实际购买行为产生抑制作用。

（2）在产品知名度因广告而提高、收入增加、通货膨胀等条件下，消费者可接受的价格上限会提高；在消费者对产品质量有明确认识、收入减少、价格连续下跌等条件下，其可接受的价格下限会降低。

（3）消费者对某种产品削价的可能反应是：产品将马上因式样陈旧、质量低劣而被淘汰；企业遇到财务困难，很快将会停产或转产；价格还要进一步下降；产品成本降低了。而对于某种产品的提价则可能这样理解：很多人购买这种产品，我也应赶快购买，以免价格继续上涨；提价意味着产品质量的改进；企业将高价作为一种策略，以树立名牌形象；卖主想尽量取得更多利润；各种商品价格都在上涨，提价很正常。

（三）竞争者对调价的反应

虽然透彻地了解竞争者对价格变动的反应几乎不可能，但为了保证调价策略的成功，主动调价的企业又必须考虑竞争者的价格反应。没有估计竞争者反应的调价，往往难以成功，至少不会取得预期效果。

如果所有的竞争者行为相似，只要对一个典型竞争者做出分析就可以了。如果竞争者在规模、市场份额或政策及经营风格方面有关键性的差异，则各个竞争者将会做出不同的反应，这时，就应该对各个竞争者分别予以分析。分析的方法是尽可能地获得竞争者的决策程序及反应形式等重要情报，模仿竞争者的立场、观点、方法来思考问题。最关键的问题是要弄清楚竞争者的营销目标：如果竞争者的目标是实现企业的长期最大利润，那么，本企业降低价格，它往往不会在价格上作相应反应，而会在其他方面做出努力，如加强广告宣传、提高产品质量和服务水平等；如果竞争者的目标是提高市场占有率，那么它就可能跟随本企业的价格变动，而相应调整价格。

在实践中，为了减少因无法确知竞争者对价格变化的反应而带来的风险，企业在主动调价之前必须明确回答以下问题：

（1）本行业产品有何特点？本企业在行业中处于何种地位？

（2）主要竞争者是谁？竞争对手会怎样理解我方的价格调整？

（3）针对本企业的价格调整，竞争者会采取什么对策？这些对策是价格性的还是非价格性的？它们是否会联合做出反应？

（4）针对竞争者可能的反应，企业的对策又是什么？有几种可行的应对方案？

在细致分析的基础上，企业方可确定价格调整的幅度和时机。

归纳以上观点，竞争者对调价的反应有以下三种类型：

（1）相向式反应。你提价，他涨价；你降价他也降价。这样一致的行为，对企业影响不太大，不会导致严重后果。企业坚持合理营销策略，不会失掉市场和减少市场份额。

（2）逆向式反应。你提价，他降价或维持原价不变；你降价，他提价或维持原价不变。这种相互冲突的行为，影响很严重，竞争者的目的也十分清楚，就是乘机争夺市场。对此，企业要进行调查分析，首先摸清竞争者的具体目的，其次要估计竞争者的实力，最后要了解市场的竞争格局。

（3）交叉式反应。众多竞争者对企业调价反应不一，有同向的、有逆向的、有不变的，情况错综复杂。企业在不得不进行价格调整时应注意提高产品质量，加强广告宣传，保持分销渠道畅通等。

（四）企业对竞争者调价的反应

竞争对手在实施价格调整策略之前，一般都要经过长时间的权衡利害得失，但是，一旦调价成为现实，则这个过程会相当迅速，并且在调价之前大多要采取保密措施，以保证发动价格竞争的突然性。企业在这种情况下，贸然跟进或无动于衷都是不对的，正确的做法是尽快迅速地对以下问题进行调查研究：

（1）竞争者调价的目的是什么？

（2）竞争者调价是长期的还是短期的？

（3）竞争者调价将对本企业的市场占有率、销售量、利润、声誉等方面有何影响？

（4）同行业的其他企业对竞争者调价行动有何反应？

（5）企业有几种应对方案？竞争者对企业每一种可能的反应又会有何反应？

在回答以上问题的基础上，企业还必须结合所经营的产品特性确定对策。一般说来，在同质产品市场上，如果竞争者削价，企业必须随之削价，否则大部分顾客将转向价格较低的竞争者；但是，面对竞争者的提价，本企业既可以跟进，也可以暂且观望。如果大多数企业都维持原价，最终迫使竞争者把价格降低，使竞争者涨价失败。

在异质产品市场上，由于每个企业的产品在质量、品牌、服务、包装、消费者偏好等方面有着明显的不同，所以面对竞争者的调价策略，企业有着较大的选择余地：第一，价格不变，顺其自然。任顾客随价格变化而变化，靠顾客对产品的偏爱和忠诚度来抵御竞争者的价格进攻，待市场环境发生变化或出现某种有利时机时，再做行动。第二，价格不变，加强非价格竞争。比如，企业加强广告攻势，增加销售网点，强化售后服务，提高产品质量，或者在包装、功能、用途等方面对产品进行改进。第三，部分或完全跟随竞争者的价格变动。采取较稳妥的策略，维持原来的市场格局，巩固取得的市场地位，在价格上与竞争对手一较高低 。第四，以优越于竞争者的价格跟进，并结合非价格手段进行反击。比竞争者更大幅度的削价，比竞争者更小幅度的提价，强化非价格竞争，形成产品差异，利用较强的经济实力或优越的市场地位，居高临下，给竞争者以毁灭性的打击。

本 章 小 结

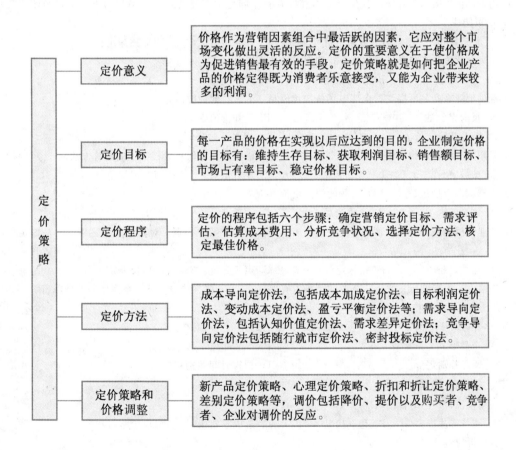

定价策略

定价意义
价格作为营销因素组合中最活跃的因素，它应对整个市场变化做出灵活的反应。定价的重要意义在于使价格成为促进销售最有效的手段。定价策略就是如何把企业产品的价格定得既为消费者乐意接受，又能为企业带来较多的利润。

定价目标
每一产品的价格在实现以后应达到的目的。企业制定价格的目标有：维持生存目标、获取利润目标、销售额目标、市场占有率目标、稳定价格目标。

定价程序
定价的程序包括六个步骤：确定营销定价目标、需求评估、估算成本费用、分析竞争状况、选择定价方法、核定最佳价格。

定价方法
成本导向定价法，包括成本加成定价法、目标利润定价法、变动成本定价法、盈亏平衡定价法等；需求导向定价法，包括认知价值定价法、需求差异定价法；竞争导向定价法包括随行就市定价法、密封投标定价法。

定价策略和价格调整
新产品定价策略、心理定价策略、折扣和折让定价策略、差别定价策略等，调价包括降价、提价以及购买者、竞争者、企业对调价的反应。

核 心 概 念

定价目标　成本加成定价法　歧视（差别）定价

同 步 测 试

一、单项选择题

1. 从长远看，企业任何产品的销售价格都必须高于（　　），只有这样，才能以销售收入来抵偿生产成本和各项经营费用，否则就无法经营。

    A. 市场需求　　　　　　B. 成本费用　　　　　　C. 竞争状况　　　　　　D. 产品价值

2. 按照单位成本加上一定百分比的加成来制定产品销售价格的定价方法称之为（　　）定价法。

    A. 成本加成　　　　　　B. 目标　　　　　　C. 认知价值　　　　　　D. 诊断

3. 当产品市场需求富有弹性且生产成本和经营费用随着生产经营经验的增加而下降时，企业便具备了（　　）的可能性。

    A. 渗透定价　　　　　　B. 撇脂定价　　　　　　C. 尾数定价　　　　　　D. 招徕定价

4. 不完全竞争是在市场经济体制下普遍存在的典型竞争状态。

    A. 完全竞争　　　　　　B. 不完全竞争　　　　　　C. 完全垄断　　　　　　D. 寡头垄断

5. 准确地计算产品所提供的全部市场认知价值是（　　）的关键。

    A. 反向定价法　　　　　　　　　　B. 认知价值定价法

    C. 需求差异定价法　　　　　　　　D. 成本导向定价法

6. 采用零头标价，将价格定在整数水平以下，使价格保留在较低一级档次上的定价方法属于（　　）。

    A. 整数定价　　　　　　B. 声望定价　　　　　　C. 尾数定价　　　　　　D. 习惯定价

7. 随行就市定价法是（　　）市场的惯用定价方法。

    A. 完全垄断　　　　　　B. 异质产品　　　　　　C. 同质产品　　　　　　D. 垄断竞争

8. 企业利用消费者具有仰慕名牌商品或名店声望所产生的某种心理，对质量不易鉴别的商品的定价最适宜用（　　）法。

    A. 尾数定价　　　　　　B. 招徕定价　　　　　　C. 声望定价　　　　　　D. 反向定价

9. 在强大竞争者的压力之下，企业的市场占有率（　　），在这种情况下，企业就需考虑降价。

    A. 下降　　　　　　B. 上升　　　　　　C. 波动　　　　　　D. 不变

10. 体育馆对于不同座位制定不同的票价，采用的是（　　）策略。

    A. 产品形式差别定价　　　　　　　　B. 产品部位差别定价

    C. 顾客差别定价　　　　　　　　　　D. 销售时间差别定价

二、多项选择题

1. 一般来说，产品的价格取决于（　　）。

    A. 市场需求　　　　　B. 竞争状况　　　　　C. 总成本费用　　　　　D. 价格折扣

2. 价格折扣包括（　　）。

    A. 现金折扣　　　　　B. 数量折扣　　　　　C. 职能折扣　　　　　D. 季节折扣

3. 企业定价的主要方法大体上有（　　）。

    A. 成本导向定价法　　　　　　　　B. 需求导向定价法

    C. 竞争导向定价法　　　　　　　　　D. 效益导向定价法

4. 竞争导向定价法包括（　　　　　）两种具体方法。

    A. 随行就市定价法　　　　　　　　　B. 目标利润定价法

    C. 盈亏平衡定价法　　　　　　　　　D. 密封投标定价法

5. 企业在核定最佳价格时，还需考虑以下几个因素（　　　　　　）。

    A. 是否合法　　　　　　　　　　　　B. 是否符合企业的定价政策和整体营销战略

    C. 是否考虑到各方的反应　　　　　　D. 是否符合消费者的需要特性

三、判断正误题

1. 价格是营销因素组合中最活跃的因素，也是唯一产生收入的营销策略。（　　　）

2. 粮食、油、盐、酱、醋等生活必需品，需求程度大而稳定，因而需求价格弹性就小，而奢侈品、高档消费品的需求价格弹性就大。（　　　）

3. 当企业以公开技术大量生产新产品时应采用渗透定价策略。（　　　）

4. 商品营销价格的制定步骤首先是确定营销价格目标。（　　　）

5. 现金折扣是卖方给买方的现款回扣。（　　　）

实 训 项 目

项目一：掌握企业产品定价技巧

一、实训目标

（1）认识影响企业产品定价的各种内外部因素。

（2）能运用各种定价技巧制定价格并解决企业整体营销问题。

二、内容与要求

针对案例，全班交流研讨，分析讨论：

（1）查阅有关资料，分析讨论格兰仕、联想、海尔这三大名企的定价策略有何相同与相异之处。

（2）如何理解价值竞争与价格竞争的关系？它们的定价策略给你带来什么启示？

案例：中国三大名企业以高技术、低价格取胜

    伦敦商学院管理实践教授唐纳苏尔日前撰文对中国制造的三大名片——格兰仕、联想、海尔进行了分析。中国制造其实就是价值为王"成本很低，但创新速度与营销速度极快，欧美企业比中国制造的成本高得多，但速度却低得多，我们拿什么与中国的格兰仕、联想、海尔竞争！"唐纳苏尔对于那些误认为"中国创造远不如日本制造可怕"的欧美企业家提出了警告："日本是通过政府做大极少数企业来加强国际竞争力，而中国有一大批企业都是通过自身严酷的磨炼才扬威国际，因此，中国创造比日本制造更加可怕！"

    "高举低打"成就中国三大名片。唐纳苏尔认为中国的可怕就在于像格兰仕、联想、海尔这样的企业。不仅局限于家电企业，像服装、家具、化工、石油、通信等行业，中国也有不少名片企业，中国制造的全面开花远比日本只局限于少数行业称雄来得更恐怖！中国创造的绝招

最根本的就是"以超低价将国内对手压制在低端，同时又以高技术将国外对手赶下高端"！

以中国家电行业的三大名牌为例，联想电脑为全球客户度身定做的低价电脑，比美国的 Dell 电脑和 IBM 电脑领先 6 个月以上，使戴尔的低价直销在中国基本失效。海尔冰箱比同质量的西门子与伊莱克斯价格低得多，同时又比同价格的国内对手具有更好的质量，所以能占领中国冰箱市场的 25％以上！格兰仕的成功主要就是靠庞大的专业化生产来降低成本，并将最先进的西方设备拿到中国去生产微波炉，从根本上改变了世界微波炉的产销格局。格兰仕年产微波炉 2 600 万台，全球 90％以上的名牌微波炉实际上都是从格兰仕的生产线上源源不断地流向全世界的。（资料来源：http：//wenwen. soso. com/ ）

项目二：制定产品价格的能力

一、实训目标

（1）根据企业情况确定定价目标的能力。

（2）正确运用定价方法的能力。

（3）灵活运用有关定价策略制定价格的能力。

二、内容与要求

讨论某企业新产品的定价过程，学习企业定价的具体操作程序，掌握在实际中定价的常用方法。

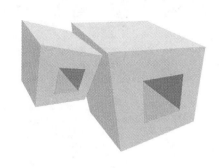

第十章

分销渠道策略

SHICHANG

知识目标

认识分销渠道的概念与作用

了解渠道策略的不同类型

认识营销中介及其特征

掌握渠道设计与决策的基本步骤

掌握实施分销渠道控制的基本方法

能力目标

能够运用选择分销渠道策略方法

能够运用渠道控制方法开展工作

引例

厂家与商家的合作

2001 年 1 月，年营业额超过 30 亿元的家电零售商——北京国美电器有限公司与索尼公司签下了当时国内家电行业单宗交易额最高的一项集团采购协议，交易金额高达 2 564 万元。此次签约的产品共计 4 种型号，总数 3 850 台，代表了目前索尼纯平彩电的全系列产品。索尼公司有关人士表示，通过此次与国美的大规模集团采购交易，可能使索尼彩电在市场上的单台售价有所降低，从而改善索尼产品的价格优势。索尼公司要想在中国市场取得良好的业绩，离不开如国美这样的大型家电零售连锁企业的支持。国美也曾经通过招标与厦华电子达成了总额 1 800 多万元的集中采购协议，以一次性现款现货的方式买断两种型号的厦华彩电 7 000 台，并表示售价将比目前的市场价更低。厦华总经理称，此次合作将是今后家电厂家与商家合作的必然模式。

企业在营销中要解决一个十分现实的问题，这就是如何委托他人及时将产品送达"适当的地点"，在"适当的时间"以"适当的价格"出售给顾客，从而实现企业的销售目标。因为，在市场上，多数产品不是由生产者直接供应给消费者或用户的，而是经过联系生产者和最终使用者之间的营销中介机构才达成交易。因此，在生产者和最终消费者之间有着大量执行各种功能的中介机构，如批发商和零售商，买进再转售；如经纪人和代理商，专为买卖双方牵线搭桥，赚取佣金；再如一些服务机构，如运输公司、独立仓库、银行和广告公司等，专为分销产品提供服务。它们就组成了分销渠道。因此，分销渠道策略的制定，是企业面临的最复杂和最富有挑战性的决策之一。

第一节 分销渠道概述

一、分销渠道的概念

分销渠道也称配销通路或市场营销渠道，是市场学独有的概念。它是指产品在其所有权转移过程中从生产领域进入消费领域所经过的各个环节及经营机构。

二、分销渠道的职能

（1）分类。包括对产品的分类、分等、装配、包装等，使商品能符合顾客的需要。

（2）物流。包括进行产品的运输和储存，以减轻生产企业的压力。

（3）融资与担保。即为渠道工作的资金取得和支出以及为企业生产进行担保。

（4）风险承担。即承担与渠道工作有关的全部风险以及为企业生产承担的部分风险。

（5）寻找顾客与促销。即寻找尽可能多的顾客以及进行相应的促销活动吸引顾客。

（6）调查市场及反馈。即利用自己熟悉市场的优势，及时把市场信息反馈给生产企业，使其能生产出满足市场需要的产品。

三、分销渠道决策的特征

（一）分销渠道的选择直接制约和影响其他基本策略

产品的价格决定不仅仅取决于生产该产品的单位成本，而且取决于流通费用的补偿；不仅取决于制造商的产品整体设计效果，而且取决于因经营商的声誉、实力、分布密度所带来的市场份额大小。另外，生产者的广告决策也受到渠道层次和成员的影响等等。

（二）渠道的决策需要其他企业的密切合作与协调

在实际交易中，产品从生产厂家向最终消费者和用户流动的过程中，除了产生的商品实物流动，还发生了其他与之相关的流动，如物流（实物流）、信息流、货币流、促销流等（见图10-1）。它们围绕商流相继发生，在时间、空间上并不一定与商流一致，其功能发挥与协调效果也不尽相同。因此，渠道的分销效率，不仅仅取决于其主导成员（中间商），而且也取决于其相关支持系统，即辅助商系统，如商业服务机构（运输企业、仓库、银行、保险企业等）、销售服务机构（广告企业、销售调研企业、咨询企业等）。

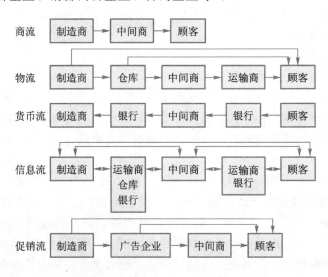

图10-1　分销渠道中五种不同的"营销流"

（三）分销渠道决策是相对长期的决策

渠道模式一经确定，即使市场情况有所变化，改变或替代原有的经销渠道也会有很大难度。所以必须在分销渠道决策上周密考虑，立足于长远发展。

研究分销渠道的目的，是确定市场营销的组织结构，选择合理的营销路线，配置有效的营销机构，争取有利的市场竞争渠道策略，把产品及时地、经济地、方便地提供给消费者，扩大企业的产品销售，加速企业的资金周转，节省企业的流通费用，提高企业的经济效益。

第二节　渠道组合策略

销售渠道类型繁多，企业在建立渠道时，一般需要考虑渠道的长度、宽度以及渠道系统，采取相应的策略。

一、渠道长度策略

渠道长度策略就是根据渠道级数的多少来确定渠道的长短。根据产品性质，分销渠道可以分为消费品销售渠道和工业品销售渠道两大方面。消费品销售渠道的结构，包括五种形式：

生产者——消费者

生产者——零售商——消费者

生产者——批发商——零售商——消费者

生产者——代理商——零售商——消费者

生产者——代理商——批发商——零售商——消费者

工业品销售渠道的结构，包括四种形式：

生产者——工业品用户

生产者——批发商——工业品用户

生产者——代理商——工业品用户

生产者——代理商——批发商——工业品用户

在上述分销渠道中，第一种形式称为直接渠道，其特点是不以中间商为交换媒介。第二、三、四、五种形式称为间接渠道，其特点是以中间商为交换媒介。

（一）直接渠道

直接渠道，也称零级渠道，是由生产厂家将产品直接销售给消费者。直接销售的基本特征是生产和流通的职能都由生产者承担，实行产销直接见面。直接销售主要有六种方式：上门推销、邮售、电话销售、合约销售、制造商自设商店、消费者或用户直接向生产者订货。

直接渠道的优点很多：由于生产者和消费者直接接触，能及时、具体、全面地了解消费者的需求以及市场变化的情况，从而能及时地调整生产经营决策；能为消费者提供较好的售前售后和技术咨询服务；销售环节少，商品能很快地到达消费者手中，从而缩短了商品流通时间，减少流通费用，提高经济效益。

直接渠道的缺点是：由于直接销售，生产者要设置销售机构、销售设施、销售人员，这就相应增加了销售费用，同时也分散了生产者的精力；由于生产者自有的销售机构有限，从而限制了商品流通的范围，不利于生产的发展；由于生产者要自备一套商品库存，这就相应减缓了资金周转速度，从而减少对生产资金的投入，此外，生产者还要多负担储存费、商品损耗等；由于直接销售，商品库存集中在生产者手中，若市场供求关系发生变化，销售困难，价格下降，生产者要承担全部损失，因此，市场风险很大。

（二）间接渠道

间接渠道的基本特征是生产者和消费者之间加入了商业中介机构的转手买卖活动，由商业中介机构专门承担商品流通的职能。间接渠道的形式有：各类批发商、零售商、代理商、经纪商等。间接渠道是消费品分配的主要类型，此外，许多工业品也是通过若干中间商转卖给消费者和用户的。

间接渠道的优点是：生产者不必花费大量的人、财、物去直接和大量的消费者交易，只和数量有限的中间商交易，减少了交易次数，节省了花费在销售上的消耗；可以借助中间商丰富的销售经验和市场知识、良好的声誉、畅通的销售网络来扩大商品销售范围，提高市场占有率；由于通过中间商销售，生产者无需再设置商品销售库存，从而加快资金周转，增加对生产的资金投入，减少了商品储存费用和损耗费用；由于中间商具有挑选、整理、分装、装配、加工能力，就可以把生产中的一些工作转到中间商这里，从而减少生产者的生产工序，也使商品更方便销售和消费，更适应消费者的需求；由于拥有庞大的销售网络，中间商能收集大量的信息，掌握市场动态，并可以引导消费，指导消费。

间接渠道的缺点是：增加了销售环节，销售费用增加，流通时间也增加了；由于中间商对生产过程和技术要求不是很了解，所以难以提供完善的、良好的售前售后和技术咨询服务等。

（三）渠道长度策略的选择

一般认为，生产者—批发商—零售商—消费者（包含两个中间层次）的模式是典型的市场营销渠道类型，中间层次的多少可称为渠道的长度。

分销渠道的长与短仅为形式不同，并不能表明它们孰优孰劣。因为随着分销渠道的长短变化，一种产品既定的市场营销职能不会减少或扩增，而只是在参与流通过程的机构之间转移替代或分担。例如，一家企业决定改由自己直接向消费者推销产品，这样，收益虽然多了，但是，由于承揽了原批发商、零售商的工作，费用也随之增大。因此，渠道长度策略的关键点是选择适合自身特点的渠道类型，权衡利弊得失，以扩大经营效益为目的。目前，企业大多采用多渠道推销产品，提高市场渗透力，以适应不同市场的需求。

二、渠道宽度策略

根据分销渠道的每个层次中使用同种类型中间商数目的多少，分销渠道可以划分为宽度不同的渠道。如果某种产品的制造企业通过许多批发商和零售商将其产品推销到各地，送到广大消费者手中，这种产品的分销渠道就较宽；反之，如果某种产品的制造企业只通过很少的专业批发商推销其产品，或只授权给某一地区的某一家中间商总经销，这种产品的分销渠道就较窄。

企业究竟应选择多少个中间商来为自己推销产品，如何建立自己的销售网，采用宽渠道抑或采用窄渠道才能达到自己的目标，这些是具有战略意义的问题。一般有三种宽度不同的渠道策略可供选择：

（一）密集分销

密集分销即生产厂家尽可能通过许多中间商推销其产品。目的是扩大市场覆盖面，或快速进入新市场，使消费者和用户能随时随地买到这些产品。对于一些日用小商品、生活必需品（如糖果、饼干、牙膏、肥皂、香烟、通用小工具等）和工业品中的通用机具多采用宽渠道的密集分销。企业在采用密集分销时，因中间商不愿负担任何广告费，企业将负担全部广告宣传费用。同时，零售环节采用密集分销，也要求批发环节相应采取密集分销。

（二）选择分销

选择分销即生产厂家在某一地区仅通过几个精心挑选的、最合适的中间商推销产品。目的是为了市场竞争地位的稳固，维护本企业产品的良好信誉。它适用于消费品中的选购品（如时装、鞋帽、家用电器等）；同时，适用于新产品开发的试销阶段。有些产品在采用密集分销法后，为了减低费用、提高利润，往往淘汰一些作用小、效率低的中间商，改用选择分销。例如，美国专制小型电器工具的道尔美公司，在 1958 年经济衰退时，在全国 97 个市场区域中，将 1 500 个批发商减到 123 个。结果，销售量反而增加 18％。

（三）独家分销

独家分销即生产厂家在某一地区仅通过一家中间商推销其产品。通常双方协商签订独家经销合同，规定不得向第三方，特别是竞争者承担购销义务。目的是控制市场、货源的竞争者，或是为了彼此充分利用对方的商誉和经营能力，增强自己的推销能力。独家分销在许多情况下是由于产品的特异性（如专利技术、专门用户、牌号优势等）所造成的。由于中间商的经营积极性高，经营规模大，其销售额可达到或超过通过众多中间商销售的总和。

三、渠道系统策略

所谓渠道系统，即渠道成员之间实现了不同程度的一体化经营或联合经营，相互联系比较紧密。它的组建往往始于某一企业对相邻流通环节的企业兼并或控股，也可由某一企业倡导，实现实力相对均衡的联营关系。渠道系统策略不仅是在渠道系统内采取垂直一体化经营或联合经营的方法，而且是在同一层次的若干制造商、批发商、零售商之间采取横向联合经营的方法。发达国家渠道系统策略已经逐渐形成了现代化渠道系统。下面介绍三种渠道系统：

（一）垂直分销系统

垂直分销系统是近年来西方国家渠道系统的重要变革之一，它是作为对传统分销渠道的挑战而出现的。据统计，美国通过垂直分销系统销售的消费品占消费品市场的 64％。传统渠道通常是生产企业和各个中间商彼此独立决策，购销交易是建立在相互激烈竞争基础上的，因此，联系松散，对象也不固定。而垂直分销系统正好相反，它是由生产商、批发商、零售商组成的一种统一的联合体。其特征是专业化管理和集中执行，以达到预定的经营效益和最佳市场效果。它有三种类型：

1. 公司垂直分销系统

公司垂直分销系统即指一家公司拥有和统一管理生产部门和销售部门，控制分销渠道的若干层次，甚至控制整个营销渠道。这些公司规模足够大，容纳了原属于不同所有权的企业，并使其社会分工转为同一所有权的内部分工，矛盾冲突减少，协调性增加。例如，美国西尔斯百货公司出售的商品中，有 50％以上是来自它拥有股权的制造厂。

2. 管理式垂直分销系统

管理式垂直分销系统是由某一家规模大、实力强的企业出面组织的分销系统。有些企业出于战略上的考虑，认为不必要为推销产品或掌握货源耗费巨资去建立全部商业企业或生产企业，它们往往由一个管理中心统筹市场营销规划，在销售促进、库存与运输、定价与成本控制、购销活动上与有业务往来的老客户建立协助关系。大企业在管理意义上处于支配地位，而不改变其他渠道成员的所有权性质。

3. 契约式垂直分销系统

契约式垂直分销系统是以契约为基础的较为松散的联营关系。一般由不同层次的各自独立的生产商和分销商组成，以求获得比其独立行动时所能得到的更大的经济效益。它分为三种类型：

（1）自愿连锁系统。这是由批发商出面组织独立的零售商自愿成立的连锁组织，在共同的批发机构采购中心的统一管理下，实行"联购分销"制。

（2）零售商合作社。这是由零售商带头组织一个新的企业实体，开展批发业务和可能的生产活动。特点是集中采购，联合进行广告宣传，利润按成员购买量进行分配。

（3）特许经营系统。即大制造商或服务公司和一些零售商签订合同，授予经营其品牌商标的产品或服务项目的特许权，这是双方共同受益的联营方式。例如，可口可乐饮料公司特许各个市场上的装瓶商购买该公司的浓缩饮料，然后由装瓶商充碳酸气、装瓶，再将其出售给本地市场的零售商。

（二）水平分销系统

水平分销系统是由同一层次的两个或两个以上的分销组织联合而成的。一些企业因缺乏独立开发市场的营销资源，或是不想单独承担风险，或是发现和其他公司联合可以产生巨大的协同作用而联合起来形成水平分销系统。它们之间的联合可以是暂时性的，也可以是永久性的。

（三）多渠道分销系统

多渠道分销系统是一种所有权集中的多渠道商业体系，通常由几种不同形式的零售组织组成，实行分销功能和管理功能的一体化。目前，越来越多的企业采用这种渠道方式进入市场。例如，美国的 J.C. 朋尼公司一方面经营百货公司，一方面也开设大型超级市场和专业商店。

第三节　影响渠道选择的因素

每一个生产者在产品生产出来以后，都会面临如何正确选择商品销售渠道的问题。商品销售渠道选择得合不合适，对商品销售是至关重要的。只有对影响销售渠道选择的各种因素进行认真的分析，才能做出正确的决策。影响渠道选择的因素主要有以下几方面：

一、产品性质和特点

（一）单位价值

产品的单位价值越低，一般销售渠道也越长。因为这种产品通常是一些常用的日用品，只有销售面广，数量多，才能达到规模效益。而产品的单位价值高，销售渠道相应就较短。因为这种产品通常是一些高档耐用品，销售数量较少，销售时对销售设施和技术服务要求较高。例如，价值贵重的珠宝首饰、貂裘大衣，制造商往往是直接交给百货公司销售的。

（二）产品的体积与重量

如果产品的体积庞大、笨重，考虑到运输、储存费用等条件，宜选择直接销售或短渠道销售，以减少中间环节，节省费用，减少损耗。

（三）易腐性

凡是保鲜要求高，易腐坏的产品，如鲜果、鲜蛋、鲜水产等，需迅速通过渠道，及时供应市场，以求在最短的时间内以最快的速度把产品推销出去，所以渠道要短。

（四）时尚性

式样、花色、品种变化快的产品，时效性强，如时装、新奇玩具等，销售渠道宜短，以求速售。

（五）技术性

工业产品技术要求高，售后技术服务要跟得上，企业通常都直接卖给工业用户，因为这有利于推销员当面详细介绍产品，保证技术服务的质量。

（六）适用性

如果产品是定做的，用途较窄，就不宜经过中间商，可由生产者直接销售给消费者和用户。而标准品因具有一定的品质、规格和式样，消费面较广，销售渠道可长可短。

（七）产品生命周期

新产品初上市，消费者不了解，新的中间商往往不愿推销，应考虑运用原有的销售渠道推销；同时，为了尽快使产品进入市场，直接收集产品信息，应投放资金，加强促销，采用直接销售和短渠道销售。在产品成熟期和衰退期，宜采取间接销售和长销售渠道，以减少风险。

二、市场因素

（一）潜在顾客数量

市场潜量越大，越需要利用中间商，采用间接销售；如果市场潜量小，企业可直接使用推销员推销，或选择少数大代理商、零售商推销。

（二）市场范围的大小

市场范围大，说明现实的与潜在的顾客数量多，分布广，愈需要中间商提供服务，销售渠道就长；如果销售的分布范围小，市场范围就小，生产者直接销售为好。

（三）售出批量的大小

顾客一次性购买批量大的，交易次数少，可选择直接销售；而交易次数频繁，数量零星的，就需要较长渠道。

（四）消费者购买习惯

对于日用消费品，需求较为固定，顾客希望在最方便的地方买到，因此，要用广泛的销售渠道，让为数众多的零售商把产品卖给消费者。对特种商品，不宜广泛采用中间商，因为消费者习惯于选择专门商店或规模大、供应品种多而服务好的商店购买。

（五）市场的其他特点

竞争者销售渠道、市场需求、销售季节性等因素的变化，也是企业选择渠道时应注意的方面。

三、企业自身的因素

（一）企业声誉

声誉高、名气大的公司，产品优良，信用卓著，可自由选择销售渠道，甚至建立自己的渠道系统，既可以与消费者建立良好的公共关系，又可以多获得利润，占有较大优势。而默默无闻的企业，则只能依赖中间商提供服务。

（二）企业规模

企业规模大，资金雄厚，可建立自己的销售力量，因此，渠道较短；反之，则应利用中间商提供销售过程服务。

（三）企业管理能力

企业如果具有丰富的营销经验和技巧，较强的经营能力和知识，就可不必依赖中间商而开展直接销售，或是越过批发商直接向零售商供货；而缺乏销售经验的公司，最好选择可靠、有信誉、有实力的批发商为其服务。

（四）可提供的服务

制造商如果能提供良好的服务，愿为其产品做大量广告，并承担广告费用，或是能满足中间商的要求，加强售后服务等，中间商大多乐意为其销售，就可以扩大渠道的宽度；反之，则应控制中间商的数量。

四、环境因素

（一）法律法规与政府规定的限制

企业必须遵守目标市场的法律法规和政府规定等，如国家规定的专卖专营产品。尤其在国际市场上，有些发展中国家政府规定，某些进口业务必须由国家企业经办；有的国家不允许跨国公司在该国办公司，直接分销；有的国家则规定抽取代销税，使得该国代理商都愿意表面买断而实际代理，抽取佣金。

（二）经济形势因素

当经济繁荣时，消费增长，市场容量增大，此时可采用较长较宽的分销渠道。在经济萧条阶段，通货紧缩，市场需求下降，生产企业都希望采用使最终消费者负担最轻的销售方式，因此，只能是控制和降低产品的最终价格，所以，必须尽量减少不必要的流通环节，使用较短的分销渠道，甚至直接销售。

第四节 分销渠道管理

企业在对影响渠道的各种因素进行全面分析的基础上，建立渠道，实施对渠道的管理，包括对中间商的选择和对渠道的控制等。

一、选择市场中间商的条件和步骤

中间商的质量和素质的好坏，直接关系到产品在市场上的销路、信誉。因此，选择中间商不能仅凭主观印象或个人好恶，而应确定评价标准，慎重考察和选用。

（一）中间商经营的范围与市场

企业的目标市场应与将要选择的中间商所经营市场范围相一致，与本企业的产品销路相对口。

（二）中间商的销售能力

应了解该中间商的市场渗透能力是否强，是否有一支训练有素的推销队伍，是否有懂自己产品技术的专门人才来推销，中间商的管理层是否精通业务和具备一定的专业知识以及有较高的理论素质等。

（三）中间商的财务实力

应选择资金较雄厚、财务状况较好的中间商，这样，对方可以在企业需要时提供财务帮助，如提供预付货款、分担销售费用、为企业担保等。

（四）中间商的储运条件

应选择具备足够的仓库、运输工具以及具备必要的冷藏、保温、保鲜设备的中间商，因为这样可以保证产品的保存和销售。尤其是对于某些商品，如鲜活商品来说，有无专用的运输设备，仓库能否控制温度等条件，是企业选择的先决条件。

（五）中间商的信誉

应选择能得到社会信任和尊敬的中间商，这样可以得到对方企业的真诚合作，同时有利于企业产品的市场竞争。

实例分析

选择中间商评价表

某公司希望将来合作的中间商具有理想的市场覆盖率、令人满意的区位优势以及声誉、财务状态良好，而且愿意主动与厂商合作。于是，公司从众多的中间商中挑选出几家进行综合评分，作为将来合作的依据。如表10-1所示。

表 10 - 1 选择中间商评价表

评价因素	权数%	中间商 1		中间商 2		中间商 3	
		分数	加权分	分数	加权分	分数	加权分
1. 市场覆盖范围	30	90	27	70	21	80	24
2. 声誉	20	80	16	80	16	85	17
3. 区位优势	15	80	12	85	12.75	90	13.5
4. 合作意愿	10	80	8	80	8	75	7.5
5. 财务状况	10	85	8.5	90	9	80	8
6. 促销能力	15	70	10.5	60	9	80	12
总分	100	535	82	465	75.75	490	82

在上述案例中，该公司通过打分，发现中间商 1 和中间商 3 均为 82 分，企业可以把他们同时考虑为当地经销商。如果仅需其中之一为独家代理或经销，可以根据其合作意愿挑选，那么就应该首选中间商 1。

在选择中间商的步骤上，企业应首先根据以上的标准并结合企业的具体情况加以研究，然后对选定的中间商进行评价和考核。这就需要企业收集大量的有关信息及资料，同时，还可以派人对选中的中间商进行直接调查。

二、渠道控制

企业对渠道的控制应是间接的，而不是直接的。因为中间商是独立的经济实体，而不是企业的下属机构，企业无权直接插手。除非企业成立自己的分销系统，如无此条件，则应设法对渠道实施有限度的控制，这往往是企业能够在市场获得成功的因素之一。

（一）通过签订合同或协议提出制约性要求

企业可以使中间商了解企业的营销目标，要求中间商在一定时间内完成一定的销售量，要求中间商在推销产品时不得损害本企业的利益。

（二）确定评价中间商工作绩效的各种标准

确定评价中间商工作绩效的标准包括销售目标、市场份额、平均存货水平、向顾客交货时间等。标准应尽量具体，这样评价起来就较准确。

（三）衡量销售渠道的效能

企业定期考察中间商的销售额、市场覆盖面、提供服务情况、付款及利润情况。同时，检查每个中间商同时经销多少种与本企业相竞争的产品；检查中间商是否及时发出订货单；检查哪些中间商在积极努力地推销本企业的产品；检查中间商的销售渠道所定价格的合理程度以及广告宣传效果等。这样，就可以鉴别出对企业有最大贡献的中间商。同时，可以激励成绩不佳的中间商。如激励无效，此中间商已危及企业最高利益时，应当机立断更换中间商。

（四）激励并协助中间商

企业激励中间商的方法主要是：了解他们的经营目标和要求，必要时做出一些让步；提供市场需要的优质产品；给予中间商适当的盈利、独家营销权或其他一些特许权；为产品多做广告，提高产品的知名度。企业协助中间商，主要是协助他们的销售促进活动，如应经常派人去店协助进行产品陈列、展销、操作表演；提供商业咨询以及帮助训练推销人员和维修人员，进行技术指导等；协助他们搞好经营管理，帮助他们总结经验教训，在困难时与他们同舟共济。此外，可以适当地提供财务协助，如允许较长的付款期和为其财务担保等。

三、渠道调整

随着市场和环境的变化，企业的分销渠道系统应适应其变化而进行调整。当然，一般来说，销售渠道的选择应相对保持稳定，但不可能一成不变。当以下情况出现时，则应及时调整：

（一）企业的实力变化时

如果企业实力增强，就可建立自己的销售系统。这时，可以保留较强的中间商，淘汰成绩不佳的中间商，增加渠道投资。

（二）产品销售量变化较大时

当企业的销售量增减变化较大时，应及时调整销售渠道，改变使用中间商的人员和数量，重新确定运输、库存、保管产品的方式和仓库位置以及数量。

（三）新产品投入市场初期

如果现有的渠道不适合推销新产品的需要，应及时调整渠道，如增减某条市场渠道，或是增减个别渠道成员。

（四）企业的市场环境发生变化时

当企业的市场环境发生政策性变化、消费结构或消费习惯发生变化或企业的竞争环境发生变化的时候，企业应适当调整原有的销售渠道。根据当时的具体情况，企业或是调换新的中间商，或是变换直接渠道和间接渠道，或是调整长渠道和短渠道，或是变换宽渠道和窄渠道，甚至创建新的渠道系统，以适应市场的新动态。

第五节　中间商的类型与作用

商品分销渠道是由不同类型的中间商构成的，他们是生产者与消费者之间的桥梁与纽带，起着调节生产与消费矛盾的重要作用。实际上，销售渠道策略的中心环节是如何协调中间商和生产者、消费者的利益问题。随着市场经济的发展，中间商的分工越来越细，他们各自发挥自己特定的功能，发挥着不同的作用。

一、批发商的作用与类型

（一）批发商的作用

批发商是指主要从事批发活动的企业。

 相关链接

批发环节会被淘汰吗？

在 20 世纪 20 年代中期，美国就有一些人预言，随着连锁店的兴起以及制造商和零售商的不断发展壮大，独立批发商将被逐渐淘汰。在日本，20 世纪 60 年代的"流通革命"中，一些大生产商设置自己的销售公司，大零售商也直接从生产者进货，很多人认为独立批发商没有存在的必要性了。而在我国经济体制改革的初期，一些人同样认为应砍掉批发环节，认为批发环节"肿而胖"，理应逐步淘汰。

批发商的存在可以使营销关系大大简化，使营销成本下降。由于批发商处于中间环节，企业为了避免与中间商分享利润，总是希望减少中间环节。事实上，批发环节是商品流通的必要条件，随着经济的增长，批发商不但没有被淘汰，相反，却在不断发展过程之中。这在许多发达国家已经被印证。

（1）批发商是通过执行其职能以及向生产者和零售商等提供服务来实现其作用的。他们是生产者的推销中心和零售商的采购中心，为生产者节省了用于推销业务方面的大量时间、精力以及推销费用。同时，也为零售商节省了用于采购商品的人力、物力、财力。

（2）批发商可以通过储存、运输以及对商品的分类、分等、分割大批量等工作，一方面，使不同时间、地区的供求能够平衡，调节生产和消费之间客观上存在的时间与空间的矛盾。另一方面，使各个生产者生产的各类商品能拼配成顾客所需要的货色供应零售商，满足零售商勤进快销、加速资金周转的需要。

（3）批发商还可以通过自己的多种服务功能，为生产者和零售商提供服务。例如，通过提供购销信息，可以避免生产者盲目生产，零售商盲目采购，同时，也扩大了产品在价格、质量、售后服务等方面的可比性；通过提供广告宣传、商业信用等服务，协助零售商销售，为生产者提高产品的声誉。

（二）批发商的类型

从一些发达国家的批发商的发展趋势看，批发商由以下类型构成：

1. 独立批发商

独立批发商是批发商最主要的类型，按其职能和提供服务的程度又分为完全服务职能批发商、有限服务职能批发商两类。

（1）完全服务职能批发商。他们执行批发商业的全部职能，主要包括提供市场信息，咨询服务，预测市场需要，提供仓储及运输，为零售分割、分等、分类、加工、包装等，提供间接财务援助。完全服务职能批发商按其经营商品的范围，又分为一般商品批发商、单一种类或整类商品批发商、专业批发商、石油批发站、农产品采购商五种。

① 一般商品批发商。他们经营一般货色，特点是经营种类繁多，经营范围很广。

② 单一种类或整类商品批发商。他们的经营仅限于某一类商品（如服装、食品、杂货等），特点是所经营商品的品种、品牌、花色、规格比较齐全。

③ 专业批发商。他们经营某类或有限几类商品，特点是经营产品品种规格很多，品牌齐全，品种之间的消费替代性和连带性强，同一产品或同一品种的进销批量都较大，为购买者提供了充分的比较与选择余地。

④ 石油批发站。他们专门对石油产品零售商和产业用户批发销售汽油以及其他石油产品。

⑤ 农产品采购商。他们主要从事向农场主收购产品，然后将所采购的农产品运到各地批发市场转卖。他们的特点是小批量收购，大批量转卖。

（2）有限服务职能批发商。他们为了减少经营费用，降低批发价格，只执行批发商业的一部分职能，提供一部分服务。这种批发商可分为以下五种：

① 直运批发商。他们主要经营木材、煤炭等笨重产品，在接到顾客的订单后再向生产者进货，并通知生产者将商品直接运给用户。他们不需要仓库和运输，减少了储运费用。

② 现购自运批发商。他们主要经营食品杂货。这种批发商的批发价格比完全职能批发商的批发价格低，因为他们要求顾客自己准备货车去仓库选购商品，不准赊购，当时付清货款。

③ 货架批发商。又称专柜寄售批发商。他们的经营费用较高，大约占销售额的18%，主要经营玩具、化妆品、家用器皿等。在一些食品杂货商店或超级市场设置自己的货架和柜台，展销其商品，等到商品卖出后，再向零售商收款。

④ 卡车批发商。他们主要执行推销员和送货员的职能，经营如食品等保鲜期短的商品。他们把产品装上卡车，立即运送给各零售店、饭馆、旅馆等客户，最大的特点是现买现卖。

⑤ 邮购批发商。他们主要经营食品杂货、化妆品、小五金等商品。其顾客是边远地区的小零售商。他们先向用户寄送商品目录，接订单后全部批发业务以邮寄等方式进行。

2. 商品代理商

商品代理商的形式大约有以下七种：

（1）商品经纪人。他们的主要作用是为买主寻找卖主，为卖主寻找买主，把买卖双方牵在一起，协助谈判，促成成交。成交后，由卖主把货物直接运送给买主，而经纪人向委托人收取一定的现金。他们的特点是联系面广，认识人多，经营的范围广泛，而且不储存商品，不承担风险。

（2）制造商的代理商。制造商利用这种代理商为自己推销产品。他们通常与几个制造商签订长期代理合同，但是，这些产品都是非竞争性的、没有相互关联的品种。他们在一定地区以制造商规定的销售价格或价格幅度以及其他销售条件替制造商代销全部产品或部分产品，制造商按销售额的一定比率付给其报酬。

（3）销售代理商。销售代理商在竞争激烈的行业最多。他们与制造商的代理商一样，也与许多生产者签订长期代理合同为其代销产品。但是，他们与制造商的代理商不同的是：首先，每一个制造商只能用一个销售代理商而不得再委托其他代理商销售产品；其次，销售代理商具有销售委托者全部产品的权力，而且并不限定只能在一定的地区内代销，在销售价格和其他销售条件方面也有较大的权力，因此，他们实际是生产者的独家全权销售代理。

（4）佣金商（佣金行）。这是一种为委托方推销产品并收取佣金的代理商。通常备有仓库，替委托人储存、保管商品。他们对农产品的销售往往有较大的权力，因为农产品易腐，要尽快脱手，所以，他们可以不经过委托人同意，根据当时的市场供求情况，以最好的价格出售。然后扣除佣金和其他费用，将余款汇给委托人。

（5）拍卖行。他们为卖主和买主提供交易场所和各种服务项目，用公开喊价方式决定市场价格，成交后收取佣金。参加拍卖的商品大多是艺术品、古董、文物、珠宝等珍贵物品，或是大宗农副产品以及房地产。

（6）采购代理商。他们主要是替买主采购货物，寻找货源。他们或是替产业用户寻找产业用品的供应来源，或是替郊区零售店采购时尚产品。这种代理商往往在市场中心设有办事处，成交后再向委托人收取代购手续费或佣金。

（7）进出口代理商。他们主要是在口岸设立办事处，专门按委托人的要求从国外寻找货物的供应来源和按委托人的要求向国外推销商品。

二、零售商的作用与类型

（一）零售商的作用

零售商是分销渠道的出口，是商品流通的最终环节。零售商是指专门经营零售贸易，直接为广大消费者服务的商业机构。零售商的业务包括将商品或劳务直接销售给最终消费者过程中所涉及的一切活动。零售商的性质，决定了其重要性和作用。

首先，由于零售商是生产者与消费者及批发企业与消费者之间的中间环节，它的经营情况不但关系到能否满足消费者生活需要，而且可以影响到生产者和批发企业的经营情况。

其次，零售商业直接为最终消费者服务，满足其个人及家庭消费的需要，实现社会生产目的。

最后，零售商业的经营活动能为生产部门实现其产品的价值。同时，它本身又可通过整理、挑选、包装商品等劳动创造新价值，并通过扩大商品销售、降低流通费用、改善经营管理和提高劳动效率，增加企业的经济收益。

（二）零售商的类型

自第二次世界大战以后，一些发达国家零售机构不断创新，各种新型零售机构不断出现。尤其是美国，商业网点密布，零售商数量之多远远超过批发商。许多新的零售形式都是先在美国出现，然后各国仿效。零售形式种类繁多，可按不同方式划分为不同的种类：

1. 按经营商品范围的广度与深度不同划分

按经营商品范围的广度与深度不同，零售形式可以划分为六种：

（1）超级市场。出现于20世纪30年代美国"大萧条"初期，由于它深受消费者的欢迎，所以发展十分迅速。

相关链接

世界第一个超级市场

1930年8月，迈克尔·库伦（Micheal Kullen）以低租金在纽约租了间废仓库，创办了世界第一个超级市场。

它的特点是：购买方便，采用顾客自行挑选，自动售货方式；价格便宜，商品毛利仅9％～10％；开门营业时间长，有停车场。这些给消费者带来了方便与实惠。近年又出现比传统超级市场更大规模的"特级市场"、"超级商店"。

（2）百货公司（商店）。百货公司经过一百多年的发展，现已成为商业的主要零售形式。它的特点是：经营商品的范围很广，种类繁多，可以说是一应俱全。百货商店是一种"水平一体化零售机构"，设有不同的商品部，每个商品部由一位经理主管进销业务。

相关链接

发达国家百货公司

1852年，第一家百货商店产生于法国，名为"好商店"（BON MARCHE）。在发达国家，大百货商店一般都有100～150个商品部，每个商品部有自己的相对独立性，商店设在繁华闹市区，设施齐全，管理先进，服务质量高，经营的商品优质、高价、名牌，并为顾客提供一系列服务。

（3）专业商店。美国在19世纪50年代已出现专业商店。这种商店是专门经营某一类商品或某一类商品中的某种商品，如食品店、服装店、家具店、书店等。而食品店又可以分为营养食品店、儿童食品店等。它的特点是花色品种多，规格齐全，便于消费者挑选。因此，它的发展趋势很快，人们预言它将是未来市场中主要的零售形式。

（4）综合商店。这种商店经营多种商品，品种简单，多属于人们日常生活必需品，一般以出售食品为主。其特点是商品杂，比较实用。

（5）方便商店。这种商店设在居民点附近，以方便居民为主。其特点是营业时间长，可以满足居民的随时之需。最有代表性的是7－11连锁店。

（6）服务型商店。这种商店为消费者出售劳务，如洗衣店、俱乐部、咖啡店等。

2.按管理系统的不同划分

按管理系统的不同，零售形式可以分为以下五种类型：

（1）连锁商店。即联销商店、多支店商店。其特点是统一店名，统一商场设计，集中进货，相同价格，统一宣传广告等。大量采购可以得到价格折扣，同时，可以降低运输成本，因此具有风险小和竞争力强的优点。

（2）消费合作社。即消费者投资创办的自助商店。其特点是不以营利为目的，保护消费者的利益。它最初产生于英国，目的是避免商业经营环节的加价。主要销售社团成员所需的日常生活用品。

（3）特许经营商店。采用契约方式特许其独立代理经营，类似于连锁商店。不同的是，独立零售商店要想经营某大公司的产品，必须向这些大公司购买产品的特许经营权。同时，大公司为了在其特许经营系统中实行经营管理标准化，贯彻其市场营销策略，往往采用许多办法进行控制。所以，可以说，它虽然自负盈亏，实质仍是某大公司的附属机构。

（4）集团商店。这是一种集团企业，是由独立的零售公司、商店组成，所有权都属于某一集团，并由企业的最高管理层统一管理。例如，美国的朋尼公司、联合百货商店等就是著名集团商店。

（5）协同营业百货商店。即指许多小零售商租用同一个市场内的专柜，各自经营自己的商品，消费者挑选余地大，择优选购。这种形式近几年在我国发展较快。

3. 按零售价格和服务策略划分

按零售价格和服务策略，零售形式可以分为以下七种：

（1）折扣商店。这种商店商品的价格比一般商店低，设备简单，出售标准商品，自动售货，以求降低营业成本。它的特点是：着重经营全国性名牌产品，以保证质量。店址一般选在低租金地区。商品以家庭用品为主，现在已逐步扩大范围。商店的商品都是明码标价，在出售时给予一定的折扣，实际售价肯定低于其他商店。因此，它对于低收入阶层的消费者很有吸引力。值得注意的是，它是以薄利多销为宗旨，绝不是削价出售或是卖质次商品。以美国为例，折扣店的平均库存周转达到年 14 次（百货店一般年周转 4 次）。

（2）仓库商店。这种商店出售大而笨重的商品，如家具、电冰箱、食品等。商店没有任何的虚饰，内部装饰简陋，以廉价招徕顾客。消费者随买随取，比较方便。

（3）样本售货商店。这种商店把商品彩色目录和廉价经营原则应用到一些名牌的精选品之中，经营如珠宝首饰、皮货制品、照相机等高加成、卖得快的产品。商店每年发行长达 500 页的彩色商品图册，每个品种都注明"目录价格"和"折扣价格"；顾客可以凭样本邮购或电话订购，由商店送货上门。

（4）自动售货机。即将硬币投入售货机后出售商品和劳务。它一般设置在车站、码头、街道、旅馆、公共场所等地，出售香烟、饮料、糖果、报纸、快餐、化妆品、胶卷等商品以及服务性工作，如洗衣、售票等。在美国，800 多万台自动售货机遍及全国。

（5）流动商店。这是由古老的推销方式发展而来。在美国已有 700 多家公司专门进行上门推销，主要推销服装、化妆品、家用器皿、图书杂志等，适合消费者要求购买方便的需要。但是，由于企业付给推销员的费用高（佣金占销售额的 20％～50％），整个推销费用占商品销售额约 60％，因而，销售价格较高，削弱了其竞争能力。

（6）购买服务。它是一种专门为特定顾客服务的零售业务，专门帮人购买商品。美国的

"联合购买服务"有90万成员，他们去指定的零售商店为委托者购买货物，零售商给他们"成本＋8％"的优惠价格。

（7）邮购和电话订货零售。这种商店靠邮寄样本、广告、目录等，向消费者传递商品信息，供顾客选购，顾客用信函或电话方式订货。它的特点是投资少，经营费用低，商品的辐射面广，能为边远地区的顾客提供方便。

典型案例

纵横交错的销售渠道

在市场上建立纵横交错的销售渠道，是长期占领市场的重要保证。中国地毯公司开拓美国市场渠道的方式是：选择一家经营高级日用品的公司作为自己的代理公司，借用其已经形成的市场渠道。新加坡的酱油大王白清泉在美国开拓市场渠道的方式是：先到美国进行考察，从许多城市中选取一个主要的城市为立足点，然后逐步在一些城市建点，并把这些点连成一条线，线一多，就形成了一个行销网络。

第六节 物 流

物流（实体分配）策略的概念起源于第二次世界大战中的军事后勤理论和方法。当时，美军采用了现代化的综合物流管理，在军用物资进行远距离、大批量、多品种的调配供应中取得了显著成效。战后，世界上的资本主义国家受到经济危机的影响，企业被迫不断改进产品的包装、运输、装卸、保管诸环节，以求进一步降低成本，物流领域开始受到重视，物流管理也在企业中得以应用。

一、物流概述

物流定义为：以最小的总费用，按用户要求，将物质资料从供给地向需要地转移的过程。主要包括包装、储存、装卸、运输、配送、流通加工、信息处理等活动。

（一）物流的基本模式

广义的物流是指物质实体在直接生产过程和流通过程中发生的全部时空运动，包括原材料的采购物流，生产场所的生产物流，制造商、批发商、零售商的销售物流。狭义的物流是指产品从生产者到消费者这一阶段中的时间、空间转移。市场营销学研究的实体流通是营销渠道内发生的产品实体移动与经营管理问题，也就是指通过有效地安排商品储存、运输、收发货、加工、包装和处理订单等，使商品在适当的时间，到达适当的地点，实现产品的空间移动。

物流的基本模式如图 10-2 所示。

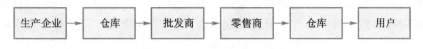

图 10-2 物流的基本模式

这个模式表明，一个企业要正常地进入市场必须有一套完善、畅通的物流系统。这个系统的中心是储存和运输管理，即商品实体的转移功能。储存和运输是联系生产企业、中间商和顾客的纽带。储存和运输互相影响，互相制约，运输量和运输环节会因消费者需求增加和企业生产量的增加而增加，存货水平会因消费者需求增加而降低。

任何一个企业，总是希望以最低的物流成本去提供最佳的销售服务。当前，人们日益关注物流的成本水平，有关专家认为物流领域是企业经营的"经济领域中的新大陆"。如果企业在协调库存水准、运输模式以及工厂、仓库和商店的设置方面，充分利用现代决策工具，将节省大量的开支，所以，有人认为，它是"降低成本的最后边界"。一些发达国家的政府、企业界和学术界，从物流的法规、技术、管理等方面，开展了研究和大规模的应用。一个以经营管理为导向，以当代技术革命为基础的现代化物流管理时代已经到来。

 相关链接

物流成本构成

据有关资料研究：物流总成本的主要构成部分是运输（46%）、仓储（26%）、存货管理（10%）、交接货（6%）、包装（5%）、管理费（4%）、订单处理（3%）。这种构成因行业而异。物流总成本占销售额的比重也因行业差别有所不同，如在制造业占 13.6%，在商业却占 25.6%。

（二）物流策略的主要观念

1. 市场营销观念

企业的物流决策必须围绕企业目标市场的需要，必须纳入企业的营销战略之中进行综合管理，必须与企业的产品开发、定价、分销渠道选择、促销等策略相结合；否则，单独评价企业物流系统的效能（如运输能力、订货效率等）是没有意义的。所以，物流管理应根据市场营销管理的特点进行管理。例如，物流要在发展中适应不断变化的客观环境，注重市场调查，以发现新的市场机会；物流应通过合作与调整，不断与其他基本策略相协同；物流要价格合理、产品与服务优质，不断满足消费者的要求。

2. 经济效益观念

在 20 世纪 30 年代，美国二十世纪财团调查证实，在零售价格中，社会流通费占 59％。20 世纪 60 年代，日本的调查结果是社会流通费占 50％左右。70 年代，西方国家有人发现：如果把降低物耗增加的利润称为第一利润的源泉，把节约工耗增加的利润称为第二利润的源泉，那么降低物流费用增加的利润可以称为第三利润的源泉。到 21 世纪，随着科学技术的迅速发展，降低物耗和降低工耗的可能性逐步减少，而如何降低物流费用，目前已成为提高企业经济效益的核心问题。例如，采用合理运输，减少装卸次数，改进商品包装以减少商品损耗，提高装卸效率等措施，可以降低物流费用，增加企业的利润。

 相关链接

第三利润的源泉

1979 年，美国某公司由于大力降低物流费用，一年增加 200 万美元利润，超过了第一利润和第二利润的增加额。据营销专家估算，物流成本降低潜力比其他市场营销环节大得多，物流成本约占全部营销成本的 50％。在第四届国际物流会议上，专家们指出，在德国，物流成本占产品全部成本的 30％～85％；而在美国，直接劳动成本不足工厂成本的 10％，并且在不断下降，全部生产过程中只有 5％的时间用于加工制造，余下的 95％都是储存和搬运时间。由此可见，降低成本是物流管理决策的重点。

根据现代"商流与物流相分离"的理论原则，产品实体不必随着商品所有权的每一次转卖而转移。企业的销售活动与物流活动之间既存在有机联系，又可以各自发挥职能。商流引导物流，物流适应商流，物流不再仅仅作为买卖活动的补充而存在，而是能给企业带来直接效益的一个重要领域。

现代物流管理远远超出了传统物流理论"作业控制"的范围，包括了计划—执行—评价—反馈的循环。因此，现代物流管理的效益评价系统比以前复杂得多，既有数量指标，又有难以量化的主观评价指标。如果以经营为导向，就应考虑以下几个方面：

（1）企业战略的执行情况；

（2）物流体制的合理性；

（3）物流系统的综合经济效益（如投资盈利率、流通费用率等）；

（4）提高物流效率对企业整体的贡献程度（例如可以将因为差错、缺货、服务质量低劣等原因造成的积压订单、丢失市场和声誉降低折算为销售损失成本）。

3. 系统观念

所谓系统观念，就是在物流管理过程中，把分散的产品实体活动转变为系统的物流活动，协调生产、财务、销售各机构的决策，使适销对路的产品以适当的批量，在适当的时间到达适当的地点。这样，企业就把运输管理、储存管理、搬运管理等单项管理职能放在一个统一的框架中来考虑，在企业内部贯彻标准化作业和目标管理的原则，在更新改造物流设施的同时，重组各物流要素（包括企业的和社会的），高度协调各种实体分配活动，在提供预定水平的顾客服务的前提下，使总成本最小化。

4. 顾客服务观念

物流的目标主要是两个：成本目标和服务目标。而且，与其说物流作业是一种生产性活动，不如说它是一种特殊的服务活动。所以，物流过程中向顾客提供的服务水平是影响顾客购买企业产品的关键因素。

向顾客提供的服务项目可以有：定时定点送货；提供应急发货；缩短订货周期，缩小发货批量和发货次数；代顾客拼配、配套供应以及代顾客存储货物并提供货损担保；拆零和再包装；通报订单执行情况和提供物流咨询等。

企业在确定自己的服务水准时，必须参照竞争者的做法，一般要求提供至少和竞争者相同水平的服务。但应注意的是，最佳服务一般意味着大量的存货、足够的运输工具和大量的仓库，而这一切都将增加流通成本；反之，最低的流通成本意味廉价的运输工具和少量的存货，这又会降低服务水准。因此，企业管理者必须看到这种成本与销售额之间的关系，企业的最终目标是利润最大化，而不是销售额。企业应考虑在提供服务时所产生的费用，权衡轻重，在最高利润和长远效益上做出比较合理的安排。也就是说，在各成本项目之间进行权衡抉择，选择最低成本；在成本与销售额之间进行权衡抉择，选择最大限度的利润。

5. 信息管理观念

现代物流策略的显著的特点之一就是不断走向系统化、计算机化的信息管理。因为随着企业目标市场的不断扩大，通信、运输、供应的线路畅通无阻已成为企业市场营销成败的关键。而且，物流数据一是量大，二是重复性，因此，可以标准化和达到适时控制。应用计算机管理技术，可以降低差错率，节省人工，使流通时间大为缩短。

 相关链接

欧盟各国的信息管理

欧盟各国由于推行了商业基本程序，实行标准化作业，供应、订货、结算等均用统一的计算机数据处理网络，实行"无凭证处理"作业，使其成员国中的数据、凭证的传递、处理速度大大加快，节省了因拖延时间而多支付的利息等费用。

物流信息管理的应用领域包括：商流活动与物流活动之间的信息控制；订货、搬运、储存、进出库、发货、运输、结算等各物流环节之间的信息控制；自动化的机械设备的联网控制；积累、分析评价物流数据；建立各种报表和用户档案等。

二、物流的功能

（一）包装

包装是为保护商品、提高物流作业效率而运用一定的技术方法，采用容器、材料及辅助物等将物品封装并予以适当标志的活动总称。从机能上来讲，包装可以分为为保持商品的品质而进行的工业包装；为促进销售而进行的包装两类。包装曾经被作为生产的终点，包装的设计往往从生产终结的要求出发，因而常常不能满足流通的要求。物流研究认为，包装与物流的关系，比之与生产的关系要密切得多。例如，为推进装载的单元化、标准化，必须要求外部包装尺寸能够符合托盘的标准规格。

（二）装卸

包括对运输、储存、包装、流通加工等物流活动进行衔接的活动，以及在储存中为进行检验、维护和保养所进行的装卸活动。装卸作业在整个物流活动中是十分重要的一环，作业不当就会造成产品的损坏。另外，合理地使用机械装置协助进行装卸作业可以增加装卸速度、降低装卸成本。产品装卸的次数、时间越少，则产品损坏的可能性也就越小。所以，在设计物流作业时要尽可能地减少装卸次数，这样不仅能够减少整个物流作业的时间，提高物流服务的质量，而且能够降低产品在流通环节的损耗。

（三）运输

运输是使物品发生场所、空间移动的一种物流活动。由于其具有十分重要的意义和可见成本，多年来受到管理部门的极大关注。运输需求可以通过三种方式实现，即私人运输、合同运输和公共运输。运输的具体方式有公路运输、铁路运输、水运、航空运输和管道运输等。实现物流活动的运输机能首先要考虑三个最为重要的因素，即成本、速度和作业的一致性。

（四）仓储

仓储是将物品临时储藏、管理的一种物流作业，通过保管这一功能的实现可以填补生产和消费之间的时间间隔，使生产活动能够正常地展开。

（五）流通加工

流通加工是为便于商品的销售而在流通阶段所附属的加工活动，具体包括钻孔、切割、组装等轻微的生产活动。除此之外还包括分装、贴标签、商品检验等方便商品流通的辅助作业。流通加工能够提高商品附加值，对于专门的物流公司来说还可以减少顾客作业负担、形成服务的差别化，起到提升企业的竞争力的作用。

（六）配送

配送是物流进入最终阶段，以配货、送货的形式将商品送到最终用户手中实现资源配置的活动。从物流来讲，配送几乎包括了所有的物流功能要素，是物流的一个缩影或在某小范围中物流全部活动的体现。一般的配送集装卸、包装、保管、运输于一身，通过这一系列活动完成将货物送达的目的。特殊的配送则还要以加工活动为支撑，所以包括的方面更广。配送是"配"和"送"有机结合的形式。配送与一般送货的重要区别在于，配送利用有效的分拣、配货等理货工作，使送货达到一定的规模，以利用规模优势取得较低的送货成本。

三、流程管理

（一）订单处理作业

销售物流发挥其功能始于客户对销售部门的询价、销售部门报价，然后经过销售合同协商，接受订单，查询该商品项的即时库存状况、装卸货能力、流通加工负荷、包装能力、配送负荷等，以最终设计出能满足客户需求的配送日期、配送安排等物流操作方案。

（二）事件协调

由于企业的销售物流作业最主要的目的是按照客户的订单要求适时地配货与交货，所以物流作业应该统计企业各个时段的订货数量，根据科学的运筹方法安排调货、出货程序和分配数量，制定客户订购的最小批量、订货方式或订购结账截止日等，并根据企业的配送资源和运力情况，及时采取措施对无法按要求向客户交货的事件进行协调，适时地解决处理突发事件。

（三）发出提货单

企业的销售物流作业应依据销售部门所接受的订单合同来安排配送运力与配载计划，因此要求每周或每半周对商品数量需求进行统计，根据所需要数量向仓库部门或生产部门提出提货单，然后进行对商品进入物流配送中心仓库的入库进出管理，根据入库作业、入库月台调度，在商品入库当日就将入库资料及数量输入数据库，并及时检验。

（四）入库作业

根据入库商品的出货即时的不同，入库作业一般分两种情形：对于商品入库后还需要等待有出库需求时再出货的，入库工作人员应根据仓库管理系统制定的分区分类存放的安排，为商品分配一个指定的货位；若商品一到物流配送中心仓库，经过质检与量检后就直接安排配送作业并送至客户手中，那么入库工作人员则需要按照出货需求将商品配装好送至指定的出货码头或送至出库暂存区，以方便即将开始的商品的出货作业。

（五）库存管理

对于销售物流仓库的商品库存而言，因为它是为了物流配送作业的方便而产生的暂时性的仓储需要，所以与企业内仓储物流中的仓库相比，快速周转的要求就更为迫切，这就对其库存管理作业提出了更高的管理要求。

（六）分拣作业

为了满足客户订单对不同种类、不同规格、不同数量商品的需求，企业的销售物流必须对配货、配载作业进行实时跟催，以有效地分拣货物，及时完成对客户订单的配货、配载工作。另外，及时根据补货量和补货时点要求，调度安排补货作业和相关工作人员，从而通过对补货、拣货作业的适时安排，加快企业销售物流作业的进度，保证销售物流流程的连续性，快速地完成对订单的响应。

（七）流通加工

在企业的销售物流流程中附加流通加工，可以使企业获得物流运作利润以外的附加加工价值。在销售物流中可以根据企业客户对包装或内包装数量的要求，对商品进行分类、拆箱、重新组合，这些流通加工作业过程并不需要企业的销售物流工作做出多大的改变，但是利润是相当丰厚的，可以使企业轻松地获得一定的物流以外的附加价值。

（八）配送安排

配送作业包括商品装车并进行实际配送。为此，企业的配送部门必须事先做好配送区域的规划安排，选择最合理的配送路线，根据配送路线选择的先后次序来决定企业的商品装车顺序，并在商品配送途中进行商品跟踪、控制及意外状况的处理。

（九）绩效管理

为确保企业的销售物流工作的持续有效，必须对物流的效率进行绩效管理，通过对各个工作人员或中层管理人员的考核评估，不断规范销售物流流程操作时的作业标准，以保证销售物流的高效率和有效性。

四、商品仓储与管理

储存是物流决策中的重要因素。由于企业季节生产与市场常年消费或企业常年生产而市场季节消费的矛盾存在，以及生产地与消费地空间距离的矛盾存在，因此，商品储存成为流通的必要形式。每个企业在其产品待售的时候，必须储存一定的商品，以克服供需在数量上和时间上的差异。仓储决策主要包括三个方面的内容：

（一）商品的合理储存

商品的储存要讲求合理性。如果储存量过少，则不能确保销售和生产的连续性，造成商品流通的中断，影响再生产的顺利进行；如果储存量过多，又会造成商品积压，影响资金周转并造成费用增加。就整个社会来说，积压商品意味着产品价值未能实现，影响了社会经济效益，影响了社会再生产的顺利进行。所以，合理确定商品储存量，是提高企业和社会经济效益的重要途径。

1. 影响企业商品储存量的因素

（1）商品生产周期长短。一般说，储存量与生产周期长短成正比，即商品生产周期长，商品储存量就要多一些；反之，就要少一些。

（2）商品的生理、物理特性。凡是容易腐烂变质的鲜活商品或有效期短的商品，储存量要少一些；相反，就可以多一些。在商品出售前需加工、挑选、分类、整理和包装的商品，储存量应大一些；反之，则应少一些。品种与花色多的商品，为了便于用户挑选，储存量相对可以多一些。市场需求变化不大的商品，储存量也可以大一些等。

（3）商品销售量因素。在其他因素不变的情况下，储存量与商品销售量成正比，即商品市场销售量大，库存量应加以配合而增加，但应随时注意市场需求的变化，以防积压。

（4）商品对国计民生的重要程度。为了保持市场和物价的稳定，一些关系到国计民生的重要商品，要保持一定的供应量，储存必须大一些；反之，则应少一些。

（5）商品产销距离与运输因素。产销距离近，运输方便，商品周转快，储存可以相对少一些；反之，则应大一些。

2. 存货控制

所谓存货控制，是指商品合理储存量的管理。目的是使企业的商品储存量保持最适当的水平，既不脱销缺货，又不库存积压。

为此企业必须对商品库存进行控制，随时掌握库存的变化情况，以便针对问题及时做出经营决策。首先，应对主要商品制定合理库存定额或限额，据以掌握进货和确定商品资金占用额度。同时，应经常了解库存结构情况，定期分析库存结构。库存结构是指各类商品在库存商品总额中所占比重，反映了库存商品的构成情况。为了使库存商品结构合理，应掌握科学的分类管理方法，采用 ABC 分类法，对库存商品做结构分析。

ABC 分类法，也称重点管理法，它把管理对象分为 A、B、C 三类，针对三类的不同特点，采用不同的管理对策，分别重点和一般进行管理。运用此法，要求掌握好两个分类标志：一是库存商品品种，二是库存商品资金占用金额。分类时，先将企业经营的商品，根据品种比重和资金占用的比重，按规定的划分标准进行分类：把库存额大、品种少的商品划分为 A 类；把库存额一般、品种较多的商品划分为 B 类；把库存额小、品种多的商品划分为 C 类。如表 10 - 2 所示。

表 10 - 2　ABC 分类标志表

分类	金额标志	品种标志
A	70％左右	10％左右
B	20％左右	20％左右
C	10％左右	70％左右

表 10 - 2 说明了 A、B、C 类商品大体划分的比例是：品种比例是 1∶2∶7；金额比例是 7∶2∶1。当然，在实际工作中，对比例不必硬性划分，但也不能与此比例相差过大，否则，也就失去 ABC 分类法的作用。

在管理中，应对 A 类商品进行重点管理，经常控制其资金占用额和结构，一般不能超过库存限额；同时，对占用库存要开展保本分析，做到资金占用和盈亏心中有数；在保证商品供应的条件下，尽量压缩库存数量。对 B 类商品要按类掌握进货和库存，尽可能固定进货周期和进货批量，以保证商品库存数量比较稳定。对 C 类商品可视具体情况灵活掌握，可以用总金额控制，集中和大批量进货，管理可以稍微放宽一些。

企业在进行 A 类商品的库存管理时，应制定合理的商品储存定额，作为控制商品储存量的标准，并实行严格的定额管理。

商品储存定额包括三种：最高储存定额、最低储存定额、平均储存定额。在企业进货的前一天，储存额降到最低；而进货的当天储存额最高。制定最高和最低储存额的目的是为了防止商品的积压和脱销。最高储存定额称为"防止积压警戒线"，最低储存定额称为"防止脱销警戒线"，平均储存定额是最高和最低储存定额的平均数，称为"商品资金合理占用线"。其计算公式如下：

最高储存定额＝(进货的间隔天数＋最低定额天数)×平均每日销售量

最低储存定额＝(进货在途天数＋销售准备天数＋商品陈列天数＋

保险天数)×平均每日销售量

平均储存定额＝(最高储存定额＋最低储存定额)÷2

必须指出的是，企业除采用制定定额的方法控制存货外，还应结合清仓查库，以经营管理中的经验判断，综合分析商品销售和库存变化的动态，及时发现问题以采取相应的对策。

（二）仓库地址和数量选择

1. 地址选择

仓库地址选择是仓储决策的重要内容，合理的位置既可以减少仓库数目，又有利于缩短货物的运送时间和距离。确定仓库地点需要考虑的因素很多，首先，应考虑用户需要的服务标准。服务水平的高低可以说直接关系到商品销售量的大小。在运输方式和运输距离既定的条件下，仓库地址应尽量选在能够满足主要客户购货周期最短的范围以内，这样可以满足顾客的服务要求。其次，应考虑运输费用。由于运输费用是全部运输量、运输里程和单位运价三者的乘积，所以，应根据顾客的地理分布和顾客所要求的运输总吨位选址。一般尽量选在接近运输吨公里最大的购买单位地区。

2. 数量选择

仓库数量应与仓库地址相配合，仓库数量多，库址容易满足顾客的需要，能够比较快地把货物送到顾客手中，总运输费用也会降低。但是，由于仓租费用大，仓储成本也将相应增加。反之，仓库数量少，地址相对集中，仓租费减少，但是总运输费用增大，用户提货也不太方便。总之，仓库数量必须在顾客服务水平和分销成本之间取得平衡。

五、运输决策

商品只有顺利到达顾客手中，才算最终完成了商品流通过程，实现了其使用价值。在商品销售活动中，企业除了向消费者提供他们所需要的商品外，还必须使商品在适当的时间、适当的地点送到消费者手中，这就要求合理组织商品运输。

（一）合理运输的基本原则

商品跨城市、跨地区、跨海洋河流的移动是物流活动的重要组成部分，应本着"安全、及时、准确、经济"的原则，用最少的时间、走最短的路线、花最少的费用，把商品安全地送到用户手中。所谓安全，就是要求在运输途中，保证商品的质量完好无损，杜绝商品的丢失、霉烂和残损以及各种危害人身安全等责任事故的发生；所谓及时，就是要求按照市场需求的轻重缓急，以及用户的要求，按期把产品运达目的地；所谓准确，就是要求在运输过程中，防止出现各种差错以及避免各种事故；所谓经济，就是要求选择最合理的运输路线及运输工具，尽量花最少的费用完成全部运输过程。

 相关链接

运价界点

美国、日本和中国的运价界点均定在 300～500 公里，即运价界点内公路运费比铁路运费低。这是因为短途铁路运输同样要负担与运输里程无关的起始费用。同时，铁路又是一种点线运输，货物须从发货人的仓库送到铁路的起运点，这样，必须从一种运输工具转到另一种运输工具，这就要支付货物的转运费用。在货物运达终点站后，还要将货物送到收货人仓库，要再一次支付转运费用，造成运费增加。汽车运输则免除了上述费用。

（二）合理运输的途径

1. 选择合理的运输路线

选择合理的商品运输路线，实际上是消除造成增大运输总里程的各种不合理运输，最大限度地缩短商品运输平均里程，从而缩短商品在途时间，加速商品流转，降低流通费用，节约运力。

合理的运输路线，必须以商品流通的合理流向为前提，因此，要对用户的地理分布和交通状况进行综合分析，按经济区域选择和组织商品运输路线。同时，结合本企业的生产基地与仓库的分布情况，确定中转点与中转商，使商品走最短的路线，消除迂回、倒流现象，让商品运输路线和运输距离达到最合理程度。

2. 选择合理的运输方式

商品从产地运到销地，一般可以采取以下运输方式：直达运输、过库运输、"四就直拨"、"零担凑整车中转分运"。

（1）直达运输。它是指商品由生产单位直接运送到零售企业而不再经过批发企业仓库的运输。直达运输可以缩短商品的在途时间，节省包装运输费用，同时，可以减少商品的损耗，还能迅速占领市场，对于促进生产发展和保证市场供应具有重要意义。选择直达运输，必须具备一定的条件，否则，会产生反效果。一般来说，鲜活商品、易腐商品以及品种单一而运量大的商品适合采取直达运输。

（2）过库运输。它是指产品离开生产企业以后，经过批发企业仓库再发送到零售企业的商品运输方式。商品从产地到销地的转移过程中，大多是采用经中间环节转运。但商品采用过库运输时，应尽量减少不必要的中间运输环节，这有利于企业加速商品流转速度，有利于节约流通费用。

（3）"四就直拨"。其内容是：就厂直拨、就车站（码头）直拨、就库直拨、就车（船）过载。其中，就厂直拨，即商品不经过批发企业的仓库，经质量检验后，从工厂直接送交运输部门，发送消费地；就车站（码头）直拨，即从外地买来的商品，不再进入批发企业的仓库，直接从车站或码头拨发到要货单位；就库直拨，即指批发企业从本地或外地购进商品，由于需要一定时间的储备，一般由集中管理的共用仓库储存，零售企业要货则直接从仓库直拨，不再经过当地的中间商的附属小库；就车（船）过载，即产品从外地运来后，由甲车（船）直接过载到乙车（船），而不再经过仓库，直接运到要货单位。"四就直拨"方式可以减少运输过程中的过库环节，降低产品的运杂费用，避免了本市内的重复运输。

（4）"零担凑整车中转分运"。它是指将同一始发站、同一方向、不同到站的各种零担商品凑成整车后运到一个适当的中转分运站，然后再以零担分运到各收货单位。这样，可以使复杂的零星小批量商品也采用直达运输方式。

3. 有效地使用运输工具

在组织商品运输时，应从整体利益出发，合理地使用各运输方式，充分利用公路运输和水路运输，组织好水路和铁路的联运以及江、河、湖、海联运，以减轻单一铁路运输的压力。同时，应有效地利用民间运输工具，使其与现代运输工具相配合，以适应运输任务不断增长的需要。此外，还应不断提高装载技术，以提高车船的技术装载量，尽量利用整车运输和车船的固定运输。

本 章 小 结

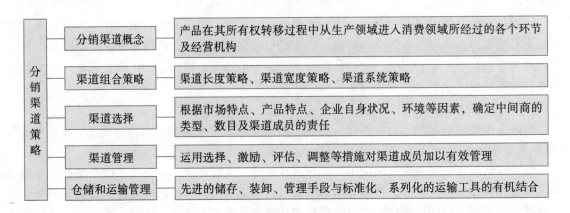

分销渠道策略	分销渠道概念	产品在其所有权转移过程中从生产领域进入消费领域所经过的各个环节及经营机构
	渠道组合策略	渠道长度策略、渠道宽度策略、渠道系统策略
	渠道选择	根据市场特点、产品特点、企业自身状况、环境等因素，确定中间商的类型、数目及渠道成员的责任
	渠道管理	运用选择、激励、评估、调整等措施对渠道成员加以有效管理
	仓储和运输管理	先进的储存、装卸、管理手段与标准化、系列化的运输工具的有机结合

核 心 概 念

分销渠道　直接渠道与间接渠道　密集分销策略　选择分销策略　独家分销策略　垂直分销系统　水平分销系统　多渠道分销系统　批发商　零售商　物流

同 步 测 试

一、单项选择题

1. 向最终消费者直接销售产品和服务，用于个人及非商业性用途的活动属于（　　）。

　　A. 零售　　　　　　　　B. 批发　　　　　　　　C. 代理　　　　　　　　D. 经销

2. 以大批量、低成本、低售价和微利多销的方式经营的连锁式零售企业是（　　）。

　　A. 超级市场　　　　　　B. 方便商店　　　　　　C. 仓储商店　　　　　　D. 折扣商店

3. 企业对中间商的基本激励水平应以（　　）为基础。

　　A. 中间商的业绩　　　　B. 企业实力　　　　　　C. 交易关系组合　　　　D. 市场形势

4. 批发商最主要的类型是（　　）。

　　A. 商人批发商　　　　　B. 经纪人　　　　　　　C. 代理商　　　　　　　D. 制造商销售办事处

5. 宝洁产品多采用广告宣传，不进行过多的终端维护，然而经销商、零售商都钟爱宝洁的产品，宝洁的渠道控制属于（　　　）。

    A. 市场控制　　　　　　B. 利益控制　　　　　C. 品牌控制　　　　　D. 产品控制

二、多项选择题

1. 分销渠道包括（　　　）。

    A. 生产者　　　　　　　B. 独立批发商　　　　C. 代理商

    D. 供应商　　　　　　　E. 消费者

2. 影响分销渠道设计的因素有（　　　）。

    A. 顾客特性　　　　　　B. 产品特性　　　　　C. 竞争特性　　　　　D. 企业特性

3. 经纪人或代理商主要分为（　　　）。

    A. 产品经纪人　　　　　B. 制造商代表　　　　C. 销售代理商

    D. 采购代理商　　　　　E. 佣金商

4. 某企业的销售渠道是"生产者→零售商→消费者"，属于（　　　）。

    A. 直接渠道　　　　　　B. 间接渠道　　　　　C. 长渠道　　　　　　D. 短渠道

5. 商人中间商包括（　　　）。

    A. 批发商　　　　　　　B. 企业代理商　　　　C. 经纪商

    D. 采购商　　　　　　　E. 零售商

三、判断正误题

1. 分销渠道是由一系列的中间商所组成的。（　　　）

2. 中间商的出现是商品经济发展的必然产物。（　　　）

3. 宽渠道是指制造商同时选择两个以上的同类中间商销售产品。（　　　）

4. 运输与储存是产品物流的主要内容。（　　　）

实 训 项 目

项目一：分销渠道类型选择设计训练

一、实训目标

(1) 培养学生选择分销渠道的能力。

(2) 培养学生在渠道选择活动中分析问题的能力。

二、内容与要求

(1) 调查本地批发、零售、专卖等市场，熟悉本地销售渠道分布。

(2) 讨论以下产品可以采取何种零售方法：珠宝玉器、家居用品、运动衣鞋。

项目二：制定分销渠道的方案

一、实训目标

(1) 实地了解批发与零售的区别。

(2) 进入批发与零售渠道，制定分销渠道的方案。

二、内容与要求

根据以下案例，谈谈"宝洁·沃尔玛"协同战略的利弊所在。为什么说"管理思想的转变比工具的应用更重要"？

案例：供应链模式

2004年7月底，宝洁公司正式启动中国两百家分销商数据交换系统，按照计划全国各大分销商的综合信息管理系统将与宝洁的系统进行链接。由于该项目几乎囊括了中国日化消费品等商业分销环节的主要商家，宝洁和分销商、零售商的协同发展将更加良性。

宝洁中国公司有一个7人左右的客户服务小组，专门负责和沃尔玛的各项沟通，该小组直接对宝洁全球总部的沃尔玛项目部门负责，其运营的宝洁·沃尔玛供应链协同管理模式为业界称道。

1980年发端于宝洁和沃尔玛对"帮宝适纸尿片"的供应链管理的案例，在经历了相互猜忌、敌对到坦诚互利的合作，从最初的半自动化的ECR（高效消费者响应）管理逐步发展为如今的CPFR（协同计划预测补给战略）的半智能化管理。

而宝洁正是利用了其供应链的主导地位，培育并巩固了强大的、持续的竞争优势，和沃尔玛等全球零售商们互利发展。基于这些经验，宝洁把战略焦点转向基于供应链的服务变革，此过程涉及顾客、产品和零售行业。

1997年，当越来越多的国际零售商进入中国，中国本地大型零售集团快速成长，宝洁一改此前经由分销商向零售商供货的方式，逐渐开始向重点零售商直接供货。与此相匹配，宝洁同时进行了全球销售部门重组。此次重组成立了中国宝洁客户业务发展部，从而诞生了全球第一个也是目前为止唯一一家不设销售部的公司。

宝洁与分销、零售企业的衔接，由传统的凹透镜型组织结构转型为如今的凸透镜型——宝洁将与大客户合作的客户业务发展团队中的财务、IT、物流、市场、品类管理与销售等环节的人员综合组成"联合团队"，将"后台部门"推到"前台"直接服务客户、解决问题，以项目管理的方式密切宝洁供应链中各个合作伙伴的关系，以降低成本、提高效率。内部理顺了供应链管理架构后，宝洁开始积极奔走，大力游说中国本土的零售商采用其管理模式以实现共赢。

为了共同的目标，宝洁和联合利华、沃尔玛和家乐福走到了一起。需求管理的核心问题是以消费者为导向的品类管理。宝洁与北京华联联合推出"婴儿护理中心"的创新，市场效果明显：宝洁品牌的产品销量同比增长50%，同时带动了华联婴幼儿用品的销量。宝洁还与其他众多的零售商积极接触，开展几十种品类的管理。

供应链管理的问题集中在以生产同步为目的的自动订货系统、依托精确的数据决策进行的自动补货系统，以及最佳物流支撑的零库存目标管理。如日本的超市缺货率最好可以达到0.02%，库存周期达到1周～2周，中国在这些方面的差距巨大。其中有一个关键原因是商店缺货率、库存等未被零售商列为绩效考核的关键业绩指标（KPI），导致大多数经理重视不足。实际上，管理思想的转变比工具的应用更重要。

宝洁和华东某零售集团做了一个流程优化项目，首先增加了超市经理在库存、缺货及库存记录准确率方面的KPI指标，然后再辅以先进的工具、方法，比如共同引入六西格玛管理等。

效果立竿见影，店面缺货由原来的平均 8％降低到 2％左右，库存降低到 25 天左右。正是有了这些方面的坦诚合作，接下来才可能与零售商发展在信息管理系统、物流仓储体系、客户关系管理、供应链预测与合作体系、零售商联系平台、人员培训等方面的合作。（资料来源：改编自《21 世纪经济报道》）

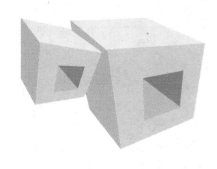

第十一章

促进销售策略

SHICHANG

知识目标

掌握促进销售的概念与作用

掌握促销组合策略

掌握四种促销方式各自的特点、形式及其适用性

能力目标

培养人员推销的基本技能

设计营销广告策划的能力

能够处理企业突发性危机

能参与企业营业推广活动

引例

沉默的广告

美国纽约一家银行刚开张时，为了提高知名度，买下了纽约市各广播电台的最后十秒钟，然后送给听众的却是独特的礼物：沉默。播音员在广告一开始就宣布：从现在起播放的是本市国际银行提供的"沉默时间"。然后，节目中断了十秒钟，留下了一段"空白"。听众们自然莫名其妙，议论纷纷，连续几天的广告"沉默"换来了公众茶余饭后"不沉默"的话题，于是该银行知名度大增。

在现代市场营销中，对一个企业来说，促销的作用是极其重要和广泛的。企业要完成营销目标，并不仅在于要从事具体的销售活动，更重要的是确定促销目的，制定促销策略，并且使促销策略同产品策略、定价策略和渠道策略相配合，形成整体营销战略。

第一节　促进销售概述

一、促进销售的概念

促进销售，简称促销，是指通过人员和非人员的方法传播商品信息，影响和促进顾客购买某种产品，或使顾客对企业及企业产品产生好感和信任的活动。促销的实质是营销者与购买者之间的信息沟通。促销的信息沟通不是单向式沟通，而是一种由卖方到买方和由买方到卖方的不断循环的双向式沟通（见图11-1）。

促销的主要任务是传播有关商品和劳务的信息，向用户、消费者告知产品的存在及其性能特点。其主要目的是引起顾客的注意和兴趣，激发他们的购买欲望，促进他们采取购买行为。

促销的主要方法包括人员促销和非人员促销两大类，具体分为人员推销、广告、公共关系、营业推广四种。

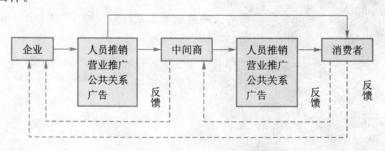

图11-1　营销信息沟通

二、促进销售的作用

在现代营销中，对一个企业来说，促销的作用是极其重要和广泛的，可以归纳为如下几个方面：

（一）传递信息

传递信息的过程包括两个方面：一是由生产企业将产品和劳务的有关信息，及时地传递给批发商、零售商和消费者，以引起他们的注意和购买兴趣，迅速打开产品销路。二是建立市场信息反馈系统，及时地把中间商和消费者的反映、意见、建议、要求等信息反馈给生产企业，以利于进一步改进和提高企业的促销工作。

（二）创造需求

由于消费者需求动机的多样性和复杂性，加之经常受到各种外界因素的影响而发生变化，因此，企业只有针对用户的心理动机，通过采取一定的促销活动，诱导或激发消费者某一方面的需求。这样，一方面可以增加老产品的需求，扩大产品销售量；另一方面还可以创造新的用户，发现新产品的市场。

口香糖的历史

托马斯·亚当斯的一生并非事事如意，他有一个目标——生产四轮大车用的橡胶外胎。为了这个目标，他购买了1吨橡胶，结果优质外胎没有做成，问题倒是来了：剩下的大量备用橡胶放在哪里好呢？这时，亚当斯回想起印第安人爱咀嚼小块的橡胶洁牙，于是，他把橡胶放在糖浆里熬煮，制成了美味的口香糖。这种被称为"亚当斯的纽约1号"的口香糖，开始在美国的所有商店里销售，并且赢得了许多人的喜爱。

（三）突出特色

随着商品经济的发展，市场竞争日趋激烈。不同的生产厂家各自生产出类似的产品在市场上竞争。这些产品之间既具有一定的共性，又具有各自的特色。如果生产厂家的经营者不进行宣传，消费者对这些产品的特点往往不易觉察。因此，企业采取相应的促销活动，使消费者充分认识到本企业的产品可以带给他们某些特殊的利益和好处是完全必要的。也只有这样，才能使本企业的产品特点更加鲜明地呈现在消费者面前，引起其注意，增进其了解，进而扩大销售。

典型案例

口香糖的历史（续1）

继托马斯·亚当斯之后，许多公司开始了口香糖的生产。其中有一家公司的会计沃尔捷尔·季梅尔在自家的厨房里反复试验，研制新的口香糖。他认为，若能发明新品种的口香糖，就可得到提拔。"工夫不负有心人"，经过不懈努力，季梅尔终于成功了！他研制成弹性极好的新型口香糖，可以吹出很大的气泡。这种口香糖后来起名叫"bubblegum"，也就是我们常说的泡泡糖。这种新型口香糖受到了消费者的青睐，很快，世界各国开始举行吹泡泡糖比赛。1994年，美国人休赞·蒙哥利马·威廉斯创造了一项吹口香糖的世界纪录——吹出了直径58.4厘米的泡泡。

（四）稳定销售

随着市场商品的日益丰富，用户对企业的名声、厂牌和商标越来越注重。在这种市场环境下，企业为了争取和扩大产品销路、稳定销售，往往通过各种活动来树立自己产品的信誉和本企业的良好形象，培养消费者使用本企业产品的习惯，引起消费者心理上的偏爱。这不仅有利于稳定企业在市场中的地位，而且能使企业的产品达到稳定销售的目的。

典型案例

口香糖的历史（续2）

使现代口香糖举世闻名的还得数肥皂厂老板的儿子威廉·里格利。他对口香糖的生产过程进行了改革，并改进了口香糖的味道和质量，于1892年生产出了小有名气的"里格利留兰香（白箭）"口香糖，而一年以后"里格利多汁果（黄箭）"口香糖面世，在当时的美国大受欢迎，直到现在这些品种仍然是口香糖中绝对的佼佼者。除了提升口香糖的味道外，里格利还研究口香糖的外形：薄片形、球形和棒形口香糖都是按照他的思路开发出来的。不仅如此，里格利还想到了出奇制胜的广告创意：1915年，他拿着一本美国最早的电话簿，按地址给电话簿上的每户都寄去3片口香糖，以便让每一个用户都有可能对它做出正确评价。从此以后，里格利口香糖的销量节节攀升，而口香糖的名声也开始传播到其他国家。

三、促进销售的预算

企业在决定促销预算时会有一定难度，一般情况下，可采取以下方法制定预算：

（一）量入为出法

量入为出法即企业根据自己的财政状况制定促销预算。这种方法虽然简单易行，但却忽略了促销计划对销量的影响力，同时也无法做出长远的推广计划。

（二）销售量、利润率百分比法

销售量、利润率百分比法即企业以销售量或利润率的某个百分比来制定预算，如以总销售量的3％作为促销预算。在美国，汽车公司一般是以每辆汽车预估价格的某一固定比例来作为确定广告预算的基础，而石油公司以每加仑汽油价格的某一固定比率来进行广告预算。采用利润率来计算比销售额更为恰当，因为利润是企业经营成果的体现，但当企业没有利润时，此法便失去可操作性。

（三）竞争对等法

竞争对等法即企业根据竞争者的推广预算开支来制定自己的促销预算与之抗衡。基本上以市场占有率为依据，占有率大，促销费用预算越高。此方法的缺点是很难获知对方的预算资料，只能根据其市场表现预估。

（四）目标任务法

目标任务法即企业依据一系列要素确定促销预算，如确立促销目标，决定所需执行的任务，估计执行任务的成本。如果以其中某一阶段为广告目标，那么就要决定达成这一目标所需要的各项广告费用。比如，为了增加产品的知名度，就要增加广告的收视率，如果目标设定为要增加20万消费者收听收视广告，经调查计算出每增加一名接收广告的消费者，平均要花费0.1元，一个月重复10次，则每月的广告费要增加20万元。

第二节　促销组合

促销方法有四种：人员推销、广告、公共关系和营业推广。在实际营销过程中，这四种营销方法经常是结合起来运用的，这种结合就是组合。促销组合也就是把各种促销措施根据促销目标的要求和企业的资源状况，适当选择，有机配合，形成一个整体的营销策略。

一、促销组合应考虑的因素

企业研究在特定目标市场下的最佳促销组合时，应当考虑下述因素：

（一）要考虑目标市场

在一般情况下，可以把消费者划分为：最早购买者、早期购买者、中期购买者、晚期购买者以及最晚购买者。对不同类型的人要采用不同的促销方法。例如，对新产品的促销组合主要是对前两种人采取激励手段。从这两种人的性格和心理特点看，要突出商品的创新和差异。

（二）要考虑企业提供的费用

企业能用于这方面的财力是有限的。这就需要针对企业的促销目标，考虑采用什么促销组合可以效果又好，费用又省。企业在选择促销组合时，必须考虑社会环境的影响、竞争者所采取的措施、企业本身采取的其他营销组合（商品、价格、渠道）的策略以及消费者的状况等因素。最好的促销组合不一定是费用最大的组合。

（三）要考虑商品的性质

消费品和生产资料各有特点，必须采用不同的促销组合。生产资料技术性强，价格较贵，批量较大，商品的使用寿命周期长，所以，对生产资料的促销应采取"推"的策略，多用人员推销，效果较好。而消费品一般无上述特点应采取"拉"的策略，多用广告宣传。

（四）要考虑商品的市场生命周期

商品的市场生命具有一个产生、发展和衰落的过程，这是商品活动的规律。企业采取的促销组合，应当随着商品的市场生命周期的变化而相应地改变。对消费品来说，商品初上市，消费者对这种商品不了解，就需要进行报道性的宣传，要多做推广，否则，就很难进入目标市场。商品在成长期，竞争是比较激烈的，企业一般可利用公共关系突出本企业的声誉，突出本商品的商标或厂牌，以显示与其他企业的同类商品不同，扩大市场。商品在成熟期，商品的质量、价格、销售网等均趋向稳定，要发展目标市场是比较困难的。这时，宣传的重点是针对消费者，使商品保持竞争力。商品在衰退期，有些商品已退出市场，销售下降。这个时期促销组合的目的是提醒式，主要是吸引那些晚期购买者，尤其是最晚购买者，以保持销量。表 11－1 是产品生命周期不同阶段的促销方式。

表 11－1　产品生命周期中不同阶段的促销方式

产品市场生命周期	促销目标	促销主要方式
投入期	认识、了解产品	各种广告、营业推广
成长期	增进兴趣、偏好	改变广告形式，利用公共关系
成熟期		
衰退期	促成信任购买	营业推广为主，辅以广告、减价等
市场生命周期各阶段	消除不满意	改变广告内容，利用公共关系

二、促销的基本策略

企业的促销活动如果从运动方向来看，所有的促销方式都可以归纳为两种基本类型："推"策略与"拉"策略。如图 11－2 所示。

（一）"推"策略

"推"策略，又叫"推动"策略，主要通过以人员推销方式为主的促销组合，把商品推向市场的促销策略。目的是说服中间商，使他们乐意接受产品，使产品顺利进入渠道到达最终消费者手中。

（二）"拉"策略

"拉"策略，又叫"拉引"策略，主要通过以广告为主的促销组合，把消费者吸引到企业的特定产品上来的促销策略。目的是引起消费者的购买兴趣，寻找商品，以至于中间商觉得有利可图主动向厂商要货。

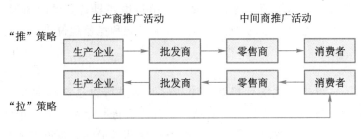

图 11-2 "推"策略与"拉"策略

第三节 人员推销

一、人员推销的含义和形式

人员推销是指企业通过派出推销人员与一个或一个以上可能的购买者交谈，做口头陈述，以推销商品，促进和扩大销售。人员推销在现代企业市场营销和社会经济中占有相当重要的地位。

企业可以采取各种形式来开展人员推销。首先，企业可以建立自己的销售队伍，使用本企业的推销人员来推销产品。在发达国家，企业自己的推销人员叫推销员、销售代表、业务经理、销售工程师等。这种推销人员又分为两类：一类是内部推销人员，他们一般在办公室内用电话来联系业务，并接待可能的购买者来访；另一类是外勤推销人员，他们上门推销，访问客户。此外，企业还使用合同推销人员，如制造商的代理商、销售代理商、经纪人等，按照其代销额给付佣金。

二、人员推销的步骤

按照"程序化推销"理论，人员推销分为七个步骤（见图 11-3）。

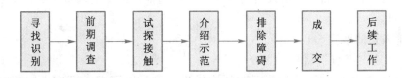

图 11-3 人员推销的步骤

（一）寻找识别

推销工作的第一步就是找出潜在顾客——目标顾客。这取决于推销人员的识别能力，识别有误会降低推销的成功率。

（二）前期调查

对于已经确定的目标顾客，在前期调查过程中应该及时搜集有关资料，了解他们的需求类型、谈判方式、购买方式、信用情况等。同时，推销员也要具备必要的知识，如关于本企业、本产品的特点及用途等，竞争对手的产品特点、竞争能力和竞争地位等，以便制定相应的推销方案。

（三）试探接触

在正式接触之前，可进行试探性接触，如一般性地进行自己产品的介绍，观察对方的反应。在此阶段，推销人员不要急于推销，要从以下几方面进行：给对方一个好印象；验证在准备阶段所得到的全部情况，为后面的谈话做好准备；要选择最佳的接近方式和访问时间。

（四）介绍示范

这是推销过程的中心。在对目标顾客已经有了充分了解的基础上，直接向顾客进行产品的介绍。必要时，主动进行一些产品的使用示范，同时观察顾客对什么感兴趣，有针对性地介绍。要注意的是在介绍产品时必须着重说明该产品能给顾客带来什么好处。

（五）排除障碍

推销员遇到对方质疑与拒绝的事是必然会发生的。推销人员只有消除推销过程中的障碍，才能完成既定目标。有经验的推销员应当具有与持不同意见的顾客洽谈的技巧，同时，要事前准备应付反对意见的适当措词和论据，做到随机应变，排除障碍。

（六）成 交

在各种障碍排除以后，到了接受对方订货购买的阶段。其实，接近和成交是推销过程中两个最困难的步骤。在洽谈成交过程中，一旦发现对方有愿意购买的表示，应立即抓住时机成交。这时，推销人员还可提供一些最后保留的优惠条件，以促成交易。同时，注意各种交易所必需的程序不要疏漏，应当使双方利益得到保护。

（七）后续工作

后续工作是推销人员确保顾客满意并重复购买的重要一环。推销人员应认真执行订单中所保证的条款，如备货、送货、配套服务和售后服务等。这些工作的目的在于使企业和目标顾客建立起稳固的交易关系。

三、推销人员的职责和培养

明确推销人员的职责和对推销人员的要求，是挑选推销人员的基本依据，也是培养推销人员的目标或方向。

（一）推销人员的职责

1. 保持老顾客，吸引新顾客

推销人员应广泛保持与顾客的联系，创造销售机会。除了现有顾客，还要尽可能多地吸引、说服新的顾客购买本企业的商品，开拓市场，扩大销路。

2. 沟通买卖双方联系，传播情报信息

推销人员是企业和消费者之间的桥梁与纽带，既要代表企业，又应是顾客的好顾问。通过与顾客的广泛、深入和持续的联系，吸收顾客对产品的改进意见，了解顾客对市场同类型产品的看法及有关信息，为本企业产品更好地满足顾客要求和开拓市场提供第一手信息情报。

3. 销售

推销人员应运用推销手段和技术，利用交际艺术，通过与广大顾客的接触，说明商品的特性、功能、使用和维修方法，消除顾客疑虑并直接销售商品。

4. 提供售前、售后服务，提高企业信誉

推销人员利用与顾客直接接触的好机会，向顾客提供各种服务，如售前的咨询、指导、顾问和售后的维修保养、更新。推销人员还可送货上门，代顾客装修、邮寄，甚至协助顾客制定筹资购买或借贷偿还的计划。

（二）对推销人员的要求

（1）为了保证企业与顾客之间的联系并不断创造新的顾客，推销人员应具有热爱本职工作、刻苦勤劳、坚韧不拔的精神。

（2）要有丰富的市场知识。要了解市场，特别是了解本企业目标市场的供求情况，了解市场上同类型产品的竞争情况；了解顾客购买的愿望、动机和偏爱；了解购买方式、习惯和特征；了解市场购买力的大小。

（3）要有丰富的企业业务知识。推销人员应熟悉和了解本企业的历史及其在同行业中的地位、影响和实力，要熟悉本企业的营销策略、产品种类、服务项目、交易方式、付款方法及库存等情况。

（4）要有产品方面的知识。推销人员要了解产品的性能、用途、使用方法、维护及护理情况；了解竞争对手同类型产品的上述相应情况，了解产品的定价、运输情况。

（5）要有一定的销售艺术。推销人员要利用以上知识，热心为顾客服务，讲究文明礼貌，平易近人。

（三）推销人员的培养

选择推销人员充任企业的销售代表前，要按照推销人员的职责、条件，制定培训计划，还要在实际的营销工作中实践。原有的推销人员，每隔一段时间也应组织集训，学习和认识企业新的营销计划、新的市场策略和新的产品知识等。

1. 培训的共同目标

培训的共同目标主要有以下几个方面：

（1）要求以较低的成本获得最大的销售量。

（2）要求稳定销售力量，减少推销员的流动。

（3）要求能建立良好的公共关系，包括协助领导制定企业总目标，提供市场情况，提出销售建议及计划，掌握市场动态，进行广泛的社交活动，加强与新闻界和其他社会团体的联系。

2. 培训目标的依据

培训目标的依据主要有以下几个方面：

（1）根据推销职务说明书。

（2）根据推销人员的建议和要求。

（3）根据推销人员工作报告中的问题。

（4）根据企业经营方针和组织方面发生变动所出现的新问题。

3. 培训的内容

培训的内容主要包括以下几方面：

（1）市场资料。向推销人员介绍顾客情况，介绍他们喜欢的产品形态、性能和规格，介绍他们分布的情况和经济收入、购买动机、行为和习惯，使推销人员了解市场的情况和本企业在市场中的地位，以及他们将要打交道的顾客情况、潜在需求和潜在顾客的情况。

（2）本企业资料。让推销人员了解企业的历史、经营目标、组织结构、财务情况、主要产品和销售额及企业政策，以提高推销人员的工作信念，增强对企业的感情。

（3）产品资料。推销人员最基本的知识就是要具有关于产品性能、特征、使用方法以及有关制造的知识以便于向顾客提供咨询和服务。

（4）了解销售程序和责任。向推销人员介绍推销的时间分配、费用分配、报告制度、处理询问事项、传递送货通知、拟订推销路线和撰写销售报告。

（5）推销技巧与艺术。向推销人员介绍推销业务的经验、人际关系、工作方法和消费心理学的知识。

4. 培训的方法

培训的方法分为集体训练和个人训练两种。集体训练的方法有：专题教学和示范教学、分组研讨、职位角色互换演练等，进行考试和考核。个人训练的方法有：在职实践训练、个别谈话、函授课程、采用工作手册或其他书面材料等。教学工具采用先进的视听器材效果更好，如操作技巧、过程采用播放录像教学，还可以在学员实践训练和角色互换演练时进行录像，待后播放，让学员自己进行评价，找出需要改进的地方。

5. 培训的效果

推销培训的效果可以从三方面进行评价：

（1）新进推销人员达到一定水平所需时间。

（2）已受训推销人员与未受训推销人员的推销成果比较。

（3）最佳与最差推销人员比较。

第四节 广告策划

一、广告的概念

我国是使用广告最早的国家之一，早在两千多年前的春秋战国时代，在城镇中就有许多作坊、店铺悬挂招牌、商业幌子做广告，以招徕顾客。在外国，古代腓尼基商人为了推销自己的货物，在贸易大道两旁的山岩上，写上赞扬自己商品的公告。在古罗马、希腊的城市中，大街小巷都有小商贩在敲锣打鼓，沿街叫卖，以广告招徕顾客。西方的广告一词来源于拉丁文，原意是"我大喊大叫"。随着商品经济的发展，市场竞争日益激烈，传播手段日益进步，广告事业也随之发展。

相关链接

　　20世纪20年代，无线电广播的普及，40年代电视机的出现，使广告的触角伸到了世界各地。在当代社会，广告的影响已渗透到社会生活的每一个角落，人们犹如置身于广告的海洋之中，形形色色的广告每时每刻都在向人们宣传、推介商品。

　　广告源于商品经济，又为发展商品经济服务。生产者需要借助于广告来大量推销商品；消费者又需要通过广告来了解市场商品信息，以便在商品海洋中有选择地购买符合自己需要的商品。它的含义，有狭义和广义两种解释。狭义的广告，主要指广告主以支付一定费用的方式，由广告承办单位通过广告媒体向大众传播商品或劳务信息的宣传手段；广义的广告，主要指广告主以自办或委托代办的方式，通过口头、文字、图画，实物陈列等多种形式，公开地向大众传播商品及劳务信息的宣传手段。不论是狭义还是广义的解释，它的基本功能都是为了把商品或劳务的信息传播给大众，以达到促成市场商品交易的目的。

二、广告的作用

　　传递信息，创造需要，是广告的两大功能。广告的主要作用是沟通产销，开展竞争，促进生产，指导消费，活跃经济，加速商品流通，扩大内外交流。具体来说，它的作用主要表现在以下几个方面：

（一）广泛传递信息，诱发购买欲望

　　以广播、电视为媒介的广告，具有传播广而及时，并能深入到社会各个角落，渗透到千家万户的特点。有些消费者，往往不是一般推销人员可以接近的。企业可以通过广告，将企业名称、历史以及商品的品牌、成分、结构、性能、用途、规格、质量、价格等信息向顾客广泛传播，使顾客及时方便地找到自己所需购买的商品或服务。只有通过广告才能缩短这一距离，广告可为销售人员敲开消费者之门。通过广告的宣传，可以把商品的质量、用途、价格、使用与维修方法以及购买地点、手续、售后服务等传播给消费者，以引起消费者的注意，激发消费者的兴趣，诱发消费者购买行为的产生。

（二）树立信誉，开展竞争

　　由于广告传播面广而深入，它不仅是消费者购买商品的顾问，经营企业扩大商品销售的手段，而且是生产企业开拓市场，推动生产发展，促进产品创新的先导。商品生产者通过广告开

展市场竞争，使自己的商品能在市场上争夺到购买者，增加市场份额，从而推动企业生产发展为企业创名牌。

（三）促进认知，沟通供求

顾客通过广告可以了解企业和商品的信息，了解购买地点、手段以及各种服务项目的情况。广告可为生产和经营企业提供产品发展和商品供求情况，在购销之间起到媒介作用，使销售渠道之间建立业务联系，在地区之间进行商品交流，这样有助于减少积压和脱销，组织产销见面，加速商品流转。

（四）介绍说明，引导消费

人们的生活消费是劳动力再生产的物质条件。由于消费者年龄、性别、民族、地理区域、教育程度等情况不同，消费习惯和对商品的爱好也就不一样。人们的消费需要不是静止的、固定不变的，而是动态的、发展的。为保障社会劳动力再生产的顺利实现，应该充分利用广告进行消费宣传，借以引导消费。广告引导功能表现在：广告能使新产品、新式样、新的消费意识迅速流行，形成消费时尚；广告可以使消费者在众多的商品中选择、比较；广告可以引导消费走向文明、健康。

实例分析

"哈根达斯"的广告

冰淇淋作为即食性的时尚食品被越来越多的青少年消费者所喜爱。联合利华是全球最大的雪糕制造商，以"和路雪"闻名。雀巢公司紧随其后。"哈根达斯"1989年从欧洲起步，以比普通冰淇淋贵5～10倍的价格（比同类高档次产品贵30％～40％），通过精致、典雅的休闲小店模式销售，成为顶级冰淇淋品牌。2001年12月，雀巢公司买下"哈根达斯"美国商标使用权，并计划收购全球（主要是欧洲市场）的品牌使用权。在中国市场上"哈根达斯"已经有了7年历史，分别在上海、北京、广州、深圳、杭州、大连等地开设了连锁分店，以"纯天然原料加工"和"高价质优"成为冰淇淋市场的高端品牌。

很多中国人知道"哈根达斯"的大名就是源于"爱她就请她吃哈根达斯"的广告，这成为热恋中男女的消费动力，成为人们心目中幽雅、情趣、甜蜜的代表。从这个案例中，可以看到广告的影响作用。

三、广告的种类

广告的种类可以根据不同的标准来划分。首先应当区分广告的性质是营销业务，还是非营销业务。营销业务广告是经济广告，也可以说是盈利广告，是促销手段。市场营销学研究的是营销业务广告。其分类标准也是从经济角度着眼的，一般有以下四种分类：

（一）商品性广告

商品性广告是提供商品信息的广告。这类广告又分为如下三种：

1. 开拓性广告

开拓性广告，又称报道性广告，一般是指只对某一类新产品引起"初级需要"的广告。这种广告的主要内容是向顾客提供新产品的质量、花色品种、用途、价格等情况，协助新产品进入目标市场。在产品的试销期，这种广告的作用是显著的。

2. 劝导性广告

劝导性广告，又称竞争性广告，一般是指对已进入成长期或成熟期的某类商品采用的广告。目的是唤起顾客对本企业商品的注意，产生"选择性需求"。这种广告也是针对竞争情况而采取的。

3. 提醒性广告

提醒性广告，又称备忘性广告，一般是指对已进入衰退期的商品，为了提醒消费者不忘掉这种商品而采用的广告。

（二）对象性广告

对象性广告是以广告的对象，即以广告客体为标准来划分的广告。通常营销活动要经历生产领域、流通领域和消费领域，广告的对象必然是生产者、经营者和消费者。

1. 对生产者的广告

对生产者的广告主要是针对生产资料的工业用户发布的广告。内容多是原材料及生产设备等信息。

2. 对经营者的广告

对经营者的广告主要是生产厂家针对采购商、代理商、批发商和零售商发布的广告。内容多是消费品方面的信息。

3. 对消费者的广告

对消费者的广告主要是厂商和经营者直接面向消费者推销产品的广告。这类广告占广告的大部分，也是方式最多、内容最丰富多彩的广告类型。

（三）时空性广告

时空性广告作为传导工具是有时间性和空间性的，它涉及广告作用的时间长短和地域范围。

（1）从时间上看，有展示时间长的长期广告；有针对各种节日发布的广告等。

（2）从空间上看，有的是全国性的，即覆盖全国的范围；有的是地域性的，即覆盖一个经济区域的范围；有的就是在本地方的地方性广告。

（四）媒体性广告

媒体性广告是以广告所选用的媒体为标准来划分的广告。随着现代科学技术的发展，广告媒体也在不断丰富，有报纸广告、杂志广告、广播广告、电视广告，还有路标、招贴、交通、邮寄、灯光等广告，甚至有空中"立体广告"、烟云广告等新形式。

相关链接

最贵的广告

美国百事可乐公司曾经创造了世界上出价最高的广告，曾为它的一段 90 秒的广告支付了 753 万美元！

四、广告媒体

广告的信息一定要通过适当的载体，才能传递给预期的传导对象，这种载体称之为广告媒体。广告所运用的媒体大致有：报刊、杂志、广播、电视、电影、幻灯片、户外招贴、广告牌、霓虹灯、交通广告、传单、包装纸、商品陈列、现场 POP 广告以及目前流行的网上广告等。其中，最常用的四大媒体是报纸、杂志、广播、电视，它们各有优缺点。广告媒体随着商品经济的发展、科学技术的进步而不断地丰富。当前，广告媒体向多样化、电子化、艺术化、现代化全方位发展。下面主要介绍"四大广告"媒体。

相关链接

2004 年美国广告投放情况

美国权威的广告市场调查提恩斯（TNS）公司发布的数据如表 11—2 所示。

表 11－2　2004 年美国广告投放情况　　　　　　　　单位：亿美元

媒体	金额	增幅（%）	媒体	金额	增幅（%）
地方性报纸	245.56	6.70	互联网	74.41	21.40
全国性电视台	225.22	10.70	地方性广播	73.31	1.10
消费类杂志	212.92	11.20	全国性报纸	32.55	6.60
点播电视台	173.05	11.70	户外广告	32.13	20.10
有线电视台	142.48	13.80	地方性杂志	3.6	9.8

资料来源：提恩斯公司

（一）报纸媒体

随着欧洲工业革命的进行，1625 年，报纸广告首次在英国的《伦敦周报》刊出。我国出现报纸广告是在鸦片战争前后。现在报纸仍然是重要的广告媒体。

1．报纸媒体的优点

报纸广告的优点有以下几个方面：

（1）有较宽的传播覆盖面，可以深入千家万户。

（2）有灵活的地域选择性，成本较低。

（3）有传递的即时性，迅速及时，可以当天见报。

（4）有知识性、指导性的特点。

2．报纸媒体的缺点

报纸媒体的缺点有以下几个方面：

（1）时效性短，不易保存。日报的时效是一天，晚报的时效只有半天。

（2）持续时间短，阅读仓促。对于一份报纸，一般读者也只能是阅读二三十分钟。

（3）形象表达手段欠佳，印刷精致度不高。

（4）版面地位不能突出，因为报纸是以新闻报道为主的。

在选用报纸媒体时，应注意报纸发行的对象和范围、报纸的发行量、广告刊登的情况，如版次、位置、大小等。

 相关链接

报 纸 第 一

有数据显示，美国2004年的广告收入中，包括报纸、杂志、电视、广播、互联网等在内的各类媒体，都成了广告大战的赢家。而排名第一的是地方性报纸，达245.56亿美元。跟中国情况很不一样，美国的电视广告斗不过报纸广告，电视台的广告收入屈居第二，为225.22亿美元，位居第三的是消费类杂志，广告收入近213亿美元。

（二）杂志媒体

杂志是各种刊物的代名词。各种杂志有不同的特点，各有其专门内容和读者，包括政治性的、军事性的、科技性的、教育性的、生活娱乐性的、经济性的等。这使杂志广告的传导有具体的、明确的、针对性的目标。从时间上看，杂志也是多样化的，有周刊、半月刊、月刊、季刊、年刊或不定期刊物。

1．杂志媒体的优点

杂志媒体的优点有以下几个方面：

（1）覆盖面宽，传导情报量大，杂志篇幅多。

（2）选择性强，针对性强，传导对象明确。

（3）持续时间长，可反复看。

（4）印刷精致，图文并茂，比报纸表现力强。

（5）可以长期保存查阅。

2. 杂志媒体的缺点

杂志媒体的缺点有以下几个方面：

（1）定期发行，难以适时，灵活性差。

（2）篇幅多，注目率低，阅读范围窄，传播范围有限。

（3）见效慢，易受杂志声誉的影响。

（4）制作时间长，费用较高。

在选用杂志媒体时，要注意杂志的阅读对象，以便把广告内容同阅读对象结合起来。

（三）广播媒体

由于现代收音机普及，广播已覆盖全球，所以，广播媒体是信息传递最迅速的工具。

1. 广播媒体的优点

广播媒体的优点有以下几个方面：

（1）及时性强，传播次数多。

（2）传播速度快，传播空间大，家家户户可以收听。

（3）具有现场感，通过语言创造真实环境。

（4）可变性强，制作简单，费用较低。

2. 广播媒体的缺点

广播媒体的缺点有以下几个方面：

（1）时间短暂，消失快，易被忘记。

（2）情报传导量少，不能保存。

（3）盲目性大，不易主动收听。

在选择广播媒体时，应注意节目的编排情况、安排的时间、次数和播音水平等。

（四）电视媒体

电视媒体是一种兼具视、听的媒体，能集图像、色彩、声音和活动于一身，这是其他媒体所不能比拟的。

1. 电视媒体的优点

电视媒体的优点有以下几个方面：

（1）注目率高，传导力强，适宜传递大密度信息。

（2）形声兼备，现场感强，有较强的吸引力。

（3）同娱乐相结合，有较强的诉求性。

（4）覆盖面广，收视率高。

2. 电视媒体的缺点

电视媒体的缺点有以下几个方面：

（1）时间短，消失快。

（2）费用高，一般企业难以承受。

（3）缺乏针对性，效果极难测定。

在选择电视媒体时，应注意尽量使用电视收视率的"黄金"时间（晚上 7 点到 11 点）播出。此外，要适当集中和固定播出时间，并将广告分类播出，使观众有选择的灵活性。同时，要提高广告的制作水平。

由于电子商务的兴起，许多企业已经把产品广告做到了互联网上，利用其信息量大、传播面广、快捷、灵活性高等特点进行产品促销，这也给促销带来了新的课题。

五、广告策划的基本原则

（一）广告内容的真实性原则

所谓广告内容的真实性是指广告对产品的报道，必须与产品的本来面目相一致。这样的广告才符合消费者的利益。如果广告内容失真，或有意做欺骗性广告，这不仅会损害消费者的利益，而且也会使企业的信誉受到损害，最终导致经营上的失败。

（二）广告内容的针对性原则

广告内容必须抓住消费者的心理活动，并解除消费者在购买时可能产生的各种疑虑，为打开产品的销路扫清心理障碍。

（三）广告构思和设计的创造性原则

广告设计必须运用新的科学技术，吸收文学、电影、戏剧、音乐、美术等艺术手段，不断创新，要有新构思、新格调，既能指导消费，又能丰富人们的精神生活。

（四）广告的计划性、效益性原则

广告的设计和制作，事先应做好市场调查和预测，根据营销任务通盘规划，要从实际出发，讲求经济效益。

（五）广告制作和表达的思想性原则

广告业务涉及面广，其内容涉及政治思想、产销政策、质量管理、商标管理、市场管理等方面，因此，广告必须对社会负责。社会主义广告是为发展社会经济和满足人民物质文化生活需要服务的，因此，广告必须坚持四项基本原则，严禁设计和制作违反国家政策、法令的广告以及有损我国民族尊严的广告，有反动、淫秽、丑恶、迷信内容的广告，有诽谤性宣传的广告，违反国家保密规定的广告。

第五节 营 业 推 广

一、营业推广的特点

营业推广（又称营业推销、销售促进）是除广告、人员推销和公共关系之外能有效地刺激消费者购买、提高促销效率的一切活动。同广告、人员推销和公共关系相比，营业推销具有以下两个特点：

（一）收效迅速

营业推广的方式灵活，形式多样，根据产品特点、顾客心理和市场营销环境等因素，采取针对性强的促销方法，向消费者提供特殊的购买机会，具有强烈的吸引力和诱惑力，能够唤起消费者的广泛关注，立即促成购买行为，在较大的范围内收到立竿见影的功效。

（二）容易造成消费者的逆反心理

营业推广的各种方法针对性强，宣传攻势大，有利于产生积极的促销效果。但销售者急于求售商品的迫切心情，容易引起消费者的疑虑，进而怀疑产品、产品的价格从而降低产品身价。所以，企业应力争避免对同一产品频繁使用，并注意选择合适的方法。

二、营业推广的方式

营业推广可以根据不同对象采用不同方法，包括对消费者采用吸引购买方式，对经营者采用刺激开拓市场方式，对推销员采用鼓励销售方式。营业推广具体有以下十几种方式：

（一）提供咨询性服务

提供咨询性服务是指回答消费者的询问和要求。在科学技术日新月异、新产品大量涌现的情况下，这更为必要。同时，这还有利于针对客户或消费者的具体问题和要求进行工作，可以做到有的放矢，密切产销之间的关系。

（二）现场服务

现场服务是指对技术性较强的商品，现场安装、调试，保证质量。例如，有的商品需要定期检修，提供零配件等；有的商品可以送货上门，并为消费者提供售后服务。这不但可以方便消费者，也可以提高消费者的信任感。

（三）免费提供技术培训

企业为了更好地推销其商品，可以采用举办各种免费培训班的形式，为客户和消费者提供培训，并把各种有关的业务资料提供给客户或消费者，加强他们对商品各方面的了解。

（四）展销会和订货会

举办各种展览会、展销会、供应会，开办联营专柜，设置样品陈列室，当场表演等也是常用的营业推广方式。这样可以交流情况，联系业务，推销商品，吸引中间商经营和顾客购买。订货会由客户直接选购商品，面对面洽谈贸易条件，既可以消除双方疑虑，又节约了用户采购商品的时间。这也是向中间商强化促销的好形式。

（五）橱窗、陈列、演示促销

精心设计商品的陈列模式和橱窗模式，在销售现场用示范表演的方式介绍新产品的用途、性能等，可以增强顾客对产品的了解、信任，并刺激购买。这种方法特别是对一些新产品或是经营管理较差地区的销售更为有效。

（六）赠送纪念品或样品

向顾客提供免费试用产品、邮寄样品、在商店中散发样品、附样品在其他产品包装或广告中、随商品赠送一个小物品、买一赠一、低价购买另一种商品等也是有效的营业推广方式。这种办法的采用是有条件的。一般是当消费者需求有增长趋势时，或介绍新产品时，或商品本身具有与竞争品不同的特点时，或商品质量有其内在的优点时，或有明确的目标市场时才有效。

（七）实行"三包"

对商品在一定时间内实行包退、包换、包修，以保证消费者的利益，提高消费者的信任。

（八）竞赛

为消费者、中间商和推销人员提供参加比赛的机会，如购物竞赛、猜谜比赛、商品知识竞赛等。在对中间商和推销人员运用时，可开展销售产品的竞赛，如安利公司对直销人员采用大会表彰、张榜鼓励、奖金、免费旅游、休假等方式给优胜者以精神和物质奖励。

（九）折价赠券

折价赠券是指作为在本企业购买商品的折款使用的证券。通常它是在购物时赠送，还可以放在广告印刷品中赠送，还可以附在想扩大销售的商品上赠送。发放优惠券的一般是正在搞促销的企业。发放对象可以是有贡献的老顾客，也可以是一般的潜在顾客。

（十）俱乐部制和"金卡"制

俱乐部制是指顾客交纳一定数额的会费给组织者，即可享受到多种价格优惠的促销方式。"金卡"制是指购买达到一定数额的顾客可取得有期限的"金卡"或"银卡"，从而享受价格折扣的促销方式。这两种方式都要求顾客先付出代价，然后才能得到优惠。

（十一）实行优惠销售

在产品销售时设立若干奖励，对一次购买量达到一定数额的消费者按规定发给奖券，定期开奖或当场对奖；或直接按消费比例发放赠送金额券，对促销有一定的吸引力。但这种方法的促销作用难以持久，活动结束后销售随之下滑，应谨慎使用。

（十二）开办"分期付款"销售业务

开办"分期付款"销售业务，如由银行办理"个人信用消费贷款"业务，这有利于引导消费，开拓市场。

（十三）实行津贴

实行津贴的方法包括：增购津贴，鼓励增加购买；清货津贴，清理库存，加速周转；退货津贴，保证其不蒙受退货或滞销损失；促销津贴，鼓励其出资为本企业产品做广告；陈列津贴，中间商陈列展出本企业产品时，给予一定的资助。以上这些津贴都是为经销商提供鼓励或保证条件，促使其积极组织进货，扩大销售。

（十四）特别推销金

特别推销金是指给推销者一定数量的现金，鼓励其推销本企业的产品，而不宣传竞争者的产品。这种方式主要针对推销人员和中间商，一般规定一定的销售数量，达到或超过者给予奖励。这对发展固定客户是一种有效的方法。

（十五）红利提成

红利提成是指为了鼓励推销人员积极推销，可以规定按销售额或所获利润提成。采用这种方式的前提是产品有较稳定的市场或有高额利润。

（十六）交易折扣

交易折扣是指规定在一定时期购买达到一定数量，就可得到一定金额的折扣，购买量越大，折扣越多。这种方式可鼓励中间商更多地经营本企业产品，或吸引其他中间商经营本企业产品。

（十七）赠送设备

赠送设备是指将设备装置赠送给经销商，鼓励其购买本企业的有关产品。

三、营业推广方案的评估

营业推广方案最常用的评估方法是将营业推广之前、营业推广期间和营业推广之后这三个时期的销售额进行比较。例如，一种产品在营业推广之前，市场份额为 7.3％，营业推广期间为 12％，营业推广结束马上降了 6％，过了一段时间又回升到 8％。这些数据表明，企业实施的营业推广方案在实施期间吸引了一批新消费者，并促使原有的消费者增加了购买量；营业推广结束后，马上降了 6％，说明消费者在营业推广时购买的商品尚未用完；回升到 8％，说明这项营业推广方案终于使一批新顾客成为老顾客。

总之，营业推广通常可以收到立竿见影的效果，但如果运用不当，会损害长期利益，企业在选择方案时，应通盘考虑。

第六节 公 共 关 系

一、公共关系的特点

公共关系，简称"公关"（PR），是一个社会组织用传播的手段使自己与公众相互了解和适应的一种活动或职能。这种定义显示了公共关系的三个本质特征：公共关系是一种"公众"关系；公共关系是一种传播活动；公共关系是一种管理职能。也就是说，公共关系主要是研究各种具体的"公众"关系，研究社会组织与公众之间的信息传播规律，研究公共关系作为社会组织的管理职能的各种规律。同广告、人员推销和营业推广等促销方法相比，公共关系具有如下特点：

（一）间接促销

公共关系并不直接介绍和推销产品，而是通过积极参与各项社会活动宣传企业的营销宗旨，扩大知名度，树立良好形象，赢得社会各界的理解和信任，进而使消费者信任企业生产的产品，达到促销的目的。同时，公共关系还可以为企业改变环境，使之更适合企业的发展，更容易推销产品。

典型案例

龟 鳖 丸

"海南养生堂"经常组织消费者代表到企业生产基地，参观龟与鳖的养殖和产品的制作过程，通过消费者的亲身感受宣传企业和产品"龟鳖丸"，解除了消费者心目中曾经有过的疑惑（认为产品原料中龟鳖含量不够），引起了新闻媒体和消费者的广泛关注与赞许。

美国营销学者菲利普·科特勒曾举例：由于日本实行贸易保护，设下了层层壁垒，美国某家用电器公司的产品无法进入日本市场，这时就要运用"政治力量"和"公共关系"去改善日本的销售环境。这家公司从两个方面努力：一方面，通过美国政府给日本政府施加压力，说服日本政府取消贸易壁垒，打开日本市场的大门；另一方面，要在日本开展公关活动，向政府官员疏通、游说，向日本消费者宣传，以得到消费者的支持。

（二）能够获得长期效应

公共关系并不强调即刻见效，立即促成购买行为，其促销作用主要是长期效应。公共关系传播的信息，或借助于事实本身，让人耳闻目睹；或通过他人之口，比如新闻媒介，昭告天下。公共关系可以突破公众及顾客对企业推销产品的防范与戒备心理，逐渐渗透，深入人心，达到效果持久的目标。它使企业在知名度提高并树立了良好的形象和信誉之后，就能在较长时期内促进产品的销售。

典型案例

百年老店——张小泉剪刀

明朝崇祯年间，安徽人张思家为避灾荒携全家迁到杭州，以"张大隆"的招牌生产剪刀。1663 年张小泉继承父业打出了"张小泉"招牌。据说乾隆下江南时，在其小店避雨，张小泉的孙子张树庭见来人举止不凡，主动招呼并出示剪刀让客人选购。乾隆拿了一把试试，开合灵巧，相当锋利，十分满意。一个月后，杭州织造府官员来到"张小泉"作坊，宣读圣旨，钦定"张小泉"剪刀为朝廷贡品，张树庭才恍然大悟，原来那天的避雨客是当今的万岁爷。从此，"张小泉"的子孙把皇帝赐封的金字招牌和"精工细作、童叟无欺"的祖训代代相传，从而使品牌声望如日冲天，名扬大江南北。（资料来源：21 世纪人才报社主编.百年老店营销. 重庆：重庆出版社，2002）

二、公共关系的职能

企业开展公共关系活动的目的是获得并维护良好的社会环境，争取社会舆论和公众的了解、好感和接纳，以求得较好的生存和发展空间。企业公共关系工作的职能是多方面的，但主要的是以下三点：

（一）树立企业形象，增强企业信誉

企业如果要在市场激烈竞争的条件下生存和发展，就必须树立良好形象和信誉。形象与信誉是统一的。企业的良好形象是建立在良好信誉的基础上的。信誉的取得一靠企业的优质产品和优质服务；二靠良好的企业公众关系以及公众的评价和传播。

企业在树立形象与信誉的过程中，要竞争拼搏，要传播信息，要应用象征性标志，要组织

各种有宣传影响力的文化娱乐活动，要开展和赞助各种社会公益事业，还要企业职工有高度的事业心、责任心、荣誉感、积极性和创造性。因此，长期贯彻正确的公共关系政策，才能形成良好的店风、厂风，形成良好的信誉，维护企业的形象。

（二）加强企业同内部、外部公众的联系，增进谅解和提高美誉感

企业的一切活动都要和职工以及企业活动有关的公众打交道。在活动的进行过程中，必然会产生各种问题和矛盾，甚至形成纠纷，这些都会影响甚至破坏企业同公众的感情和关系。公共关系的职能就是要在纠纷发生前尽量预防；纠纷发生后妥善处理，以维护企业的声誉。企业常见的内部纠纷主要是部门关系、上下级关系以及职工内部的关系。外部最常见的纠纷，一是同消费者的关系，多产生于产品、劳务、服务及其他营销活动中，它损害了消费者利益，影响到企业信誉；二是企业间的关系，多发生在同行企业之间，通常是业务往来或合同纠纷；三是同政府部门的关系，多数涉及违反政策、违法违纪等行为，这涉及企业行为的合法性问题。因此，企业必须增强自律观念，要经常进行自身行为的监督检查，及时发现有危害社会、危害消费者公众以及影响企业声誉的活动，要认真处理及时纠正问题，还应重视和尊重社会舆论，发挥好公共关系的作用。

实例分析

可口可乐的危机公关

1999 年 6 月中旬，欧洲的比利时和法国的消费者在饮用可口可乐后，出现了不适甚至食物中毒的症状。这时正值可口可乐消费的高峰期，由于引起了公众的心理恐慌，随即比利时、法国、荷兰、卢森堡政府相继宣布禁售可口可乐，甚至中国的有关部门都对可口可乐（中国）公司的生产厂上门检查。之后的短短十天时间，可口可乐的股票直线下跌，销售额损失数千万美元。更为严重的是，它极大地破坏了可口可乐的品牌形象和公司信誉。面对危机，可口可乐的经营管理者们立即采取措施：

（1）公司所有高层管理者亲赴比利时、法国处理饮料污染事件，向受害者道歉。

（2）立即委托比利时一家独立的卫生机构调查事故原因并将结果公之于众。

（3）宣布污染事件是发生在局部地区的偶然事件，从而为其他地区的正常销售扫除了障碍，如可口可乐（中国）公司借国家商检部门检查合格之机，反复向媒体说明受到污染的欧洲可口可乐产品没有输入到中国境内。

（4）在处理事件的整个过程中，始终控制住信息的发布源。

（资料来源：车慈慧．市场营销．广州：广东高等教育出版社，2005）

从上述案例可以看出，可口可乐公司适当地运用了公共关系处理了危机，一方面最大限度地避免了公司的进一步损失，另一方面也显示了其危机处理能力。

（三）促使企业获得最佳经济效益，提高社会整体效益

企业一切活动的最终目的是为了增加经济效益，没有经济效益的企业，在优胜劣汰的市场竞争中就会被淘汰。企业不仅要关心自身的效益，而且要关心社会的整体效益。

在增进企业经济效益的活动中，公共关系工作可以通过各种网络获得信息为企业营销提供"战机"，使新产品进入市场立稳脚跟，创制名牌，使经营产品延续成长期、成熟期，使将要退市的产品再生，延期淘汰。

在增进社会的整体效益中，公共关系工作可以通过发起建立各种基金会，开发社会福利事业，组织或参与各项文娱体育活动，把企业的经济效益同社会的整体效益结合统一起来。

三、公共关系工作的活动方式

企业开展公共关系活动，旨在寻求建立良好的企业形象与信誉，增进社会各界的了解，因此，通常可以采取以下几种方式：

（一）搞好宣传报道，创造和利用新闻

公关部门可编写一些有关企业、产品和雇员的新闻，通过新闻媒介（报纸、杂志、广播、电视等）传播企业信息，如记者招待会、新闻发布会、企业介绍、产品报导、新闻通讯、人物专访、特写等；举行活动创造机会以吸引新闻界和公众的注意，扩大影响，提高知名度。例如，"雀巢宝宝"爬行大赛、三菱电梯在上海寻找"三菱娃娃"等，都是企业扩大影响的好创意。新闻媒介掌握舆论工具，具有权威性和广泛性，对社会舆论有很大的影响和控制作用。通过新闻媒介向社会公众介绍企业和产品，可避免自吹自擂之嫌，比企业广告更为有效。

 实例分析

《英　雄》

电影《英雄》上市 20 天就创下了超过 2 亿元的票房，而当年风靡全球的《哈利·波特》，在中国创下的票房仅为 6 300 万元。《英雄》组成了阵容强大的明星剧组，并早在 2001 年初，新画面公司就开始借助演员团队的明星效应和张艺谋的声望，持续制造新闻。在媒体的支持下，这些"新闻广告"高强度持续进行了 2 年，终于让大量中国人按捺不住好奇，走进影院观看了这部中国有史以来营销最成功的电影。《英雄》以其令人赞叹的耐心、丝丝入扣的营销策划和长达 2 年的新闻公关，名列 2002 年度十大营销创新案例之首。

从上述案件可以看出，让《英雄》成功的，不仅是电影的精彩，更重要的是营销策划、市场推广的创新。

（二）刊登公共关系广告

公共关系的广告包括：节假日的喜庆广告，对同行表示支持的祝贺广告、道歉广告、鸣谢广告等。这种广告可以扩大企业知名度，从而加深消费者对企业的了解和印象。

（三）参与社会福利活动和公益活动

企业是社会的组成部分，在从事生产经营的过程中，也应积极参加广泛的社会活动，以赢得社会公众的爱戴。这类活动包括赞助（体育赞助、文艺赞助、专题活动赞助等）、捐赠（慈善救济、福利活动、公共设施建设、教育事业、学术研究等）、防止环境污染、维护企业邻近地区的安全以及增进社会福利等。

（四）举办各种专题活动建设企业文化

企业可以有计划、有步骤、有重点地建设企业文化，如厂庆、开工典礼、开业典礼、有奖评优、知识竞赛、参观访问、联欢会、联谊会以及其他庆祝活动，扩大企业影响，在增强职工凝聚力的同时，加强企业同外界公众的联系。

（五）举行各种会议

企业可以举行产品和技术方面的展览会、研讨会和演讲会以及各种有奖比赛、纪念会等。这是提高企业和产品知名度的又一种方法。例如，美国"花花公子"公司在中国东莞曾举行大规模的、生动的经销商演讲推广会，促进了该公司品牌的销售，打开了市场渠道。

本章小结

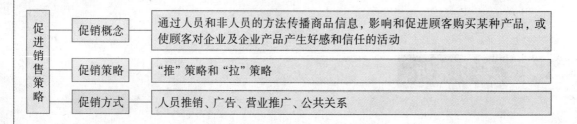

促进销售策略	促销概念	通过人员和非人员的方法传播商品信息，影响和促进顾客购买某种产品，或使顾客对企业及企业产品产生好感和信任的活动
	促销策略	"推"策略和"拉"策略
	促销方式	人员推销、广告、营业推广、公共关系

核 心 概 念

促进销售　促销组合　人员推销　营业推广　广告　公共关系

同 步 测 试

一、单项选择题

1. 促销的目的是引发刺激消费者产生（　　）。
　　A. 购买行为　　　B. 购买兴趣　　　C. 购买决定　　　D. 购买倾向

2. 对单位价值高、性能复杂、需要做示范的产品，通常采用（　　）策略。

    A. 广告　　　　　　B. 公共关系　　　　　C. "推"　　　　　　　D. "拉"

3. 公共关系是一项（　　）的促销方式。

    A. 一次性　　　　　B. 偶然　　　　　　　C. 短期　　　　　　　D. 长期

4. 人员推销的缺点主要表现为（　　）。

    A. 成本低，顾客量大　　　　　　　　B. 成本高，顾客量大

    C. 成本低，顾客有限　　　　　　　　D. 成本高，顾客有限

5. 在产品生命周期的投入期，消费品的促销目标主要是宣传介绍产品，刺激购买欲望的产生，因而，主要应采用（　　）促销方式。

    A. 广告　　　　　　B. 人员推销　　　　　C. 价格折扣　　　　　D. 销售促进

6. 收集推销人员的资料是考评推销人员的（　　）。

    A. 核心工作　　　　B. 中心工作　　　　　C. 最重要工作　　　　D. 基础性工作

二、多项选择题

1. 以下关于促销与营销的关系说法正确的是（　　　　）。

    A. 促销就是营销　　　　　　　　　　B. 促销是营销策略中的一个部分

    C. 促销是营销的发展　　　　　　　　D. 营销的重点是促销

2. 促销的主要任务是（　　　　）。

    A. 宣传与说服　　　　　　　　　　　B. 引起消费者的注意与兴趣

    C. 传递与组织有关的信息　　　　　　D. 促进消费者购买

3. 以下关于"推"策略和"拉"策略的说法正确的是（　　　　）。

    A. "拉"策略是指企业以促销组合中的人员销售的方式进行促销活动

    B. "推"策略是指企业以促销组合中的非人员销售的方式进行促销活动

    C. 两者信息流动的方向不同

    D. 两者信息流动的方向大致相同

    E. 单位价值高、分销环节少的产品适合"推"策略

4. 人员推销最重要的任务是（　　　　）。

    A. 销售产品　　　　B. 传递信息　　　　　C. 提供服务　　　　　D. 寻找客户

5. 在人员推销的组织结构中，（　　　　）适宜于产品或目标市场类似的企业采用。

    A. 产品结构式　　　B. 顾客结构式　　　　C. 综合结构式　　　　D. 区域结构式

6. 广告最常用的媒体包括（　　　　）。

    A. 报纸　　　　　　B. 杂志　　　　　　　C. 广播　　　　　　　D. 电影　　　　　E. 电视

三、判断正误题

1. 推销员除了要负责为企业推销产品外，还应该成为顾客的顾问。（　　　）

2. 广告的生命在于真实。（　　　）

3. 广告媒体的影响力是以报刊的发行量和电视、广播的视听率高低为标志的。（　　　）

4. 促销的实质是一种沟通、激励活动。（　　　）

5. 公共关系的目标是塑造组织形象。（　　　）

实训项目

项目一：推销员能力训练

一、实训目标

(1) 培养现场推销能力。

(2) 学会应付顾客异议。

二、内容与要求

(1) 利用课余时间，参加学生实习超市（或某商场）的产品促销活动。

(2) 与本班同学比较推销成果。

项目二：促销组合方案设计训练

一、实训目标

(1) 培养学生进行促销策划的能力。

(2) 培养学生在进行促销策划活动中分析和合作的能力。

二、内容与要求

(1) 从下面的案例中，分析企业共用了哪些促销的具体策划？是如何进行的？从该案例中我们能得到什么样的启示？

(2) 以小组为单位进行促销活动策划，产品或项目自选。

(3) 以小组为单位交活动方案，按小组报告及个人表现评估。

案例：某家电企业的促销策划

一、前言

在市场化运作机制不断起主导作用的今天，企业或其他从事经营活动的实体单位，理所当然地面临着新品上市、公关策划、品牌塑造等一系列的市场营销活动。此时，企业通常的做法是各种传播手段一哄而上，诸如请名人做广告、在各种媒体投入巨额广告费用、举办各种规模的"广场秀"（即大型户外公众活动）等。但是从实施效果来看，很多企业虽然投入的费用不少，带来的效果却并不理想。特别是广场秀作为企业渠道促销、公关策划、宣传和提升知名度等常用的营销手段更是千篇一律，程式化、机械化严重。因此，如何创新性地运用名人效应、利用名店（商业流通渠道）形象和创新性地运作广场秀，实现 $1+1 \geq 2$ 的效果，是值得企业策划人员深思的问题。以下是一场 2×××年第二季度"全国 500 家大型商场联合推荐××冰箱"的联合促销活动。

二、策划背景

自 21 世纪以来，中国的家电业变革不断，吸引了社会舆论的强烈关注，社会舆论褒贬不一，而本公司又几乎成了社会各界关注的核心。本企业冰箱、空调等产品在人们的心目中口碑一直很好，但可持续发展的后劲问题及由此带来的高层人事更迭问题被外界炒得沸沸扬扬。去年，本企业经过两年的技术革新和内部整治，在各方面均取得了可喜的业绩。当务之急是趁热打铁、借势发挥，策划一场大手笔的宣传攻势，正面引导舆论走向，向外界树立和提升良好的企业形象，增强消费者的信心。

三、创新才是硬道理

创新策略：名品＋名人＋名店＋广场秀。即利用名品的优势吸引、融入名人，利用名人和名品的优势吸引、融入名店，利用名品、名人、名店三者的优势"现身说法"营造创新"广场秀"。同时，在广场秀中为充分发挥前三者的整合优势还相应引入了其他的创新要素，从而产生强大的新闻传播效果，进而达到宣传名品的目的，最终实现企业的低投入高产出（新闻效应、企业效益）目标。所谓名品，可以是一个著名的品牌，也可以是一个名企，名企不仅有自己的核心品牌，更有自己的核心技术和核心产品。所谓名人，当然是指具有较高知名度甚至较大社会影响力的正面人物。所谓名店，是指具有巨大影响力的流通渠道，它的品牌知名度、美誉度、市场占有率均高于其他流通渠道。所谓创新"广场秀"，一般来讲是指在企业的大型户外公众活动或主题宣传活动的基础上引入创新元素。

四、力求踏稳第一步

如何提炼创新性传播策略呢？

（1）家电业是一个高度市场化的行业，各厂家的传播资源均较多，本公司在这方面并无优势，单纯的拼广告投入，必然事倍功半。

（2）消费者的个性化需求越来越多。

（3）传播手段、传播渠道越来越多，没有一种媒介能一统天下，笑傲江湖。

（4）本公司是一家名企，社会关系网上占有优势，新任营销及公关副总裁Q先生是业界知名人士，香港著名作家兼实业家L博士和本公司有着长期的良好合作关系，并且他们都在商业领域具备一定的号召力。这些均是值得我们利用的社会资源。

（5）商业流通渠道（名店），特别是专业家电连锁卖场影响力越来越大，如果厂商联合推荐势必传播效果显著且能减少渠道进入成本。

（6）传播上只有新闻效应的宣传成本最少、宣传效果最好且社会关注度最高。

（7）老百姓难得和名人"零距离"接触，可否安排广场秀（户外公众活动）和名人"第一次亲密接触"？但为避免大型户外公众活动程式化严重的现象，取得低投入高回报的效果，一定要引入更多创新要素。

根据以上七点，得出结论：利用本公司的品牌优势和营销副总裁Q先生的个人影响来邀请香港著名作家兼实业家L博士；再利用本公司、Q副总裁和L博士的名誉去邀请全国各大经销商共同参加"广场秀"；在"广场秀"中，在传统的大型户外公众活动的基础上再引入名人演说（从消费者的角度，从厂商联合的角度）、签名赠书、企业百人宣誓、全国十大主要名店联合推荐仪式等要素，确保整体效果的轰动效应。

五、实施：有条不紊

第二步的工作，就是制定严密的组织实施计划，确保创新性传播策略（集名品、名人、名店为一体的创新广场秀）能不折不扣地执行。策划组把大型公众活动（广场秀）的系统思维高度总结为十一个要素：时间、地点、人物、接待、议题、议程、媒介策略/新闻发布会、物料设计/制作、现场布置/维护、时间进度/任务分工表、预算明细。其中最见策划者功力的是议题与议程的设计，它是整个大型主题活动的精华所在。

组织实施计划明确之后，第三步的重点工作就是如何说服并保障计划实施前的各重点要素全部到位。

作为本次广场秀活动的精彩之处，策划组在方案中除了安排 L 博士演说，还特地为其安排了卖冰箱签名赠书活动，并在现场的物料上突出 L 博士的个人形象及其下属的××影视制作公司。在得到 L 博士的肯定回答之后，5 月初策划组便以公司、Q 副总裁及 L 博士的名义下函各家电经营巨头。这些家电经营巨头，如北京国美、北京王府井百货、上海永乐、上海商务中心家电城、广州新大新、广百、江苏苏宁、山东三联等全国前几十家商场均欣然答应参加在北京、上海、广州举行的"全国 500 家大型商场联合推荐××冰箱"市场启动仪式。为了增加对这些经销商的吸引力，策划组还每人送营销管理书籍及 L 博士大作各一套。

为了保障活动当天的人气，增加社会影响力，策划组除力邀全国各大主要媒体之外，还在邀请函的回执上注明要求各商业同仁手写上一句有关本次会议主题的话语，如"名品进名店、名店推名品"等，即兴发挥。且要求附赠经销商本人相片一张。6 月底，策划组把收集到的经销商照片及签字创意成半版硬性广告，在《新民晚报》、《南方周末》、《羊城晚报》等主流媒体上刊登。

万事俱备，只欠东风，有了名品、名人、名店三要素及其整合优势，第四步的工作是如何导演好当日的广场秀，保证实施过程中和过程后的效果。

经过上述认真分析、研讨和筹划，一个"全国 500 家大型商场联合推荐××冰箱"的市场启动仪式、推广活动已蓄势待发。根据计划，主要的启动仪式先在北京、上海、广州三个主要城市启动，然后将此模式根据各级省会城市的实际情况进行复制、移植，由当地分公司自己组织。原则上由大区部长领导即可。为了保证活动的组织效果，将广场秀因地制宜地分成六大区，每大区都具体到人，并详细说明注意事项。

2×××年 7 月 1 日及 7 月 15 日，华南和华东市场启动仪式按计划分别在广州天河城广场和上海曲阳商务中心家电城广场进行。同时为了将公司的"四个第一"殊荣和"十大国家级的冰箱专利技术"鲜活地展示出来，策划组还设计策划了系列现场活动和热点，如从消费者的角度举行十大商场老总联合签名推荐仪式，现场购机签名赠礼金，新品展示、新技术展示、现场表演、现场游戏、现场抽奖等，使现场的效果比预期的还要火爆。（资料来源：改编自求知网，Qiouzhi. com）

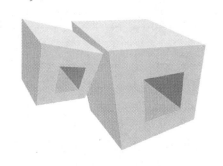

第十二章

市场营销计划、组织、执行与控制

SHICHANG

知识目标

全面掌握和灵活运用市场营销计划的各种构成要素

了解市场营销组织的演变过程，市场营销部门的组织形式及特点

了解市场营销的执行过程，控制的程序和方法

能力目标

具有运用所学知识编制企业年度市场营销计划的能力

基本掌握运用市场营销组织、执行和控制过程的能力

引例

TCL 家电营销网络组织与管理

创办于 1981 年的 TCL 集团股份有限公司的彩电、手机、电话机、个人电脑等产品在国内市场具有领先优势,特别是以彩电为代表的家电产品的营销,是与其营销网络的建设和不断完善密切相关的。

TCL 公司对营销网络的管理主要从以下几方面展开:

1. 共同的企业核心价值观

把"为员工创造机会"这一口号深植于网络人员的管理中。在网络组织结构中权力下放,产品价格在一定范围内的变化完全由营销人员决定,充分让网络营销人员当家做主,依靠企业文化实现网络的目标。在激励机制上主要包括教育计划、福利和奖励三部分,做到了精神和物质的有机结合。

2. 厂、商是一个利益共同体

在营销网络建立之初,针对经销商对 TCL 产品不甚了解和信心不足的状况,TCL 采取了"赎买"政策,即保证经销商经营任务指标的完成。若因 TCL 产品的销售情况不好使得经销商未完成指标,不足部分则由 TCL 公司补足。这样就取得了经销商的信任,激励了经销商努力开拓市场。

3. 在对营销结构的管理和调整中"管理重心下沉"

网络管理从集权走向分权,在销售公司已分解为七个大区进行管理的基础上,又将分公司由原来的销售平台转变为管理平台;"销售重心下移",销售中心下放到各基层经营部,经营部主权增加。加之实施"精耕细作"的战略,减少了营销网络的环节,节约了销售成本,使营销网络竞争力大大增强。同时也真正体现了"网络制胜"的优势。TCL 希望在分公司、经营部层面开辟多元化产品的"绿色通道",整合集团综合优势,财务、仓储等服务资源共享,使多种产品能快速切入市场,为企业提供更大的生存空间和发展机遇。

4. 完善售后服务网络,建立售后服务基金

TCL 家电营销的销售服务是网络体系中的重要一环。全面落实、进一步推进"千店工程"的建设,将服务网络延伸到每一个乡镇,甚至每一户家庭。与经销商合作推出"送货上门,上门调试"的服务。提出"以速度战胜规模"的方针,产品从出厂到用户手中,最快可在 5 天内实现。TCL 承诺:哪里有王牌彩电,哪里就有王牌服务;3 年免修保修,终身维护,一律免收服务费;24 小时内城内服务到位,边远地区特约服务;24 小时全天候电话服务,节假日照常服务。

5. 管理手段的现代化

在强化管理,改善营销网络"软件"的同时,TCL 集团也注意到了对营销网络硬件条件的建设。分布全国的营销网络提高了产品销量,在企业的市场战略中成功地发挥了重要作用,但随着规模的不断扩大,营销网络的管理难度也加大了。管理的现代化必须要求信息的电子化和电脑的网络化。由于企业的信息化建设涉及企业的核心竞争力问题,营销网络的信

息化直接影响一线营销队伍的管理，关系到企业的利润和生存。要搞好营销网络的信息化工作，用先进的技术手段为管理服务，首要的工作是从企业的管理角度出发，加快营销网络的物流和资金流的运转，进行规划建设，在此过程中采用先进的IT技术手段。只有如此，才能更快地实现管理的信息流及工作流的电子化，加快企业的物流和资金流的流速，由此加强TCL的速度经济和网络的规模经济，提高TCL的核心竞争力。（资料来源：改编自MBA智库百科）

公司战略计划仅仅是企划工作的起点，它将引导制定更周密、完整的计划以完成组织的目标。对各部门、各业务单位、各产品项目、每项产品和重要的目标市场，都必须制定进一步的计划。每份业务的关键部分是营销计划，在营销计划的基础上，开始制定其业务计划细则。企业战略计划是指导和协调市场营销活动的主要工具，是企业市场营销顺利进行并取得良好经济效益的前提。企业要想提高市场营销效能，必须学会正确地制定和执行市场营销计划。

第一节　市场营销计划

一、市场营销计划的含义

市场营销计划是在对企业市场营销环境进行调研分析的基础上按年度制定的企业和各业务单位对营销目标以及实现这一目标所采取的策略、措施和步骤的明确规定和详细说明。市场营销计划属于企业各部门职能计划之一，是企业整体战略规划在营销领域的具体化。

二、市场营销计划的要素

市场营销计划一般包括八个部分，有内容提要、当前营销状况、风险与机会分析、目标、营销战略、行动方案、损益预测和营销计划控制。

（一）内容提要

内容提要是市场营销计划的开端。它是对主要营销目标和措施的简短概述，目的是使管理部门迅速了解该计划的主要内容，抓住计划的要点。

（二）当前营销状况

主要提供该产品目前营销状况的有关背景资料，包括市场状况、产品状况、竞争状况、分销状况和现实环境有关的背景资料。

（1）市场状况。列举目标市场的规模和成长性的有关数据，顾客的需求状况等。

（2）产品状况。列出企业产品组合中每一个品种近年的销售价格、市场占有率、成本、费用、利润率等方面的数据。

（3）竞争状况。识别出企业的主要竞争者，分析他们的规模、目标、市场份额、产品质量、价格、营销战略和策略，收集有助于了解其特征、意图、行为的资料，判断竞争者的变化趋势。

（4）分销状况。描述公司产品所选择的分销渠道的类型和在各种分销渠道上的销售数量，各条渠道的相对重要性及其变化。

（5）宏观环境状况。主要对宏观环境的状况和主要发展趋势作出简要的分析。

（三）风险与机会分析

在这项分析中，必须把风险与机会的分析与企业的优势与劣势分析结合起来进行，这样才能使这项分析真正给企业带来盈利的机会，回避可能遇到的风险。一个市场机会能否成为企业的营销机会，关键在于这个机会是否与企业在目标和资源方面的优势相匹配。如果在这方面恰是企业的强项，那么就应当充分发掘和利用这个市场机会，否则就不能贸然上马。因此，在计划中要对市场机会和风险进行科学、详细的预测、分析和判断。

1. O/T 分析

即机会/威胁分析，是指通过对外部环境变化趋势的分析，识别出有利于企业发展的重大市场和机会及可能影响企业经营，甚至危及企业生存的主要环境威胁。

2. S/W 分析

即优势/劣势分析，是指通过对内部经营条件的分析，认清本企业相对于竞争者的战略优势和劣势。

3. SWOT 分析

即综合分析市场机会、环境威胁、企业优势与劣势等战略要素，明确能够为企业有效利用的市场机会，尽可能将良好的市场机会与企业优势有机地结合，同时要努力防范和化解因环境威胁和企业劣势带来的市场风险。

4. 问题分析

在 SWOT 分析的基础上，明确在制定和实施市场营销战略计划过程中还必须妥善解决好的主要问题。

（四）目标

确定企业的目标，是市场营销计划的核心内容。在这里至少应建立两种目标，即财务目标和营销目标。这些目标要用数量化指标表达出来，要将目标定得实际、合理，并有一定的开拓性。

（1）财务目标。即确定每一个战略目标的财务报酬目标，包括投资报酬率、利润率、利润额等指标。

（2）营销目标。财务目标必须转化为营销目标。营销目标可以由以下指标构成，如销售收入、销售增长率、销售量、市场份额、品牌知名度、分销范围等。

上述目标以外的目标，还有企业形象塑造、员工素质提高、股票市场印象等。

确定目标时应注意以下几个问题：

第一，定量化。即尽可能用具体数据定量的表述计划期内务必实现的目标，且要有时间上的规定。

第二，协调性。即各个目标之间要协调一致，不能互相矛盾。

第三，层次性。即不同的目标应有轻重缓急之分，长期目标应转化为中期、短期和近期目标，上级目标能层层分解而转化为下级目标，直至落实到班组和人头。

第四，激励与可行性。即目标必须能激励员工的斗志和工作热情。同时，员工经过努力又是可以实现而不是高不可攀的。

（五）营销战略

市场营销战略主要由三部分构成：目标市场战略、市场营销组合战略、市场营销预算等。

（1）目标市场战略。明确企业及其产品（品牌）准备进入的细分市场。企业在精心选择的目标市场上，合理分配其市场营销资源和能力，进行市场定位，确定市场形象。

（2）市场营销组合战略。对选定的细分市场，企业分别采取具体的营销战略，如产品、渠道、定价和促销等方面的一体化战略，选择最优方案加以实施。

（3）市场营销预算。详细说明为执行各种营销战略所必需的营销费用，并且要以科学的方法确定恰当的费用水平。

（六）行动方案

这是对各种营销战略的具体实施制定详细的行动方案 。即阐述以下几个问题：

（1）将做什么？

（2）何时开始？何时完成？

（3）谁来做？

（4）成本是多少？

为落实营销战略，必须制定可实际操作的具体计划和行动方案。整个行动计划可以用图表形式描述出来，应具体确定将由何人，在何时、何地，花多少费用，采用何种方法、步骤，负责完成何项具体工作。

（七）损益预测

决定目标、战略和战术后，企业可以开列一张实质性的预计损益表，在收入的一方要说明预计的销售量和平均实现价格，在支出的一方要说明生产成本、储运成本和各种营销费用。收入和支出的差额即是预计利润。企业的各业务单位编制出营销预算后送交上层管理者审批，经批准后，该预算就成为材料采购、生产调度、人力资源以及各项营销管理的依据。

（八）营销计划控制

营销计划控制是市场营销计划的最后一部分，用以监督计划的进程，对计划进行检查和控制。常用的做法是将计划规定动作的营销目标和预算按月度或季度分别制定，便于上级主管及时了解各个阶段的销售实绩，掌握达到或未达到预期目标的部门、环节，分析原因，并要求限期作出解释和提出改进措施，以争取实现预期的目标，从而使组成整个营销计划的各个部门的工作受到有效地控制，保证整个营销计划能并然有序、卓有成效地付诸实施。

第二节 市场营销组织

一、市场营销组织的含义

(一)市场营销组织的概念

市场营销组织是指企业内部涉及营销活动的各个职位及其结构。企业的市场营销部门是执行市场营销计划、服务市场购买者的职能部门。市场营销部门的组织形式,主要受宏观市场营销环境、企业市场营销管理哲学以及企业自身所处的行业和发展阶段、企业规模、经营范围、业务特点等因素的影响。

(二)市场营销部门的演变

企业的市场营销部门是随着市场营销管理哲学的不断发展演变而来的。大致经历了单纯的销售部门、兼有附属职能的销售部门、独立的市场营销部门、现代市场营销部门、现代市场营销公司五个阶段。

1. 单纯的销售部门

20世纪30年代以前,西方企业以生产观念作为指导思想,大部分都采用这种形式。一般说来,所有企业的工作都是由财务、生产、销售和会计这四个基本职能部门开展的。财务部门负责资金的筹措;生产部门负责产品制造;销售部门通常由一位副总经理负责,管理销售人员,并兼管若干市场营销研究和广告宣传工作(见图12-1)。在这个阶段,销售部门的职能仅仅是推销生产部门生产出来的产品,生产什么销售什么,生产多少销售多少。产品生产、库存管理等完全由生产部门决定,销售部门对产品的种类、规格、数量等问题几乎没有任何发言权。

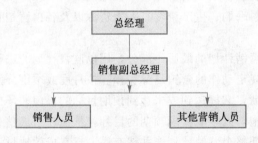

图12-1 单纯的销售部门

2. 兼有附属职能的销售部门

20世纪30年代经济大萧条以后,市场竞争日趋激烈,企业大多数以推销观念作为指导思想,需要进行经常性的市场营销研究、广告宣传以及其他促销活动。这些工作逐渐成为专门的职能,当工作量达到一定程度时,便会设立一名市场营销主任负责这方面的工作(见图12-2)。

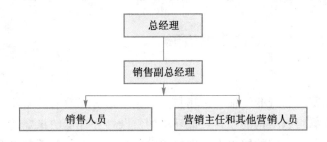

图 12-2　兼有附属职能的销售部门

3. 独立的市场营销部门

随着企业规模和业务范围的进一步扩大，原来作为附属性工作的市场营销研究、新产品开发、广告促销和为顾客服务等市场营销职能的重要性日益增强。于是，市场营销部门成为一个相对独立的职能部门，作为市场营销部门负责人的市场营销副总经理同销售副总经理一样直接受总经理的领导，销售和市场营销成为平行的职能部门（见图 12-3）。但在具体工作上，这两个部门是需要密切配合的。这种安排常常使用在许多工业企业中，它向企业总经理提供了一个从全面分析企业面临的机遇与挑战的机会。

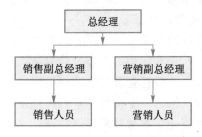

图 12-3　独立的市场营销部门

4. 现代市场营销部门

尽管销售副总经理和市场营销副总经理需要配合默契和互相协调，但是他们之间实际形成的关系往往是一种彼此敌对、互相猜疑的关系。销售副总经理趋向于短期行为，侧重于取得眼前的销售量；而市场营销副总经理则多着眼于长期效果，侧重于制定适当的产品计划和市场营销战略，以满足市场的长期需要。销售部门和市场营销部门之间矛盾冲突的解决过程，形成了现代市场营销部门的基础，即由市场营销副总经理全面负责，下辖所有市场营销职能部门和销售部门（见图 12-4）。

图 12-4　现代市场营销部门

二、市场营销组织建立的考虑因素

（一）经营环境

外部环境指企业所处的行业特征、市场特点、经济形势、政府关系及自然环境等。环境因素可以从两个方面影响组织架构的设计，即环境的复杂性和环境的稳定性。外部环境对组织结构的影响可以反映在三个不同的层次上，即组织总体特征层次、各部门关系层次、职务与部门设计层次。

环境越复杂多变，组织设计就越要强调适应性，以加强非程序化决策能力。这也是在这种情况下结构简单的小规模企业的适应力反而比大企业强的原因所在。处于高干扰性环境下的组织需要减少管理层级，加强部门间的协调与授权，减弱组织内部的控制力。在结构上须维持一定程度的灵活与弹性，这样才能使企业更具适应性。

当经济环境相对稳定时，企业追求的是成本效益，往往规模庞大、组织架构复杂。在稳定的经济环境中采用机械式组织架构即可应付，而这将导致组织内部的规章、程序和权力层级较为明显，组织的集权化程度明显增强。

（二）企业规模与企业所处的发展阶段

企业规模是影响企业组织设计的重要因素。企业的规模不同，其内部结构也会存在明显的差异。随着企业规模的不断扩大，企业活动的内容日趋复杂，人数逐渐增多，专业分工不断细化，部门和职务的数量逐渐增加。这些都会直接导致组织架构复杂性的增加。

企业规模越大，需要协调与决策的事务会越多，管理难度就会越大。但是，管理者的时间和精力是有限的。这一矛盾将促使企业增加管理层级并进行更多的分权。因此，企业规模的扩大将会使组织的层级结构、部门结构与职能结构发生相应的变化。

值得注意的是，企业规模的扩大会相应地增加组织运作的刚性，降低其灵活性。人员与部门不断增多，要求企业进行规范管理。企业将会制定详细的规章制度，并通过严格的程序和书面工作实现对员工和部门进行控制的标准化，这时的公司就容易采用机械性的组织架构。

（三）业务特点

如果企业业务种类众多，与之对应的资源和管理手段也就越多。为了满足业务的需要，部门或岗位的设置也就会越多，所需要的人员就越多，组织相对就会更复杂一些。

企业的各个业务之间联系越紧密，组织机构设计越需要考虑部门及部门内部的业务之间的相互作用，越不能采用分散的组织机构，这种情况下采用金字塔形或矩阵形组织机构更合适。一般而言，业务相关程度越大，越要进行综合管理。

如果企业业务之间联系不紧密，或业务之间的离散度很高，那么组织内的各部门或岗位之间的联系就越少，部门或岗位的独立性就越强。这种运作状况下，企业宜采用事业部制组织架构，给下属部门更多的权力。业务相关程度较低时，可以分别对每一个业务采用不同的政策、不同的管理要求，进行分散管理。

（四）技术水平

组织的活动需要利用一定的技术和反映一定技术水平的特殊手段来进行。技术以及技术设备的水平，不仅影响组织活动的效果和效率，而且会影响组织活动的内容划分、职务设置，会对工作人员的素质提出要求。例如，信息处理的计算机化，必将改变组织中的会计、文书、档案等部门的工作形式和性质。

有些企业技术力量较强，他们以技术创新和发展作为企业发展的根本，这时候组织机构的关键是考虑技术发展问题，组织设计也以技术及其发展创新为主。当技术能够带来高额利润时，技术管理和利用就显得相当重要，技术管理成为企业组织机构设置的核心问题，成为组织机构设置的主线。生产技术越复杂，组织架构垂直分工越复杂，这将导致组织的部门结构增加，从而也增加了企业横向协调的工作量。

在传统企业中，各个企业的技术都差不多，企业的主要利润点不在技术上，那么技术也就不会过多地影响企业组织机构的设置。组织机构的设置更多地考虑诸如渠道管理、成本降低等，并以这些因素作为组织机构设计的主线。因此，这类惯性高的工作可考虑采用标准化协调与控制结构，组织架构具有较高的正式性和集权性。

（五）人力资源

人力资源是组织架构顺利实施的基础。在组织架构设计中，对人员素质的影响考虑不够会产生较严重的问题。员工素质包括价值观、智力、理解能力、自控能力和工作能力。当员工素质提高时，其本身的工作能力和需求就会发生变化。对于高素质的员工，管理制度应有较大的灵活性。例如弹性的工作时间、灵活的工作场所（例如家庭办公）、较多的决策参与权以及有吸引力的薪资福利计划等。

人力资源状况会对企业的层级结构产生影响。当管理者的专业水平、领导经验、组织能力较强时，就可以适当地扩大管理幅度，相应地，就会导致管理层级的减少。

人力资源状况会对企业的部门结构产生影响。若实行事业部制，就需要有比较全面的领导能力的人选担任事业部经理；若实行矩阵结构，项目经理人选就要求有较高的威信和良好的人际关系，以适应其责多权少的特点。

人力资源状况还会对企业的职权结构产生影响。如果企业管理人员管理水平很高，管理知识全面，经验丰富，并有良好的职业道德，管理权力就可较多地下放。

三、市场营销部门的组织形式

为了实现企业目标，市场营销经理必须根据自己所处的市场营销环境来选择合适的市场营销组织。大体上，市场营销组织可分为专业化组织和结构性组织两种。

（一）专业化组织

1. 职能型组织

职能型组织是最古老也最常见的市场营销组织形式。它强调市场营销各种职能如销售、广告和研究等的重要性。从图 12-5 可以看出，该组织把销售职能当成市场营销的重点，而广告、产品管理和研究职能则处于次要地位。当企业只有一种或很少几种产品，或者企业产品的市场营销方式大体相同时，按照市场营销职能设置组织结构比较有效。但是，随着产品品种的增多和市场的扩大，这种组织形式就暴露出发展不平衡和难以协调的问题。既然没有一个部门能对某产品的整个市场营销活动负全部责任，那么，各部门就强调各自的重要性，以便争取到更多的预算和决策权力，致使市场营销副总经理无法进行协调。

图 12-5 职能型组织

2. 产品或品牌型组织

产品或品牌型组织是指在企业内部建立产品或品牌经理制度,这种组织并不是取代职能型管理组织,只不过是增加一个管理层次,以更有效地协调组织中的部门冲突。在企业所生产的产品或品牌差异很大,品种太多,以致按职能设置的市场营销组织无法处理的情况下,建立产品或品牌经理制度是适宜的。其基本做法是,由一名产品或品牌经理负责,下设若干个产品线经理,产品线经理之下再设几个具体产品经理去负责各具体的产品。产品管理最初是由美国宝洁公司于 1927 年率先采用的(见图 12-6)。

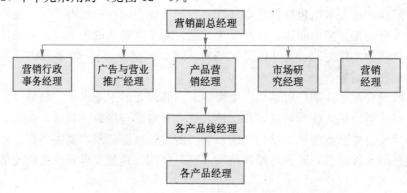

图 12-6 产品或品牌型组织

产品或品牌经理的职责是制定产品开发计划,并付诸执行,监测其结果和采取改进措施。具体可分为六个方面:① 制定产品的长期经营和竞争战略;② 编制年度市场营销计划和进行销售预测;③ 与广告代理商和经销代理商一起研究广告的文稿设计、节目方案设计和宣传活动;④ 激励推销人员和激发经销商经营该产品的兴趣;⑤ 收集产品、市场情报,进行统计分析;⑥ 倡导新产品开发。

产品或品牌型组织形式的优点在于产品或品牌经理能够有效地协调各种市场营销职能,并对市场变化作出积极反应。同时,由于有专门的产品经理,那些较小品牌产品可能不会受到忽视。不过,该组织形式也存在不少缺陷:① 缺乏整体观念。在产品或品牌型组织中,各个产品经理相互独立,他们会为保持各自产品的利益而发生摩擦。事实上,有些产品可能面临着被收缩和淘汰的境地。② 部门冲突。产品或品牌经理们未必能获得足够的权威,以保证他们有效地履行职责。这就要求他们得靠劝说的方法取得广告部门、销售部门、生产部门和其他部门的配合与支持。③ 多头领导。权责划分不清楚,下级可能会得到多方面的指令。例如,产品广告经理在制定广告战略时接受产品或品牌经理的指导,而在预算和媒体选择上则受制于广告协调者。

3. 市场型组织

当企业面临如下情况时，建立市场型组织是可行的：拥有单一的产品线；市场各种各样（不同偏好和消费群体）；不同的分销渠道。许多企业都在按照市场系统安排其市场营销机构，使市场成为企业各部门为之服务的中心。市场型组织的基本形态如图12-7所示。一名市场主管经理管理几名市场经理（市场经理又称市场开发经理、市场专家和行业专家）。市场经理开展工作所需要的职能性服务由其他职能性组织提供并保证。其职责是负责制定所辖市场的长期计划和年度计划，分析市场动向及企业应该为市场提供什么新产品等。他们的工作成绩常用市场占有率的增加情况来判断，而不是看市场现有的盈利情况。市场型组织的优点在于，企业的市场营销活动是按照满足各类不同顾客的需求来组织和安排的，这有利于企业加强销售和市场开拓。其缺点是，存在权责不清和多头领导的矛盾，这和产品型组织类似。

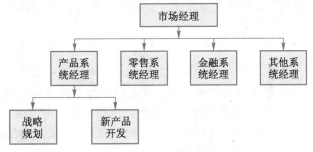

图12-7　市场型组织

4. 区域型组织

如果一个企业的市场营销活动面向全国，那么它会按照地理区域设置其市场营销机构（见图12-8）。该机构的设置包括，1名负责全国销售业务的营销副总经理，若干名区域销售经理、地区销售经理和小区销售经理。为了使整个市场营销活动更为有效，区域型组织通常都与其他类型的组织结合起来使用。

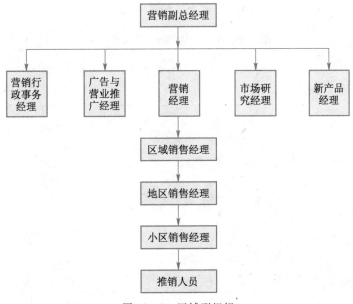

图12-8　区域型组织

（二）结构性组织

专业化组织从不同角度确立了市场营销组织中各个职位的形态，对于如何安排这些职位，还需要分析组织结构与职位之间的相互关系。企业设计组织结构不是最终目的，而只是实现市场营销目标的一种手段。既然各个企业有着不同的目标、战略、竞争环境和资源条件，就可以建立起不同类型的组织结构。企业最好的组织类型就是结构性组织，这种组织类型主要有以下两种表现形式：

1. 金字塔形组织

金字塔形组织是一种较为常见的组织结构形式。它由经理至一般员工自上而下建立垂直的领导关系，管理幅度逐步加宽，下级只向自己的上级直接负责。按职能专业化设置的组织结构大都是金字塔形。其特点是上下级权责明确、沟通迅速、管理效率较高。只是由于每个员工（尤其是下层员工）的权责范围有限，往往缺乏对总体市场营销状况的了解，因而，不利于他们的晋升。

2. 矩阵型组织

矩阵型组织是职能型组织与产品或品牌型组织相结合的产物，它是在原有的按直线指挥系统为职能部门组成的垂直领导系统的基础上，又建立的一种横向领导系统，两者结合起来就组成一个矩阵（见图 12-9）。在市场营销管理实践中，矩阵型组织的产生大体分为两种情形：

（1）企业为完成某个跨部门的一次性任务（如产品开发），从各部门抽调人员组成由经理领导的工作组来执行该项任务，参加小组的有关人员一般受本部门和小组负责人的共同领导。任务完成后，小组撤销，其成员回到各自的岗位。这种临时性的矩阵型组织又叫小组制。

（2）企业要求个人对维持某个产品或商标的利润负责，把产品经理的位置从职能部门中分离出来并固定化。同时，由于经济和技术因素的影响，产品经理还要借助于各职能部门来执行管理，这就构成了矩阵。矩阵型组织能加强企业内部各部门间的协作，能集中各种专业人员的知识技能又不增加编制，组建方便、适应性强，有利于提高工作效率。但是，双重领导过于公权化，稳定性差和管理成本较高的缺陷又多少抵消了一部分效率。

	A 市场经理	B 市场经理	C 市场经理	D 市场经理
甲产品经理				
乙产品经理				
丙产品经理				
丁产品经理				

图 12-9　矩阵组织法

典型案例

玉兰油有序与高效的促销活动

2001年9月21日—2002年1月27日期间的周末，宝洁公司在没有玉兰油专柜的商场内进行店内促销，目的是向消费者传递玉兰油换新包装的信息，让玉兰油时尚、专业、高档的形象深入人心，并通过促销中的买赠活动吸引更多的消费者购买。为了最大限度地利用资源并达到最好的推广效果，公司选择了商场内人流量最大的时间段——周五（18：00—20：00）、周六（11：30—20：30）和周日（11：30—20：30）。玉兰油属于中高档化妆品，消费对象为18~50岁的职业女性，销售区域主要是城市。本次活动就选择在华东、华南、西南地区的一些经济较发达的城市进行。明确的组织及职责分工，是促销活动稳定有序进行的前提。另外，完善的活动方式和严格的项目监控也是成功的关键。"惊喜你自己"玉兰油非专柜促销活动有着精简的组织构架与明确的职责分工。本次活动选取了滋养霜、营养霜、洁面乳等六种产品做促销推介，凡买足98元玉兰油产品的顾客，凭购物小票可获赠价值68元的伊泰连娜项链。活动以POP广告、形象促销专用台、宣传手册和促销小姐统一穿黑色的OLAY服装为形式，以玉兰油高档、时尚的形象为表现主题。本次促销活动配备了严格完善的监控体系，主要有区管及督导的日常巡店、报表体系、奖励计划等。

通过缜密的策划准备与有力的贯彻执行，"惊喜你自己"玉兰油非专柜促销活动最终取得了满意的效果，玉兰油的全新形象也深植于消费者心中。（资料来源：MBA智库百科）

第三节　市场营销执行

一、市场营销执行的含义

市场营销执行是将市场营销计划转化为行动方案的过程，并保证这种任务的完成，以实现计划的既定目标。分析市场营销环境、制定市场营销战略和市场营销计划是解决企业市场营销活动应该"做什么"和"为什么要这样做"的问题；而市场营销执行则是要解决"由谁去做"、"在什么时候做"和"怎样做"的问题。

市场营销执行是一个艰巨而复杂的过程。美国的一项研究表明，90％被调查的计划人员认为，他们制定的战略和战术之所以没有成功，是因为没有得到有效的执行。管理人员常常难以诊断市场营销工作执行中的问题，市场营销失败的原因可能是由于战略、战术本身有问题，也可能是由于正确的战略、战术没有得到有效的执行。

二、市场营销执行过程

市场营销执行过程包括如下主要步骤：

（一）制定行动方案

为了有效地实施市场营销战略，必须制定详细的行动方案。这个方案应该明确市场营销战略实施的关键性决策和任务，并将执行这些决策和任务的责任落实到个人或小组。另外，还应包含具体的时间表，定出行动的确切时间。

（二）建立组织结构

企业的正式组织在市场营销执行过程中起决定性的作用，组织将战略实施的任务分配给具体的部门和人员，规定明确的职权界限和信息沟通渠道，协调企业内部的各项决策和行动。具有不同战略的企业需要建立不同的组织结构。也就是说，结构必须同企业战略相一致，必须同企业本身的特点和环境相适应。组织结构具有两大职能：一是提供明确的分工，将全部工作分解成管理的几个部分，再将它们分配给各有关部门和人员；二是发挥协调作用，通过正式的组织联系沟通网络，协调各部门和人员的行动。

（三）设计决策和报酬制度

为实施市场营销战略，还必须设计相应的决策和报酬制度。这些制度直接关系到战略实施的成败。就企业对管理人员工作的评估和报酬制度而言，如果以短期的经营利润为标准，则管理人员的行为必定趋于短期化，他们就不会有为实现长期战略目标而努力的积极性。

（四）开发人力资源

市场营销战略最终是由企业内部的工作人员来执行的，所以人力资源的开发至关重要。这会涉及人员的考核、选拔、安置、培训和激励等问题。在考核、选拔管理人员时，要注意将适当的工作分配给适当的人，做到人尽其才。为了激励员工的积极性，必须建立完善的工资、福利和奖惩制度。此外，企业还必须决定行政管理人员、业务管理人员和一线工人之间的比例。许多美国企业已经削减了公司一级的行政管理人员，目的是减少管理费用和提高工作效率。

应当指出的是，不同的战略要求具有不同性格和能力的管理者。"拓展型"战略要求具有创业和冒险精神的、有魄力的人员去完成；"维持型"战略要求管理人员具备组织和管理方面的才能；而"紧缩型"战略则需要寻找精打细算的管理者来执行。

（五）建设企业文化

企业文化是指一个企业内部全体人员共同持有和遵循的价值标准、基本信念和行为准则。企业文化对企业的经营思想和管理风格，对职工的工作态度和作风均起着决定性的作用。企业文化包括企业环境、价值观念、模范人物、仪式、文化网五个要素。企业环境是形成企业文化的外界条件，既包括一个国家、民族的传统文化，也包括政府的经济政策以及资源、运输、竞争等环境因素。价值观念是指企业职工共同的行为准则和基本信念，是企业文化的核心和灵魂。仪式是指为树立和强化共同价值观，有计划地进行各种例行活动，如各种纪念、庆祝活动等。文化网则是传播共同价值观和宣传介绍模范人物形象的各种非正式渠道。

（六）市场营销战略实施系统各要素间的关系

为了有效地实施市场营销战略，企业的行动方案、组织结构、决策和报酬制度、人力资源、企业文化这五大要素必须协调一致，相互配合。

三、市场营销执行技能

市场营销执行问题常常出现于企业的三个层次：第一层次是市场营销职能。即基本的市场营销职能能否顺利实施，如企业怎样才能从某广告公司处获得更有创意的广告。第二层次是市场营销方案。即把所有的市场营销职能协调地组合在一起，构成整体行动。这一层次出现的问题常常发生在一项新产品引入另一个新市场时。第三层次是市场营销政策。例如，企业需要所有雇员对待所有的顾客都用最好的态度和最好的服务。为了有效地执行市场营销方案，企业的每个层次（即职能、方案、政策）都必须善于运用以下四种技能：

（一）配置技能

配置技能是指市场营销经理在职能、方案和政策三个层次上配置时间、资金和人员的能力。

（二）调控技能

调控技能包括建立和管理一个对市场营销活动效果进行追踪的控制系统，控制有四种类型：年度计划控制、利润控制、效率控制和战略控制。

（三）组织技能

组织技能常用于开展有效工作的组织中。理解正式和非正式的市场营销组织对于开展有效的市场营销执行活动是非常重要的。

（四）互动技能

互动技能指经理影响他人把事情办好的能力。市场营销人员不仅必须有能力推动本企业的人员有效地执行理想的战略，还必须推动企业外的人或企业（如市场调查公司、广告公司、经销商、批发商、代理商等）来实施理想的战略，即使他们的目标与本企业的目标有所不同。

第四节　市场营销控制

一、市场营销控制的定义和程序

市场营销控制是指市场营销经理检查市场营销计划的执行情况，看计划与实际是否一致，如果不一致或没有完成计划，就要找出原因所在，并采取适当措施和正确行动，以保证市场营销计划的完成。

市场营销控制具有动态性、系统性和循环性。市场营销控制程序具体如下：

（1）确定应评价的市场营销业务范围。企业通常要评价市场营销业务的各个方面，包括人员、计划、职能、策略等。评价并不是泛泛的，而应根据需要各有侧重。

（2）建立衡量标准。评价工作要有一个总的尺度，借以衡量营销目标和计划的完成情况。营销控制的衡量标准，是指企业的主要战略目标，以及为达到战略目标而规定的战术目标，如利润、销售量、市场占有率、顾客满意程度等各种指标。

（3）确定控制检查的方法。评价绩效需要建立检查方法，最基本的方法是企业建立并积累营销活动及与此相关的原始资料，如报告、报表、原始账单等。他们能准确、及时、全面、系统地记载并反映企业的营销绩效。

（4）依照标准检查实施工作绩效。这一步需要防止虚报绩效。对完成得好的要予以总结推广，对完成得差的要在下一步解决。

（5）进行绩效分析并提出改进对策、建议。对工作绩效进行差异分析、对比分析，编写分析报告，提出改进方案。

二、市场营销控制的方法

市场营销控制方法有年度计划控制、盈利能力控制和市场营销审计。

（一）年度计划控制

任何企业都要制定年度计划，然而，年度市场营销计划的执行能否取得理想的成效，还需要看控制工作进行得如何。年度计划控制，是指企业在本年度采取控制步骤，检查实际绩效与计划之间是否有偏差，并采取改进措施，以确保市场营销计划的实现与完成。许多企业每年都制定相当周密的计划，但执行的结果却往往与之有一定的差距。事实上，计划实现的结果不仅取决于计划制定得是否正确，还有赖于计划执行与控制的效率如何。可见，年度计划制定并付诸执行之后，搞好控制工作也是一项极其重要的任务。

年度计划控制系统包括四个主要步骤：

第一步，制定标准。即确定本年度各个季度（或月）的目标，如销售目标、利润目标等。

第二步，绩效测量。即将实际成果与预期成果相比较。

第三步，因果分析。即研究发生偏差的原因。

第四步，改正行动。即采取最佳的改正措施，努力使成果与计划相一致。

年度计划控制的主要内容有以下几点：

1. 销售分析

销售分析主要用于衡量和评估经理人员所制定的计划销售目标与实际销售之间的关系。这种关系的衡量和评估有两种主要方法。

（1）销售差异分析。销售差异分析用于决定各个不同的因素对销售绩效的不同作用。例如，假设年度计划要求第一季度销售 4 000 件产品，每件 1 元，即销售额为 4 000 元。在该季度结束时，只销售了 3 000 件，每件 0.80 元，即实际销售额为 2 400 元。那么，这个季度的销售绩效差异就为 $-1\ 600$ 元，或其绩效为预期销售额的 -40%。问题是，绩效的降低有多少归因于价格的下降？有多少归因于销售数量的下降？我们可用如下计算来回答：

因价格下降的差异 = （1−0.80）×3 000＝600 元（占 37.5%）

因数量下降的差异＝1×（4 000−3 000）＝1 000 元（占 62.5%）

可见，约有 2/3 的销售差异归因于未能实现预期的销售数量。由于销售数量通常较价格容易控制，所以企业应该仔细检查为什么不能达到预期的销售量。

（2）微观销售分析。微观销售分析可以决定未能达到预期销售额的特定产品、地区等。假设企业在三个地区销售，其预期销售额分别为 1 500 元、500 元和 2 000 元，总额为 4 000 元。实际销售额分别为 1 400 元、525 元、1 075 元。就预期销售额而言，第一个地区有 7％的未完成额；第二个地区有 5％的超出额；第三个地区有 46％的未完成额。主要问题显然在第三个地区。造成第三个地区不良绩效的原因有如下可能：一是该地区的销售代表工作不努力或有个人问题；二是有主要竞争者进入该地区；三是该地区居民收入下降。

2. 市场占有率分析

企业的销售绩效并未反映出相对于其竞争者，其经营状况如何。如果企业销售额增加了，可能是由于企业所处的整个经济环境的发展，或可能是因为其市场营销工作较之其竞争者有相对改善。市场占有率正是剔除了一般的环境影响来考察企业本身的经营工作状况的。如果企业的市场占有率升高，表明它较其竞争者的情况更好；如果其市场占有率下降，则说明相对于其竞争者其绩效较差。衡量市场占有率的第一个步骤是清楚地定义使用何种度量方法。

3. 市场营销费用与销售额比率分析

年度计划控制需要检查与销售有关的市场营销费用，以确定企业在达到销售目标时的费用支出。市场营销费用对销售额比率是一种主要的检查方法。市场营销管理人员的工作，就是密切注意这些比率，以发现是否有任何比率失去控制。当一项费用对销售额比率失去控制时，必须认真查找问题的原因。

4. 财务分析

市场营销管理人员应就不同的费用对销售额的比率和其他的比率进行全面的财务分析，以决定企业如何以及在何处展开活动，并获得盈利。尤其是利用财务分析来判别影响企业资本净值收益率的各种因素。

5. 顾客态度追踪

如上所述的年度计划控制所采用的衡量标准大多是以财务分析和数量分析为特征的，即它们基本上是定量分析。定量分析虽然重要但并不充分，因为它们没有对市场营销的发展变化进行定性分析和描述。故此，企业需要建立一套系统来追踪其顾客、经销商以及其他市场营销系统参与者的态度。如果发现顾客对本企业及其产品的态度发生了变化，企业管理者就能较早地采取行动，争取主动。企业一般主要利用以下系统来追踪顾客的态度。

（1）抱怨和建议系统。企业对顾客的书面或口头抱怨应该进行记录、分析，并作出适当的反应。对不同的抱怨应该分析归类做成卡片。较严重的和经常发生的抱怨应及早予以注意。企业应该鼓励顾客提出批评和建议，使顾客经常有机会发表意见。只有这样，企业才有可能收集到顾客对其产品和服务反映的完整资料。

（2）固定顾客样本。有些企业建立了有一定代表性的顾客组成的固定顾客样本，并定期地由企业通过电话访问或邮寄问卷了解其态度。这种做法有时比抱怨和建议系统更能代表顾客态度的变化及其分布范围。

（3）顾客调查。企业定期让一组随机顾客回答一组标准化的调查问卷，其中的问题包括职员态度、服务质量等。通过对这些问卷的分析，企业可及时发现问题，并及时予以纠正。

通过上述分析，企业在发现实际绩效与年度计划发生较大偏差时，可考虑采取如下措施：削减产量、降低价格、对销售队伍施加更大的压力、削减杂项支出、裁减员工、调整企业簿记、削减投资、出售企业财产、出售整个企业等。

（二）盈利能力控制

盈利能力控制包括营销成本分析（如直接推销费用、促销费用、仓储费用、运输费用、其他市场营销费用等）、盈利能力分析（如销售利润率、资产收益率、净资产收益率、资产周转率、存货周转率等），特别是从产品、地区、顾客群、分销渠道和订单规模等方面，分别衡量他们中某一项的获利能力。

（三）市场营销审计

市场营销审计，是对一个企业市场营销环境、目标、战略、组织、方法、程序和业务等作综合的、系统的、独立的和定期性的核查，以便确定各项困难和机会所在，并提出行动计划的建议，改进市场营销管理效果。市场营销审计实际上是在一定时期对企业全部市场营销业务进行总的效果评价。其主要特点是，不限于评价某一些问题，而是对全部活动进行评价。

市场营销审计的基本内容包括市场营销环境审计、市场营销战略审计、市场营销组织审计、市场营销系统审计、市场营销盈利能力审计和市场营销职能审计。

1. 市场营销环境审计

市场营销必须审时度势，必须对市场营销环境进行分析，并在分析人口、经济、生态、技术、政治、文化等环境因素的基础上，制定企业的市场营销战略。这种分析是否正确，需要经过市场营销审计的检验。由于市场营销环境的不断变化，原来制定的市场营销战略也必须相应地改变，也需要经过市场营销审计来进行修正。审计内容包括市场规模，市场增长率，顾客与潜在顾客对企业的评价，竞争者的目标、战略、优势、劣势、规模、市场占有率，供应商的推销方式，经销商的贸易渠道等。

2. 市场营销战略审计

企业是否能按照市场导向确定自己的任务、目标并设计企业形象，是否能选择与企业任务、目标相一致的竞争地位，是否能制定与产品生命周期、竞争者战略相适应的市场营销战略，是否能进行科学的市场细分并选择最佳的目标市场，是否能合理地配置市场营销资源并确定合适的市场营销组合，在市场定位、企业形象、公共关系等方面的战略是否卓有成效，所有这些都需要经过市场营销战略审计的检验。

3. 市场营销组织审计

市场营销组织审计，主要是评价企业的市场营销组织在执行市场营销战略方面的组织保证程度和对市场营销环境的应变能力，包括：企业是否有坚强有力的市场营销主管人员及其明确的职责与权利，是否能按产品、用户、地区等有效地组织各项市场营销活动，是否有一支训练有素的销售队伍，对销售人员是否有健全的激励、监督机制和评价体系，市场营销部门与采购部门、生产部门、研究开发部门、财务部门及其他部门是否有良好的沟通以及是否有密切的合作关系等。

4. 市场营销系统审计

企业市场营销系统包括市场营销信息系统、市场营销计划系统、市场营销控制系统和新产品开发系统。对市场营销信息系统的审计，主要是审计企业是否有足够的有关市场发展变化的信息来源，是否有畅通的信息渠道，是否进行了充分的市场营销研究，是否恰当地运用市场营销信息进行科学的市场预测等。对市场营销计划系统的审计，主要是审计企业是否有周密的市场营销计划，计划的可行性、有效性以及执行情况如何，是否进行了销售潜量和市场潜量的科学预测，是否有长期的市场占有率增长计划，是否有适当的销售定额及其完成情况如何等。对市场营销控制系统的审计，主要是审计企业对年度计划目标、盈利能力、市场营销成本等是否有准确的考核和有效的控制。对新产品开发系统的审计，主要是审计企业开发新产品的系统是否健全，是否组织了新产品创意的收集与筛选，新产品开发的成功率如何，新产品开发的程序是否健全，包括开发前的充分调查研究、开发过程中的测试以及投放市场的准备及效果等。

5. 市场营销盈利能力审计

市场营销盈利能力审计，是在企业盈利能力分析和成本效益分析的基础上，审核企业的不同产品、不同市场、不同地区以及不同分销渠道的盈利能力，审核进入或退出、扩大或缩小某一具体业务对盈利能力的影响，审核市场营销费用支出情况及其效益，进行市场营销费用销售分析，包括销售队伍与销售额之比、广告费用与销售额之比、促销费用与销售额之比、市场营销研究费用额之比、销售管理费用与销售额之比，以及进行资本净值报酬率分析和资产报酬率分析等。

6. 市场营销职能审计

市场营销职能审计，是对企业的市场营销组合因素（即产品、价格、地点、促销）效率的审计。主要是审计企业的产品质量、特色、式样、品牌的顾客欢迎程度，企业定价目标和战略的有效性，市场覆盖率，企业的分销商、经销商、代理商、供应商等渠道成员的效率，广告预算、媒体选择及广告效果，销售队伍的规模、素质以及能动性等。

 实例分析

对某糖果公司进行市场营销审计

某糖果公司是一家中等规模的企业。最近两年，它的销售额和利润仅够维持公司生存。总经理认为问题出在销售部门不努力工作，或"不够机灵"，为此准备采取增加报酬、雇用新人及用现代技术、设备训练推销人员等措施。不过，在采取行动之前，公司决定先请专家做一次全面的营销审计，以判断问题到底出在哪里。

审计人员通过对管理人员、顾客、推销员和经销商的大量调查及查阅各种资料，发现以下情况：

（1）公司的产品线包括 18 种主要产品，其中占领先地位（占公司总销量的 76%）的两个品牌处于产品生命周期的成熟阶段。公司开始注意正在急剧扩大的巧克力糖果市场，但还未采取任何行动。

（2）该公司的产品特别受低收入阶层和老年人的欢迎。消费者评价它的产品与竞争对手的相比"质量中等，有点老式"。

（3）公司主要通过糖果批发商和大型连锁店出售产品。公司特别重视小零售商的市场渗透能力，因此，它的推销人员经常访问各种小零售商。而它的竞争对手主要依靠大众传播媒介做广告，在百货公司、大型连锁商店方面取得更大成功。

（4）该公司的市场营销费用占总销售额的 15%，而竞争对手的同类费用比率多为 20%。该公司的营销预算大多给了推销部门，余下的用于广告，其他促销方式所得极为有限。广告预算又主要用在了两项领先产品上，新产品得不到经常的宣传，只能靠推销员向零售商介绍。

（5）市场营销工作受市场副总裁领导，但他的精力主要用在了推销部门，很少注意其他营销职能。

一个科学的、完善的营销审计不但需要了解掌握充足的市场、消费者数据和企业内部经营数据和管理现状、各相关部门的全力配合，更重要的是通过对问题逻辑因果关系的分析和整理，找到最关键同时又是影响其他问题的根本问题。关键问题的确认，才真正为下一步如何解决问题提供了根本。

本 章 小 结

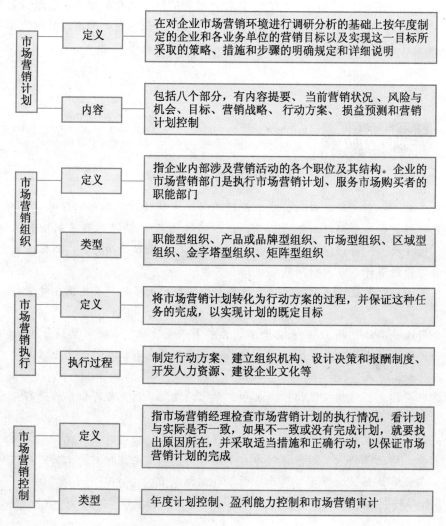

市场营销计划	定义	在对企业市场营销环境进行调研分析的基础上按年度制定的企业和各业务单位的营销目标以及实现这一目标所采取的策略、措施和步骤的明确规定和详细说明
	内容	包括八个部分，有内容提要、当前营销状况、风险与机会、目标、营销战略、行动方案、损益预测和营销计划控制
市场营销组织	定义	指企业内部涉及营销活动的各个职位及其结构。企业的市场营销部门是执行市场营销计划、服务市场购买者的职能部门
	类型	职能型组织、产品或品牌型组织、市场型组织、区域型组织、金字塔型组织、矩阵型组织
市场营销执行	定义	将市场营销计划转化为行动方案的过程，并保证这种任务的完成，以实现计划的既定目标
	执行过程	制定行动方案、建立组织机构、设计决策和报酬制度、开发人力资源、建设企业文化等
市场营销控制	定义	指市场营销经理检查市场营销计划的执行情况，看计划与实际是否一致，如果不一致或没有完成计划，就要找出原因所在，并采取适当措施和正确行动，以保证市场营销计划的完成
	类型	年度计划控制、盈利能力控制和市场营销审计

核 心 概 念

市场营销计划　市场营销组织　市场营销执行　市场营销控制

同 步 测 试

一、单项选择题

1. （　　）是市场营销计划的开端。是对主要营销目标和措施的简短概述，目的是使管理部门迅速了解该计划的主要内容，抓住计划的要点。

    A. 营销目标　　　　　　B. 当前营销状况　　　　　C. 内容提要　　　　　　D. 营销战略

2. 最古老最常见的市场营销组织形式是（　　）。

    A. 市场型组织　　　　　B. 产品型组织　　　　　　C. 职能型组织　　　　　D. 区域型组织

3. 市场营销执行过程的首要步骤是（　　）。

    A. 建立组织机构　　　　B. 制定行动方案　　　　　C. 设计决策和报酬制度　D. 建设企业文化

4. 市场型组织的主要优点在于（　　）。

    A. 能有效协调各种市场营销职能　　　　　　　　B. 以满足各类不同顾客的需求来组织和安排

    C. 能避免权责不清和多头领导的矛盾　　　　　　D. 产品经理能获得足够的权威

5. 当企业生产经营多种产品或多个品牌时，应采取（　　）管理组织结构。

    A. 职能型　　　　　　　B. 区域型　　　　　　　　C. 市场型　　　　　　　D. 产品或品牌型

6. （　　）最初是由美国宝洁公司于 1927 年率先采用的。

    A. 职能型　　　　　　　B. 区域型　　　　　　　　C. 市场型　　　　　　　D. 产品或品牌型

7. 为了有效地执行市场营销方案，企业的（　　）要建立和管理一个对市场营销活动效果进行追踪的控制系统。

    A. 配置技能　　　　　　B. 组织技能　　　　　　　C. 互动技能　　　　　　D. 调控技能

8. （　　）是对企业的市场营销组合因素（即产品、价格、地点、促销）效率的审计。

    A. 市场营销战略审计　　　　　　　　　　　　　　B. 市场营销组织审计

    C. 市场营销职能审计　　　　　　　　　　　　　　D. 市场营销系统审计

二、多项选择题

1. 市场营销计划的核心内容是确定企业的目标，应建立两种目标，即（　　）。

    A. 产品目标　　　　　　B. 财务目标　　　　　　　C. 渠道目标　　　　　　D. 营销目标

2. 市场营销控制的方法有（　　）。

    A. 年度计划控制　　　　　　　　　　　　　　　　B. 盈利能力控制

    C. 效率控制　　　　　　　　　　　　　　　　　　D. 市场营销审计控制

3. 产品或品牌型组织结构的优点是（　　）。

    A. 有效地协调各种市场营销职能　　　　　　　　B. 权责清楚

    C. 对市场变化能做出积极反应　　　　　　　　　D. 有整体观念

4. 年度计划控制主要内容是对（　　）等进行控制。

    A. 销售额　　　　　　　B. 市场占有率　　　　　　C. 效率控制　　　　　　D. 费用率

5. 市场营销执行技能包括（　　）。

    A. 配置技能   B. 调控技能   C. 组织技能   D. 互动技能

三、判断正误题

1. 市场营销计划是企业整体战略规划在营销领域的具体化。（　　　）

2. 兼有附属职能的销售部门的市场营销组织产生在 20 世纪 30 年代后，企业以产品观念为指导思想。（　　　）

3. 产品或品牌型组织与市场型组织共同的缺点是存在着权责不清和多头领导的矛盾。（　　　）

4. 矩阵型组织是职能型与市场型组织相结合的产物。（　　　）

5. 市场营销控制具有动态性、系统性和循环性的特点。（　　　）

实训项目

项目一：制定市场营销计划

一、实训目标

（1）全面掌握企业"年度营销计划"编制要素。

（2）考查学生对所学营销知识的灵活运用能力和创新地解决问题的能力。

二、内容与要求

根据下述案例提供的原始资料，假如你是宝洁公司的区域市场主管，请你为公司设计一个针对农村市场（县城市场以下）的年度营销计划。

案例：宝洁的销售网络覆盖

35 岁的张平可称得上是贵州省镇远县的"商业精英"。只有初中文化的他在这个县城仅有的两条主要街道上各开了一家颇有规模的超市，几乎垄断了县城里人们的主要日常消费。张平还计划依靠自己的超市成为一个能辐射到乡镇市场的批发商，以批零结合的综合性服务为主，并适时地向周边的县城扩张。"要争取供应商和生产企业的重视就只能依靠规模，这样我们才能拿到和城市接近的进货价格，利润空间也会更大一些。"张平主要去贵阳（贵州省省会）、凯里（地级市）、怀化（湖南省的地级市）三地进货，时间长了。他坚守的诚信原则使他拿到了一些二三线品牌日常消费品的分销权，这样他拿到的价格就要比县城里其他店铺的低一些，利润也更多。但是像宝洁这样的品牌，他的超市还不能引起他们足够的重视，只能继续在省城里小规模进货。

通常像宝洁这样的跨国公司，销售网络一般到了三级市场也就止步了。再往下，他们用的是一种"传教士模式"——在三级市场招收几名业务员，然后分散到不同的县城里跑业务。在城市，经销商大都集中在批发市场里，可能几名业务员就可以应付。而到了四五级市场，乡镇过于分散，每个乡镇方圆百里，靠原来的几名业务员根本无法顾及。当运用"农村只是城市市场的延续"这样一种一元化思维方式，去对待分散、复杂的四五级市场的时候，跨国公司的下乡运动犹如深陷泥潭。一方面，由于一二级市场开始进入饱和，增长开始放缓，他们迫切地想进入农村市场这片未开垦的"处女地"；另一方面他们还无法找到有效的战术真正地将触角伸向纵深。

而迅速成长的四五级市场却依然蕴藏着巨大的潜力。在竞争愈演愈烈的日化行业，正是这些市场为更多的企业找到了生存空间，仅洗衣粉就培育出生产雕牌的纳爱斯集团和生产奇强的南风集团，而隆力奇也是凭借着这样的市场只用了不到6年的时间即跻身中国日化的前列。在中国市场经过了长达10余年的耕耘后，宝洁才发现，其实最大的消费群体在四五级市场。

2004年11月，宝洁以3.851 5亿元夺得2005年央视"标王"，这也是央视广告招标以来的第一个"国际标王"。在进军中国的16年里，广告轰炸一直是宝洁的"杀手锏"之一。但在这看似风光的广告背后，宝洁现在已经难以掩盖其战略失误带来的市场失意。为了夺回原来不曾在意的四五级市场，如今的宝洁正从高端向中低端市场进行着战略转移。

"从今年开始，我们就特别注重四五级市场这一块，专门开始培养二级分销商。"宝洁贵州公司的客户经理陈娟说。"二级分销商也就是能深入到县乡一级的合作伙伴。"陈娟做宝洁产品有9年时间，从骑单车铺小店开始，现在她已经成为给业务员、分销商进行培训管理的中层干部。宝洁的这个变化，陈娟觉得是宝洁开始全面下乡的强烈信号，"原来我们只注重批发市场，现在培养二级分销商，则是多了一条进村的渠道"。

宝洁对陈娟的要求是二级分销商一定要在自己手中培养，要为他们进行专门的培训并定期召开订货会议。在选择这些二级分销商的时候，重点是考察他们有无覆盖四五级市场的能力。像张平这样的零售终端其实就是他们应该选择的对象，但是张平至今还不知道宝洁正在进行着培养二级分销商的计划。同时宝洁现在也在努力解决批发和二级分销商之间的矛盾。"批发是走销量，分销是把面扩大。"陈娟解释了宝洁对这两者不同的要求。

为了重新恢复对日化行业的绝对领导地位，宝洁在2003—2004年将洗涤、卫浴用品全线降价20%，继而于2005年在广告上发力，占得市场制高点，以便为接下来展开的一系列市场攻势和扫荡做好高空准备。它的农村战术就是"高空轰炸，深度分销，悄悄进村"。

真正要在四五级市场扎下根，需要改变的不仅仅是营销模式，还需要打造一支专门运作此类复杂市场的班子，这对企业文化、管理、营销、组织适应能力都是一场严酷的考验。不仅如此，在这个市场里，他们还要承受类似鹰牌洗衣粉、万事可乐等这样的假冒伪劣商品的冲击。
（资料来源：中国就业培训技术指导中心．营销师国家职业资格培训教程．北京：中国广播电视大学出版社，2006）

项目二：企业组织结构的形式

一、实训目标
(1) 企业组织结构存在的形式。
(2) 各种组织结构形式的特点。

二、内容与要求
联系调研一些企业，分析它们现有的组织结构，通过实际动手操作，使学生了解、掌握如何设计企业组织结构。

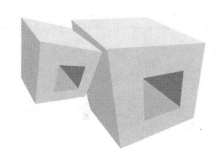

第十三章

网络营销

SHICHANG

知识目标

掌握网络营销的含义及其产生、发展轨迹

全面了解网络营销的功能及方法

掌握网络营销的内容和优势所在

能力目标

能够运用因特网开展营销活动，基本能够解决网络营销过程

中出现的问题

基本掌握计算机和互联网操作技术

宝洁中国网站——宝洁公司的网络营销平台

宝洁是一家有半个世纪以上历史的老牌企业，以对高质量产品的不懈追求闻名于世，在管理上更是精明练达，独具风格。在众多的企业网站中，宝洁始终是抢眼夺目的。

宝洁网站的首页之所以抢眼夺目，是因为坚持了画面简洁、重点突出的原则。建立网站就是要向全球民众做屏幕广告，这是宝洁建立网站的目的，因为好的屏幕广告是网络营销之主题。宝洁网站的首页整体布局严谨、层次分明，且只有公司名称、网站目录，没有任何背景、旗标、按钮等花花技法，整幅画面简洁明快。"一幅画面，一个主题，一种产品"是宝洁网站的设计原则，除非万不得已，决不用长篇大论，充分体现了宝洁"一张纸"的企业精神。

宝洁网站的每帧页面均按照平面广告的要求设计制作。在页面设计上，每帧页面只有一个兴趣中心，且按照经典平面广告技法使之位于黄金分割处。兴趣中心一般都是与产品相关的人物特写，它们或是表情欢娱，或是亲情四溢，使人一瞥，便能神注其间。这种着重从视觉效果出发，将网站做成系统屏幕广告的做法，在众多网站中独具特色。宝洁产品分为日用品和食品两大类，与人们的生活直接相关，所以在网页上沿用其在传统广告中的营销主题：亲情至上，关爱生活。画面上总洋溢着欢乐与亲情，直沁人心。这种互联网上无声的欢乐颂能够跨越任何民族、国家、年龄、语种和宗教，在访问者心中激起爱心和快乐的共鸣，因而是商家营销的利器。

在宝洁中国网（www.pg.com.cn）上，设有"关于宝洁"、"品牌产品"、"新闻会客室"、"宝洁招聘"、"联系宝洁"等栏目，同时还有关于世界各地宝洁网站的链接。在导航结构中，我们可以清楚地了解到各栏目下的具体内容。在产品介绍中，设有洗发护发产品、健康用品、织物家居用品、婴儿护理产品、妇女保健产品等栏目。这些栏目均贯彻了"一张纸"原则，以"一帧屏，一幅画，一段文"为基本表达手法。以宝洁的拳头产品之一玉兰油为例，自 1989 年玉兰油以"给您青春肌肤"的口号进入中国市场以来，一直受到爱美女性的喜爱。

在对玉兰油进行介绍的网页中，人们不仅可以了解到各款玉兰油护肤品的不同功效，还可以了解到玉兰油自进入中国以来的发展过程。除了在产品介绍中罗列了宝洁出品的产品，此外还有专门的品牌网站，具体介绍了宝洁的产品。

作为全球 500 强的跨国公司，在世界各地都有分公司和销售网，宝洁的许多经营作风和管理方法被奉为经典，它的产品以质量至上为原则，并创造了极科学、极审慎的市场拓展策略。在每一个新思想或新产品投入市场之前，都会先投入大量的人力、物力、财力进行全面的市场调查，对其进行全面测试，根据结果预测其成功的可能性，并会在选定的市场上谨慎地推出试销，所得到的数据还要加以细致的分析，然后再决定是否进行大规模的营销。一旦决定了某一产品投入市场，各项大规模的广告、派送、试用、宣讲、捐助等营销活动立刻全方面地展开。

宝洁进入中国已有近十年的时间，该公司旗下的多种品牌轮番出台，纷纷占据市场垄断地位，成为人们竞相选取的生活必备品，足见其巨额广告费配合下的本土化生产和营销战略的赫赫成效。

宝洁认为，互联网呈指数级成长，这是消费者寻求信息和娱乐的地方，客户在哪里，我们的公司就要到哪里去。在产品宣传上，宝洁堪称"全球最大的广告主"，如今大举上网，成效卓然。综其目前站点的结构和价值取向，宝洁网站也许将成为互联网上最大的个人美容指导和卫生保健品咨询站，日化用品博览会和电子商务中心。（资料来源：畅享网）

在商业社会里，人们总是想方设法地把自己的产品在市场上销售出去，以满足顾客的现实和潜在的需求，并从中获利，这就产生了以交换为目的的市场营销活动。如今，网络技术的发展和应用带来的是一场信息革命，不仅改变了信息的分配与接收方式，重构了人们的时空观念，更重要的是它引起了人类经济活动方式的变革。在网络世界，存在着众多的商家、消费者、商品与服务，构成一个虚拟的网络市场，由此网络营销应运而生。

第一节　网络营销概述

一、网络营销的含义

一般而言，凡是以互联网为主要手段进行的，为达到一定营销目标的营销活动，都可称之为网络营销。与网上营销、在线营销、互联网营销等名称相类似，网络营销贯穿于企业开展网上经营的整个过程，从信息发布、信息收集，到开展网上交易为主的电子商务阶段，网络营销一直都是一项重要内容。

网络营销的实质就是"营造网上经营环境"。网上经营环境，是指企业内部和外部与开展网上经营活动相关的环境，包括网站本身、顾客、网络服务商、合作伙伴、供应商、销售商、相关行业的网络环境等。网络营销的开展就是与这些环境建立关系的过程。这些关系处理好了，企业就可以排除种种障碍，使生产的产品顺利到达消费者手中，从而获得竞争优势，增加企业效益。

网上经营环境的营造主要通过建立一个以营销为主要目的的网站，并以此为基础，通过一些具体策略对网站进行推广，从而建立并扩大与其他网站之间以及与用户之间的关系。其主要目的是帮助企业提升品牌形象、增进顾客关系、改善顾客服务、开拓网上销售渠道并最终扩大销售。

根据网络营销的定义，可以得出下列认识：

第一，网络营销是手段而不是目的。网络营销具有明确的目的和手段，但网络营销本身不是目的，网络营销是营造网上经营环境的过程，也就是综合利用各种网络营销方法、工具、条件并协调其间的相互关系，从而更加有效地实现企业营销目的的手段。

第二，网络营销不是孤立的而是市场营销必不可少的组成部分。网络营销是企业整体营销战略的一个组成部分，网络营销活动不可能脱离一般营销环境而独立存在。在很多情况下网络营销理论是传统营销理论在互联网环境中的应用和发展。由此也确立了网络营销在企业营销战略中的地位，无论网络营销是处于主导地位还是辅助地位，都是互联网时代市场营销中必不可少的内容。

第三，网络营销不仅仅限于网上销售。网上销售是网络营销发展到一定阶段产生的结果。网络营销是为实现产品销售目的而进行的一项基本活动，但网络营销本身并不限于网上销售。通过网络营销的一系列活动，企业还可以借此加强与客户之间的沟通，拓展对外信息发布的渠道，改善顾客服务，增加顾客的忠诚度，提升品牌价值等。

第四，网络营销不等于电子商务。网络营销和电子商务是一对紧密相关又具有明显区别的概念。网络营销是企业整体营销战略的一个组成部分。无论是传统企业还是互联网企业都需要网络营销，但网络营销本身并不是一个完整的商业交易过程，而只是促进商业交易的一种手段。电子商务是指实现企业全部或主要贸易活动的电子化。开展电子商务不能脱离网络营销手段，但是一个不具备开展电子商务条件的企业可以从网络营销做起。可以说，网络营销是电子商务的基础，开展电子商务离不开网络营销，但网络营销并不等于电子商务。

第五，网络营销不是"虚拟营销"。网络营销不是独立于现实世界的"虚拟营销"。网络营销只不过是传统营销的一种扩展，即向互联网的延伸，所有的网络营销活动都是实实在在的。网络营销的手段也不仅限于网上，而是注重网上网下相结合，网上营销与网下营销并不是相互独立的，而是一个相辅相成、相互促进的营销体系。因此，一个完整的网络营销方案，除了在网上做推广，还很有必要利用传统营销方法进行网下推广。

二、网络营销的产生与发展

网络营销的出现为企业提供了适应全球网络技术发展与信息网络社会变革的新的技术和手段，是现代企业走入新世纪的营销策略。网络营销的产生有其特定条件下的技术基础、观念基础和现实基础，是多种因素综合作用的结果。具体地分析其产生的根源，可以更好地理解网络营销的本质。

（一）网络营销产生的技术基础

电子技术和通信技术的应用与发展，是网络营销产生的技术基础。20世纪90年代初，随着互联网作为信息沟通渠道的应用，其独特的商用潜力被挖掘出来，显现出巨大的威力和发展前景。众多的企业纷纷利用互联网提供信息服务和拓展公司的业务范围，并且按照互联网的特性积极改组企业内部结构和探索新的营销管理方法，网络营销宣布诞生。

互联网是一种集通信技术、信息技术、时间技术为一体的网络系统。其本身不仅具有开放、分享、价格低廉的特点，也使互联网形成一种辐射面更广、交互性更强的新型媒体。企业利用互联网开展经营活动，显示出越来越多的区别于传统营销模式的优势，以互联网为技术基础的网络营销，其产生便是社会经济发展的必然。

（二）网络营销产生的观念基础

消费者价值观的改变，是网络营销产生的观念基础。满足消费者的需求，是市场营销的核心。随着消费者主导的营销时代来临，消费者将拥有更多的选择自由，消费者的观念也在不断地变化。这为建立在互联网上的网络营销提供了普及的可能，是使人们普遍接受网络营销的重要基础。这些观念变化可概括为：

（1）个性消费的回归。消费者以个人心理愿望为基础挑选和购买商品或服务，心理上的认同感是作出购买决策的先决条件，以商品供应千姿百态为基础的单独享有成为社会时尚。

（2）消费主动性的增强。由于商品生产的日益细化和专业化，消费者购买的风险感随选择的增多而上升。消费者会主动通过各种途径获取与商品有关的信息，并进行分析比较，以减少购买失误的可能。

（3）对购物方便性的追求。由于现代人工作负荷较重，消费者希望购物方便，时间和精力支出尽量节省，特别是对某些品牌的消费品已经形成固定偏好的消费者，这一需要尤为重要。

（4）对购物乐趣的追求。现代人的生活丰富多彩，购物活动不仅是消费需要，也是心理需要，很多消费者以购物为生活内容，从中获得享受。

（三）网络营销产生的现实基础

激烈的市场竞争，是网络营销产生的现实基础。随着市场竞争日趋激烈，企业为了取得竞争优势，想方设法吸引顾客，传统的营销已经很难有新颖独特的方法来帮助企业在竞争中出奇制胜了。市场竞争已不再依靠表层的营销手段，经营者迫切需要更深层次的方法和理念来武装自己。

网络营销的产生给企业的经营者带来了福音，可谓一举多得。企业开展网络营销，一方面可以不同程度地降低商品从生产到销售的整个供应链上所占用的成本和费用比例，缩短运作周期。另一方面，可以节约大量昂贵的店面租金，减少库存商品的资金占用，更能使经营规模不受场地限制，极大地方便了采集客户信息等。这些长处使得企业经营的成本和费用降低，运作周期变短，从根本上提高了企业的竞争力。

 典型案例

小镜子在一年之内卖出了 6 000 万

广东顺德容桂镇，一家刚刚创立的小公司用一些"不合常理"的做法将小镜子在一年之内卖出了 6 000 万。

欧浪金属制品有限公司是一家依靠镜子之类的小金属制品起家的企业。总经理曾先生对欧浪的创建有着充足的理由：不做五金配件，规避了当地的激烈竞争；不生产低价位高产量的小金属制品，绕过了来自浙江的竞争；而高档精美的金属化妆镜、便条簿、钥匙扣以及书签的产品定位，让欧浪从诞生起就注定了"钱"途无量。

然而，一个新成立的公司最先要解决的必然是生存问题。曾先生想到了网络营销——使用这种方式几乎可以把销售成本压缩到最低。刚刚起步的欧浪找到广东省的一家网络公司，支付一定的咨询费用后，让他们帮助企业寻找最适合欧浪产品的国外 B2B 平台。在公司成立之初的一年里，那家网络公司寻找的平台——eXTReMe Tracking，为欧浪解决了生存问题。小金属制品 20％内销，80％出口，而在这 80％的出口中，有 50％的订单都来自于这个平台，更重要的是该平台的费用还出奇地便宜。

除了在网上销售以外，欧浪的采购也主要来自于网络。"我们一般会上中国钢铁网或者是阿里巴巴，寻找我们需要的原材料。"一位采购部的职员介绍说，"原材料一般要得很急，而网络是最快的方法，我们在网上谈好价格之后马上实地考察，通常从寻货到正式采购只需要四五天的时间。"而荣桂镇的地理优势也再次发挥了作用，因为该镇距离钢材料聚集地乐丛仅一个小时的车程，所以只要在网上谈好了价格，采购人员一般能在一天内确认购买的原材料。

现在，欧浪的销售和采购全部来自网络，公司也开始与迪士尼、雅芳这样的大客户建立长期合作关系，但是在总经理曾先生的眼中，网络营销的道路却没有尽头。（资料来源：http://hi.baidu.com/）

第二节　网络营销的功能和方法

一、网络营销的功能

认识网络营销的功能，是有效利用网络营销的基础和前提。网络营销的功能很多，具有八大基本功能。

（一）信息搜索功能

信息搜索功能是网络营销进击能力的一种反映。在网络营销中，能利用多种搜索方法主动地、积极地获取有用的信息和商机，能主动地进行价格比较，能主动地了解对手的竞争态势，能主动地通过搜索获取商业情报进行决策研究。搜索功能已经成为了营销主体能动性的一种表现，一种提升网络经营能力的进击手段和竞争手段。

随着信息搜索功能由单一向集群化、智能化的发展，以及向定向邮件搜索技术的延伸，网络搜索的商业价值得到了进一步的扩展和发挥，寻找网上营销目标将成为一件易事。

（二）信息发布功能

发布信息是网络营销的主要方法之一，也是网络营销的一种基本职能。无论哪种营销方式，都要将一定的信息传递给目标人群。但是网络营销所具有的强大的信息发布功能，是古往今来任何一种营销方式所无法比拟的 。

网络营销可以把信息发布到全球的任何一个地点。既可以实现信息的广覆盖，又可以形成地毯式的信息发布链；既可以创造信息的轰动效应，又可以发布隐含信息。信息的扩散范围、停留时间、表现形式、延伸效果、公关能力、穿透能力，都是最佳的。

在网络营销中，网上信息发布以后，可以能动地进行跟踪，获得回复，可以进行回复后的再交流和再沟通。因此，信息发布的效果很明显。

 实例分析

可口可乐的"火炬在线传递活动"

2008年3月24日，可口可乐公司联合腾讯网推出了"火炬在线传递"活动。活动的具体内容是：网民在争取到火炬在线传递的资格后可获得"火炬大使"的称号，本人的QQ头像处也将出现一枚未点亮的图标。如果在10分钟内该网民可以成功邀请其他用户参加活动，图标将被成功点亮，同时将获取"可口可乐火炬在线传递活动"专属QQ皮肤的使用权。而受邀请参加活动的好友就可以继续邀请下一个好友进行火炬在线传递。以此类推。

通过可口可乐在线火炬传递，QQ用户得到的一次参与奥运的机会和体验，满足了受众对参与奥运的心理需求，这本身就是一种价值交流。何况，参加线下火炬传递的几乎都是各行各业的名人，但火炬在线传递则是人人都可以参加的，这种完全草根化的参与方式更易为普通百姓所接受，网民们以成为在线火炬传递手为荣，用自己独有的方式广泛传承、发扬着奥林匹克精神。

据活动方提供的数据显示：短短130天内，就有超过6 200万人在网络上传递了圣火，参与人数之多也创下了国内互联网营销的纪录。（资料来源：全球品牌网）

（三）商情调查功能

网络营销中的商情调查具有重要的商业价值。对市场和商情的准确把握，是网络营销中一种不可或缺的方法和手段，是现代商战中对市场态势和竞争对手情况的一种电子侦察。

在激烈的市场竞争条件下，主动地了解商情、研究趋势、分析顾客心理、窥探竞争对手动态是确定竞争战略的基础和前提。通过在线调查或者电子询问调查表等方式，不仅可以省去大量的人力、物力，而且可以在线生成网上市场调研的分析报告、趋势分析图表和综合调查报告。其效率之高、成本之低、节奏之快、范围之大，都是以往其他任何调查形式所做不到的。这就为广大商家提供了一种市场的快速反应能力，为企业的科学决策奠定了坚实的基础。

（四）销售渠道开拓功能

网络具有极强的进击力和穿透力。传统经济时代的经济壁垒、地区封锁、人为屏障、交通阻隔、资金限制、语言障碍、信息封闭等，都阻挡不住网络营销信息的传播和扩散。新技术的诱惑力，新产品的展示力，文图并茂、声像俱显的昭示力，网上路演的亲和力，地毯式发布和爆炸式增长的覆盖力，将整合为一种综合的信息进击能力，快速地打通封闭的坚冰，疏通种种渠道，打开进击的路线，实现和完成市场的开拓使命。

可以说，一个具备网上交易功能的企业网站本身就是一个网上交易场所，网上销售是企业销售渠道在网上的延伸。网上销售渠道建设也不限于网站本身，还包括建立在综合电子商务平台上的网上商店，以及与其他电子商务网站不同形式的合作等。

（五）品牌价值扩展和延伸功能

网络营销的重要任务之一就是在互联网上建立并推广企业的品牌，知名企业的网下品牌可以在网上得以延伸，一般企业则可以通过互联网快速树立品牌形象，并提升企业整体形象。网络品牌建设是以企业网站建设为基础，通过一系列的推广措施，达到顾客和公众对企业的认知和认可。在一定程度上说，网络品牌的价值甚至高于通过网络获得的直接收益。

典型案例

多芬的"真美运动"

"多芬"是联合利华公司在北美乃至全球的强势品牌之一，作为时尚前沿的品牌，其营销活动也引领着世界的潮流。近年，推出了崇尚美丽、展示美丽的"真美运动"。并通过设立"真美运动"网站的形式，使和消费者互动沟通的愿望得以实现。"真美运动"网站的内容包括：① 网站社区。多芬"真美运动"提出问题"什么是真正的美丽？"辟出讨论区域供消费者与消费者之间互动，访问者可以交流关于"美丽"的理解，这个网站成为一个讨论美丽、自尊等女性话题的全球性社区。② 专家专区。消费者可以同著名的"自尊"研究专家进行实时网络对话。③ 及时提供各种调查结果、白皮书、广告、报道等内容，供消费者自主选择。

此次互动营销不仅大大提升了多芬的销量，而且得到了广告界的高度认可。在系列活动推出两个月之后，多芬美国销量上升600%；半年之后，在欧洲的销量上升了700%。

该活动后来获得在广告界颇负盛名的艾菲实效奖。（资料来源：中国家用电器协会网站）

（六）特色服务功能

网络营销具有和提供的不是一般的服务功能，而是一种特色服务功能。服务的内涵和外延都得到了扩展和延伸。

顾客不仅可以获得形式最简单的 FAQ（常见问题解答）、邮件列表、BBS、聊天室等各种即时信息服务，还可以获取在线收听、收视、订购、交款等选择性服务，无假日的紧急需要服务，信息跟踪、信息定制到智能化的信息转移，手机接听服务及网上选购，送货到家的上门服务等。这种服务以及服务之后的跟踪延伸，不仅将极大地提高了顾客的满意度，使以顾客为中心的原则得以实现，而且客户成为了商家的一种重要的战略资源。

（七）顾客关系管理功能

客户关系管理，源于以客户为中心的管理思想，是一种旨在改善企业与客户之间关系的新型管理模式，是网络营销取得成效的必要条件，是企业重要的战略资源。

在传统的经济模式下，由于认识不足，或自身条件的局限，企业在管理客户资源方面存在着较为严重的缺陷。针对上述情况，在网络营销中，通过客户关系管理，将客户资源管理、销售管理、市场管理、服务管理、决策管理集于一体，将原本疏于管理、各自为战的销售、市场、售前和售后服务与业务统筹协调起来。即可跟踪订单，帮助企业有序地监控订单的执行过程；规范销售行为，了解新、老客户的需求，提高客户资源的整体价值；避免销售隔阂，帮助企业调整营销策略；收集、整理、分析客户的反馈信息，全面提升企业的核心竞争力。客户关系管理系统还具有强大的统计分析功能，可以为我们提供"决策建议书"，以避免决策的失误，为企业带来可观的经济效益。

（八）经济效益增值功能

网络营销会极大地提高营销者的获利能力，使营销主体提高或获取增值效益。这种增值效益的获得，不仅由于网络营销效率的提高、营销成本的下降、商业机会的增多，更由于在网络营销中新信息量的累加，会使原有信息量的价值实现增值，或提升其价值。

实例分析

一个裁缝师的博客营销

在互联网风靡全球的今天，市场正在发生着巨大的变化，传统的营销方式和与顾客沟通的方式正在发生变化，不管我们身处在哪个行业，博客营销都已经在影响着我们的商业潜规则，成为网络营销时代重要的营销工具。

英式剪裁是一批知名营销专家、博客写手全力打造的，专门使用博客做营销的公司。这家公司帮助伦敦裁缝师托马斯·马洪打造个人博客而使他成为萨维尔街有史以来媒体曝光率最高的裁缝，曾接受过数十家杂志与报纸的专题访问，并帮助其建立起了让他看起来更人性化、更平易近人的形象。

这个博客很简单：它讨论一般人买不起的 5 000 美元以上的高级定制西服，讨论的方式相当自然，并不会刻意隐藏什么。定制西服的确很贵，但是真正让读者感兴趣的是，读者可以从博客中看出这家公司对裁缝充满热情，而且他们最大的乐趣就是看到顾客满意的笑容。

英式剪裁博客中充满了制作与营销西服的信息及启示，巧妙地提供它对业界的专业了解，公开谈论商业秘密，提供一个地方让大家讨论定制西服，并分享经验。

成功设置这种营销类博客的关键在于要懂得施与。英式剪裁不仅提供了宝贵的信息，有时候甚至还会送出西服。虽然这是裁缝业的一个特例。（资料来源：一大把网站）

二、网络营销的方法

开展网络营销的意义就在于充分发挥各种功能，让网上经营的整体效益最大化。网络营销的功能是通过各种网络营销方法来实现的，网络营销的各个功能之间并非相互独立，同一个功能可能需要多种网络营销方法的共同作用，而同一种网络营销方法也可能适用于多个网络营销功能。

（一）网络广告

网络广告又称网上页面广告。由于网络媒体的众多特征和网络技术的不断进步，网络广告的类型日益丰富。从表现形式上可以划分为网幅广告、文本链接广告、浮标广告、弹出式广告等。当访问者看到网上广告并对其感兴趣时，即会点击链接到广告发布者的网站上。网络广告与传统广告相比，具有成本低廉、非强迫性、即时互动、效果更易评估等鲜明的特点。

（二）搜索引擎加注

经常上网的朋友都会熟悉这个名词，搜索引擎收集了成千上万的网站索引信息，并将其分门别类地存放于数据库当中，当我们想在网上寻找某方面的网站时，一般都会从搜索引擎入手。有关机构的统计报告显示，搜索引擎查询已经成为上网者仅次于电子邮件的一种最常使用的网上服务项目，相信每一位网站建设者都希望自己的网站能被搜索引擎罗列出来，甚至排名靠前，这就必须进行搜索引擎加注。

（三）商业分类广告

据统计，上网者查看分类广告（Classified Ad.）与查看新闻的比例不相上下。分类广告是指按行业及目的等进行分类的各种广告信息，它具有针对性强、发布费用低、见效快、交互方便及站点覆盖广等优点。目前网上提供这种服务的站点层出不穷，较常见的有阿里巴巴、经贸信息网及市场商情网等。

（四）电子杂志广告

历年来世界各国的互联网应用调查都显示，电子邮件几乎永远是网络用户的首要应用项目。各类专业的邮件营销服务商已将服务深入到千家万户，他们正在以先进、严谨的服务内容及编辑风格创造着传媒业的奇迹，其拥有的上百万许可营销用户能使广告信息直达用户视野。

（五）交换链接

如果说"链接"是互联网站上最实用、最有特色的技术，那么"交换链接"应当是开展网上营销的最经济、最便利的手段。网站之间通过交换图片或文字链接，使本网站访问者很容易到达另一个网站（对新网站尤其重要），这样可以直接提高访问量、扩大知名度，实现信息互通、资源共享。

目前世界经济的态势是：一方面，传统商务向 Internet 转移已成为一种不可阻挡的潮流，不管是否愿意，不管是积极投入还是被拖着、拽着，都将迈向 Internet；另一方面，Internet 的发展速度又是惊人的。正像 Cisco 公司的总裁约翰·钱伯斯所言："Internet 不会等待任何人、任何公司、任何国家，因此你跟不上很快就会被别人超过。"因此，及早制定并发展网络营销的应付之策，是任何一家企业都必须认真对待的大事。企业在准备开展网络营销时，必须注意以下几个方面。

1. 准确、客观的市场定位

网络营销同传统营销相比，其前期工作也包括准确、客观的市场定位。但网络营销与一般营销也有较大的区别，因此其市场定位也有其独特的特点。如何准确、客观地进行网络营销的市场定位，必须抓住以下几个关键问题：

（1）产品或服务是否适合在网上进行营销。如何判断你的产品或服务是否适合在网上进行营销？一般说来，标准化、数字化、品质容易识别的产品或服务适合在网上进行营销。

标准化的商品或服务，是指这样一种商品或服务，它们很少发生变化，以至于消费者很容易识别其性能，例如书这样的商品，太标准不过了，这样的商品就适合在网上营销。品质容易识别，是指你的产品或服务有不同于其他同类产品或服务的地方，以至于消费者很容易识别其品质。例如一个商品的品牌。中国银行是一世界级品牌，在它的站点上，消费者自然很容易信赖其网上金融服务。

（2）分析网上竞争对手。网上的竞争对手往往与现实中的竞争对手一致，网络只是市场营销的一个新的战场。对竞争对手的分析不可拘泥于网上，必须确定其在各个领域的策略、营销手法等。在网上，要访问竞争对手的网页，因为竞争对手的最新动作包括市场活动往往会及时反映在其网页上。另外还要注意本企业站点的建设，以吸引更多的消费者光顾，更多的竞争对手分析可在现实中实现。

（3）目标市场客户应用因特网的比率。网络营销并非万能，它的本质是一种新的高效的营销方式。目标市场客户应用因特网的比率，无疑是一个非常重要的参数。假若目标市场的客户基本不使用 Internet，那么在 Internet 上营销显然是不值得的。如果面对这样的情形，则可以通过 Internet 完成传统营销方式的一部分功能，如广告宣传等。

（4）确定具体的营销目标。与传统营销一样，网络营销也应有相应的营销目标，必须避免盲目。有了目标，还需进行相应的控制。网络营销的目标总体上应与现实中的营销目标一致，但由于网络面对的市场客户有其独到之处，且网络的应用不同于一般营销所采用的各种手段与媒体，因此具体的网络市场目标确定应稍有不同。在当前网络营销刚刚起步之时，目标不应定得过高，重点应在于如何使客户接受这种新颖的营销手段。

（5）准确的市场定位决定着营销方式。定位是整个网络营销的基础，由此决定网页的内容和营销形式，进行营销的产品、服务通过网页实现，而网页建设的质量则直接影响营销方式的成功与否。

2. 运用各种技术手段进行网址宣传

（1）导航台上的网址注册要保证排名，特别是入口网站和信息服务网站。当然，这还必须考虑企业的网络营销预算。

（2）BBS。可开辟一块信息空间，若能成为热点，则其效果也非常好。

（3）Newsgroup。进行专业宣传可考虑这一手段。

（4）Mail-list。这都是些免费资源，不过，发电子邮件的方式要得当，千万不要让消费者产生反感。

（5）免费广告资源。效果一般，不太理想。

（6）有偿广告投入。效果稍好于免费广告，尤其是在分类广告上的网址宣传。

（7）与传统媒体宣传配合，这一点非常重要。

3. 对客户的问题进行快速反馈

(1) 因特网的高速传播特点要求企业为客户提供快速回应。通常的承诺是 24 小时回复。

(2) 开辟收费区进行一对一实时咨询服务。

4. 充分运用面向技术的市场营销技术

成功的市场营销必须采用更先进的技术。今后新技术在企业的市场营销过程中将会发挥越来越重要的作用，并将给企业的市场营销活动带来深刻的变化。传统的观念认为，企业的市场营销部门与先进的技术及自动化毫不相干。然而实践证明，这样的观点是极其错误的。事实上，激烈的市场竞争，已把许多企业的市场营销部门推向了技术的最前沿。

然而，综观国内大量企业的营销现状可以发现，迄今为止大多数企业的市场营销部门所采用的依然是战术性而不是战略性的 IT 方案。因而，随着市场竞争的日趋激烈，实施面向技术的市场营销战略，已成为许多企业的当务之急。

 相关链接

"没有淘不到的宝贝，没有卖不出的宝贝"

淘宝网，亚洲最大网络零售商圈，致力于打造全球首选网络零售商圈，由阿里巴巴集团于 2003 年 5 月 10 日投资创办。淘宝网目前业务跨越 C2C（个人对个人）、B2C（商家对个人）两大部分，其主要功能是给商家或网络卖家提供一个平台，免费展示他们的产品，然后给买家提供一个网上购物的平台，并且用支付宝、消费者保障计划等手段为网上交易提供担保，提升安全系数。

2011 年 1 月 7 日，淘宝网宣布注册用户已达到 3.7 亿，覆盖了中国绝大部分网购人群，在线商品数达到 8 亿，最多的时候每天有 6 000 万人访问淘宝网，平均每分钟出售 4.8 万件商品，单日交易额峰值达到 19.5 亿元，全年成交额突破 500 亿元，目前已经创造了网络最大销售量的奇迹。（资料来源：淘宝网）

第三节　网络营销的内容和优势

网络营销作为新的营销方式和营销手段实现企业营销目标，它的内容非常丰富。一方面，网络营销要针对新兴的网上虚拟市场，及时地了解和把握网上虚拟市场的消费者特征和消费者行为模式的变化，为企业在网上虚拟市场进行营销活动提供可靠的数据分析和营销依据。另一方面，网络营销通过在网上开展营销活动来实现企业目标，而网络具有传统渠道和媒体所不具备的独特的特点，即信息交流自由、开放和平等，而且信息交流费用非常低廉，信息交流渠道既直接又高效，因此在网上开展营销活动，必须改变一些传统的营销手段和方式。网络营销作为在因特网上进行的营销活动，它的基本营销目的和营销工具是一致的，只不过在实施和操作过程中与传统方式有着很大区别。

一、网络营销的内容

（一）网上市场调查

主要利用因特网交互式的信息沟通渠道来实施调查活动。它包括直接在网上通过问卷进行调查，还可以通过网络来收集市场调查中需要的一些二手资料。利用网上调查工具，可以提高调查效率和加强调查效果。因特网作为信息交流渠道，由于它的信息发布来源广泛、传播迅速，使它成为信息的海洋，因此在利用因特网进行市场调查时，重点是如何利用有效工具和手段实施调查和收集整理资料。获取信息不再是难事，关键是如何在信息海洋中获取想要的资料信息和分析出有用的信息。

（二）网上消费者行为分析

因特网用户作为一个特殊群体，有着与传统市场群体截然不同的特性，因此要开展有效的网络营销活动必须深入了解网上用户群体的需求特征、购买动机和购买行为模式。因特网作为信息沟通工具，正成为许多兴趣、爱好趋同的群体聚集交流的地方，并且形成了一个个特征鲜明的网上虚拟社区，因此了解这些虚拟社区的群体特征和偏好是网上消费者行为分析的关键。

（三）网络营销策略制定

不同企业在市场中处于不同地位，在采取网络营销实现企业营销目标时，必须采取与企业相适应的营销策略，因为网络营销虽然是非常有效的营销工具，但企业实施网络营销时是需要进行投入并且是有风险的。企业在制定网络营销策略时，还应该考虑产品周期对网络营销策略制定的影响。

（四）网上产品和服务策略

网络作为有效的信息沟通渠道，可以成为一些无形产品（如软件和远程服务）的载体，改变了传统产品的营销策略，特别是渠道的选择。作为网上产品和服务营销，必须结合网络特点，重新考虑产品的设计、开发、包装和品牌的传统产品策略。

（五）网上价格营销策略

网络作为信息交流和传播工具，从诞生开始实行的便是自由、平等和信息免费的策略。因此，在制定网上价格营销策略时，必须考虑到因特网对企业定价影响和因特网本身独特的免费思想。

（六）网上渠道选择与直销

因特网对企业营销影响最大的是对企业营销渠道的影响。美国 Dell 公司借助因特网的直接特性建立的网上直销模式获得巨大成功，改变了传统渠道中的多层次的选择、管理与控制问题，最大限度地降低了营销渠道中的费用。但企业在建设自己的网上直销渠道时必须考虑到重建与之相适应的经营管理模式的问题。

（七）网上促销与网络广告

因特网作为一种双向沟通渠道，其最大优势是可以实现沟通双方突破时空限制直接进行交流，而且简单、高效、费用低廉。因此，在网上开展促销活动是最有效的沟通渠道，但网上促销活动的开展必须遵循网上一些信息交流与沟通规则，特别是遵守一些虚拟社区的礼仪。网络广告作为最重要的促销工具，主要依赖因特网第四媒体的功能，目前网络广告作为新兴的产业得到迅猛发展。网络广告作为在第四类媒体上发布的广告，具有在传统的报纸杂志、无线广播和电视等传统媒体上发布广告无法比拟的优势，即网络广告具有交互性和直接性。

 相关链接

百事可乐精彩的网络广告

作为饮料市场的挑战者，百事可乐几乎在所有涉及的领域都与可口可乐要一分高低。对网络营销工具的运用也不例外。首先，可口可乐公司在网上设立了虚拟互动工厂（www.vpt.coca.com），即通过游戏、故事以及提供各个生产阶段的情况介绍，向网民解释可口可乐的生产过程，以吸引网友参观和了解。2000 年 8 月，可口可乐公司又在中国建设了以年轻人为诉求对象的集音乐、电影、聊天、游戏等频道为一体的中文网站，突出强调了互动与娱乐的特点，浓重的红底白色的波浪形"Coca-Cola"字母，古朴典雅而不失活力，是可口可乐永恒的背景。百事可乐也建立了与其公司形象和定位完全统一的中英文网站，以游戏、音乐、活动为主题，其背景则依然是标志创新和年轻的蓝色。百事可乐的网络营销策略，具体体现在以下三个方面：

（一）媒介策略：与 Yahoo 携手

2000 年 4 月，百事可乐公司首先宣布与 Yahoo 进行全面网络推广合作；在音乐站点，如 MTV.com 的投放力度加大；同时还涉足体育类网站，如 NBA.com 和美国棒球联盟网站。

网络广告投放活动是长期行为，从 2000 年 1 月至今从未间断。每年 3 月、4 月，随着气温的升高，伴随饮料消费高峰期的来临，网络广告投放高峰期便告开始，通常会延续至 11 月。

（二）创意策略：推崇激情

针对可口可乐的传统广告及生活化的"可口"，百事可乐的网络广告较为活泼，无论是画面构图，还是动画运用都传达着一种"酷"的感觉。百事可乐善于使用"名人效应"为自己占领市场，请出青少年的偶像，往往是流行乐坛的当红歌手，作为自己的代言人。拉丁王子 Ricky Martain、"小甜甜"布兰妮和乐队 Wleezer 先后出现在百事可乐广告中。从 NBA 到棒球，从奥斯卡到"古墓丽影"游戏和电影，百事可乐的网络广告总能捕捉到青少年的兴趣点和关注点。这也是为什么百事可乐会在 MTV.com、NBA.com 等网站上大投广告的原因。

2001 年中国申奥成功，百事可乐的网络广告独具匠心，将品牌的激情无限与气势非凡的内涵画面采用有动感的水珠传出了百事可乐品牌充沛的活力。醒目的文字传达出百事可乐对北京申奥的支持。广告方案利用"渴望无限"和"终于解渴了"的双关语，将中国人对奥运的企盼巧妙地与百事可乐产品联系在一起。

（三）竞争策略：针锋相对

首先，体育角逐。可口可乐成为冬奥会的指定饮料，可以拿冬奥会大做文章。百事可乐则利用 NBA 和美国棒球联盟寻找平衡点。在中文网站设有"百事足球世界"、"精彩足球"等栏目。

其次，音乐角逐。这是百事可乐最精彩的策略之一。有百事音乐的主题活动，巨星、新星、音乐卡片、音乐流行榜、竞投场等。

最后，活动角逐。这是为自己创造品牌注意力的最好机会之一。例如，百事可乐在网上发动网民投票评选"百事可乐最佳电视广告片"等。（资料来源：中国就业培训技术指导中心.营销师国家职业资格培训教程.北京：中国广播电视大学出版社，2006）

（八）网络营销管理与控制

网络营销作为在因特网上开展的营销活动，它必将面临许多传统营销活动无法碰到的新问题，如网上销售的产品质量保证问题，消费者隐私保护问题，以及信息安全与保护问题等。这些问题都是网络营销必须重视和进行有效控制的问题，否则网络营销效果可能适得其反，甚至会产生很大的负面效应，这是由于网络信息传播速度非常快，并且网民对反感问题反应比较强烈而且迅速造成的。

二、网络营销的优势

（一）全程营销

网络营销具有极强的互动性，可以帮助企业实现全程营销的目标。不论是传统营销管理强调的4P组合，还是现代营销管理所追求的4C，都需要遵循一个前提，这就是企业必须实行全程营销，即应该从产品的设计阶段就开始充分考虑消费者的需求和意愿。但是，由于企业和消费者之间缺乏合适的沟通渠道或沟通成本过高，使得这一理想无法很好地实现。消费者一般只能针对现有产品提出建议或批评，对策划、构思、设计中的产品则难以涉足。此外，大多数中小企业也缺乏足够的资本用于了解消费者的各种潜在需求，它们只能靠自身能力或参照市场领导者的策略，甚至根据遇到的偶然机会进行产品开发。

网络环境下，这种状况将会有较大的改观。不管是大型企业，还是中小企业，均可以通过电子布告栏、线上讨论广场（discussion areas）和电子邮件等方式，以极低的成本在营销的全过程中对消费者进行即时的信息搜集，而这在非网络环境下是中小企业所不敢想象的。同时，这也为消费者有机会对产品的设计、包装、定价、服务等问题发表意见提供了方便。通过这种双向互动的沟通方式，确实提高了消费者的参与性和积极性。反过来，则提高了企业营销策略的针对性，十分有助于实现企业的全程营销目标。

（二）降低成本

网络营销有利于企业降低成本费用。对企业来说，网络营销最具诱惑力的优点之一，即是可以降低企业的交易成本。这可以从两个方面进行考察。

1. 运用网络营销可以降低企业的采购成本

企业采购原材料往往是一项程序烦琐的过程。通过电脑网络的商务活动，企业可以加强与主要供应商之间的协作关系，将原材料的采购与产品的制造过程有机地配合起来，形成一体化的信息传递和信息处理体系。

目前，已经有一些大的公司通过商业增值网络使用EDI（电子数据交换）建立一体化的电子采购系统，带来了劳动力、打印和邮寄成本的降低。有资料表明，使用EDI通常可以为企业节省5％～10％的采购成本，而采购人员也有更多的时间专心致力于合同条款的谈判，并注重与供货商建立更加稳固的购销关系。如美国通用电气公司的照明部，自从将大部分手工采购转向在国际互联网上进行电子采购后，产生了积极的效应，既改善了服务，又节省了劳动力和原材料成本。该部以往的手工采购程序是，每天需要对许多低值机械零件向公司采购资源部发送几百份询价申请，并且必须附上设计图。而该设计图要从公司技术资料档案中检索出来，拿到复印室复印，折叠后与询价申请一起装入信封寄出。上述程序一般至少需要7天的时间。由于程序烦琐、耗费时间，所以公司采购资源部通常每次只将招标文件寄给两三家供货商。1996年，通用电气公司启动第一个网上在线采购系统，从此以后，采购资源部可以从内部客户中通过网络接收电子询价申请，并通过因特网向全球供货商发出招标文件。该系统自动检索出准确的设计图纸，并附在电子询价单上，在采购资源部开始处理该采购过程的两个小时内，全球的供货商们就以电子邮件、传真或EDI方式收到了询价单。通用电气公司在收到报价的当天就能完成评标工作并确定最终的中标人。该公司宣称，通过网络采购方式使采购人工成本节省30％。同时，60％的采购人员被重新安排了工作。采购资源部从大量的纸面、复印和邮寄工作中解脱出来，每月至少能腾出6～8天的额外时间集中研究发展战略问题。再有，因为新的采购方式使公司能在更广泛的在线供货商中进行选择。激烈的竞争使材料价格降得更低，原材料成本可比原来节省20％。

2. 运用网络手段可以降低促销成本

尽管建立和维护公司的网址需要一定的投资，但是与其他销售渠道相比，使用因特网的成本已经大大地降低了。首先，可以降低材料等费用。产品特征、公司简介等信息都存储在网络里，可供顾客随时查询；所有的营销材料都可直接在线上更新，无须反复，从而可以大大节省打印、包装、存储、交通等费用。其次，可以节省广告宣传费用。与传统的广告相比，无论是在宣传范围的广度还是在内容的深度方面，网络广告均具有无与伦比的优点，当然，其中最主要的还是网络广告的功效费用比。有研究表明，假如使用因特网作为广告媒介进行网上促销活动，其结果是在增加十倍销售量的同时，只花费传统广告预算的1/10。该项研究还表明，一般而言，采用网上促销的成本只相当于直接邮寄广告花费的1/10。又一项研究认为，利用因特网发布广告的平均费用仅为传统媒体的3％。再次，可以降低调研费用。在销售过程中，往往需要进行广泛的市场调查。互联网的运用，既为做市场调查提供了国际性的空间，又空前地降低了调查的各种费用。最后，在提高售后服务效率的同时，大大降低了运作成本。传统的售后服务主要运用电话、书信等手段；不但需要的人手多，还常常会造成延误，使本有可能快速满意解决的问题变成顾客的抱怨甚至退货。在应用了网络营销之后，企业可在网页上提供精心设计的"商品注意事项"，"问题解答"、"使用程序"等资料，顾客可随时查询，几乎不需要多少费用就能把小问题"扼杀在摇篮里",大问题也能在低成本条件下得到及时解决。

（三）增加销售

网络营销能够帮助企业增加销售、提高市场占有率。

（1）在网络上可提供全天候的广告及服务而不需增加开支。网页的维护及运作是由网络服务公司负责的。除了专业设计的电脑软件在不间断地全自动处理往来信息、统计、存档，还有电脑工程师在全天候监控系统的运作，处理突发情况。这种 24 小时不间断的服务有利于增加企业与顾客的接触机会，更好地发挥潜在的销售能力。

（2）能把广告与订购连为一体，促成购买意愿。传统的广告与订购是分开的，虽然广告媒体可能抓住了顾客的注意力，使顾客产生了购买意愿，但需要顾客以另外的方式主动表白或亲自去购买，这就有可能因顾客不便而减少营业额。而在"网页"上，顾客可随时选择打印出订购单，填妥寄回或直接在线上提交，这便为顾客提供了更快速、更直接的购买渠道。

（3）通过互联网，可以即时连通国际市场，减少市场壁垒。互联网创造了一个即时全球社区，它消除了不同国家的企业与客户之间做生意的时间、地域障碍。同时，在互联网上做生意，宗教信仰、性别、公司规模的差别成了无关紧要的因素，关键在于是否能切实满足消费者的需求，是否有独特的创意。网络营销的这一特点，减少了歧视和市场壁垒，带来了更多的公平。尤其为中小企业，特别是发展中国家的企业带来了更多的机会。

（4）通过互联网可以有效地服务于顾客，满足顾客的需要。当今世界，买方市场已经形成，商业竞争日趋激烈。任何一家企业，要想取得竞争优势，就必须充分考虑顾客的需要，正可谓"得顾客心者得天下"。网络营销正是实现这一目标的极佳方式。

网络营销是一种以顾客为导向，强调个性化的营销方式。网络营销比起市场营销的任何一个阶段或方式，更能体现顾客的"中心"地位，顾客将拥有更大的选择自由。他们可根据自己的个性特点和需求，在全球范围内不受限制地寻找满意的商品。如一家销售户外活动商品的商家，在网络上开展了定制旅行袋的业务，允许顾客利用自己的电脑和网络，自行设计或修改旅行袋的式样、颜色、材料、尺寸、装饰品和附件等，还可绣上自己的姓名或其他标志。接下来只需等着商家把带有自身风格的东西交来了。

网络营销能满足顾客对购物方便性的需求，提高顾客的购物效率。在传统的购物活动中，顾客一般要经过引起需要—收集信息—看样—选择商品—确定所需购买的商品—付款结算—包装商品—取货（或送货）等一系列过程。这个过程中的相当部分是在售货地点完成的，再加上购买者为购买商品所占用的路途时间等，无疑使他们必须在时间和精力上有很大的付出。同时，拥挤的交通和日益扩大的店面更延长了消费者为购物所耗费的时间和精力。然而，现代社会的快节奏不可能给消费者在购物方面留下如此多的时间和精力，因为人们越来越珍惜闲暇时间，越来越希望多从事一些有益于身心健康的活动，充分享受生活。

（5）网络营销能使企业节省传统营销方式下不得不花费的巨额促销和流通费用，从而使商品成本和价格的下降成为可能。再加上顾客可以在全球范围内寻找最优惠的价格，甚至可绕过中间商直接向生产者订货，因而有可能以更低的价格实现购买，这将能较好地满足价格重视型顾客的需求，争取到这部分客户，对于像我国这样的发展中国家尤其具有重要意义。

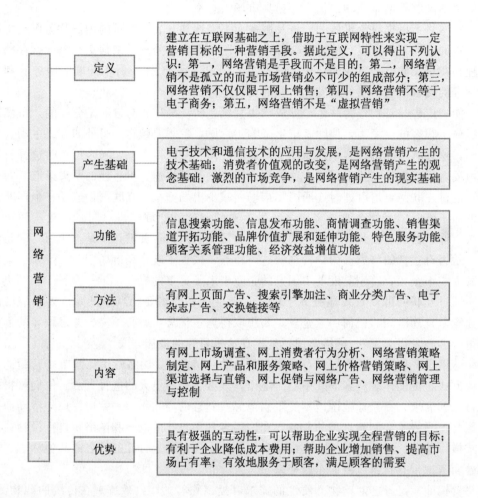

本 章 小 结

网络营销

定义 — 建立在互联网基础之上，借助于互联网特性来实现一定营销目标的一种营销手段。据此定义，可以得出下列认识：第一，网络营销是手段而不是目的；第二，网络营销不是孤立的而是市场营销必不可少的组成部分；第三，网络营销不仅仅限于网上销售；第四，网络营销不等于电子商务；第五，网络营销不是"虚拟营销"

产生基础 — 电子技术和通信技术的应用与发展，是网络营销产生的技术基础；消费者价值观的改变，是网络营销产生的观念基础；激烈的市场竞争，是网络营销产生的现实基础

功能 — 信息搜索功能、信息发布功能、商情调查功能、销售渠道开拓功能、品牌价值扩展和延伸功能、特色服务功能、顾客关系管理功能、经济效益增值功能

方法 — 有网上页面广告、搜索引擎加注、商业分类广告、电子杂志广告、交换链接等

内容 — 有网上市场调查、网上消费者行为分析、网络营销策略制定、网上产品和服务策略、网上价格营销策略、网上渠道选择与直销、网上促销与网络广告、网络营销管理与控制

优势 — 具有极强的互动性，可以帮助企业实现全程营销的目标；有利于企业降低成本费用；帮助企业增加销售、提高市场占有率；有效地服务于顾客，满足顾客的需要

核 心 概 念

网络营销　网络营销的功能　网络营销的内容

同 步 测 试

一、单项选择题

1. 网络营销的本质是（　　）。

    A. 营销   B. 信息传递   C. 促销   D. 沟通

2. 消费者价值观的改变，是网络营销产生的（　　　）。

    A. 现实基础　　　　B. 社会基础　　　　　C. 技术基础　　　　　D. 观念基础

3. 下列属于网络营销功能的有（　　　）。

    A. 信息搜索功能　　B. 产品开发　　　　　C. 双向延伸　　　　　D. 两面延伸

4. 有关机构的统计报告显示，（　　　）查询已经成为上网者仅次于电子邮件的一种最常使用的网上服务项目。

    A. 交换链接　　　　B. 搜索引擎　　　　　C. 商业分类广告　　　D. 网上页面广告

5. 网络营销是一种以顾客为导向，强调（　　　）的营销方式。

    A. 个性化　　　　　B. 独立化　　　　　　C. 灵活化　　　　　　D. 强制化

6. 在网络营销的主要方法中，（　　　）应当是开展网上营销的最经济、最便利的手段。

    A. 搜索引擎加注　　B. 电子杂志广告　　　C. 网上页面广告　　　D. 交换链接

7. 下列促销方式中，具有主动性强、影响大、效能高的特点的是（　　　）。

    A. 网络广告　　　　B. 网络公共关系　　　C. 电子邮件　　　　　D. 网络传销

8. （　　　）作为在第四类媒体上发布的广告，具有在传统的报纸杂志、无线广播和电视等媒体上发布广告无法比拟的优势，即具有交互性和直接性。

    A. 网络广告　　　　B. 网上页面广告　　　C. 电子邮件　　　　　D. 电子杂志

二、多项选择题

1. 下列属于网络营销的功能有（　　　）。

    A. 信息搜索功能　　B. 商情调查功能　　　C. 双向延伸　　　　　D. 两面延伸

2. 下列属于网络营销的主要方法有（　　　）。

    A. 网上页面广告　　B. 商情调查　　　　　C. 搜索引擎加注　　　D. 交换链接

3. 网络营销的主要内容有（　　　）。

    A. 网上市场调查　　　　　　　　　　　B. 货物的配送策略

    C. 网络营销策略制定　　　　　　　　　D. 网上产品和服务策略

4. 目前在互联网上播发的网络广告的类型主要有（　　　）。

    A. 标志广告　　　　B. 文字链接　　　　　C. 旗帜广告　　　　　D. 宣传手册型

5. 从营销的主体和对象上区分，网络营销可分为（　　　）。

    A. B 2 B　　　　　B. B 2 C　　　　　　C. G 2 G　　　　　　D. C 2 C

三、判断正误题

1. 网络营销建立在传统营销理论基础之上。（　　　）

2. 网络营销是为实现网上销售目的而进行的一项基本活动，网络营销本身就是网上销售。（　　　）

3. 网络营销是现代企业走向新世纪的营销策略。（　　　）

4. 网络营销可以将市场细分至每一个顾客。（　　　）

5. 网络上进行交易的成本远小于传统商务交易的成本。（　　　）

实训项目

项目一：建立营销网站

一、实训目标

（1）认识网络营销的含义。

（2）能借助互联网平台开展网络广告推广及各种营销活动。

二、内容与要求

（1）建立一个以营销为主要目的的网站，要想使网站内容具有针对性，应该考虑哪些问题，并采取哪些具体措施对网站进行推广，最终得以开展网络营销活动。

（2）回答案例提出的问题。

案例：建立一个营销考研辅导网

某学校一群市场营销专业的硕士，想建立一个全国性的营销考研辅导网，主要针对全国报考市场营销专业硕士的大学生。由于能力、时间等成本有限，他们只能提供北京市高校招收市场营销专业大学的信息，具体内容包括指定教材清单、院系老师介绍、营销知识问答、历年专业课分数线以及试卷和答案等。他们还考虑建立一个论坛，让大家可以交流经验。网站的盈利模式是通过向考生邮寄打印出来的试卷、问题和试卷答案，以及一些特别资料收取费用；同时考虑向新东方、启航等考研学校征收广告费等。之所以采用邮寄打印稿的方式是防止考生在网上免费散播信息。当然，网站的有些信息是免费的。（资料来源：中国就业培训技术指导中心. 营销师国家职业资格培训教程. 北京：中国广播电视大学出版社，2006）

阅读案例后，回答如下问题：

（1）他们可以采取哪些措施来营销这个网站呢？

（2）要想使网站的内容更有针对性，在建立网站时应该考虑哪些方面？

（3）结合案例，谈谈他们应该如何发掘产品的价值？

项目二：在淘宝网或其他相关网站上开展营销活动

一、实训目标

（1）从市场营销的角度分析国内部分企业站点设计风格、经营特色。

（2）尝试在淘宝网上进行注册，进行在线商店的创建。

二、内容与要求

自己进行在线商店的创建，了解网络营销的过程和实际操作技巧。

课 程 标 准

一、课程目标

通过本课程的学习，学生应达到如下目标：

（1）了解市场、市场营销、市场营销学、市场营销观念等基本理论及市场营销理论发展的新观念、新方法和新趋势，学会分析影响企业市场营销活动的宏观环境因素和微观环境因素，重点探讨消费者市场不同类型的购买行为特征及其对企业市场营销活动的影响。

（2）掌握市场营销调研与市场机会选择方法，学会如何在充满机会的市场上搜集市场信息，进行营销调研和市场预测，以便根据市场调研进行市场细分，选择最具吸引力的目标市场，为企业进行准确的市场定位，并懂得对市场营销策略组合策略的应用。

（3）熟悉企业营销策略，学会研究企业如何运用各种市场营销手段实现企业的营销目标，包括产品策略、定价策略、分销渠道策略和促进销售策略，并能够对市场营销案例进行简单分析和判断。

（4）掌握营销组织与控制等内容，认识企业为了保证营销活动的成功在组织构成、组织设置、组织结构及市场控制的手段和方法上采取的一些措施。

二、课程对象

本课程主要是为高等职业教育管理类各专业的学生开设，尤其对市场营销专业学生更为重要。随着社会对复合型人才需求的不断增多，对于非管理类专业的学生，本课程也可以作为其必修课程和选修课程。

三、课程性质及特点

市场营销课程既是高等职业教育管理类各专业学生的必修课，也是市场营销专业的专业基础课程。本课程全面、系统、科学地简述了市场营销的基本理论，研究以满足消费者需求为中心的企业市场营销活动及其规律性，包括对影响企业市场营销活动的市场营销环境因素分析、消费者购买行为特征分析、企业目标市场的选择以及市场营销策略组合等一系列内容，具有全程性、综合性、实践性的特点。

本课程以市场营销基础理论、基本知识为核心内容，通过课堂讲授与实践训练，使学生在切实掌握基础概念、原理与方法的同时，紧密联系企业的市场实际情况和特定的市场营销环境，做到现实性、实用性、针对性的统一，为今后从事市场营销工作打下坚实的基础。

四、前导和后续课程

市场营销的前导课程是西方经济学、现代管理学、流通经济学等；后续课程是营销心理学、推销与谈判、市场调查与预测、公共关系等。

五、课程大纲

总学时：72。

（一）理论课程大纲

理论学时：42。

第一章　市场营销导论

[教学重点]　市场营销的基本概念、市场营销指导思想的演变、市场营销观念、市场营销学的研究对象与内容。

[建议课时]　4学时。

第二章　企业市场营销环境分析与评价

[教学重点]　企业市场营销因素的含义、特征、构成因素，市场营销环境对企业营销行为带来的影响与作用，企业分析与评价市场营销环境的方法。

[建议课时]　4学时。

第三章　市场调研

[教学重点]　市场营销调研的定义、作用、内容、类型、程序和方法，市场预测的内容、步骤与方法。

[建议课时]　4学时。

第四章　消费者购买行为分析

[教学重点]　消费者价值理论，消费者市场的含义、特点、分类，消费者购买行为模式、购买行为影响因素及购买决策过程。

[建议课时]　4学时。

第五章　市场细分

[教学重点]　市场细分的概念、作用、原则、步骤与具体方法，重点了解与把握市场细分的分类标准和企业如何利用市场细分识别具有吸引力的市场。

[建议课时]　2学时。

第六章　目标市场与市场定位

[教学重点]　目标市场的概念、特征，企业选择目标市场范围模式以及目标市场策略，影响目标市场选择的因素，市场定位的概念及差异化前提。

[建议课时]　4学时。

第七章　市场营销组合策略

［**教学重点**］ 市场营销组合的四个基本构架。

［**建议课时**］ 2学时。

第八章 产品策略

［**教学重点**］ 产品整体概念的基本含义，产品组合的含义及类型、产品生命周期不同阶段的特征和具体策略，新产品的含义、过程及其开发策略，产品品牌与产品包装的基本流程。

［**建议课时**］ 2学时。

第九章 价格策略

［**教学重点**］ 影响企业定价的主要因素，企业定价的目标选择与定价程序，定价的主要方法和基本策略，企业价格调整的依据和方法。

［**建议课时**］ 2学时。

第十章 分销渠道策略

［**教学重点**］ 分销渠道的概念、作用，分销渠道策略的类型及其优缺点，各种营销中介的类型和特征，分销渠道设计与决策的基本步骤，实施分销渠道控制的基本方法。

［**建议课时**］ 2学时。

第十一章 促进销售策略

［**教学重点**］ 促进销售的概念、作用，促销组合策略，四种促销方式（人员推销、广告、公共关系、营业推广）各自的特点、形式和适用性。

［**建议课时**］ 2学时。

第十二章 市场营销计划、组织、执行与控制

［**教学重点**］ 市场营销组织的概念，市场营销部门的演变、组织形式，市场营销执行中的问题、原因、过程和技能，市场营销控制中的年度计划控制、盈利能力控制、效率控制和战略控制。

［**建议课时**］ 4学时。

第十三章 网络营销

［**教学重点**］ 网络营销的概念、特点及发展趋势，网络营销的主要方法，网络营销战略模式选择。

［**建议课时**］ 2学时。

（二）实践课程大纲

实践学时：30学时。

实训一 市场营销导论

［**实训重点**］ 能用营销新观念开展工作，掌握营销组合理论在企业实践中的使用方法。

［**建议课时**］ 1学时。

［**实训资料及要求**］

（1）掌握新旧营销观念的区别。

（2）参与营销活动，培养以消费者为中心的营销理念。

（3）了解新旧营销观念的区别。

（4）参观本地优秀的企业，了解其企业理念。

实训二 企业市场营销环境分析与评价

［实训重点］　市场营销环境分析、消费者需求理论。

［建议课时］　1学时。

［实训资料及要求］

（1）目前影响消费的主要因素调查；企业不可控制因素调查。

（2）围绕企业产品，调查消费者购买程序中企业的作用。

实训三　市场调研

［实训重点］　应用市场调研的程序和方法。

［建议课时］　2学时。

［实训资料及要求］

（1）能设计调查问卷，应用市场调研的程序和方法进行实地调研。

（2）培养学生在市场调研活动中分析问题和解决问题的能力。

（3）利用设计好的调查问卷和调查提纲进行实地调研。

（4）利用文献、网络和访谈进一步收集、处理和分析资料，撰写出结构合理的调研报告。

实训四　消费者购买行为分析

［实训重点］　掌握购买群体决策中的角色构成及各自的作用。

［建议课时］　2学时。

［实训资料及要求］

（1）进一步了解购买者需求对经营的重要意义。

（2）学会制定让顾客满意的行动计划方案。

实训五　市场细分、目标市场选择、市场定位

［实训重点］　目标市场选择与市场定位。

［建议课时］　3学时。

［实训资料及要求］

（1）了解现代市场营销理论在实际工作中的应用。

（2）掌握市场调研的方法与技巧并能具体进行市场分析。

（3）能进行市场细分，设计企业的营销战略规划。

实训六　市场营销组合理论在企业实践中的意义

［实训重点］　运用市场营销组合策略

［建议课时］　2学时。

［实训资料及要求］

（1）企业的营销组合因素中可能发生冲突。在具体运用时，如何注意相互间的协调与配合。培养运用市场营销组合对企业进行分析决策开展工作的能力。

（2）理解营销因素组合是企业可以控制的因素，讨论以下空调企业可以采取的控制方法：海尔、海信、格力、华凌。

（3）运用市场营销组合对企业进行分析与决策。填写"描述市场营销组合"检测表，分析不同行业所采取的营销组合。

实训七　产品策略

［实训重点］　产品策略的制定与运用。

［**建议课时**］　4学时。

［**实训资料及要求**］

（1）进行品牌与新产品策划能力训练，学会调研市场上某一产品类型不同生命周期阶段的表现，懂得制定产品营销策略。

（2）实地参与营销活动，认识品牌的重要性。

（3）学会制定品牌策划和新产品设计的方案。

实训八　价格策略

［**实训重点**］　企业产品定价技巧和制定产品价格的能力。

［**建议课时**］　4学时。

［**实训资料及要求**］

（1）掌握企业产品定价技巧，认识影响企业产品定价的各种内外部因素。

（2）能运用各种定价技巧制定价格并解决企业整体营销问题。

（3）确定产品生命周期不同阶段的定价策略。

实训九　分销渠道策略与促销策略

［**实训重点**］　掌握选择分销渠道的理论，培养学生在渠道选择活动中分析问题的能力。培养人员推销的基本技能及设计营销广告策划的能力。能够处理企业突发性危机。能制定企业营业推广活动计划。

［**建议课时**］　8学时

［**实训资料及要求**］

（1）研究并且评估企业销售渠道的管理工作。

（2）设计企业促销组合方案。

（3）评估企业的促销方法。

（4）结合企业实际，讨论在进行广告促销时，应如何针对产品选择广告内容、媒体及表现形式。

必要说明：高职市场营销的培养目标是培养出适应市场需要的，理论与实践相结合的管理人才。市场营销实训是高职本专业主要的实践教学环节，其任务是：通过实训，使学生真正掌握市场营销的理念与实际应用方法，掌握使营销活动成功的控制手段与方法、技巧，因此，从第五章到第十一章是一个整体策划章节，在实训中应该作为一个整体作业布置。

六、教学进度安排

教学周	章	教学内容	学时分配			备注
			理论	实训	合计	
1	第一章	市场营销导论	4	1	5	
2	第二章	企业市场营销环境分析与评价	4	1	5	
3	第三章	市场调研	4	2	6	

续表

教学周	章	教学内容	学时分配			备注
			理论	实训	合计	
4	第四章	消费者购买行为分析	4	2	6	
5	第五章	市场细分	2	1	3	
6	第六章	目标市场与市场定位	4	2	6	
7	第七章	市场营销组合策略	2	2	4	
8	第八章	产品策略	2	4	6	
9	第九章	价格策略	2	4	6	
10	第十章	分销渠道策略	2	4	6	
11	第十一章	促进销售策略	2	4	6	
12	第十二章	市场营销计划、组织、执行与控制	4	0	4	
13	第十三章	网络营销	2	0	2	
14		复习	2	2	4	
15		考试	2	1	3	
	合计		42	30	72	

七、考核方式及评分标准

教学方法以课堂讲授为主，实训为辅，理论与实践相结合。讲授方法应以实例贯穿始终。学生要在理解课堂内容的基础上，重在应用。在应用过程中理解和掌握市场营销的基本原理，提高实际应用能力。

考核方式是平时成绩和期末笔试相结合，其中平时成绩占课程成绩的40%；期末考试占课程成绩的60%。平时考核的内容包括课堂回答问题、实训完成情况、课后作业情况以及考勤情况等。

八、教材和参考书目

1. 车慈慧，等. 中级、高级推销员职业技能鉴定考试复习题精选. 广州：广东高等教育出版社，2005.

2. 车慈慧，张涛. 市场营销. 广州：广东高等教育出版社，2006.

3. 单凤儒. 营销心理学. 北京：高等教育出版社，2002.

4. 约翰·哈姆. 哈佛商业评论. 北京：社会科学文献出版社，2003.

5. 车慈慧. 实用市场营销学. 哈尔滨：哈尔滨出版社，1995.

6. 陈建平，等. 企划与企划书设计. 北京：中国人民大学出版社，2000.

7. 陶琲. 市场营销学. 北京：经济科学出版社，1998.

8. 李业. 营销学原理. 广州：广东高等教育出版社，2003.

9. 中国就业培训技术指导中心. 营销师国家职业技能鉴定考试指南. 北京：中国环境科学出版社，2003.

10. Thomas Collins & Stan Rapp. 极大化行销. 严文仪，译. 中国台北：麦格劳·希尔台湾分公司，1999.

11. 菲利普·科特勒. 市场营销管理（亚洲版）. 洪瑞云，梁绍明，陈振忠，译. 北京：中国人民大学出版社，1998.

12. 菲利普·科特勒. 营销管理：分析、计划、执行和控制. 梅汝和，梅清豪，张桁，译. 上海：上海人民出版社，1999.

13. 约翰·迈尔斯，等. 市场营销研究和知识发展. 天津：天津科技出版社，2000.

14. 中国就业培训技术指导中心. 营销师国家职业资格培训教程. 北京：中央广播电视大学出版社，2006.

15. 张卫平. 企业营销实用题例. 北京：清华大学出版社，2004.

16. 中国就业培训技术指导中心. 营销师国家职业技能鉴定考试指南. 北京：学苑出版社，2006.

17. ［美］艾·里斯，杰克·特劳特. 定位. 王恩冕，于少蔚，译. 北京：中国财政经济出版社，2002.

九、网络资源使用说明

本课程包括的网络资源及使用说明如下：

（一）与教材配套的教学大纲

此教学大纲也可称为课程手册，主要是通过对课程目标、课程对象、课程性质及特点、前导和后续课程、课程大纲（包括理论与实践两部分）、教学进度安排、考核方式及评分标准、教材和参考书目等内容的介绍，为教师规范教学提供依据。

（二）与教材配套的授课计划

此授课计划是本门课程教学的总体安排，教师可以以此为依据，结合实际课时和教学对象进行教学安排。

（三）与教材配套的授课教案

此授课教案也可称为教师手册，主要是通过对本课程各单元授课内容、授课时间等内容的具体介绍，为教师课堂教学提供书面依据。

（四）与教材配套的电子教案

此部分内容将便于教师可直接下载用于课堂多媒体教学，为学生提供形象、生动的视觉效果。

（五）与教材配套的网络课程

此部分提供的完整的网络课程内容，包括学习目标、具体学习内容、各章总结、大量的测验题和常见问题的解答，为学生提供了一个课外自我学习的平台。

（六）与教材配套的实训互动

此部分内容是以实训教材配套的实践练习内容，学生通过学习，培养理论联系实际的能力，加深对所学理论知识的理解。

（七）与教材配套的习题集

此部分共收集了 600 多道习题，每章分别包括单项选择题、多项选择题、判断题、简答题、论述题、案例题等题型，并附有较为完整的答案，是供教师使用的试题库的基础，也是学生复习应考的主要内容。

（八）市场营销课程在线答疑

此部分主要针对学生的问题，进行在线答疑和辅导，是学生学习本课程的一种辅助手段。

（九）市场营销课程参考文献

此部分列示了本课程的一些主要参考文献，以便为学生获取相关知识提供服务。

（十）市场营销课程教改成果

此部分列示了本课程的一些教改思路、措施，以供广大教师参阅。

参 考 文 献

1. 吴勇，车慈慧．市场营销．北京：高等教育出版社，2001．

2. 尚小春．市场营销策划．北京：高等教育出版社，2000．

3. 钟育赣．市场营销策划．北京：中国商业出版社，1997．

4. 陶鹏德．市场营销．南京：河海大学出版社，1994．

5. 彭星闾．营销管理学．北京：中国统计出版社，1995．

6. 郑丹，陈康．现代营销管理．山东：青岛出版社，1996．

7. 苏亚民．现代营销学．北京：对外贸易教育出版社，1991．

8. Philip Kotler, Gary Armstrong. PRINCIPLES OF MARKETING. fifth edition，1991．

9. 车慈慧，黄科忠，罗澄岳．实用市场营销学．哈尔滨：哈尔滨出版社，1995．

10. 大卫·A·艾克，等．品牌领导．北京：新华出版社，2001．

11. 菲利普·科特勒．市场营销管理（亚洲版）．洪瑞云，梁绍明，陈振忠译．北京：中国人民大学出版社，1998．

12. 菲利普·科特勒．营销管理：分析、计划、执行和控制．梅汝和，梅清豪，张桁译．上海：上海人民出版社，1999．

13. Jeffrey L. Seglin. 市场营销课程．McGraw-Hill Publishing Company，1990．

14. Thomas Collins, Stan Rapp. 极大化行销．严文仪译．中国台北：麦格劳·希尔台湾分公司，1999．

15. 陶琲．市场营销学．北京：经济科学出版社，1998．

16. 屈云波．市场定位策略．北京：企业管理出版社，1999．

17. Donald R. Lehmann. Product Managment. McGraw-Hill Publishing Company，2004．

18. 晁钢令．市场营销学教程．上海：上海财经大学出版社，1999．

19. 约翰·迈尔斯等．市场营销研究和知识发展．天津：天津科技出版社，2000．

20. John Westwood. The Marketing Plan：A Practitioner's Guide. Kogan Page，2002．

21. 顾建兵．http：//www.sina.com.cn．21世纪经济报道，2005．

22. 柴野．http：//www.sina.com.cn．光明网——光明日报，2005年06月09日09：38．

23. 青禾工作室．大营销——新世纪营销战略．北京：当代世界出版社，2000．

24. 沈小雨，邱小立．中国营销传播网中的案例．中国营销传播网．

25. 包铭心．国际商务案例．北京：机械工业出版社，1998．

26. 方光罗．市场营销学．大连：东北财经大学出版社，2001．

27. 陈建平等．企划与企划书设计．北京：中国人民大学出版社，2000．

28. 邹秀明．成功企业营销管理表格范例．广州：广东经济出版社，2001．

29. 李业．营销学原理．广州：广东高等教育出版社，2003．

30. 单凤儒．营销心理学．北京：高等教育出版社，2002．

31. 约翰·哈姆．哈佛商业评论．北京：社会科学文献出版社，2003．

32. 郭国庆．市场营销管理——理论与模型．北京：中国人民大学出版社，1995．

33. 杨如顺．市场营销学．北京：中国商业出版社，1998．

34. 圣丁．哈佛商学院MBA案例教程．北京：经济日报出版社，1997．

35. 本·M·恩尼斯，等．营销学经典．郑琦，译．大连：东北财经大学出版社，2000．

36. 阿尔文·C·伯恩斯，罗纳德·F·布什. 营销调研. 梅清豪，等译. 北京：中国人民大学出版社，2001.

37. 艾·里斯，杰克·特劳特. 定位. 王恩冕，于少蔚，译. 北京：中国财政经济出版社，2002.

38. 杰克·特劳特，史蒂夫·瑞维金. 新定位. 李正栓，贾纪芳，译. 北京：中国财政经济出版社，2002.

39. 吴勇. 市场调查. 广东：广东高等教育出版社，2006.

40. 车慈慧，张涛. 市场营销. 广州：广东高等教育出版社，2006.

41. 中国就业培训技术指导中心. 营销师国家职业资格培训教程. 北京：中央广播电视大学出版社，2006.

42. 菲利普·科特勒. 营销学原理. 上海：上海译文出版社，1996.

网上资源

http：//www. ctilz. com. cn/qygl/scyx. htm　企业管理网（市场营销）

http：//marketing. icxo. com　市场营销网（世界经理人）

http：//www. 18-china. com/scyx/scyx. htm　中国市场网

http：//www. emkt. com. cn　中国营销传播网

http：//www. market168. 8u8. com/market. htm　营销在线

http：//www. xdyx. com. cn　现代营销电子网

http：//www. sino-market. com　中国市场营销网